Elena Garro

Erinnerungen an die Zukunft

Elena Garro

Erinnerungen an die Zukunft

Roman

Aus dem mexikanischen Spanisch
von Konrad Schrögendorfer
Mit einem Nachwort von Michi Strausfeld

Verlag Klaus Wagenbach Berlin

Die Originalausgabe erschien 1963 unter dem Titel
Los recuerdos del provenir im Verlag Editorial Joaquín Mortiz, S. A. de C.V.
in Mexiko. Die erste deutsche Ausgabe erschien 1963
im Karl H. Henssel Verlag in Berlin

Wagenbachs Taschenbuch 471

Umschlaggestaltung: Julie August + Birgit Thiel
unter Verwendung eines Photos © Premium / ibid
Reihenkonzept: Rainer Groothuis. Autorenphoto: Ricardo Salazar
Das Karnickel auf S. 1 zeichnete Horst Rudolph
Gedruckt und gebunden bei Pustet, Regensburg

ISBN 3 8031 2471 9

Inhalt

Erster Teil

I

Hier, in diesem unwirklichen Stein, ruht, was ich bin. Nur meine Erinnerung weiß, was er einschließt. Ich sehe ihn, und wie das Wasser dem Wasser zufließt, finde ich mich, melancholisch, in seinem staubbedeckten Bild wieder, das in sich selbst verschlossen, von Gräsern umstanden, zur Erinnerung und ihrer mannigfaltigen Spiegelung verurteilt ist. Ich sehe ihn, sehe mich und verwandle mich in eine Menge Farben und Zeiten. Mein Schimmer glänzt in vielen Augen; ich bin nur Erinnerung und die Erinnerung anderer an mich.

Von dieser Anhöhe aus blicke ich auf das dürre Tal, in dem ich mich weithin erstrecke; dornige Berge und von Präriewölfen bevölkerte gelbe Ebenen um mich. Meine Häuser sind niedrig, weiß angestrichen und ihre Dächer von der Sonnenglut ausgedörrt oder naßglänzend, je nach der Regen- oder Trockenzeit. Tage gibt es, wie heute, an denen das Erinnern mich schmerzt. Ich möchte kein Gedächtnis haben oder mich in barmherzigen Staub verwandeln; möchte der Strafe, mich zu schauen, entfliehen.

Ich kannte andere Zeiten: wurde gegründet, belagert, erobert und geschmückt, um Kriegsheere zu empfangen, lernte die grausame Lust am Kriegführen kennen, das Chaos schafft und unvorhergesehene Abenteuer. Dann ließ man mich lange Zeit in Frieden. Eines Tages erschienen wieder Soldaten, plünderten mich und brachten mich an einen anderen Ort.

Da gab es eine Zeit, in der auch ich in einem fruchtbaren, leuchtend grünen Tal lag. Bis ein anderes Heer, mit jungen Generälen und Trommlern an seiner Spitze, einmarschierte und mich als Siegesbeute auf einen Berg mitführte; damals lernte ich Wasserfälle und Regen kennen. Als nach einigen Jahren die Revolution mit dem Tode rang, ließ mich ein letztes, auf dem Rückzug umzingeltes Heer an diesem durstigen Ort zurück. Viele meiner Häuser wurden niedergebrannt und ihre Besitzer erschossen.

In der Erinnerung sehe ich noch die Pferde in blindem Galopp über meine Plätze und Straßen jagen und höre die Frauen in den Armen der Reiter entsetzt schreien. Als sie verschwunden waren, und die Flammen in der Asche erloschen, begann junges lichtscheues Gesindel über die Brunnenränder herauszuklettern, bleich vor Zorn, nicht an den Ausschreitungen teilgenommen zu haben.

Mein Volk ist von dunkelbrauner Hautfarbe, trägt einen weißen Überwurf und Sandalen, schmückt sich mit goldenen Halsbändern und bindet sich ein kleines Tuch aus rosa Seide um den Hals. Es bewegt sich langsam, spricht wenig und betrachtet den Himmel. Am Abend, bei untergehender Sonne, singt es.

Mandelbäume stehen im Vorhof der Kirche. Dort finden sich an den Samstagen Händler und Scharen von Käufern ein. Bunte Erfrischungsgetränke, farbige Bänder, goldene Rosenkranzkugeln, rosa- und blaufarbene Stoffe schimmern in der Sonne. Gerüche von Gebackenem, von Säcken mit nach Holz duftender Kohle; Alkoholdampf aus geifernden Mündern und Gestank von Eselsmist sättigen die Luft. In den Nächten kommt es zu Streit; Raketen explodieren. Bei den Maishaufen leuchten Petroleumbrenner, Buschmesser blitzen auf. An den Montagen ziehen sich die lärmenden Eindringlinge dann sehr früh zurück. Einige Tote bleiben liegen, die der Magistrat bestatten läßt. Dies geschieht, seit ich mich erinnern kann.

Meine Hauptstraßen vereinigen sich an einem mit Tamarindenbäumen bestandenen Platz. Eine von ihnen führt hinunter und verliert sich beim Stadtausgang von Cocula. Fern vom Zentrum wird ihr Pflaster spärlich. In dem Maße, wie die Straße sich senkt, wachsen die Häuser an ihren

Seiten auf gemauerten Erdwällen von zwei bis drei Meter Höhe empor.
In dieser Straße steht ein großes Haus aus Stein, mit einem winkeligen Arkadengang und einem Garten voll Pflanzen und Staub. Die Zeit verfließt dort nicht. Die Luft bewegt sich nach so vielen Tränen nicht mehr. An dem Tag, an dem sie den Leichnam der Frau Moncada wegbrachten, schloß jemand, an den ich mich nicht erinnere, das Tor und verabschiedete die Bediensteten. Seit damals blühen die Magnolien, und niemand betrachtet sie; wilde Gräser wuchern zwischen den Steinfliesen des Hofes; Spinnen machen lange Spaziergänge über die Bilder und den Fußboden. Vor langer Zeit schon starben die Palmen im Schatten ab. Keine Stimme dringt in die Arkaden. Fledermäuse nisten in den vergoldeten Girlanden der Spiegel, und *Rom* und *Karthago* stehen einander gegenüber, noch immer voll von Früchten, die reif zu Boden fallen. Vergessen und Stille.
In der Erinnerung aber gibt es einen Garten, sonnenhell, mit buntschimmernden Vögeln; vom Laufen und Schreien der Kinder bevölkert; eine rauchende Küche im Schatten der Jacarandabäume; einen Tisch, an dem die Bediensteten der Moncada frühstücken.
„Ich werde Salz auf dich streuen!" ruft eine Stimme in den Morgen hinein.
„Ich würde an Stelle der gnädigen Frau befehlen, diese Bäume zu fällen", meint Felix, der Älteste der Dienerschaft.
Nicolas Moncada beobachtet, auf dem höchsten Ast von *Rom* stehend, seine Schwester Isabel. Die sitzt rittlings auf einer Astgabelung von *Karthago* und schaut auf ihre Hände. Das Kind weiß, *Rom* kann durch Schweigen besiegt werden.
„Ich werde deine Kinder niedermetzeln!"
In *Karthago* scheint der Himmel zwischen den Blättern durch. Nicolas steigt vom Baum herunter, läuft auf der Suche nach einer Hacke zur Küche und kehrt zum Baum

seiner Schwester zurück. Isabel schaut ihm von hoch oben zu, steigt langsam von Ast zu Ast tiefer, bis sie den Boden erreicht; dann bannt sie Nicolas mit festem Blick. Dieser weiß nicht, was er tun soll; er steht mit der Waffe in der Hand da.

Juan, der hübscheste der drei Geschwister, bricht in Tränen aus.

„Nico, schlachte sie nicht ab!"

Isabel tritt langsam beiseite, durchquert den Garten und verschwindet.

„Mama, hast du Isabel gesehen?"

„Laß sie, sie ist sehr schlimm!"

„Sie ist verschwunden! ... sie kann zaubern!"

„Sie hat sich versteckt, du Dummer!"

„Nein, Mama, sie ist eine Zauberin!" wiederholt Nicolas.

Ich weiß, das alles liegt vor der Ankunft des Generals Francisco Rosas und früher als das Geschehen, das mich jetzt vor diesem scheinbaren Stein traurig macht. Aber die Reihenfolge der Erinnerungen enthält alle Zeiten und kann nicht im voraus erkannt werden. Und nun baut sich mir gegenüber die Geometrie der Lichter auf, die, wie ein ahnendes Vorgefühl meiner Geburt, diesen trügerischen Hügel schuf. Ein heller Punkt bestimmt ein Tal. Dieser geometrische Augenblick vereint sich mit dem Zeitpunkt dieses Steines, und aus der Übereinanderlagerung der Räume, die Welten der Einbildung formen, bringt die Erinnerung mir jene Tage zurück. Und da ist Isabel noch einmal; sie tanzt mit ihrem Bruder Nicolas im orangefarbenen Licht des Korridors; sie dreht sich auf ihren Absätzen, schüttelt ihre Locken; ein leuchtendes Lächeln auf ihren Lippen. Eine Schar junger, hell gekleideter Leute umgibt die Geschwister. Ihre Mutter blickt Isabel vorwurfsvoll an. Die Bedienten trinken Alkohol in der Küche.

„Das wird kein gutes Ende nehmen!" urteilen die um das Kohlenbecken sitzenden Gäste.

II

„Du scheinst verrückt zu sein, Isabel! Für wen tanzt du?"

Als der General Francisco Rosas kam, um Ordnung zu schaffen, ergriff mich Furcht. Ich verlernte die Kunst, Feste zu feiern; vor diesen fremden schweigenden Soldaten tanzten meine Leute nicht mehr. Die Lampen wurden um zehn Uhr nachts gelöscht; und mit der Dunkelheit kam die Angst.

General Francisco Rosas, der Chef der Garnison am Platz, pflegte mit seiner Reitpeitsche auf seine staubigen Stiefel zu schlagen, wenn er mit finsterer Miene durch meine Straßen schritt; er blickte uns ohne Zuneigung an und grüßte niemanden, wie ein Fremder. Er war hochgewachsen und grausam. Sein gelber Blick verriet den Tiger in ihm. Gewöhnlich begleitete ihn sein Adjutant, der Oberst Corona; ein großes rotes Tuch um den Hals und einen texanischen Hut schief auf dem Kopf.

Sie kamen aus dem Norden. Jeder trug zwei Pistolen. Die des Generals hatten ihre Namen in kleinen Goldbuchstaben, umgeben von kleinen Adlern und Tauben, eingraviert: „Die Augen, die dich sahen" und „Die Verwöhnte".

Die Anwesenheit dieser Regierungstruppen, die mit Gewalt eingedrungen waren und mit Gewalt blieben, war uns nicht angenehm. Sie waren ein Teil desselben Heeres, das mich ohne Regen und Hoffnung zurückgelassen hatte. Die Anhänger des Emiliano Zapata waren vor ihnen an einen unsichtbaren Ort geflüchtet, und seitdem warteten wir auf ihr Erscheinen, auf das Wiehern ihrer Pferde, das Dröhnen der Trommeln und auf die rauchenden Fackeln. In jenen Tagen glaubten wir noch daran, des Nachts plötzlich durch ihren Gesang aufgeschreckt zu werden und uns über ihre Rückkehr freuen zu können. Aber diese glanzvolle Nacht blieb in der Zeit unberührt erhalten. Die Soldaten hatten sie uns weggezaubert; doch die unschuldigste Geste oder ein unverhofftes Wort konnte sie wiedergewinnen.

Deshalb warteten wir in der Stille auf sie, traurig, weil wir durch Männer aus der Nähe überwacht wurden, die unsere Bäume mit Erhängten versorgten. Ich hatte Furcht. Der Schritt des Generals jagte uns Schrecken ein. Auch die Betrunkenen ließen traurig die Köpfe hängen und kündigten von Zeit zu Zeit ihre Pein durch einen langgezogenen und plötzlich verstummenden Schrei an, der im flüchtigen Licht des Abends widerhallte. In der Dunkelheit endete ihr Rausch tödlich. Ein Zauberkreis schloß sich über mich.

Vielleicht war meine Verlassenheit an der Beklemmung schuld – das sonderbare Gefühl, mein Geschick verloren zu haben. Die Tage lasteten schwer auf mir. Ich war unruhig und hoffte ängstlich auf das Wunder.

Auch der General konnte seine Tage nicht fassen; er lebte außerhalb der Zeit, ohne Vergangenheit und Zukunft; und um seine trügerische Gegenwart zu vergessen, veranstaltete er für Julia, seine Geliebte, Serenaden und zog nachts, von seinen Offiziersburschen und der Militärmusik begleitet, in der Stadt umher. Ich schwieg hinter verschlossenen Balkonen, und die Gesänge und Schüsse der „Serenade" verklangen. In der Morgendämmerung sahen wir an den Bäumen bei der Straßensperre von Cocula einige Erhängte. Wir taten beim Vorübergehen so, als sähen wir sie nicht, mit ihrem herausgequollenem Stück Zunge, dem geknickten Hals und den langen schlaffen Beinen. Es waren „Abtrünnige" oder „Rebellen", wie die zuständigen Militärstellen vorgaben.

„Noch mehr Sünden wegen Julia!" sagte Dorotea, als sie in der Frühe dort vorbeiging, um ihr Glas frisch gemolkene Milch zu trinken.

„Gott habe sie selig", fügte sie hinzu und schaute auf die barfüßigen mit Decken bekleideten Erhängten, denen Doroteas Erbarmen gleichgültig zu sein schien. „Selig sind die Armen, denn ihrer ist das Himmelreich", murmelte die Alte, und vor ihren Augen erstrahlte hinter weißen Wolken golden die Seligkeit. Sie brauchte nur die Hand auszustrecken, um diesen jungfräulichen Augenblick zu berühren. Aber Dorotea hütete sich, die Gebärde zu machen; sie wußte, ein winziger Bruchteil der Zeit enthielt den ungeheuren Abgrund ihrer Sünden, der sie von der ewigen Gegenwart trennte. Die erhängten Indios gehorchten einer vollkommenen Ordnung und waren schon innerhalb der Zeit, die sie nie erreichen würde. „Sie sind dort, weil sie arm sind." Sie sah ihre Worte sich von der Zunge lösen und zu den Füßen der Hingerichteten schweben, ohne sie zu streifen. Sie würde einen anderen Tod sterben. „Nicht allen Menschen wird ein vollkommener Tod zuteil. Es gibt Tote, und es gibt Kadaver; ich werde ein Kadaver sein", sagte sie traurig. Der Tote war ein barfüßiges Ich, ein reiner Akt, der in die Ordnung der Seligkeit eingeht. Der Kadaver lebt durch Einkommen, Erbteil und Zinsen ernährt. Dorotea hatte niemanden, dem sie ihre Gedanken mitteilen konnte; sie lebte allein in einem Haus inmitten von Ruinen, hinter den Umfassungsmauern des Hauses von Doña Matilde. Ihre Eltern waren die Eigentümer der Minen „Juwel" und „Die Gefundene" in Tetela gewesen. Als sie starben, verkaufte Dorotea ihr großes Haus und erwarb ein kleineres, welches der Familie Cortina gehört hatte; und darin lebte sie bis zum Tage ihres Todes. Allein in der Welt, verwendete sie nun ihre Zeit darauf, Spitzen für den Altar zu klöppeln, lange Kleider für das Jesuskind zu schneidern und Schmuck für die Heilige Jungfrau zu beschaffen. „Sie ist ein seelenguter Mensch", hieß es allgemein. Als die Feiertage nahten, übernahmen Dorotea und Doña Matilde die Aufgabe, die Heiligenstatuen in der Kirche zu kleiden. Don Roque, der Mesner, holte sie von den Sockeln herunter und entfernte sich ehrerbietig. Voll Andacht führten die beiden Frauen ihre Arbeit durch.

„Wir wollen die Heilige Jungfrau nackt sehen!" riefen Isabel und ihre Brüder, als sie überraschend in die Kirche

hereingelaufen kamen. Schnell verdeckten die Frauen die Heiligenstatuen.
„Um Gottes Willen, Kinder, das dürft ihr nicht!"
„Geht weg von hier!" bat ihre Tante Matilde.
„Tante, bitte, nur ein einziges Mal!"
Gern hätte Dorotea über die ungestüme Neugier der Kinder gelacht. Doch das wäre ein Sakrileg gewesen. Schade.
„Kommt zu mir nach Hause, ich erzähl euch eine Geschichte, und ihr werdet sehen, warum die Neugierigen nicht lange leben", versprach Dorotea. Sie war schon immer mit den Moncadas befreundet. Die Kinder pflegten ihr den Garten, holten die Honigwaben aus den Bienenstöcken und schnitten die Spitzen des roten Buganviliastrauches und die Blüten der Magnolien ab; fehlte ihr das Geld, um Kleinodien für die Heilige Jungfrau zu erwerben, schmückte Dorotea die Altäre mit Blumengirlanden. In jenen Tagen, auf die ich mich beziehe, war Dorotea schon alt und vergaß oft, daß sie Speisen auf dem Herd stehen hatte, die dann leicht angebrannt schmeckten. Wenn Isabel, Juan und Nicolas sie besuchen kamen, schrien sie: „Es riecht angebrannt!"
„Ah! Seitdem die Anhänger von Zapata mir das Haus angezündet haben, brennen mir die Bohnen an", antwortete Dorotea, ohne sich von ihrem kleinen niedrigen Stuhl zu erheben.
„Aber du bist ja auch eine Zapata-Anhängerin!" riefen die Kinder lachend.
„Sie waren sehr arm, und wir versteckten das Essen und das Geld vor ihnen; deshalb hat Gott uns Rosas geschickt, damit wir uns nach ihnen zurücksehnen. Man muß arm sein, um die Armen zu verstehen!" sagte sie, ohne den Blick von ihren Blumen zu heben.
Die Jungen gaben ihr einen Kuß; sie sah sie erstaunt an, als würden sie sich von Tag zu Tag so verändern, daß man sie unmöglich wiedererkennen konnte.
„Wie groß ihr schon seid! Bald könnt ihr einem Orden beitreten. Laßt euch nur nicht vom Schwanz des Teufels

einfangen!" Die Geschwister lachten und zeigten ihre ebenmäßigen weißen Zähne.

„Doro, darf ich dein Zimmer sehen?"

Die Wände des einzigen Zimmers, welches Dorotea bewohnte, waren mit Fächern tapeziert, die ihrer Mutter gehört hatten. Da waren auch Heiligenbilder; es roch nach verbranntem Docht und geschmolzenem Wachs. Jenes immer halb abgedunkelte Zimmer setzte Isabel in Erstaunen. Sie schaute sich gern die Fächer mit ihren kleinen Mondscheinlandschaften an, mit den dunklen Terrassen, auf denen winzige, undeutlich sichtbare Paare sich küßten. Diese in der Dunkelheit gehüteten Liebespfänder schlossen Bilder einer unwirklichen, lächerlich kleinen Liebe ein. Lange Zeit betrachtete Isabel diese sich immer ähnlichen, verworrenen Szenen. Die anderen Räume waren schwarze Mauern, durch welche verstohlen Katzen sprangen und durch die die Spitzen des Blauen Mantogewächses eindrangen.

„Nicolas, wenn ich einmal sehr alt bin, werde ich so ein Zimmer haben."

„Sei still, Kind! Du bist nicht dazu geschaffen, allein zu bleiben. Du weißt, wenn du heiratest, darfst du dir jene Fächer, die dir am besten gefallen, mitnehmen."

Nicolas' Miene verdüsterte sich; sein Blick trübte sich.

„Du wirst heiraten, Isabel?"

Er sah, an einen Pfeiler des Korridors gelehnt, Isabel mit verklärtem Gesicht, verloren in einer ihm unbekannten Welt, aus Doroteas Zimmer kommen. Sie betrog ihn, ließ ihn allein zurück, zerriß das Band, das sie seit der Kindheit umschloß. Er wußte, sie mußten zu zweit sein. Sie würden aus Ixtepec fliehen. Die Wege mit ihrem in der Morgenröte leuchtenden Staub warteten auf sie, das ausgedehnte Land, um die Schlacht zu gewinnen ... welche Schlacht? Die beiden mußten sie entdecken, damit sie ihnen nicht durch irgendeinen Erdspalt entschwinde. Dann würden sie den Helden begegnen, die aus einer ruhmreichen Welt mit kriegerischen Trompetentönen nach ihnen riefen. Sie, die Moncadas, würden nicht in ihren Betten sterben, im Schweiße der feuchten Leintücher, und wie Blutegel am Leben kleben. Die Straße rief sie. Das ferne Dröhnen der Revolution war ihnen nahe. Es genügte, das Tor ihres Hauses zu öffnen, um in die aufregenden Tage der vergangenen Jahre hinauszuschreiten.

„Ich sterbe lieber auf der Straße oder bei einer Wirtshausrauferei", sagte Nicolas unmutig.

„Du sprichst immer von deinem Tod, Junge!" tadelte Dorotea.

Nicolas wandte den Blick nicht von seiner Schwester und gab keine Antwort. Sie hatte sich wirklich verändert. Seine Worte beeindruckten sie nicht. Isabel wollte fort von hier. Aber nicht mit ihm. „Wie wird ihr Gatte sein?" fragte er sich erschrocken. Isabel dachte dasselbe.

„Nico, glaubst du, daß er in diesem Augenblick schon geboren ist?"

„Sei nicht albern!" Seine Schwester ärgerte ihn.

„Dann muß er sich jetzt an irgendeinem Ort befinden", antwortete sie in aller Ruhe. Und sie suchte ihn an unbekannten Orten und begegnete einer Gestalt, die Schatten auf sie warf und an ihr vorüberging, ohne sie anzublicken.

„Nein, ich glaube, ich heirate nicht."

„Bildet euch nicht Dinge ein, die es nicht gibt! Das nimmt kein gutes Ende!" riet ihnen die Alte, als die jungen Leute sich anschickten, wegzugehen.

„Was soll man sich sonst einbilden, Doro?" antwortete ihr Isabel vom Hausflur her.

„Wozu diese alberne Frage?"

„Engel soll man sich einbilden!" rief das junge Mädchen und küßte die Alte, die nachdenklich an ihrer Tür stehen blieb und ihnen nachschaute, wie sie sich auf der gepflasterten Straße entfernten: die drei einzigen Freunde, die ihr auf der Welt verblieben.

III

„Was soll ich mit euch anfangen?"
Martin Moncada unterbrach seine Lektüre und blickte seine Söhne betreten an. Sie saßen zu dieser geruhsamen Abendstunde im Arbeitszimmer; seine Worte waren ohne Widerhall in den Ecken verklungen. Die jungen Leute, über das Damebrett gebeugt, bewegten sich nicht. Ihr Vater stellte sich schon seit geraumer Zeit diese Frage. Die im Zimmer verteilten Lampen strahlten ihre Lichtkreise aus. Von Zeit zu Zeit öffnete und schloß das leise Geräusch einer über das Brett geschobenen Dame eine winzige Tür, durch welche sie besiegt entfloh. Doña Ana ließ ihr Buch sinken, schraubte behutsam den Docht der Öllampe höher und antwortete:
„Es ist schwer; Söhne sind andere Menschen!"
Nicolas bewegte eine Figur auf dem schwarzweißen Brett; Isabel beugte sich vor, um das Spiel zu studieren, und Juan schnalzte einige Male mit der Zunge, um zwischen den älteren Geschwistern Streit anzufachen. In ihrem Gehäuse aus Caobaholz hämmerte die Uhr die Sekunden.
„Wieviel Lärm du in der Nacht machst!" sagte Martin, warf ihr einen strengen Blick zu und drohte mit dem Zeigefinger.
„Es ist neun Uhr", gab Felix aus seiner Ecke zur Antwort. Einer alten Sitte des Hauses gehorchend, erhob er sich von seinem Schemel, ging zur Uhr, öffnete die kleine Glastüre und hängte den Pendel aus. Die Uhr verstummte. Felix legte das Bronzestück auf den Schreibtisch seines Herrn und nahm wieder seinen Platz ein.
„Heute wird er nicht mehr hin- und herschwingen", bemerkte Martin und blickte dann auf die stillstehenden Zeiger vor dem weißen Porzellanziffernblatt.
Ohne das Ticktack der Uhr traten das Zimmer und die sich darin aufhielten in eine neue melancholische Zeit ein, wo Gebärden und Stimmen der Vergangenheit angehörten.

Doña Ana, ihr Gatte, die Kinder und Felix wandelten sich zu Erinnerungen an sie selbst, ohne Zukunft, verloren in einem eigentümlich gelben Licht, das sie von der Wirklichkeit absonderte. So sehe ich sie nun, jeder über seinen Lichtkreis gebeugt, im Vergessen befangen, außerhalb ihrer selbst und der Schwere, die mich des Nachts befiel, wenn die Häuser ihre Rolläden schlossen.

„Die Zukunft! Die Zukunft! ... Was heißt Zukunft?“ rief Martin Moncada ungeduldig aus.

Felix bewegte den Kopf, seine Frau und seine Söhne schwiegen. Wenn er an die Zukunft dachte, stürzte eine Lawine von sich drängenden Tagen auf ihn, sein Haus und seine Söhne. Die Tage hatten für ihn nicht dieselbe Geltung wie für die anderen. Er sagte niemals: „Am Montag werde ich das erledigen“, denn zwischen diesem Montag und ihm gab es eine Menge nicht gelebter Erinnerungen, die ihn vor der Notwendigkeit, „diesen Montag das zu erledigen“, bewahrten. In ihm war ein Widerstreit verschiedener Erinnerungen, doch die Erinnerung an Geschehenes bedeutete für ihn das einzig Unwirkliche. Als Kind verbrachte er viele Stunden damit, sich an das, was er niemals gesehen noch gehört hatte, zu erinnern. Ein Buganviliastrauch im Hof seines Hauses versetzte ihn in größeres Erstaunen als die Kunde von schneebedeckten Ländern. Er erinnerte sich des Schnees als einer Form der Stille. Er saß beim Strauch und fühlte sich von einem weißen Geheimnis ergriffen, das für seine dunklen Augen so gewiß war, wie der Himmel über seinem Haus.

„Woran denkst du, Martin?“ fragte ihn seine Mutter, die sich über seine geistesabwesende Miene wunderte.

„An den Schnee“, antwortete er mit dem Erinnerungsvermögen seiner fünf Jahre. Je größer und älter er wurde, um so mehr spiegelten sich in ihm Schatten und Farben der nicht gelebten Vergangenheit und vermischten sich mit Bildern und Geschehnissen der Zukunft. Martin Moncada

lebte immer in diesen beiden Welten, die in ihm eins wurden.
Diesen Morgen fing seine Mutter, ohne Rücksicht auf jene Erinnerungen, die sich tief in ihm Bahn brachen, zu lachen an, während er ungläubig staunend den wilden Wuchs des Buganviliastrauches betrachtete. Es gab in Ixtepec Gerüche, die nur er wahrnahm. Wenn die Dienstmägde das Feuer im Küchenherd anzündeten, erweckte der Geruch brennenden Pinienholzes in seinen anderen Erinnerungen Visionen von Pinien, und der Duft eines frischen harzigen Windes strich seinen Körper hinauf. Verdutzt blickte er auf seine Umgebung; er saß neben dem heißen Kohlenbecken und atmete sumpfige Gartenluft ein. Und das seltsame Empfinden, nicht zu wissen, wo er sich befand, an einem ihm feindlichen Ort zu sein, ließ ihn die Stimmen und Gesichter seiner Kindermädchen nicht erkennen. Die Küchentür stand offen; der rote Buganviliastrauch loderte herein und erfüllte ihn mit Entsetzen. Er begann zu weinen, weil er sich an einen unbekannten Ort verirrt glaubte. „Weine nicht, Martin! Weine nicht!" besänftigten ihn die Dienstmädchen und näherten sich mit ihren schwarzen Zöpfen seinem Gesicht. Und er, unter diesen fremden Gesichtern einsamer denn je, weinte noch verzweifelter. „Wer weiß, was er hat?" sagten die Mädchen und drehten ihm den Rücken zu. Und er erkannte sich allmählich als Martin wieder, der in der Küche in einem Stoffsessel saß und auf das Frühstück wartete.
Nach dem Abendessen, wenn Felix die Uhren stillstehen ließ, schweifte er unbehindert in seine nicht gelebte Vergangenheit zurück. Der Kalender kerkerte ihn in einer anekdotischen Zeit ein und beraubte ihn der anderen, ihm innewohnenden Zeit, in der ein Montag die Montage waren, Worte Zauberkräfte bekamen, Menschen sich in unkörperliche Personen vervielfachten und Landschaften zu Farben wurden. Er hatte Freude an den Festtagen. Durch die vergessene Erinnerung an das Fest bezauberte

Leute wandelten über den Platz; von jenem Vergessen rührte die Traurigkeit jener Tage her. „Eines Tages werden wir uns daran erinnern, werden wir uns daran erinnern!“ sagte er sich, überzeugt davon, daß der Ursprung des Festes, wie alle menschlichen Taten, unversehrt in der Zeit da wären, und ein Bemühen, ein Sehenwollen genügte, um in der Zeit die Geschichte der Zeit abzulesen.
„Ich habe heute den Doktor Arrieta besucht und mit ihm über die beiden Jungen gesprochen“, hörte er Felix sagen.
„Den Doktor?“ erwiderte Martin. Was wäre ohne Felix aus ihm geworden? Felix war seine Erinnerung an alle Tage. „Was machen wir heute? Auf welcher Seite habe ich gestern nacht zu lesen aufgehört? An welchem Tag ist Justina gestorben?“ Felix bewahrte alles in seinem Gedächtnis auf, was Martin vergessen hatte, und beantwortete alle seine Fragen, ohne sich zu irren. Er war sein zweites Ich, die einzige Person, die ihm nicht fremd erschien und vor der auch er sich nicht fremd fühlte. Seine Eltern waren rätselvolle Menschen gewesen. Nicht ihr Tod schien ihm unglaublich, sondern daß sie zu einem Zeitpunkt, der dem seiner eigenen Geburt so nahe lag, geboren worden waren; an einem Tag, der in seiner Erinnerung weiter zurücklag als die Geburt des Cyrus oder der Cleopatra. Erstaunlich, daß sie nicht immer auf der Welt gewesen waren! Als er noch ein kleiner Junge war und man ihm aus der Biblischen Geschichte vorlas, von Moses, Isaak und dem Roten Meer, schien es ihm, als ob nur seine Eltern dem Geheimnis der Propheten vergleichbar wären. Diese Empfindung des Altertümlichen flößte ihm Ehrfurcht vor ihnen ein. Wenn er auf den Knien seines Vaters saß, beunruhigte es ihn, die Schläge seines Herzens zu hören. Die Erinnerung an eine unendliche Traurigkeit, die aufdringliche Erinnerung an die Vergänglichkeit des Menschen, noch bevor man ihm vom Sterben erzählt hatte, durchdrang ihn schmerzvoll und ließ ihn schweigen.

„Sprich doch, sei nicht albern!" baten sie ihn; und er fand das unbekannte Wort nicht, das sein tiefes Unglück bekundet hätte. Mitleid löste das Bild seiner Eltern in der entlegenen Zeit auf, ließ ihn rücksichtsvoll zu seinen Nächsten werden und nahm ihm die letzte Möglichkeit tatkräftigen Wirkens. Das hatte seinen geschäftlichen Ruin bewirkt. Seine Geschäfte brachten ihm kaum das Lebensnotwendige ein.

„Ich setzte ihn über den Stand unserer Konten in Kenntnis, und er erklärte sich gerne bereit, die Jungen in seinen Minen zu beschäftigen", schloß Felix.

Die Tischlampen flackerten und stießen schwarzen Rauch aus. Petroleum mußte nachgefüllt werden. Die jungen Leute blickten auf das Damebrett.

„Keine Sorge, Papa, wir werden Ixtepec verlassen", sagte Nicolas lächelnd.

„Dann wird sich herausstellen, ob ihr Tiger mit Zähnen oder ohne Zähne seid; es gibt nämlich sehr wenige Lämmer", sagte Felix aus seiner Ecke heraus.

„Mir wäre es recht, wenn Isabel heiraten würde", warf die Mutter ein.

„Ich werde nicht heiraten!" antwortete die Tochter.

Es mißfiel Isabel, daß zwischen ihr und ihren Brüdern Unterschiede gemacht wurden. „Die einzige Zukunft für eine Frau liegt in der Ehe", wurde ihr immer wieder gesagt. Sie fühlte sich durch diese Vorstellung erniedrigt und zu einer Ware reduziert, die man um jeden Preis absetzen mußte.

„Wenn das Mädchen weggeht und die Jungen bleiben, ist dieses Haus nicht mehr dasselbe. Besser sie gehen alle drei, wie Nicolas sagte", versicherte Felix; der Gedanke, Isabel könnte mit einem Unbekannten von zu Hause fortgehen, war ihm unangenehm.

Die Worte von Felix wiederholen sich in der Zeit nur für mich; sie kreisen innerhalb der Mauern des Salons, um das Gehör von Leuten, die es nicht mehr gibt.

„Ich weiß nicht, ich weiß nicht; was soll ich mit euch anfangen?“ wiederholte Martin Moncada.
„Wir sind müde“, stellte Felix fest und verschwand, um nach Ablauf einiger Minuten mit einem Tablett, auf dem sechs Gläser und eine Kanne mit Tamarindenwasser standen, wieder zu erscheinen. Die jungen Leute tranken hastig das Erfrischungsgetränk. Zu dieser Stunde ließ die Hitze etwas nach; der nächtliche Jasminduft durchflutete lau das Haus.
„Es kann den Jungen nur nützen“, fügte Felix hinzu, als er die leeren Gläser einsammelte. Martin warf ihm einen dankbaren Blick zu. Erst später, als sie schon zu Bett lagen, kamen ihm Zweifel. „Hieß seine Söhne in die Minen schikken nicht, ihrem Willen Gewalt antun? Gott wird es fügen! Gott wird es fügen!“ murmelte er. Er konnte nicht schlafen. Seltsam Fremdes war um sein Haus; als würde ein seit Jahrhunderten gegen ihn und seine Familie geschleuderter Zauber in jener Nacht Gestalt annehmen. Er wollte an das Unheil denken, das seinen Sohn bedrohte, wurde aber nur von dem Entsetzen gepackt, das ihn jeden Karfreitag befiel. Er versuchte zu beten und fühlte sich allein und unfähig, die bedrohlichen nebelhaften Gebilde aufzulösen.

IV

Ich entsinne mich der Abreise von Juan und Nicolas zu den Minen von Tetela. Die Vorbereitungen nahmen einen ganzen Monat in Anspruch. Eines Morgens erschien die kleine Schneiderin Blandina mit ihrem Nähkorb. Vor der Türe des Nähzimmers blieb sie stehen; ihr dunkelbraunes bebrilltes Gesicht spiegelte ihr Zögern wider.
„Mir gefallen die Zimmerwände nicht, ich muß grünes Laub sehen, das hilft mir beim Zuschneiden“, versicherte sie ernsthaft und weigerte sich, einzutreten.
Felix und Rutilio trugen die Singernähmaschine auf den Korridor hinaus.

„Ist es hier recht, Doña Blandina?"
Die Schneiderin setzte sich umsichtig an die Nähmaschine, rückte die Brille zurecht, beugte sich vor und tat so, als arbeitete sie; dann blickte sie bestürzt auf.
„Nein! Nein! Nein! Dort! Bei den Tulpen ist es besser! Diese Farnkräuter hier stören mich sehr!"
Die Diener stellten die Nähmaschine und den Tisch vor das dichte Tulpenbeet. Blandina wandte den Kopf.
„Die sind zu auffällig! Zu auffällig!" sagte sie unangenehm berührt. Felix und Rutilio verloren die Geduld mit der Frau.
„Wenn es Sie nicht stört, würde ich lieber bei den Magnolien sitzen", sagte sie mit betont sanfter Stimme und ging mit ihren kleinen Schritten zu den Bäumen; aber als sie knapp davorstand, rief sie kleinmütig aus: „Die sind mir zu feierlich! Das macht mich traurig!"
Der Vormittag verging, ohne daß Blandina einen geeigneten Platz zum Arbeiten gefunden hätte. Mittags saß sie steif wie ein Götze bei Tisch und dachte ernsthaft über ihr Problem nach. Dann aß sie, ohne zu schauen, was man ihr vorsetzte. Felix bediente sie.
„Schauen Sie mich nicht so an, Don Felix. Versetzen Sie sich in meine Lage. Ich soll, umgeben von ungewohnten Wänden und Möbeln, die Schere an kostbare Stoffe ansetzen. Kein Wunder, daß ich mich nicht zurechtfinde."
Am Nachmittag fand Blandina sich in einem Winkel des Korridors „zurecht".
„Von hier aus sehe ich nur das Laub. Das fremde Gut verliert sich im Grünen." Und lächelnd begann sie ihre Arbeit.
Doña Ana kam, um ihr Gesellschaft zu leisten, und unter Blandinas Händen entstanden Hemden, Mosquitonetze, Hosen, Bettüberzüge und Leintücher. Mehrere Wochen hindurch nähte sie eifrig bis sieben Uhr abends. Frau Moncada markierte die Wäschestücke mit den Initialen ihrer Söhne. Von Zeit zu Zeit hob die Schneiderin den Kopf:

„Julia ist schuld, daß die Jungen allein so weit fortgehen und Gefahren und teuflischen Versuchungen ausgesetzt sind."

In jenen Tagen bestimmte Julia unser aller Schicksal. Wir gaben ihr die Schuld am kleinsten unserer Mißgeschicke. In ihrer Schönheit unnahbar, schien sie von uns nichts wissen zu wollen.

Tetela lag im Gebirge, nur vier Reitstunden von Ixtepec entfernt; und trotzdem war die zeitliche Distanz ungeheuer. Tetela war verlassen und gehörte der Vergangenheit an. Nur der vergoldete Ruhm seines Namens zitterte im Gedächtnis nach wie eine Tamburinschelle und einige angezündete Paläste. Während der Revolution verschwanden die Besitzer der Erzgruben, und die armen Einwohner stiegen nicht mehr in die Schächte ein. Einige wenige Familien blieben und brachten sich mit Töpferarbeiten durch. An den Samstagen sahen wir sie in aller Frühe barfuß und zerlumpt daherkommen, um ihre Krüge auf dem Markt von Ixtepec zu verkaufen. Der Weg zu den Minen führte über das Gebirge an Scharen durch Hunger und böse Fieber abgezehrte Bauern vorbei. Fast alle hatten sie sich einst der Revolution des Zapata angeschlossen und waren nach einigen wenigen Jahren des Kampfes dezimiert und genau so arm wie früher zurückgekehrt. Sie mußten wieder ihren Platz in der Vergangenheit einnehmen.

Den Mestizen jagte das Land Furcht ein. Es war ihr Werk; ein Abbild ihres Raubbaues. Sie waren mit Gewalt vorgegangen und fühlten sich nun in einem ihnen feindlichen Land von Gespenstern umgeben. Die von ihnen eingeführte Schreckensherrschaft hatte sie verarmen lassen; das war der Grund für meinen Verfall.

„Wenn wir doch alle Indios ausrotten könnten! Sie sind die Schande Mexikos!" Die Indios schwiegen. Die Mestizen versahen sich, bevor sie von Ixtepec wegzogen, mit Lebensmitteln, Medikamenten, Kleidern und Pistolen; guten Pistolen, sogenannten „Indio-Ziegen". Sie begegneten ein-

ander mißtrauisch, fühlten sich ohne Land und ohne Kultur und lebten in einigen Gruppen zusammen, die durch zweifelhaft erworbenes Geld künstlich zusammengehalten wurden. Durch ihre Schuld stand meine Zeit still.
„Ihr wißt ja, man muß hart zu den Indios sein!" empfahl Tomas Segovia den Moncadas bei einer der Zusammenkünfte, die anläßlich der Verabschiedung der Jungen stattfanden. Segovia war das pedantische Belehrenmüssen seines Apothekerberufes in Fleisch und Blut übergegangen. Er erteilte Ratschläge im Ton einer Gebrauchsanweisung für Medikamente, wie etwa: „Sie wissen schon, eine kleine Prise alle zwei Stunden ..."
„Sie sind so hinterlistig", seufzte Doña Elvira, die Witwe des Don Justino Montufar.
„Alle Indios haben dasselbe Gesicht, deshalb sind sie gefährlich!" fügte Tomas Segovia lächelnd hinzu.
„Früher war es leichter, gegen sie anzukämpfen. Sie hatten mehr Respekt vor uns. Was würde mein armer Vater, der in Frieden ruhen möge, sagen, wenn er diesen aufgewiegelten Indiohaufen sähe; er, der immer so würdig war!" antwortete Doña Elvira.
„Sie haben den Strang nötig! Lebt nicht zu sorglos! Tragt die Pistolen immer griffbereit!" sagte Segovia mit Nachdruck.
Felix saß auf seinem Schemel und hörte ihnen unbewegt zu: „Für uns Indios nimmt die Zeit des Duldens kein Ende", dachte er; behielt aber seine Gedanken für sich. Nicolas blickte zu ihm und rückte unbehaglich auf seinem Stuhl hin und her. Er schämte sich für die Freunde des Hauses.
„Sprecht nicht so, wir alle sind halbe Indios!"
„Ich habe nicht einen Tropfen Indioblut in mir!" rief die Witwe mit erstickter Stimme.
Der Wind, der ungestüm über meine Steine und mein Volk weht, duckte sich unter die Sessel, und die Luft wurde zum Schneiden dick. Die Gäste lächelten heuchlerisch. Conchita,

die Tochter der Elvira Montufar, schaute mit Bewunderung auf Nicolas. „Welches Glück, ein Mann zu sein und alles aussprechen zu können, was man denkt", sagte sie sich melancholisch. Nie nahm sie an der Unterhaltung teil. Sie saß sittsam da, hörte Worte fallen und ertrug sie stoisch, wie jemand, der einen Wolkenbruch über sich ergehen läßt. Das Gespräch wurde heikel.

„Wißt ihr, daß für Julia ein Perlendiadem bestellt wurde?" sagte Tomas und lächelte gezwungen, um den durch Nicolas' Bemerkung verursachten Zorn zu verbergen.

„Ein Diadem?" rief die Witwe überrascht aus.

Der Name Julia verflüchtigte das heikle Thema „Indios", und die Unterhaltung wurde lebhafter. Felix hatte die Uhren nicht angehalten, und ihre Zeiger fingen die Worte, die von den Lippen Doña Elviras und Tomas Segovias kamen, im Fluge ein und verwandelten sie in ein Heer von Spinnen, das unnütze Silben ineinander webte und wieder auflöste. Die Lippen ereiferten sich aufgeregt und dem Geräusch, das sie hervorriefen, fremd, über Julia, die Geliebte von Ixtepec.

Von weither klangen die Glockenschläge aus dem Kirchturm. Die Uhr im Salon der Moncada antwortete leiser, und die Gäste flohen mit der Schnelligkeit von Insekten.

Tomas Segovia begleitete Doña Elvira und Conchita durch meine dunklen Gassen. Die Witwe nützte die Dunkelheit, um vom Lieblingsthema des Apothekers: der Poesie zu sprechen.

„Sagen Sie, Tomas, was macht die Poesie?"

„Alle haben sie vergessen, Doña Elvira; nur ich widme ihr von Zeit zu Zeit ein paar Stunden. Dies ist ein Land von Analphabeten!" erwiderte der Mann verbittert.

„Was der sich einbildet!" dachte die Dame erzürnt und sagte nichts mehr.

Als er sich beim Haus der Montufar von den Damen verabschiedet hatte, wartete Segovia galant, bis innen die Riegel und Querstangen des Tores vorgeschoben wurden;

dann stieg er die vereinsamte Straße wieder hinauf. Er dachte an Isabel und an ihr knabenhaftes Profil. „Sie hat eine spröde Natur!" redete er sich ein, um seine Enttäuschung über die Gleichgültigkeit des jungen Mädchens zu verwinden; und ohne es zu wollen, reimte er „spröde" mit „schnöde". Sein Leben erschien ihm, inmitten der nächtlichen Einsamkeit der Straße, wie ein riesiges Lager von Eigenschaftswörtern. Überrascht beschleunigte er seine Schritte; auch sie markierten Silben. „Ich schreibe zuviel", sagte er betreten, aber als er zu Hause ankam, schrieb er die ersten beiden Verse des ersten Vierzeilers eines Sonettes nieder.

„Du solltest aufmerksamer zu Segovia sein und nicht immer den Nicolas wie eine Verrückte anstarren!" rief Doña Elvira aus, als sie vor dem Spiegel saß.

Conchita gab keine Antwort. Sie wußte, ihre Mutter redete um des Redens willen. Die Stille jagte ihr Furcht ein, rief ihr das Unbehagen der zwei neben ihrem Gatten verbrachten Jahre in Erinnerung. In dieser Zeit hatte die Witwe sogar vergessen, ihr eigenes Spiegelbild zu betrachten. „Wie seltsam, ich weiß nicht, was für ein Gesicht ich in der Ehe hatte", gestand sie ihren Freundinnen. „Kind, hör endlich auf, dich im Spiegel zu betrachten!" sagten die Erwachsenen zu ihr, als sie klein war. Aber sie konnte nicht anders. Ihr eigenes Abbild ließ sie die Welt begreifen: die Schmerzen und die Feste, die Liebschaften und die Daten. Vor dem Spiegel verstand sie die Worte und das Lachen. Nach der Hochzeit aber hatte sie nichts mehr zu sagen; Justino nahm die Spiegel von den Wänden, und sie bewegte sich wie eine Blinde durch schweigsame und ausgelöschte Jahre, ohne zu verstehen, was in ihrer Umgebung vorging. Nichts war davon in ihrem Gedächtnis zurückgeblieben. Nicht sie war es, die diese Zeit des bangen Schweigens durchgemacht hatte.

Obwohl sie ihrer Tochter den Rat gab, sich zu verheiraten, war es ihr doch angenehm, daß Conchita nichts davon hören

wollte. „Nicht alle Frauen können sich des ehrbaren Witwenstandes erfreuen“, frohlockte sie im geheimen. „Ich mache dich darauf aufmerksam, wenn du deine Trägheit nicht abschüttelst, wirst du als alte Jungfrau enden.“
Conchita hörte den Vorwurf und stellte schweigend das Tablett mit dem Glas Wasser unter Doña Elviras Bett, um den Geist des Bösen zu vertreiben; dann legte sie ein Bild der Heiligen Jungfrau und einen Rosenkranz zwischen die Polsterbezüge. Seit der Kindheit ergriff Elvira, bevor sie zu Bett ging, Vorsichtsmaßnahmen; ihr schlafendes Gesicht ängstigte sie: „Ich weiß nicht, wie ich mit geschlossenen Augen aussehe!“ Und sie zog das Bettuch über den Kopf, um zu vermeiden, daß jemand ihr unbekanntes, im Schlafe wehrloses Gesicht sähe.
„Wie unangenehm, in einem Land der Indios zu leben!“ Sie machen sich unseren Schlaf zunutze, um uns zu schaden“, sagte sie verschämt, als sie sah, daß ihre Tochter zu dieser nächtlichen Stunde mit solchen Obliegenheiten beschäftigt war, anstatt ins Bett zu gehen. Sie bürstete energisch ihr Haar und betrachtete sich bestürzt im Spiegel.
„Mein Gott! Das bin ich? Dieses alte Weib! Und so sehen mich die Leute? Ich gehe nie wieder auf die Straße; ich will kein Mitleid erregen!“
„Sag das nicht, Mama!“
„Gott sei Dank starb dein armer Vater. Stell dir seinen Schreck vor, wenn er mich jetzt sähe. Und du? Warum heiratest du nicht? Worauf wartest du? Segovia ist in Ixtepec die beste Partie. Natürlich ist er ein armer Teufel! Welch eine Strafe, ihn das ganze Leben lang anhören zu müssen. Aber bin das wirklich ich?“ wiederholte sie, von ihrem eigenen Gesicht gefesselt, das seine Züge im Spiegel dauernd veränderte.
Und während ihre Mutter fassungslos vor dem Spiegel saß, ging Conchita in ihr Zimmer. Sie wollte allein sein, um ungestört an Nicolas denken zu können. In der Kühle ihres

Zimmers konnte sie sich das Gesicht des jungen Mannes vorstellen und fühlte sich wieder zum Lachen aufgelegt. Schade, daß sie nie ein Wort zu sagen wagte! Ihre Mutter dagegen sprach zuviel; sie zerstörte den Zauber. Tomas Segovia als Gatte! Wie konnte sie es wagen, so einen Unsinn zu sagen! Wenn Segovia sprach, füllten sich Conchitas Ohren mit Kleister. Sein fettiges Haar war eine Beleidigung für sie. „Wenn meine Mutter morgen seinen Namen ausspricht, kriege ich einen Wutanfall!" Davor hatte Doña Elvira Angst.
Sie lächelte verschmitzt und rückte ihren Kopf wohlgefällig auf dem Kissen zurecht. Darunter hütete sie das Lachen von Nicolas.
„Ich will, daß sie nach Tetela gehen!" schrie Isabel zornig, als die letzten Gäste durch das Haustor gingen. Aber kaum waren ihre Brüder nicht mehr in Ixtepec, bereute sie ihre Worte. Das Haus wurde ohne sie zu einer unbewohnten leeren Eischale. Sie erkannte es nicht wieder, und auch nicht die Stimmen ihrer Eltern und der Bediensteten. Sie löste sich von ihnen, flüchtete zurück und verwandelte sich in einem im Raum verlorenen Punkt. Angst überkam sie. Es gab zwei Isabels; eine, die durch den Hof und die Zimmer schritt, und eine andere, die in einer weit entfernten Sphäre, im Raum fixiert lebte. Abergläubisch betastete sie die Dinge, um mit der augenscheinlichen Welt in Verbindung zu treten; griff nach einem Buch oder einem Salzfaß als Stütze, um nicht ins Leere zu fallen. So stellte sie einen magischen Strom her zwischen der wirklichen und der unwirklichen Isabel und fühlte sich getröstet. „Bete, sei tugendhaft", wurde ihr gesagt, und sie wiederholte die magischen Formeln der Gebete, bis sie in sinnlose Worte zerfielen. Zwischen den beiden Isabels klaffte dieselbe Kluft wie zwischen der Macht des Gebetes und den Worten, die es in sich faßten. Auch ihr gelang es nicht, diese beiden Teile des Ave-Maria zu vereinen. Und die entrückte Isabel konnte jeden Augenblick sich ablösen, die Räume wie ein

Meteor durchziehen und in eine unbekannte Zeit fallen. Ihre Mutter wußte nicht, wie sie sie ansprechen sollte. „Es ist meine Tochter Isabel", sagte sie immer wieder und schaute ungläubig auf die hohe und fragende Gestalt des jungen Mädchens.

„Manchmal ist mir, als schneide das Papier uns Grimassen!"

Ihre Tochter blickte sie überrascht an und Doña Ana errötete. Sie wollte sagen, sie hätte sich in der Nacht einen Brief ausgedacht, der die Kluft überbrücken sollte, die sie von ihrer Tochter trennte. Aber diese nächtlichen Phrasen lösten sich am Morgen vor der unverschämten Weiße des Papiers wie Gartennebel auf; nur einige unnütze Worte blieben zurück.

„Und gestern nacht war ich so gescheit!" seufzte sie.

„Des Nachts sind wir meistens gescheit, am Morgen dann aber wieder dumm", sagte Martin Moncada und blickte auf die stillstehenden Zeiger der Uhr.

Seine Frau vertiefte sich wieder in die Lektüre. Martin hörte, wie sie eine Buchseite umblätterte und sah sie an wie immer. Sie war für ihn ein sonderbares, bezauberndes Wesen, das ihr Leben mit ihm teilte; aber eifersüchtig ein nicht mitteilbares Geheimnis hütete. Er war ihr dankbar für ihre Gegenwart. Niemals würde er erfahren, mit wem er eigentlich gelebt hatte, und er brauchte es auch nicht zu wissen; ihm genügte, *daß* er mit jemandem gelebt hatte. Dann blickte er auf Isabel, die eingesunken in ihrem Lehnstuhl saß, den Blick starr auf die Flamme der Tischlampe gerichtet. Er wußte auch nicht, wer seine Tochter war. Ana pflegte zu sagen: „Söhne sind andere Menschen", erstaunt darüber, daß ihre Söhne nicht sie selbst waren. Angst um Isabel überkam ihn. Seine Frau und Felix, neben ihren Lampen, schienen in ihrem eigensinnigen Schweigen die Gefahr zu verkennen. Isabel konnte sich in einen flüchtigen Stern verwandeln, fliehen und in den Raum fallen, ohne sichtbare Spuren in dieser Welt zu hinterlassen, in der nur das Gemeine der Dinge Form annahm. „Ein Meteorstein ist der rasende Wille zur Flucht“, dachte er und erinnerte sich, wie seltsam diese erloschenen Massen aussahen, die, in ihrem eigenen Zorn verglüht, zu einem noch düstereren Gefängnis verdammt waren als dem, woher sie kamen. „Der Wille, sich vom Ganzen zu trennen, ist die Hölle!“

Isabel erhob sich von ihrem Lehnstuhl. Sie fühlte seine Feindseligkeit; ihr schnitt nicht nur das Papier, sondern das ganze Haus Grimassen. Sie sagte: „Gute Nacht!“ und ging aus dem Zimmer.

„Schon vor sieben Monaten waren sie weggeritten!“ Sie vergaß, daß ihre Brüder manchmal nach Ixtepec kamen, einige Tage mit ihr und den Eltern verbrachten und dann zu den Minen von Tetela zurückkehrten. „Morgen bitte ich Vater, daß er sie holt.“ Und sie zog das Bettuch über ihren Kopf, um die heiße Dunkelheit und die Schatten nicht zu sehen, die Gestalt annahmen und mit ohrenbetäubendem Lärm sich in tausende dunkle Punkte auflösten.

Auch Nicolas sehnte sich in der Ferne nach seiner Schwester. Auf seinen Ritten nach Ixtepec zurück, über das trokkene und ausgedörrte Gebirge, wuchsen die Steine unter den Hufen seines Pferdes und riesige Berge versperrten ihm den Weg. Schweigsam ritt er dahin; er fühlte, nur der Wille konnte ihm in diesem Steinlabyrinth einen Weg eröffnen. Niemals würde er ohne die Hilfe seiner Einbildung zu Hause ankommen, sondern zwischen diesen in unheilbringenden Gebärden erstarrten Steinmauern gefangen bleiben. Juan ritt an seiner Seite, zufrieden, zum Licht seines Zimmers, zu den lauen Augen seines Vaters und zur asketischen Hand von Felix zurückzukehren.

„Heimkehren ist schön!“

„Eines Tages kehre ich nicht mehr zurück“, sagte Nicolas grollend. Er wollte sich nicht eingestehen, daß er befürchtete, seine Schwester verheiratet anzutreffen, und diese uneingestandene Furcht quälte ihn.

Und ihm kam der Gedanke, sein Vater habe sie nicht wegen seiner wachsenden Armut in die Minen von Tetela geschickt, sondern um seine Schwester zu zwingen, einen Gatten zu nehmen.

„Isabel ist eine Betrügerin; und mein Vater ist unverschämt!"

„Erinnerst du dich, als ihr mich im Teich ertränken wolltet. Es war so wie jetzt. Es wurde genauso dunkel um mich", antwortete Juan, über die Worte seines Bruders bestürzt.

Nicolas lächelte; er und seine Schwester hatten Juan in einen Teich geworfen und kämpften dann, um ihn zu retten. Sie retteten ihn unter „Einsatz ihres eigenen Lebens"; kehrten mit dem „Ertrunkenen" auf dem Rücken in die Stadt zurück und blickten von der Höhe ihres geheimen Heroismus auf die Leute herab. Dies geschah, als die drei das unendliche Erstaunen teilten, in der Welt zu sein.

In jener Zeit glänzte sogar der Fingerhut ihrer Mutter in einem anderen Licht, während er sich hin- und herbewegte und Bienen und Margeriten sticken half. Einige dieser Tage waren abseits geblieben, hingen, für immer in der Erinnerung aufbewahrt, in einer besonderen Luft. Dann wurde die Welt düster, verlor ihre durchdringenden Gerüche; das Licht wurde weicher, die Tage glichen sich einander an, und die Leute bekamen zwergenhafte Gestalt. Noch blieben von der Zeit unberührte Orte, wie der Kohlenmeiler mit seinem düsteren Licht. Vor Jahren saßen sie auf den Kohlenhaufen und hörten zitternd die Schüsse der Zapata-Revolutionäre, als diese in die Stadt eindrangen. Felix hatte die Kinder dort versteckt, solange die Stadt von den Revolutionären besetzt war.

Wo zogen die Zapata-Anhänger hin, als sie Ixtepec verließen? Sie ritten ins Grüne, ans Wasser, aßen zart gekochte Maiskolben und lachten aus vollem Halse, nachdem sie einige Stunden mit den Nachbarn gespielt hatten. Nun kam niemand, um die Tage aufzuheitern. Die Zeit war der Schatten von Francisco Rosas. Im ganzen Land sah man

Erhängte an den Bäumen. Die Leute versuchten, ihr Leben den Launen des Generals anzupassen. Auch Isabel versuchte, einen Gatten zu finden, und einen Stuhl, in dem sie ihre Langeweile schaukeln konnte.

Sehr spät in der Nacht ritten sie in Ixtepec ein. Isabel war ihnen beim Absitzen behilflich. Die Eltern erwarteten sie im Speisezimmer. Felix servierte ihnen eine häusliche Mahlzeit, die sie die blauen Maiskuchen und den überalteten Käse von Tetela vergessen ließ. Über den Tisch gebeugt, blickten sich die drei Geschwister an und erkannten sich wieder. Nicolas sprach nur für Isabel. Don Martin hörte von Ferne zu.

„Wenn ihr nicht wollt, kehrt nicht zu den Minen zurück", sagte der Vater mit leiser Stimme.

„Martin, du lebst in den Wolken! Du weißt, wir brauchen dieses Geld!" antwortete seine Frau erschrocken.

Der Vater schwieg. „Martin, du lebst in den Wolken", diese Bemerkung bekam er immer wieder zu hören, wenn er einen Fehler beging. Aber war es nicht ein größerer Fehler, dem Willen seiner Söhne Gewalt anzutun, als ein wenig Geld zu verlieren?

Er verstand diese undurchsichtige Welt nicht, in deren Himmel das Geld die einzige Sonne war. „Ich fühle mich berufen, arm zu sein", pflegte er als Entschuldigung für seinen forschreitenden Ruin zu sagen. Sollten die ihm unerträglich kurz erscheinenden Tage des Menschen den Anstrengungen des Gelderwerbes gewidmet werden? „Der undurchsichtige Körper", wie er den Kreis, der die Gesellschaft von Ixtepec ausmachte, nannte, drohte ihn zu ersticken. Diese Leute verloren sich in unwichtigen Interessen; sie vergaßen ihre sterbliche Natur; Angst bedingte ihren Irrtum. Er wußte, daß die Zukunft ein hastiges Zurückweichen auf den Tod ist, und Tod der vollkommene Zustand, der kostbare Augenblick, in dem der Mensch seine andere Erinnerung wieder vollständig erlangt. „Am Montag werde ich das erledigen", hatte keine Gültigkeit

für ihn, und er blickte mit Schrecken auf die Tüchtigen. Aber die Unsterblichen in ihrem Irrtum schienen zufrieden zu sein, und manchmal dachte er, er allein würde sich auf dieses seltsame Zusammentreffen zurückbewegen.
Die Nacht glitt dahin, ohne durch die in den Garten geöffnete Türe zu entweichen. Im Zimmer ließen sich Insekten und unbekannte Gerüche nieder. Unversöhnlich floß ein geheimnisvoller Strom vom Eßzimmer der Moncada zum Herz der entferntesten Sterne. Felix servierte die Teller ab und faltete das Tischtuch zusammen. Die Einwohner des Hauses fühlten die Absurdität des Essens und der Gespräche; eine unsagbare Gegenwart ließ sie erstarren.
„Ich habe in diesem Körper nicht Platz!" rief Nicolas bezwungen aus und hielt die Hände vor das Gesicht, wie wenn er weinen wollte.
„Wir sind müde", sagte Felix von seinem Schemel her.
Einige Sekunden lang schwebte das ganze Haus durch den Himmel, ordnete sich der Milchstraße ein und fiel dann geräuschlos dorthin zurück, wo es sich jetzt befindet. Isabel spürte den Aufprall, sprang von ihrem Sitz auf, blickte auf die Brüder und fühlte sich in Sicherheit. Sie erinnerte sich daran, in Ixtepec zu sein; eine unerwartete Gebärde konnte sie in die verlorene Ordnung wieder einfügen.
„Heute haben sie den Zug in die Luft gesprengt! Vielleicht kommen sie!" Die anderen sahen sie schläfrig an, und die Nachtschmetterlinge setzten ihren staubigen Flug um die Tischlampen fort.

V

Täglich, um sechs Uhr abends, kam der Zug aus Mexico an. Wir warteten auf die Zeitungen mit den Nachrichten aus der Hauptstadt, als erhofften wir von ihnen das Wunder, das den stillen Zauber, der uns gefangen hielt, brechen würde. Aber wir sahen nur Fotografien von Hingerichteten.

Es war die Zeit der Erschießungen. Damals glaubten wir, nichts könnte uns retten. Im ganzen Land wurden Menschen erhängt, durch Gnadenschüsse niedergestreckt, und von vielen Gebäuden blieben nur die Mauerreste übrig. Bei dieser Vervielfältigung des Schreckens waren wir jeweils bis um sechs Uhr abends des folgenden Tages zu Staub und Hitze verurteilt. An manchen Tagen kam kein Zug, und dann ging das Gerücht um, nun würden die Revolutionäre endlich kommen. Aber am nächsten Tag traf der Zug mit seinen Nachrichten ein, und undurchdringliche Nacht senkte sich wieder auf mich.

Doña Ana lag im Bett und horchte auf die nächtlichen Geräusche. Die stille Zeit bewachte Fenster und Türen und nahm ihr den Atem. Die Stimme ihres Sohnes klang von weither: „Ich habe in diesem Körper nicht Platz!" Sie mußte an ihre eigene bewegte Kindheit im Norden des Landes denken; an ihr Haus mit den Türen aus Caobaholz, durch die ihre Brüder ungestüm schritten. In den im Winter nach verbranntem Holz riechenden Räumen hatten ihre Namen einen wilden Klang. Sie sah, wie der Schnee sich auf den Fensterbrettern häufte und hörte Polkaklänge aus dem Vestibül, in dem kalte Luft zirkulierte.

Wildkatzen kamen aus dem Gebirge herab; die Bedienten machten unter Gelächter und Schlücken aus der Sotolflasche Jagd auf sie. In der Küche wurde Fleisch gebraten, Pinienkerne wurden ausgeteilt; der Lärm der Stimmen überflutete das Haus mit gellenden Worten. Das ahnende Vorgefühl einer Freude zerstörte die versteinerten Tage einen nach dem anderen. Und eines Morgens brach die Revolution aus; die Türen der Zeit öffneten sich für uns. In dieser glanzvollen Epoche gingen ihre Brüder in das Gebirge von Chihuahua und kamen später mit Stiefeln und Soldatenmützen, in Begleitung von Offizieren auf Besuch nach Hause. Auf den Straßen sagen die Soldaten das Adelita-Lied:

Geht Adelita mit einem andern fort
Folg ich ihr über Land und Meer:
In einem Kriegsschiff über das Wasser,
Im Militärzug von Ort zu Ort.

Vor Vollendung ihres fünfunddreißigsten Lebensjahres fielen die Brüder einer nach dem andern: in Chihuahua, in Torreon und in Zacatecas. Und Francisca, ihrer Mutter, blieben nur die Bilder mit dem schwarzen Flor; sie, Ana, und ihre Schwestern in Trauerkleidung. Dann lösten sich die in der Revolution gewonnenen Schlachten in den verräterischen Händen von Carranza in Nichts auf; die Mörder stritten sich um die Gewinne und spielten in den von ihnen eröffneten Bordellen Domino. Düstere Stille dehnte sich aus vom Norden nach dem Süden; die Zeit wurde wieder zu Stein. „Ach, wenn wir noch einmal das Adelita-Lied singen könnten!“ sagte sich Frau Moncada. Sie hätte es begrüßt, wenn der Zug aus Mexico in die Luft gesprengt worden wäre. „Das schafft Lebensmut!“ Vielleicht konnte ein Wunder unser blutiges Schicksal noch ändern.

Am Nachmittag kündigte der Zug mit einem langen triumphierenden Pfeifen seine Ankunft an. Viele Jahre sind vergangen; von den Moncadas ist keiner mehr am Leben; nur ich bleibe zurück als Zeuge ihres Unterganges und höre täglich um sechs Uhr abends die Ankunft des Zuges aus Mexico.

„Wenn wenigstens ein richtiges Erdbeben käme!“ rief Doña Ana aus und stach ihre Nadel zornig in die Stickerei. Sie sehnte sich, wie wir alle, nach einer Katastrophe. Ihre Tochter hörte das Pfeifen des Zuges und schwieg weiter. Die Mutter ging zum Balkon, um hinter den Vorhängen nach dem General Francisco Rosas Ausschau zu halten, der zu dieser Stunde die Stadt zu durchqueren pflegte, um sich in Pandos Kneipe zu betrinken.

„Wie jung er ist! Er kann noch nicht dreißig Jahre alt sein! Und schon so unglücklich!“ fügte sie mitleidig hinzu,

als sie die schlanke hohe Gestalt des Generals, der niemanden anblickte, vorübergehen sah.
Ein frischer Geruch drang aus der Kneipe. Der Becher klang, und die Würfel rollten über den Tisch; das Geld wanderte von Hand zu Hand. Der General, ein guter Spieler, war heute vom Schicksal begünstigt und gewann. War dies der Fall, verlor er die Haltung und begann hemmungslos zu trinken. Betrunken, wurde er gefährlich. Seine Adjutanten taten ihr möglichstes, um ihn verlieren zu lassen. Sahen sie, daß er ohne Unterlaß gewann, blickten sie sich einigermaßen beunruhigt an.
„Wie wär's, Oberstleutnant, spielen Sie eine Partie mit dem General?“ Der Oberstleutnant Cruz stellte sich lächelnd zur Verfügung. Er war der einzige, der den General leicht zu besiegen vermochte. Der Oberst Justo Corona stand hinter seinem Chef und beobachtete mit Vorbedacht das Spiel. Pando, der Kneipenwirt, verfolgte aufmerksam die Bewegungen der Soldaten. Er erkannte am Ausdruck ihrer Gesichter, wenn die Situation gefährlich wurde.
„Der General gewinnt, verschwindet allmählich von hier!“
Und nach und nach entfernten sich die übrigen Gäste der Kneipe unauffällig. „Er tobt, weil Julia ihn nicht liebt; deshalb will er gewinnen“, sagten wir mit Schadenfreude und begannen auf der Straße zu schreien; das erzürnte die Soldaten in der Kneipe.
Die Stille der Nacht wurde durch das Hufgeklapper des Pferdes von Francisco Rosas unterbrochen. Tief bekümmert ritt er in der dunklen Stadt umher. „Was will er zu dieser Stunde? Er reitet, um sich Mut zu machen, bevor er zu ihr geht!“ Kurz darauf ritt Rosas ins Hotel hinein, bis vor die Tür seiner Geliebten.

VI

Eines Nachmittags stieg ein Fremder aus dem Zug. Er trug einen dunklen Kaschmiranzug, eine Reisemütze und hielt eine kleine Reisetasche unterm Arm. Er blieb auf dem Bahnsteig mit dem gebrochenen Ziegelpflaster unschlüssig stehen, schaute fragend nach allen Seiten und sah einige Augenblicke lang zu, wie man Ballen von Ayatestoffen aus den Waggons entlud. Er war der einzige Reisende. Die Verlader und Don Justo, der Bahnhofsvorsteher, blickten ihn erstaunt an.

Der junge Mann schien die Neugierde, die er weckte, zu merken, ging träge über das Stück Bahnsteig bis zur ungepflasterten Straße, überquerte sie und schritt in gerader Richtung weiter bis zum fast ausgetrockneten Fluß. Er durchwatete ihn und erreichte die ersten Häuser von Ixtepec. Dort schlug er, wie Don Justo verwundert feststellte, den kürzesten Weg zur Stadtmitte ein. Es schien, als lächelte er über sich selbst. Er kam am Haus der Catalan vorbei, und Don Pedro, genannt „Die Sparbüchse“ wegen eines Loches, das eine Kugel ihm in eine Wange gerissen hatte, sah ihn, während er Butterdosen vor dem Tor seines Magazins ablud, vorübergehen. Tonita, seine Frau, kam neugierig heraus.

„Wer ist das?“ fragte sie, ohne eine Antwort zu erwarten.

„Scheint ein Inspektor zu sein“, sagte ihr Gatte argwöhnisch.

„Das ist kein Inspektor; der ist etwas anderes!“ erwiderte Tonita überzeugt.

Der Fremde verfolgte seinen Weg weiter. Seine Blicke ruhten weich auf Dächern und Bäumen. Er schien die Neugierde nicht zu bemerken. Beim Haus des Melchor Campo bog er um die Ecke. Hinter den Glastüren des Balkons riefen sich die Señoritas Martinez laute Bemerkungen zu. Don Ramón, ihr Vater, hatte große Pläne: Er wollte die Pferdewagen, die seit fünfzig Jahren unter den Tamarindenbäumen auf dem Platz ihren Standort hatten, durch Motorwagen ersetzen, in Ixtepec ein Elektrowerk errichten und die Straßen pflastern lassen. Eben saß er in einem Stoffsessel und setzte den Töchtern seine Pläne auseinander, während seine Frau, Doña Maria, Mandelkuchen mit Pinienkernen, Süßigkeiten aus Eiklar und Lebkuchen zubereitete, um sie den Händlern am Markt zu verkaufen. Als er seine Töchter rufen hörte, ging Señor Martinez zum Balkon. Er sah nur noch die Schultern des Unbekannten. „Ein aktiver, moderner Mensch!" rief er begeistert aus, und schon rechnete er mit dem Einfluß des Unbekannten bei den Verbesserungen, die er projektiert hatte. „Wie schade, daß der Militärkommandant", wie er den General nannte, „so rückschrittlich war!"

Der Mann war zweifellos ein Fremder. Weder ich noch der Älteste von Ixtepec erinnerten uns, ihn jemals bei uns gesehen zu haben. Er schien sich jedoch sehr gut in meinen Straßen auszukennen und ging geradewegs auf das Hotel Jardin zu.

Don Pepe Ocampo, der Besitzer, führte ihn in ein geräumiges Zimmer mit Ziegelboden und Schattenpflanzen; ein Ehebett aus hellem Eisen mit Mosquitonetz darüber stand darin. Der Fremde zeigte sich zufrieden. Don Pepe war immer geschwätzig und zuvorkommend, und die Anwesenheit eines neuen Gastes ließ ihn vor Freude strahlen.

„Seit so langer Zeit schon kommt hier niemand vorüber! Das heißt, jemand, der von so weit herkommt! Die Indios zählen nicht. Sie schlafen vor den Toren und in den Vorhöfen. Früher kamen Handelsvertreter mit Koffern voll neuer Dinge. Ist zufällig der Herr einer von ihnen?"

Der Fremde schüttelte verneinend den Kopf. „Sie sehen, Herr, wie wir durch diese politische Situation heruntergekommen sind. Ixtepec war ein vielbesuchter Ort. Sein Handel war immer bedeutend und das Hotel überfüllt. Man muß es gesehen haben, mit seinen vielen kleinen Tischen auf dem Korridor und den Leuten, die bis spät in den Abend hinein speisten und plauderten. Damals war das Leben lebenswert. Nun habe ich fast keine Gäste. Gut, mit Ausnahme des Generals Rosas, des Obersten Corona, einiger Militärs minderen Ranges und ihrer Geliebten." Er

sagte dies mit sehr leiser Stimme und näherte sich dabei dem jungen Mann, der ihm freundlich zuhörte. Dieser zog eine Zigarettendose aus seiner Tasche und bot dem Wirt eine Zigarette an. Wie man viel später erfuhr, wollte Don Pepe bemerkt haben, daß er sie aus der Luft holte.
Er hatte einfach die Hand ausgestreckt, und schon waren die angezündeten Zigaretten da. Aber in diesem Augenblick war Don Pepe nicht imstande, über etwas zu staunen, und das Vorkommnis schien ihm natürlich. Er betrachtete die Augen seines Gastes; sie waren tief, mit Flüssen und Schafen, die traurig darin blökten. Sie rauchten geruhsam und gingen auf den mit feuchtem Farnkraut bewachsenen Korridor hinaus. Dort zirpten die Grillen.
Julia, die hübsche Geliebte des Generals, schlief in der Nähe in einer Hängematte. Sie hatte einen Schlafrock aus strahlendem Rosa an; ihre goldenen Ohrgehänge waren in das offene Haar verwickelt. Wie wenn sie die ungewohnte Anwesenheit des Fremden fühlte, öffnete sie die Augen und blickte ihn schläfrig neugierig an. Sie schien nicht zu erschrecken, obwohl sie sich sehr gut verstellen konnte. Seit dem Nachmittag, an dem ich sie aus dem Militärzug steigen sah, hielt ich sie für eine gefährliche Frau. Keine Frau gab sich je in Ixtepec so wie sie. Ihre Manieren, ihre Art zu sprechen, zu gehen und die Männer anzublicken, alles war bei Julia anders. Noch sehe ich sie, wie sie auf dem Bahnsteig auf und ab geht und die Luft riecht, als erschiene ihr alles zu gering. Wer sie einmal sah, konnte sie nicht vergessen. Ich weiß nicht, ob der Fremde sie schon kannte. Tatsache ist, daß er weder über das Zusammentreffen noch über ihre Schönheit erstaunt war. Er ging auf sie zu und sprach, über die Schöne gebeugt, lange mit ihr. Don Pepe konnte sich nie an das erinnern, was er gehört hatte. Julia lag mit halbgeöffnetem Schlafmantel in ihrer Hängematte. Sie hörte dem Fremden zu.
Weder sie noch Don Pepe schienen sich der Gefährlichkeit der Situation bewußt zu werden. Der General konnte plötz-

lich erscheinen und sie beim Gespräch überraschen; er, der bei dem bloßen Gedanken, ein Mann könnte mit seiner Geliebten sprechen und, wenn sie lachte, ihre Zähne und die rosa Spitze ihrer Zunge sehen, eifersüchtig wurde. Deshalb eilte ihm jedesmal Don Pepe entgegen und versicherte ihm, daß Señorita Julia mit niemandem gesprochen habe. Am Abend trug Julia dann ein mit weißen Glasperlen besetztes Kleid aus rosa Seide und schmückte sich mit Halsketten und goldenen Armbändern. Und der General führte sie mit verschlossener Miene zu einem Rundgang über den Platz aus. Sie schien eine hochgewachsene Blume, die die Nacht erleuchtete. Es war unmöglich, an ihr vorbeizusehen. Die Männer, die auf den Bänken saßen oder in Gruppen spazierengingen, sahen sie mit sehnsüchtigen Blicken an. Mehr als einmal hieb der General mit der Peitsche nach diesen Kühnen, oder er ohrfeigte Julia, wenn sie die Blicke erwiderte. Aber das Mädchen schien ihn nicht zu fürchten. Sein Zorn ließ sie gleichgültig. Man sagte, er habe sie an einem von hier sehr weit entfernten Ort entführt; niemand konnte genau angeben, wo, und man sagte auch, sie wäre von vielen Männern geliebt worden. Im Hotel gab man sich im Verborgenen einem ausschweifenden Leben hin. Die Leute lauerten vor dem Hotel und versuchten durch seine Balkone und Fenster etwas von den Liebschaften und den schönen extravaganten Frauen, die mit den Offizieren lebten, zu erspähen.

Man hörte das Gelächter der Zwillingsschwestern Rosa und Rafaela, die beide vom Oberstleutnant Cruz geliebt wurden. Sie stammten aus dem Norden. Beide waren in ihren Gefühlen und Neigungen unbeständig. Gerieten sie in Zorn, warfen sie ihre Schuhe auf die Straße; waren sie vergnügt, steckten sie sich rote Tulpen in das Haar, kleideten sich grün und gingen blickeheischend spazieren. Sie hatten eine hochgewachsene und kräftige Gestalt. Nachmittags saßen sie meistens auf dem Balkon, aßen Obst und verschenkten ihr Lächeln an die Vorübergehenden. Immer hatten sie die Jalousien hochgezogen und boten der Straße freigebig Einblick in ihre private Sphäre. Dort lagen sie auf einer spitzenbesetzten Bettdecke, zeigten ihre schön gedrechselten Beine; und zwischen beiden lag der Oberstleutnant Cruz, liebkoste ihnen die Schenkel und lächelte mit glänzenden Augen. Cruz war von kräftiger Natur und fand an beiden gleichermaßen Wohlgefallen.

„Die Frauen und das Vergnügen, das ist das Leben! Wie soll ich ihnen etwas verwehren, wenn sie mir nichts vorenthalten!"

Und er lachte laut, öffnete dabei weit den Mund und zeigte seine weißen Zähne wie ein Kannibale. Lange Zeit hindurch staunte man in Ixtepec über die grauen Pferde mit einem weißen Stern über den Nüstern, die er den Schwestern geschenkt hatte. Der Oberstleutnant hatte ganz Sonora abgereist, um einander so ähnliche zu finden.

„Man soll seine Gelüste voll befriedigen! Ein unerfüllter Wunsch tötet! So wollen es meine Mädchen, und ich stelle sie zufrieden!"

Die blonde Antonia stammte von der Küste. Sie war melancholisch veranlagt und weinte gerne. Ihr Liebhaber, der Oberst Justo Corona, brachte ihr Geschenke, führte sie zum Platzkonzert; aber nichts tröstete sie und man sagte, sie bekäme des Nachts Angstzustände. Sie war die jüngste von allen und ging nie allein auf die Straße.

„Sie ist noch ein Kind!" riefen die Damen von Ixtepec in tiefer Bestürzung aus, wenn an den Donnerstagen und Sonntagen Antonia bleich und verängstigt am Arm des Obersten zum Platzkonzert kam.

Luisa gehörte dem Hauptmann Flores und wurde von ihrem Geliebten und den anderen Gästen des Hotels wegen ihrer Reizbarkeit gefürchtet. Sie war viel älter als der Hauptmann, von kleiner Statur und hatte blaue Augen und dunkles Haar. Sie trug tief ausgeschnittene Kleider und keinen Büstenhalter. Des Nachts hörte Julia sie öfter mit Flores streiten und auf den Gang hinauslaufen; dann klap-

perten ihre Absätze die Stiegen hinunter. „Diese Katze ist schon wieder eifersüchtig! Ich weiß nicht, was Flores an ihr findet“, bemerkte der General verärgert. Sein Instinkt sagte ihm, daß Luisa und Julia Feindinnen waren, und die Geliebte seines Adjutanten wurde ihm unsympathisch.
„Du hast mein Leben ruiniert, Kanaille!“
Luisas Schreie drangen durch die Mauern.
„Gott stehe mir bei! Das Leben ist zu kurz, um es so zu vergeuden!“ seufzte Cruz.
„Sie ist ständig eifersüchtig“, antworteten die Zwillingsschwestern und rekelten sich im Bett.
Antonia zitterte. Justo Corona nahm einen Schluck Kognak.
„Und du, was meinst du, habe ich auch dein Leben ruiniert?“
Antonia zog sich schweigend in den hintersten Winkel des Bettes zurück. Francisco Rosas rauchte, während Luisas Schreie durch das Hotel hallten. Auf dem Rücken liegend, spähte er zu Julia, die mit Gleichmut neben ihm kauerte. „Wenn sie mir wenigstens einmal Vorwürfe machte! Das würde mich erleichtern“, dachte er. Es war sein Kummer, sie immer so träge, so teilnahmslos zu sehen. Es schien ihr gleichgültig, ob er oft zu ihr kam oder nie. Ihr Antlitz, ihre Stimme blieben unverändert. Er trank, um sich vor ihr Mut einzuflößen. Um Mitternacht, sobald er sich dem Hotel näherte, bekam er immer wieder Angst. Mit feuchten Augen ritt er bis zur Türe ihres Zimmers.
„Julia, kommst du mit mir?“
Seine Stimme klang anders. Er sprach in sehr leisem Ton zu ihr, denn ihre Gegenwart schnürte ihm die Kehle. Er blickte ihr in die Augen und wollte das, was sie hinter ihren Lidern verbarg, kennenlernen. Seine Geliebte schützte sich vor seinem Blick, indem sie den Kopf lächelnd zur Seite neigte, auf ihre nackten Schultern schaute und sich geräuschlos wie ein Gespenst in eine ferne Welt zurückzog.
„Komm, Julia!“ bat der General inständig. Und sie stieg halb nackt und lächelnd auf das Pferd ihres Geliebten. Im

Mondschein ritten sie durch meine Straßen, über das Land, bis zum See von Las Cañas. Von weitem folgten ihnen die Adjutanten des Generals. Ixtepec hörte Julia um Mitternacht lachen, durfte sie aber nicht sehen, wie sie mit ihrem schweigenden Geliebten im Licht des Mondes dahingaloppierte.

Die anderen Mädchen warteten im Hotel auf die Rückkehr der Männer. Luisa ging im Nachthemd, in der einen Hand eine Öllampe, in der anderen eine Zigarette, auf den Gang hinaus und klopfte an die Türen der benachbarten Zimmer.

„Mach auf, Rafaela!“

„Gib Ruh und geh schlafen“, antworteten ihr die Zwillingsschwestern.

„Sie sind wegen Julia weggeritten und werden nicht vor Tagesanbruch zurück sein“, jammerte Luisa an der Türschwelle und preßte die Lippen zusammen.

„Was geht dich das an! Schlafe!“

„Mir ist so seltsam. Mein Magen ist so kalt!“

„Dann geh zu Antonia. Sie ist genauso komisch“, antworteten die Schwestern mit schläfriger Stimme.

Antonia hörte im angrenzenden Zimmer das Gespräch und stellte sich schlafend. Sie hörte, wie Rafaela schließlich die Öllampe anzündete, versteckte sich unter den heißen Betttüchern und lag mit weit geöffneten Augen in dieser ungewohnten Dunkelheit.

„Was wird mein Vater machen? Sicherlich sucht er mich noch immer!“ Es war schon fünf Monate her, daß der Oberst Corona sie aus ihrem Vaterhaus an der Küste hatte entführen lassen.

Luisa klopfte an ihre Türe. Antonia preßte die Hand auf den Mund, um einen Schrei zu ersticken.

„Komm zu den anderen! Was machst du so alleine?“

Sie antwortete nicht. So wurde in jener Nacht an die Türe ihres Hauses geklopft.

„Geh, Antonia, sieh nach, wer zu dieser Stunde pocht“, sagte ihr Vater. Sie öffnete die Türe und sah ein paar blitzende Augen. Man warf ihr eine Decke über den Kopf und wickelte sie ein; starke Arme zerrten sie fort und hoben sie empor. Es waren viele Männer. Sie hörte die Stimmen. „Gib sie mir, schnell!“ Sie wurde über viele Arme weitergereicht. Man setzte sie auf ein Pferd. Durch die Decke hindurch spürte sie die Wärme des Tierkörpers und des Mannes, der sie entführte. Im vollen Galopp ritten sie weg. Antonia glaubte, in der Decke ersticken zu müssen, wie jetzt, da Luisa sie rief und sie sich das Bettuch, ohne zu wissen warum, über den Kopf gezogen hatte. Furcht ließ sie erstarren. Sie wagte keine Bewegung zu machen, die ihr Luft verschafft hätte. Der Mann hielt das Reittier an.

„Wir können sie nicht die ganze Nacht in die Decke eingewickelt lassen, sie erstickt uns!“

„Der Oberst hat befohlen, wir sollen sie ihm so übergeben“, wurde ihm geantwortet.

„Wenn wir ankommen, wickeln wir sie wieder ein“, hörte sie den Mann sagen, der sie in seinen Armen hielt.

Und ohne vom Pferd zu steigen, lockerte er die Decke und machte ihr Gesicht frei. Antonia fand sich ein paar jungen Augen gegenüber, die sie neugierig betrachteten.

„Eine kleine Blonde!“ rief der Mann überrascht aus, und in seinen Augen wechselte Neugierde mit Sehnsucht.

„Aber natürlich, ihr Vater ist ja der Spanier Paredes!“ antwortete man. Der Hauptmann Damian Alvarez drückte sie an sich. „Haben Sie keine Angst, es wird Ihnen nichts geschehen! Wir übergeben Sie dem Oberst Justo Corona.“ Antonia fing wieder zu zittern an. Er drückte sie nur noch stärker an sich. Bei Tagesanbruch waren sie schon nahe der Stadt Texmelucan, wo der Oberst sie erwartete.

„Liefern Sie mich ihm nicht aus!“

Alvarez drückte sie schweigend an sich und küßte sie.

„Bitte, lassen Sie mich bei Ihnen bleiben!“ schluchzte Antonia. Aber er schlug ihr wieder die Decke über den Kopf und übergab sie so Corona, ohne ein Wort zu sagen. Durch

die Decke hindurch roch sie den nach Alkohol stinkenden Atem Coronas.
„Verschwindet alle!“ befahl der Oberst. Die Schritte des Hauptmanns Alvarez entfernten sich. Der Geruch wurde unerträglich. Niemals hatte sie solche Angst gehabt. Nicht einmal in jener Nacht, in der man sie fragte: „Antonia, ist dir schon der ‚Hübsche Blonde‘ erschienen?“ Im dunklen Korridor ihres an Zweigen und Schatten vollen Hauses richteten einige fremde Mädchen ihre neugierigen Gesichter auf sie und warteten mit ängstlichen Augen auf die Antwort.
„Nein.“
„Ha, ha, ha!“ lachten sie boshaft. „Du wirst schon sehen. Wenn der Mond abnimmt, beißt dich dieser Kobold zwischen die Beine. Wie das Blut fließen wird!“ Antonia war so eingeschüchtert und erschrocken, daß sie zwischen den dichtgedrängten Schatten der Zweige auf der gekalkten Mauer nicht fähig war, auch nur die kleinste Bewegung zu machen.
„Der ‚Hübsche Blonde‘ erscheint in den Mondnächten!“ Und die Mädchen rannten davon.
Als sie in die Decke eingewickelt dem Oberst Justo Corona gegenüberstand, hatte sie noch mehr Angst. Er nahm ihr die Decke ab, und die dunklen kleinen Augen eines unbekannten Mannes näherten sich und suchten ihre Lippen.
Antonia drehte sich schwitzend im Bett um. „Wo bleibt die kühle Meeresluft? In diesem Tal erstickt man vor Hitze!“
Im Zimmer nebenan wurde gesprochen: „Geh und hol die Blonde. Sicherlich heult sie.“
„Ich geh nicht, Du weißt ja, wie sie schreit, wenn an ihre Türe geklopft wird.“
Luisa saß da, rauchte nervös und blickte auf die Schwestern, die nußbraun, mit weichen Brüsten, im selben Bett lagen. Ihre schläfrigen Augen und kindlich schmollenden Münder ließen zu dieser Stunde den Wunsch erkennen, daß Luisa in ihr Zimmer zurückgehen möge.

„Warum ist sie wohl so?“ fragte Rosa und meinte Antonia.
„Keine Ahnung. Ich gebe ihr oft genug den Rat, sie soll sich beruhigen, und wenn er sie besitzt, so tun, als hätte sie sich daran gewöhnt! Dann würde er sie nicht so oft belästigen!“
„Es ist nur anfangs schlimm, später findet man sogar Gefallen dran!“ fügte Rosa hinzu.
„Sicher!“ rief Rafaela aus, sprang, durch diese Unterhaltung munter geworden, aus dem Bett und griff nach einem Obstkorb.
„Essen wir Obst. Sie kommen noch nicht zurück!“
„Was würden sie wohl sagen, wenn wir bummeln gingen“, sagte Luisa und knabberte an einer Orange. „Sie gehen nicht bummeln. Sie dürfen den General nicht allein lassen. Siehst du nicht, wie es um ihn steht? Julias Durchtriebenheit führt zu keinem guten Ende.“ Luisa richtete sich erzürnt auf.
„Wenn er sie doch einmal umbringen würde, das ersparte uns manches!“
„Sei nicht roh!“
Luisa fühlte sich inmitten ihrer Freundinnen einsam und dachte mit Bitterkeit daran, wie verschieden von jenen Frauen sie war.
„Ich habe meine Kinder verlassen, bin ihm gefolgt und habe alles für ihn geopfert. Ich bin nicht nur wegen des angenehmen Lebens hier! Ich hatte ein Haus. Julia ist eine Hure! Und wenn ihr mir nicht glaubt, fragt den Padre Beltran!“
„Du hast ganz recht; aber das sind wir alle!“ bemerkte Rafaela.
„Ich nicht!“ antwortete Luisa und richtete sich stolz auf.
„Geh! Bist du vielleicht die angetraute Gattin?“ neckte Rosa lächelnd.
„Ich habe einen Fehler begangen und bin aus Liebe von daheim weggelaufen. Ich war blind; aber dieser Mann verdient es nicht.“

„Ein bißchen verdient er es schon. Er hat hübsche Augen. Und als wir uns damals im Weiler badeten, sah ich, daß er schöne Schultern hat."
Luisa schaute unwillig auf Rafaela. Es stimmte, sie waren Huren. Eine Vorstellung drängte sich ihr auf: Wie die Schultern ihres Geliebten die Rafaelas bedeckten. Sie fühlte sich unsicher unter diesen Frauen, die so gierig Obst aßen. Wie sie fast nackt auf dem aufgeschlagenen Bett lagen, erschienen sie ihr albern. Sie wollte gehen und sah durch die Ritzen der Tür, daß es draußen hell wurde. Julia würde bald mit ihrem Geliebten und ihrem Gefolge von Männern ins Hotel zurückkehren.
Am Tage mußten sie die Gesellschaft der Offiziere entbehren. Da kämmten sie sich, schaukelten in den Hängematten, aßen appetitlos und warteten auf den verheißungsvollen Anbruch der Nacht. Nachmittags machten sie manchmal einen Spazierritt. Rosa und Rafaela auf ihren grauen Pferden. Julia auf ihrer Fuchsstute. Sie lachten aus freier Brust, trugen ihren Goldschmuck, ihre silbernen Sporen und eine Peitsche in der Hand, die auch dazu diente, den Männern, die bei ihrem Vorbeiritt die Hüte nicht abnahmen, diese herunterzuschlagen. Ihre Liebhaber folgten ihnen. Ixtepec sah fasziniert zu, wie sie vorüberritten, von oben herabblickten und sich im Takt der Pferdehufe schaukelnd in einer Staubwolke entfernten.
Luisa konnte nicht reiten. Und zu sehen, wie Flores in dem Gefolge von Rosa und Julia fortritt, schmerzte sie bitter. Sie saß am Balkon, versuchte die Aufmerksamkeit der vorübergehenden Männer zu erregen, zeigte ihre nackten Schultern, rauchte und warf auffordernde Blicke umher. Ein betrunkener Soldat blieb stehen.
„Wieviel Blondchen?"
„Komm herein!"
Der Mann betrat das Hotel und Luisa rief die Soldaten, die beim Brunnen die Stiefel der Offiziere putzten.
„Bindet ihn an einen Pfeiler und peitscht ihn!"

Die Soldaten blickten sich an. Luisa wurde wütend, und auf ihre Schreie hin lief Don Pepe Ocampo herbei.
„Um Gottes Willen, Luisa, beruhigen Sie sich!"
„Peitscht ihn, oder ich werde veranlassen, daß der General euch erschießen läßt!"
Angesichts der Nutzlosigkeit seiner Bitten schlug Don Pepe die Hände vors Gesicht. Ihn schwindelte vor den Augen. Bestürzt mußte er sehen, wie der Soldat an einen Pfeiler gebunden wurde und wie die Peitschenhiebe den Körper des Opfers trafen. Dann warfen die Soldaten den blutbesudelten Mann auf die Straße. Der Hotelbesitzer fühlte sich krank und zog sich auf sein Zimmer zurück. Am Abend erzählte er dem Hauptmann Flores den Vorfall. Der junge Offizier biß sich auf die Lippen und verlangte einen vom Zimmer seiner Geliebten abgelegenen Raum. Als die Burschen des Hauptmanns kamen, um seine Wäsche zu holen, lief Luisa weinend aus dem Zimmer. „Aber er hat sich eingeschlossen, und sie lag die ganze Nacht wimmernd vor seiner Tür", erzählte nachher Don Pepe seinen Bekannten.

VII

Der Fremde wußte nichts von diesem grausam ausschweifenden Leben im Hotel und war noch mit Julia ins Gespräch vertieft, als der General erschien. Das Gerücht erzählt, er habe dem Fremden, als er ihn über Julia gebeugt sah, mit der Reitpeitsche ins Gesicht geschlagen und Don Pepe als Kuppler bezichtigt. Julia lief entsetzt davon. Der General holte sie auf der Straße ein und kehrte mit ihr ins Hotelzimmer zurück.
„Warum hattest du Angst, Julia?"
Er nahm ihr Gesicht zwischen seine Hände und sah ihr scharf in die Augen. Es war das erste Mal, daß Julia vor einem seiner Zornausbrüche Angst bekam. Das Mädchen versuchte zu lächeln und bot ihm ihre Lippen. Niemals würde Rosas erfahren, warum sie Angst gehabt hatte, als

sie die dunkelviolette Spur des Hiebes im Gesicht des Fremden sah.
„Julia, warum hattest du Angst?“ fragte der General sie noch einmal. Aber wie eine Katze verbarg sie das Gesicht zwischen den Schultern ihres Liebhabers und küßte ihm die Kehle.
„Wer ist er? Sag es mir, Julia!“
Julia löste sich aus seiner Umarmung, legte sich, ohne ein Wort zu sagen, aufs Bett und schloß die Augen. Der General betrachtete sie lange Zeit. Die ersten orangefarbenen Schatten der Nacht fielen durch die Jalousien herein. Auf Julias Beinen spielten die letzten Sonnenreflexe und ließen sie für kurze Zeit fast durchsichtig werden. Sie schienen dem in einen rosa Schlafrock eingehüllten Körper nicht anzugehören. Die Hitze des Nachmittags hatte sich in den Ecken angesammelt und strahlte aus dem Spiegel der Kommode. In einer Vase ertranken die Hyazinthen in ihrem eigenen Wohlgeruch; aus dem Garten drangen schwere Düfte herein, und von der Straße stieg trockener Staub auf. Francisco Rosas ging auf den Fußspitzen hinaus. Er fühlte sich von dem Schweigen seiner Geliebten bezwungen. Behutsam schloß er die Tür; dann rief er zornig nach Don Pepe Ocampo. Von diesem Tag an war mein Schicksal besiegelt.
Der Fremde holte wortlos seine Reisetasche und ging langsam und gemächlich aus dem Hotel. Ich sah ihn beim Tor stehen, als wäre nichts geschehen. Dann ging er die Straße hinunter und bog an der Ecke in Richtung auf Guerrero ab. Er schlenderte scheinbar ziellos auf dem schmalen Gehsteig dahin und schien nachzudenken. Da traf er auf Juan Cariño, der zu dieser Stunde aus dem „Haus der verdorbenen Mädchen“ kam, um seinen täglichen Spaziergang zu machen. Der Fremde staunte weder über den Gehrock noch über die Präsidentenschärpe auf der Brust. Juan Cariño blieb stehen.
„Kommen Sie von weit her?“

„Aus Mexico, Herr", erwiderte der Fremde höflich.
„Herr Präsident!" verbesserte Juan Cariño mit ernster Miene.
„Verzeihung, Herr Präsident!" sagte der Fremde schnell.
„Besuchen Sie mich morgen in der Präsidentschaftskanzlei; die Empfangsdamen werden Sie erwarten."
Von allen meinen Verrückten war Juan Cariño der gescheiteste. Ich erinnere mich nicht, daß er jemals unhöflich oder böswillig gehandelt hätte. Er war rücksichtsvoll und aufmerksam. Wenn die Straßenjungen mit Steinen nach seinem Zylinderhut warfen und dieser auf der Erde herumrollte, hob Juan Cariño ihn schweigend wieder auf und setzte seinen Nachmittagsspaziergang würdevoll fort. Er gab den Armen Almosen und besuchte die Kranken. Er hielt in politischen Zirkeln Reden und klebte Manifeste an die Mauern. Wie sehr unterschied er sich von Hupa! Das war ein ganz unverschämter Lümmel gewesen. Tagelang lag er betrunken umher, kratzte sich die Wanzen weg und erschreckte die Passanten. Er tauchte plötzlich hinter einer Ecke auf, nahm sie beim Arm, krallte sich mit seinen schwarzen langen Nägeln daran fest und grunzte: „Hupa! Hupa!" Er hat sein schlimmes Ende verdient. Burschen fanden ihn in einer Baugrube; sein Kopf war durch Steinwürfe zerschmettert, seine Brust sorgfältig mit einem Messer tätowiert. Er war eben ein Irrer gewesen.
Juan Cariño lebte immer im Hause der Huren. An den Wänden seines Zimmers hingen die Porträts der Helden: Hidalgo, Morelos und Juarez.
Als die Mädchen ihm den Rat gaben, sein Porträt zwischen jene zu hängen, wurde Juan böse: „Kein großer Mann hat zu Lebzeiten sein Standbild errichten lassen! Um das zu tun, muß man Caligula sein!" Der Name beeindruckte die Mädchen und sie schwiegen. Gab es zwischen ihnen und den Soldaten, die sie besuchten, Streit, vermittelte Juan Cariño jedesmal sehr korrekt.

„Kinder, ein wenig Ordnung! Was sollen diese Fremden von uns denken!“
Als die Pipila durch einen Messerstich getötet worden war, organisierte Juan Cariño ein prunkvolles Leichenbegängnis mit Musik und Feuerwerk und schritt dem Zug voran. Hinter dem blauen Sarg gingen die Mädchen mit geschminkten Gesichtern, kurzen lila Röcken, schwarzen Strümpfen und schiefen Schuhabsätzen. „Alle Berufe sind gleichermaßen edel!“ erklärte der Herr Präsident am Rande des offenen Grabes. Betrübt kehrten sie zurück. Neun Tage, solange die Totengebete dauerten, blieb ihr Haus gesperrt. Juan Cariño trug ein ganzes Jahr lang Trauer.
An jenem Nachmittag wollte er dem Fremden helfen. Dieser dankte für die Einladung und setzte seinen Weg fort. Juan Cariño überlegte einige Augenblicke, dann drehte er sich um und holte ihn ein.
„Junger Mann, kommen Sie morgen vormittag bestimmt. Wir haben schlechte Zeiten, wir sind von den Feinden besetzt. Wir können nicht alles tun, was wir wollen. Aber ich glaube, es wird sich für Sie etwas machen lassen.“
„Danke! Vielen Dank, Herr Präsident!“
Beide verbeugten sich und gingen.
Der Fremde machte einen Rundgang und kehrte auf den „Platz der Waffen“ zurück. Unschlüssig setzte er sich auf eine Bank. Allmählich wurde es dunkel. So wie er dort saß, sah er wie ein Waisenknabe aus. Zumindest war das die Erklärung, die Don Joaquin Doña Matilde gab, als er mit dem Fremden nach Hause kam.
Don Joaquin war der Besitzer des größten Hauses von Ixtepec. Seine Höfe und Gärten nahmen die Fläche von beinahe zwei Häuserblöcken ein.
Der erste, mit dicht belaubten Bäumen bestandene Garten, schützte sich durch ein dunkles Blätterdach vor der Sonnenglut. Kein Geräusch drang von draußen an diesen in der Mitte des Hauses gelegenen, von Korridoren, Mauern und Dächern umgebenen Ort. Steinwege, eingesäumt von rie-

sigen im Schutze des Schattens gewachsenen Farnpflanzen, durchzogen ihn. Rechts stand ein Gartenhaus mit vier Räumen, dessen Salon einem Garten zu gelegen war, den man „Garten der Farne“ nannte; die Fenster der übrigen Zimmer gingen auf den rückwärtigen „Garten der kleinen Tiere“. Die Ölmalereien an den Wänden des Salons stellten eine Verlängerung des Gartens dar: sie zeigten eine Unzahl von kleinen Wäldern im Halbschatten; Jäger mit roten Jacken und umgehängten Jagdhörnern; Hirsche und Kaninchen, die zwischen Gesträuchen und Stauden entflohen. Isabel, Juan und Nicolas hatten viele Stunden ihrer Kindheit damit verbracht, diese winzigen Jagdszenen zu enträtseln.

„Tante, welches Land ist das?“

„England.“

„Kennst du England?“

„Ich?“ fragte Doña Matilde und fing geheimnisvoll zu lachen an. Nun, da die Kinder erwachsen waren, hatte man das Gartenhaus geschlossen, und die Familie hatte „England“ vergessen.

Dunkelheit und Stille breiteten sich im Hause Don Joaquins aus. In den Zimmern mit den Steinmauern regierte eine unbarmherzige bäuerliche Ordnung. Die Jalousien waren immer heruntergelassen und die kleinen gestärkten Fenstervorhänge vorgezogen. Das Leben im Hause verlief präzise in wohlgeordneten Bahnen. Don Joaquin erwarb nur Dinge, die diese außerordentliche Wiederholung von Einsamkeit und Stille, die er benötigte, noch vollkommener machten. Sein Zimmer war klein und hatte keinen Balkon auf die Straße; kaum hatte das Bett darin Platz. Ein kleines offenes Fenster nahe dem Dach war der einzige Zugang zur Außenwelt. Ein Toilettetisch aus weißem Holz, auf dem eine Kanne und eine Waschschüssel glänzten, unterstrich jene Strenge, die seltsamerweise durch den Geruch feinster Seife und parfümierter Rasierwasser und Cremes in ihren mit französischen Etiketten beklebten Tiegeln und

Fläschchen verleugnet wurde. Das Zimmer lag neben dem seiner Frau Doña Matilde.

Als Mädchen war Matilde fröhlich und ausgelassen gewesen. Sie war ihrem Bruder Martin nicht ähnlich. Die Jahre der Ehe, die Stille und Einsamkeit ihres Hauses machten aus ihr eine heitere und friedfertige alte Dame. Sie verlor die Leichtigkeit im Umgang mit Menschen, und eine beinahe backfischhafte Schüchternheit ließ sie jedesmal erröten und verlegen lächeln, wenn sie sich Fremden gegenüberfand. „Ich kenne mich nur in meinem Haus aus", sagte sie zu ihren Neffen, wenn sie darauf drangen, daß sie mehr ausgehen sollte. Starb jemand, ging sie nicht zur Aufbahrung. Sie konnte nicht erklären, warum das starre Antlitz ihrer toten Bekannten sie zum Lachen reizte.

„Um Gottes Willen, Ana, glaubst du, die Olveras haben mir je verziehen, daß ich beim Anblick ihres verstorbenen Vaters lachen mußte?"

„Mach dir keine Sorgen, sie haben es schon vergessen", antwortete ihre Schwägerin.

„Ich bereue es ja so!"

Aber sobald sie sich an jenen Toten mit seinem zerknirschten Gesicht erinnerte – man hatte ihm auch eine schwarze Krawatte umgebunden und schwarze Schuhe angezogen – fing sie, trotz ihrer Reue, wieder zu lachen an.

„Ich bitte dich! Ein armer Verstorbener in Galakleidung!"

Das unerwartete Erscheinen ihres Gatten in Begleitung des Fremden verwirrte sie und rief eine Art von momentanem Schwindelgefühl hervor: als wäre ihre ganze Einsamkeit und die im Laufe der Jahre angesammelte Ordnung durchbrochen worden.

„Der junge Mann ist unser Gast, solange es ihm hier gefällt", kündigte Don Joaquin an und wollte den Ärger, der sich in den Augen seiner Frau zeigte, nicht zur Kenntnis nehmen. Aber sie vergaß ihren Unwillen, nachdem sie die ersten Worte mit dem Fremden gewechselt hatte. Sie war es gewöhnt, ihren Gatten jede Art von Tieren heimbringen zu sehen. Zum ersten Mal nahm er nun einen Menschen auf. Sie ging in die Küche den Bediensteten mitteilen, daß ein Gast gekommen sei, hätte aber in Wahrheit lieber gesagt: „Wir haben noch ein kleines Tier dazubekommen." Dann begleitete sie ihren Gatten und den Fremden zum Gartenhaus. Sie wollte ihn aus ihrer privaten häuslichen Sphäre entfernen.

„Hier in ‚England' werden Sie sich nicht so gebunden fühlen."

Ängstlich blickte sie zu dem jungen Mann hin. Tefa, das Dienstmädchen, öffnete die Türen des Jagdsalons und der Schlafzimmer und zündete die Öllampen an. Der Fremde zeigte sich von seiner Unterkunft begeistert. Doña Matilde und Tefa wählten das größte Zimmer für ihn aus, machten das Bett zurecht, öffneten das Fenster und gaben dem Gast Ratschläge, wie er das Mosquitonetz schließen sollte, damit keine Fledermäuse, die übrigens harmlos waren, hereinflögen.

Der junge Mann hatte sich unter dem Namen Felipe Hurtado vorgestellt. Er stellte seine Reisetasche auf den Tisch. Das Dienstmädchen goß frisches Wasser in die Kanne, brachte kleine Stücke französischer Seife und hing reine Handtücher neben der Waschschüssel auf. Während des Abendessens fühlte sich Doña Matilde vom Lächeln ihres Gastes eingenommen. Der junge Mann zog sich dann in das Gartenhaus zurück. Sobald sie allein waren, erzählte Don Joaquin seiner Frau, was sich im Hotel Jardin zugetragen hatte. Don Pepe Ocampo hatte es ihm erzählt, als er beim Hotel vorüberging.

„Wir machen uns ja den General zum Feind!"

„Dieser Mensch soll nicht jede Grausamkeit begehen, nach der es ihn gerade gelüstet!"

„Aber er tut es!" antwortete sie lächelnd.

Sehr früh am Morgen wachte der Fremde plötzlich erschrocken auf. Eine Menge Katzen fiel über sein Bett her. Die Besitzer des Hauses hatten vergessen, ihn darauf auf-

merksam zu machen, daß im „Garten der kleinen Tiere" Hunderte von Katzen lebten, die zu dieser Stunde hungrig von den Dächern herunterkamen, um sich an dem Ort zu versammeln, wo ihnen die Bediensteten Pfannen mit Milch und Teller mit Fleisch hingestellt hatten. Hurtado wußte nicht, was los war. Durch sein offenstehendes Fenster sprangen die Katzen herein und hinaus, während zwischen den Steinen des Gartens ein wirres Durcheinander von Pfoten näherrückte. Da gab es auch Hirsche, kleine Ziegen, Hunde und Kaninchen. Der Fremde kam aus seinem Erstaunen nicht heraus; ein aus Zärtlichkeit und Ironie gemischtes Gefühl durchdrang ihn, als er erkennen mußte, daß den kleinen Tieren wie ihm Zuflucht gewährt wurde.
Erst spät am Vormittag verließ er sein Zimmer. Die Sonne stand schon hoch, aber man nahm sie zwischen dem dichten Blattwerk kaum wahr. Er ging befangen zwischen den Pflanzen und Farnen umher, verrückte einen Stein und stieß auf ein Tier, vor dem er mit einer Bewegung des Abscheus zurückfuhr.
„Ein Skorpion!" sagte Tefa, die ihn aus einiger Entfernung beobachtete.
„Ah, guten Tag!" antwortete der Fremde höflich.
„Töten Sie ihn! Er ist gefährlich! Gibt es diese Tiere in ihrer Heimat denn nicht, weil Sie so erschrocken sind?" fragte das Dienstmädchen mit arglistigem Ton in der Stimme.
„Nein, ich komme aus einem kalten Land."
Dunst stieg vom Garten auf. Die Pflanzen stießen durchdringende Gerüche aus. Große fleischige Blätter mit saftigen Stilen hielten sich trotz der wilden Hitze aufrecht. Die Platanenbäume füllten sich mit seltsamen Geräuschen; die Erde war schwarz und feucht. Der Brunnen ließ sein grünes Wasser schimmern, auf dessen Oberfläche faulige Blätter und riesige ertrunkene Schmetterlinge schwammen. Von dort stieg auch ein sumpfig fauler Geruch auf. Der Garten, leuchtend düster des Nachts, voll geheimnisvoller Blätter

und an ihrem Duft erahnbarer Blüten, wurde am Tag überflutet von Wohlgerüchen, die auf den Fremden bedrohlich und betäubend wirkte. Ihm wurde schwindelig.
„Wann kommt der Herr nach Hause?"
„Er geht nicht aus", antwortete die Dienerin belustigt.
„Ach, ich glaubte, er ginge seinen Geschäften nach?"
„Das tut er auch; aber nur dort." Die Frau deutete mit dem Kopf auf eine offenstehende Tür in der Mauer, die in den „Garten der kleinen Tiere" führte.
„Ich belästige ihn lieber nicht."
Tefa antwortete nicht. Der Fremde fühlte die Feindseligkeit der Frau. Plötzlich schien er sich an etwas zu erinnern.
„Sagen Sie mir bitte, wo wohnt der Herr Präsident?"
„Juan Cariño? In Alarcon; fast schon beim Flußufer, nahe der Straße nach Cruces", antwortete Tefa erstaunt. Sie hätte ihn gerne etwas gefragt, aber der Gleichmut des jungen Mannes ließ sie schweigen.
„Ich gehe ihn besuchen und werde zur Essenszeit zurück sein", sagte der Fremde ungezwungen und ging weg. Tefa war es, als hinterließen seine Schritte keine Spuren an den Pflanzen, auf die er trat.
Sie lief in die Küche. „Wer weiß, woher dieser Mann kommt! Ich würde an Stelle unseres Herrn keine Vagabunden aufnehmen", sagte sie zu den Bediensteten, die gerade beim Frühstück saßen.
„Wißt ihr schon, was er im Hotel gemacht hat?" fragte das Zimmermädchen. „Er wollte mit Julia anbändeln. Beinahe hätte der General ihn, sie und Don Pepe getötet."
„Das ist bestimmt kein feiner Mann! Als ich heute morgen sein Bett machen wollte, hatte er es selbst schon gemacht und las gerade ein rotes Buch."
„Seht ihr! Was der wohl des Nachts treibt?"
„Wißt ihr, wohin er jetzt gegangen ist?" fragte Tefa, und da die anderen sie fragend anblickten, verkündete sie mit triumphierender Stimme: „Ins Bordell!"
„Schau, schau! Ein Frühaufsteher!" sagte Castulo lächelnd.

„Ich sag's ja, den hat nichts Gutes nach Ixtepec geführt!" fügte Tefa überzeugt hinzu.
„Vor den Schritten eines Mannes gehen immer die Schritte einer Frau!" urteilte Castulo würdevoll.
Felipe Hurtado durchquerte die Stadt und kam beim Hotel vorbei. Er hatte keine Ahnung von den Gerüchten. Don Pepe hatte ihn schon von weitem daherkommen sehen, war eilig in den Hausflur zurückgelaufen und spähte ihm, als der Fremde schon vorübergegangen war, auf den Fußspitzen stehend, um die Ecke nach.
„So eine Unverschämtheit! Da hat man sich noch immer nicht von dem Schrecken erholt, und er taucht schon wieder hier auf!" brummte der Alte voll Groll. Tatsächlich war der General am Vorabend auf den Korridor herausgekommen, um ihm Fragen zu stellen. Noch nie hatte er ihn so drohend angeblickt: „Wer ist dieser Mann?" Seine eisige Miene brachte Don Pepe außer Fassung. Er konnte nichts sagen, denn er wußte nicht, wer der Fremde war.
„Ich weiß es nicht, General. Ein Fremder, der ein Zimmer haben wollte. Ich hatte keine Zeit, ihn zu fragen, denn schon kamen Sie und ..."
„Mit welchem Recht wagen Sie es, ohne meine Erlaubnis Zimmer zu vermieten?" fragte Rosas, der nicht wußte, daß Don Pepe Ocampo der Besitzer des Hotels war.
„Ich wollte ihm keines vermieten, General. Ich sagte ihm gerade, ich hätte kein Zimmer frei, als Sie kamen ..."
Luisa schaukelte in ihrer Hängematte und hörte aufmerksam zu.
„General, er hat länger als eine Stunde mit Julia gesprochen."
Sie rächte sich an Julia und an Don Pepe.
Francisco Rosas schien sie nicht zu beachten. „Ich hörte, wie sie von Colima sprachen", fügte sie böswillig hinzu.
„Von Colima?" wiederholte Rosas düster. Er hätte es lieber nicht gehört. Schweigend kehrte er auf sein Zimmer zurück.
Don Pepe sah Luisa haßerfüllt an. Sie schaukelte noch eine

Weile, dann ging auch sie in ihr Zimmer und schloß sich ein. Wie zufällig näherte sich der Hotelbesitzer der Tür des Zimmers, in dem der General mit Julia war.
„Sag mir, Julia, weshalb hattest du Angst?"
„Ich weiß es nicht", antwortete sie ruhig.
„Sag mir die Wahrheit, Julia! Wer ist es?"
„Ich weiß es nicht."
Don Pepe konnte sie sehen, sie hatte sich wie eine Katze zusammengekauert, den Kopf auf eine Schulter geneigt und ihre mandelförmigen Augen flehend auf den General gerichtet. „Die ist schlecht. Ich würde die Wahrheit mit Schlägen aus ihr herausbekommen", dachte der Alte. Als der Oberstleutnant Cruz das Hotel betrat, gab er eilig seinen Lauschposten und seine Überlegungen auf.
„Horchen Sie nur weiter!" rief ihm der Offizier lachend zu.
„Lachen Sie nicht!" Und der Alte erzählte verängstigt seine Geschichte. Auch der Oberstleutnant schien sich nun Sorgen zu machen.
„Oh, diese Julia!" sagte er. Das Lachen war ihm vergangen.
Francisco Rosas kam wieder aus seinem Zimmer. Er war bleich und ging auf die Straße, ohne nach seinen Freunden zu rufen. Vor Mitternacht kehrte er betrunken zurück.
„Julia, reiten wir nach Las Cañas?"
„Ich will nicht!"
Julia widersetzte sich zum ersten Mal der Laune ihres Liebhabers. Der General schmiß die Vase mit den Hyazinthen gegen den Spiegel der Kommode, und Vase wie Spiegel fielen in Scherben zu Boden. Das Mädchen hielt die Hände vor die Augen.
„Was hast du getan? Das bedeutet Unglück!"
Die übrigen Gäste des Hotels hörten erschrocken den Lärm.
„Mein Gott, man kann nicht ruhig leben!" seufzte Rafaelita.
„Ich will nach Hause!" schrie Antonia. Der Oberstleutnant Justo Corona hielt ihr den Mund zu.

Felipe Hurtado fand das Haus. Er wußte, es war das gesuchte, denn es unterschied sich dadurch von den anderen Häusern, daß es wie das Abbild eines Hauses in einem zerbrochenen Spiegel aussah. Seine Mauern waren Ruinen, bröckelten ab und wuchsen am Ende der Straße neben dem Steingeröll riesig empor.
„Dort ist es!" schrien ihm einige Bürschchen zu und blickten ihm lüstern nach. Der Fremde betrachtete die verwaschene Farbe der Tür und die Nische mit dem Straßenheiligen San Antonio. Er zog an der Klingel.
„Komm herein, es ist offen!" hörte er eine gelangweilte Stimme.
Hurtado stieß die Türe auf und betrat ein Vestibül mit Steinboden, das in einen Salon führte. Einige rote Samtfauteuils mit Tischchen, schmutzige Papierblumen und ein rauchiger Spiegel waren das Mobiliar. Auf dem rot angestrichenen Boden lagen Zigarettenstummel und Flaschen verstreut herum. Die Taconcitos, mager, in Unterkleidern, mit abgetretenen Schuhen mit schiefen Absätzen, empfing ihn.
„Früh kommst du um dein Almosen betteln", sagte die Frau, und aus ihrem grinsenden Mund glänzte ein Goldzahn.
„Entschuldigen Sie, ich suche den Herrn Präsidenten."
„Du bist ein Fremder, nicht? Ich sage ihm, daß ihn jemand sprechen will." Und sie ging lächelnd ab.
Der Herr Präsident ließ nicht lange auf sich warten. Höflich bot er dem Fremden einen Stuhl an und setzte sich zu ihm. Die Luchi erschien mit einem Bleitablett, auf dem zwei kleine Tassen standen.
„Du bist der Freund von Julia. Sei vorsichtig!" sagte sie und fing dreist zu lachen an.
„Der Freund?" murmelte Hurtado.
Als Juan Cariño die Verwirrung des Fremden sah, richtete er sich auf, hüstelte und ergriff das Wort.
„Wir haben eine Besatzung im Land und können von den

Invasoren nichts Gutes erhoffen. Die Handelskammer, der Stadtrat und die Polizeiinspektion unterstehen ihrem Befehl. Ich und meine Regierung erfreuen uns keiner Protektion; deshalb müssen Sie bei allen Ihren Schritten sehr vorsichtig sein."

„Diesen Lümmeln gehört ein Tritt in den Arsch!"

„Kind, was ist das für eine Sprache!" protestierte der Präsident beschämt und fügte nach einem betretenen Schweigen hinzu: „Es kommt vor, daß die Launen einer Frau einen Mann in den Wahnsinn treiben. Man kann, ohne zu übertreiben, sagen, Julia hat den General Rosas verrückt gemacht."

„Willst du eine Zeitlang hierbleiben?" fragte die Luchi.

„Das weiß ich nicht."

„Dann vermeide es lieber, mit ihr zusammenzutreffen."

„Befolgen Sie ihre Ratschläge. Sie müssen wissen, jedesmal, wenn er Ärger mit Julia hat, sperrt er einige von uns ein oder hängt sie auf. Gott sei Dank läßt er das Wörterbuch noch unangetastet."

„Der Herr Präsident ist ein Liebhaber von Wörterbüchern", sagte die Luchi beflissen.

„Wie sollte ich es nicht sein, da sie die ganze menschliche Weisheit enthalten. Was täten wir ohne Wörterbücher! Unmöglich, sich das vorzustellen! Unsere Sprache würde ohne sie unverständlich sein. ‚Sie' – was bedeutet ‚sie'? Nichts! Ein Geräusch. Aber wenn wir das Wörterbuch um Rat fragen, finden wir: ‚Sie, dritte Person Plural'!"

Der Fremde fing zu lachen an. Dem Herrn Präsidenten gefiel sein Lachen, und faul in seinen verwahrlosten Stuhl zurückgelehnt, schüttete er einige Löffel Zucker in seinen Kaffee und rührte bedächtig um. Er war zufrieden. Er hatte den Fremden in die Irre geführt; denn wenn das, was er gesagt hatte, auch stimmte, wichtig war, was er nicht ausgesprochen hatte: nämlich, daß die Worte gefährlich waren, weil sie durch sich selbst existierten und daß die Verteidigung der Wörterbücher unvorstellbare Katastrophen vermied. Die bösen Worte mußten geheim bleiben. Wenn die Menschen ihre Existenz kannten, würden sie sie, getrieben durch ihre Schlechtigkeit, sagen und damit die Welt in die Luft sprengen. Schon gab es zu viele Unwissende, die sich ihrer bedienten, um Leiden hervorzurufen. Seine geheime Mission war es, durch meine Straßen zu gehen und die im Laufe eines Tages ausgesprochenen häßlichen Worte aufzulesen. Eines nach dem anderen sammelte er verstohlen ein und verwahrte sie unter seinem Zylinderhut. Es gab sehr lästerhafte Worte. Sie entflohen, und er mußte ihnen durch mehrere Straßen nachlaufen, bevor sie sich erwischen ließen. Ein Schmetterlingsnetz hätte ihm viel genützt, aber es wäre so auffällig gewesen, daß er damit Verdacht erweckt hätte. An manchen Tagen war seine Ernte so groß, daß die Worte unter seinem Hut nicht Platz hatten und er sich genötigt sah, mehrere Male auf die Straße zu gehen, um seine Reinigungsarbeit abzuschließen. Nach Hause zurückgekehrt, schloß er sich dann in seinem Zimmer ein, ordnete die Worte alphabetisch und fügte sie wieder in sein Wörterbuch ein. Das Schreckliche war, daß kaum ein böswilliges Wort den Weg zurückfand. Es entkam immer, und deshalb nahm seine Arbeit kein Ende. Alle Tage suchte er die Worte „Erhängen“ und „Marter“, und wenn man an der Straße nach Cocula Erhängte fand, fühlte er sich als der Schuldige. Er betrachtete den Fremden aufmerksam.

Er war ihm seit der ersten Begegnung vertrauenswürdig erschienen. Und wenn er ihn einlud, in die Präsidentschaftskanzlei zu kommen, dann geschah es, weil er ihn in das Mysterium der Macht einführen wollte. „Wenn ich einmal sterbe, muß jemand meine Mission der Reinigung weiterführen. Was würde sonst aus dieser Stadt werden?“ Aber vorerst galt es zu erfahren, ob dieser Erbe ein reines Herz hatte.

„Metamorphose! Was wäre Metamorphose ohne das Wörterbuch? Ein Haufe schwarzer Buchstaben!“ Und er studierte die Wirkung des Wortes an dem Gesicht des Fremden. Dieses verwandelte sich in das Antlitz eines Kindes von zehn Jahren.

„Und wie wäre es mit ‚Konfetti'?" Das Wort rief helle Begeisterung in den Augen Felipe Hurtados hervor. Und Juan Cariño wurde von Freude erfüllt.

Die Luchi konnte ihm stundenlang zuhören. „Schade, wenn er nicht verrückt wäre, könnte er große Macht haben, und die Welt würde glitzern und funkeln wie das Glücksrad!" Luchi war traurig, weil Juan Cariño im Hause der Huren lebte. Sie wollte den Augenblick entdecken, in dem aus Juan Cariño der Herr Präsident geworden war. Es gelang ihr aber nicht, den Riß zwischen diesen beiden Persönlichkeiten ausfindig zu machen. Durch diesen Spalt floh das Glück der Welt. Daraus wurde der kleine, ins Bordell eingesperrte Mensch geboren; ohne Hoffnung, sein glänzendes Geschick je wieder zu erlangen. „Vielleicht träumte er im Schlaf, er wäre der Herr Präsident und erwachte nie wieder aus diesem Traum, auch wenn er nun mit offenen Augen umherging", sagte sich das Mädchen und erinnerte sich an ihre eigenen Träume, und wie sonderbar sie sich darin benahm. Deshalb servierte sie ihm viele Tassen Kaffee und behandelte ihn vorsichtig wie einen Schlafwandler. „Wenn er eines Tages aufwachte!", und sie forschte in den Augen des Präsidenten und glaubte darin die erstaunliche Welt der Träume zu entdecken: ihre Spiralen am Himmel; Worte, die einsam wie Drohungen herumkreisen; windgeschüttelte Bäume und blaue Meere über den Dächern. Flog sie vielleicht nicht im Traum durch die Lüfte, über Straßen, die ihrerseits flogen, sie verfolgten; und unten warteten einige Phrasen auf sie. Wenn es ihr mitten in diesem Traum wirklich gelänge, aufzuschweben, könnte sie immer an die Existenz ihrer Flügeln glauben und die Leute würden belustigt sagen: „Seht, die Luchi, die ist verrückt! Sie glaubt, sie ist ein Vogel!" Deshalb beob-

achtete sie Juan Cariño, in der Hoffnung, es gelänge ihr, ihn erwachen zu lassen.
„Wenn Sie eine Mußestunde bei den Worten verbringen möchten, kommen Sie hierher. Ich stelle Ihnen ab sofort meine Wörterbücher zur Verfügung", hörte ihn Luchi sagen.
„Ich versichere Ihnen, Ihre Einladung ist nicht in den Wind gesprochen", anwortete der Fremde lächelnd.
„Ich besitze sogar drei Bände des Wörterbuches der englischen Sprache. Ich konnte nicht alle auftreiben. Es ist ein wahrer Jammer!"
Und Juan Cariño wurde sehr traurig. Wer würde von diesen Büchern Gebrauch machen? Er wunderte sich nicht über das Unglück, das in der Welt herrschte. Die Luchi ging aus dem Zimmer und kam nach einigen Minuten zurück mit einem Wörterbuch, das in einen mit Goldlettern bedruckten orangefarbenen Pappdeckelumschlag gebunden war. Juan Cariño nahm es ehrfurchtsvoll in die Hand und begann seinen Freund in seine Lieblingsworte einzuweihen. Er wiederholte sie Silbe für Silbe, damit ihre Macht Ixtepec reinwasche und von der Gewalt der auf der Straße und im Büro des Francisco Rosas gesprochenen Worte befreie. Plötzlich hielt er inne und blickte sein Gegenüber ernst an.
„Ich nehme an, Sie besuchen die heilige Messe?"
„Ja, an den Sonntagen."
„Lassen Sie Ihre Stimme die Worte des Gebetes sprechen; sie sind so schön."
Und Juan Cariño begann die Litanei herunterzusagen.
Die Taconcitos steckte ihren verwahrlosten Kopf zur Tür herein und sagte: „Es ist schon halb zwei und wir haben noch kein Feuer im Ofen."
„Halb zwei?" fragte Juan Cariño und unterbrach das Gebet. Er wollte die ordinäre Stimme des Weibes nicht hören, die ihn in diesem Haus mit seinen schmutzigen Wänden und Betten ins Elend seines Lebens zurückversetzte.

„Halb zwei“, wiederholte die Frau und verschwand von der Türe.
„Sie ist eine Freidenkerin! Die haben die Welt so schrecklich gemacht“, sagte Juan Cariño verärgert. Er stand auf und näherte sich langsam Hurtado. „Bewahren Sie mein Geheimnis. Die Gier des Generals ist unersättlich. Er ist ein Freidenker. Er verfolgt die Schönheit und das Mysterium. Er wäre sogar imstande, das Wörterbuch anzutasten und damit eine Katastrophe heraufzubeschwören! Der Mensch würde sich in einer ungeordneten Sprache verlieren und in Asche verwandelt werden, und die Welt würde in sich zusammenfallen.“
„Wir würden leben wie die Hunde!“ erklärte die Luchi.
„Viel schlimmer! Denn diese verständigen sich durch ihr Bellen, obwohl es uns unverständlich erscheint. Wissen Sie, was ein Freidenker ist? Ein Mensch, der auf das Denken verzichtet hat!“
Und der Präsident begleitete seinen Gast bis zur Haustüre.
„Meine herzlichsten Grüße an Doña Matilde und Don Joaquin, obwohl ich ganz das Gefühl habe, daß ich sie nie in ihrem Hause besuchen werde.“
Juan Cariño blieb nachdenklich an der Türschwelle stehen und winkte dem Fremden nach, der sich im strahlenden Licht des frühen Nachmittags entfernte. Dann schloß er traurig die Tür, kehrte in seinen kleinen schmutzigen Salon zurück und setzte sich in denselben Stuhl, in dem er vorhin gesessen hatte. Er trachtete, die Zigarettenstummel und den Dreck im Zimmer nicht zu sehen.
„Herr Präsident, das Vögelchen hat uns von der Seligkeit gesungen. Gleich bringe ich Ihnen Ihren kleinen Imbiß“, sagte die Luchi und versuchte ihn aufzuheitern. Zu dieser Stunde waren von den anderen Frauen erst wenige aufgestanden.
In diesen Tagen war ich so unglücklich, daß meine Stunden sich unförmig anhäuften und meine Erinnerungen sich in Empfindungen verwandelten. Das Unglück läßt, wie der

körperliche Schmerz, die Minuten gleichförmig erscheinen. Die Tage verwandeln sich in denselben Tag, die Taten in dieselbe Tat und die Personen in eine einzige nutzlose Person. Die Welt verliert ihre Vielfalt, das Licht demütigt sich und die Wunder bleiben aus. In diesen sich wiederholenden Tagen betrachtete ich in träger Ruhe die sinnlose Flucht meiner Stunden und hoffte auf das Wunder, das sich nicht ereignen wollte. Die Zukunft war die Wiederholung der Vergangenheit. Bewegungslos ließ ich mich vom Durst, der an meinen Ecken nagte, verzehren. Um die zu Stein gewordenen Tage zu zerstören, blieb mir nur die zwecklose Spiegelfechterei der Gewalt; die Graukamkeit übte sich wild an Frauen, Straßenhunden und Indios. Es war wie in den Tragödien! Wir lebten innerhalb einer stillstehenden Zeit, in deren dauerndem Augenblick die Personen gefangen unterlagen. Es nützte nichts, immer noch blutigere Taten zu vollbringen; wir hatten die Zeit abgeschafft.
Am Morgen verbeitete sich die Nachricht von der Ankunft des Fremden so schnell wie eine Freudenbotschaft. Zum ersten Mal seit vielen Jahren lief die Zeit in meinen Straßen um und ließ Lichter und Reflexe an den Steinen und Blättern der Bäume aufleuchten; die Mandelbäume füllten sich mit Vögeln, die Sonne ging prächtig hinter den Bergen auf, und in den Küchen sprachen die Dienstmägde laut über ihn. Der Geruch des Orangenblätter-Arzneitees drang bis in die Zimmer und weckte die Damen aus ihrem leichten Schlaf. Das unverhoffte Erscheinen des Fremden brach das Schweigen. Er war der von unserem Unglück nicht befleckte Bote.
„Conchita! Conchita! Matilde hat einen Gast aus Mexico!" rief Doña Elvira, als ihr das Dienstmädchen die Nachricht brachte.
Mit einem Satz sprang sie aus dem Bett. Sie wollte vor Beginn der Siebenuhrmesse bei der Kirche sein, um als erste Näheres über den Fremden zu erfahren. Wer er war? Wie er war? Was er wollte? Zu welchem Zweck er gekom-

men war? Eilig zog sie sich an und betrachtete sich dann ruhig im Spiegel. Ihr Gesicht schnitt ihr keine Grimassen.
„Schau, was für eine gute Farbe ich habe! Schade, daß dein armer Vater mich nicht sehen kann! Das würde ihm Neid einflößen! Er war immer so gelb im Gesicht!"
Conchita stand beim Toilettisch und wartete geduldig, bis ihre Mutter aufhören würde, sich zu bewundern.
„Dort ist er! Dort ist er und spioniert mir aus der Tiefe des Spiegels nach, voll Zorn darüber, daß ich noch eine junge Witwe bin. Ich geh ja schon, Justino Montufar!"
Und die Señora zeigte dem im Quecksilber des Spiegels verstecktem Bild ihres Gatten die Zunge. „Er ist dortgeblieben, um sich selbst bewundern zu können", sagte sie sich auf dem Wege zur Kirche. „Nie habe ich einen eingebildeteren Mann gekannt!" Und sie erinnerte sich erzürnt daran, wie genau und sorgfältig seine Hemdmanschetten und seine Hosenstulpen gebügelt sein und wie tadellos seine Krawatten sitzen mußten. Als er gestorben war, wollte sie den Toten nicht anziehen. „Ein gewöhnliches Leichentuch!" bat sie weinend ihre Freundinnen, insgeheim froh darüber, nun seine Launen, die sie so viele Jahre tyrannisiert hatten, nicht mehr erdulden zu müssen. „Er soll sich daran gewöhnen!" wiederholte sie einige Male, während ihre Freundinnen den Körper in ein gewöhnliches Leintuch wickelten. Von diesem Augenblick an war sie wieder Herrin ihres Willens und rächte sich dergestalt an dem Verstorbenen, der bleich und eingewickelt sich wütend gegen sie zu drehen schien.
„Wie Matilde sich verspätet! Die Alten machen alles langsam!" rief sie verärgert aus, als sie sah, daß ihre Freundin noch nicht im Vorhof der Kirche anwesend war. Vor Überdruß stampfte sie mit dem Fuß auf. Conchita senkte den Blick. Es schien ihr, daß ihre Mutter durch ihre Ausrufe und Gesten die Aufmerksamkeit der anderen Anwesenden, die auch ungeduldig warteten, es aber nicht so zeigten, auf sich lenkte.

„Die ist imstande und kommt nicht! Sie will die Interessante spielen! Der arme Bursche, er weiß noch nicht, in welches Narrenhaus er da hineingeraten ist!“ Conchita machte ihr ein Zeichen zu schweigen. „Warum winkst du ab? Wir alle wissen, daß Joaquin verrückt ist. Er glaubt, er sei der König der Tiere!“, und sie fing bei dieser Bemerkung zu lachen an. Da sah sie Doña Lola Goribar in Begleitung ihres Sohnes Rodolfo auf sich zukommen.
„Dort kommt die Dicke!“ murrte sie verärgert.
Doña Lola verließ fast nie ihr Haus. Vielleicht litt sie deshalb an einer ungeheuren Fettleibigkeit. Sie hatte Furcht; aber vor etwas anderem als wir. „Wenn einer ohne Geld dastünde, würde ihm niemand eine hilfreiche Hand reichen“, sagte sie in blinder Angst und bewachte ihre vornehmen Schränke, in welchem Hunderte von Goldmünzen in kompakten gleichen Stößen aufbewahrt wurden. An den Samstagen und Sonntagen schloß sie sich in ihrem Zimmer ein. Ihre Bedienten hörten sie, wie sie Geld zählte. Aber auch an den restlichen Tagen der Woche kontrollierte sie ihr Haus mit Argusaugen. „Niemand weiß, was Gott ihm vorbestimmt hat!“ – dieser Gedanke erfüllte sie mit Entsetzen. Es bestand die Möglichkeit, daß Gott sie verarmen lassen wollte. Und um sich gegen den göttlichen Willen zu schützen, häufte sie Reichtümer über Reichtümer auf. Sie war sehr katholisch, hatte eine Hauskapelle und hörte dort die Messe. Immer sprach sie von der heiligen Gottesfurcht, und wir alle wußten, daß diese heilige Furcht sich nur auf ihr Geld bezog. „Vertraue niemanden! Vertraue niemanden!“ flüsterte sie Rodolfo ins Ohr und stützte sich schwer auf seinen Arm. „Sie beobachten uns“, bemerkte sie dann. Wir bewunderten den Gabardineanzug ihres Sohnes, die strahlende Diamantenbrosche an der Brust der alten Dame. Er kleidete sich in Mexico ein und die Bediensteten sagten, er besäße mehr als tausend Krawatten. Seine Mutter dagegen trug immer dasselbe schwarze Kleid, das an den Nähten schon grünlich zu werden begann.

Die Señora Montufar ging ihnen entgegen, um sie zu empfangen. Doña Lola schaute argwöhnisch auf Conchita; die junge Dame schien ihr gefährlich. Rodolfo sah geflissentlich an dem Mädchen vorbei. Er wollte ihr keine Hoffnungen machen. „Bei den Frauen weiß man nie, woran man ist. Oft genügt eine freundliche Miene, um von ihnen kompromittiert zu werden." Doña Lola Goribar fürchtete, der Fremde hätte ruchlose Absichten, die die Ruhe ihres Sohnes gefährden könnten.

„Das ist nicht gerecht! Das darf nicht sein! Fito verbringt schon so viele schlaflose Nächte!"

„Mach dir keine Sorgen um mich, Mamachen!"

Doña Elvira hörte resigniert dem Gespräch zwischen Mutter und Sohn zu. Die Señora fühlte eine unbegrenzte Bewunderung für Rodolfo. Dank seinen Bemühungen waren ihre Ländereien zurückerstattet worden und die Regierung hatte ihr für die durch die Zapata-Revolutionäre angerichteten Verwüstungen sogar eine Entschädigungssumme gezahlt. Es war deshalb nur gerecht, daß sie in aller Öffentlichkeit Zeugnis von ihrer Dankbarkeit ablegte. Das war sie ihm zumindest schuldig.

„Er ist so gut zu mir, Elvira!" sagte sie und zeigte auf die Diamantenbrosche. Die Señora Montufar beugte sich vor, um das Juwel zu bewundern. „Justino war auch ein musterhafter Sohn!" dachte sie und lächelte ironisch. Rodolfo machte häufig Reisen nach Mexico, und wenn er nach Ixtepec zurückkam, stattete er dem General Rosas in der Militärkommandantur einen Besuch ab.

„Er hat schon die Grenzsteine versetzt!" sagten wir jedesmal, wenn wir Rodolfo grinsend aus dem Büro des Generals herauskommen sahen. Tatsächlich versetzte Rodolfo nach jeder Reise mit Hilfe seiner Pistolenschützen, die er aus Tabasco geholt hatte, die Steine, die seine Besitztümer eingrenzten, und gewann ungelernte Arbeiter, Hütten und unentgeltliches Land dazu.

Unter einem der Mandelbäume des Kirchenvorhofes stand Ignacio, der Bruder der Bäckerin Agustina, und wartete auf den Beginn der Siebenuhrmesse. Er blickte lange zu Rodolfo hin. Dann näherte er sich ihm höflich und bat um ein Gespräch unter vier Augen. Man sagte, daß Ignacio zu den Agrarreformern gehörte. In Wirklichkeit hatte er in den Reihen der Zapata-Revolutionäre gedient und führte nun das elende Leben eines armen Bauern. Seine aus Deckenstoff gefertigte Hose und sein Hut aus Palmblättern waren durch die Sonne gebleicht und abgenützt.
„Schauen Sie, Don Rodolfo, es ist besser, sie lassen die Grenzsteine stehen. Die Agrarreformer sagen, sie werden Sie töten." Rodolfo kehrte ihm lächelnd den Rücken zu. Ignacio zog sich gedemütigt zurück und betrachtete die kleine Gestalt von Rodolfo Goribar aus der Ferne. Dieser würdigte ihn keines weiteren Blickes. Wie oft hatten sie ihn bedroht! Er fühlte sich sicher! Der kleinste Kratzer an seiner Person würde Dutzenden von Agrarreformern das Leben kosten. Die Regierung hatte es ihm versprochen und ihn ermächtigt, das Land, nach dem es ihm gerade gelüstete, sich anzueignen. Der General Francisco Rosas stützte ihn. Jedesmal wenn Rodolfo seine Besitztümer erweiterte, erhielt der General aus seinen Händen eine stattliche Summe, die sich in Juwelen für Julia verwandelte.
„Siehst du, wie eine Frau einen Mann beherrschen kann? So eine Unverschämte! Sie ruiniert uns noch!"
Rodolfo küßte seine Mutter, um sie über die Kränkungen hinwegzutrösten, die Julia in ihrer Unverschämtheit ihr zufügte. Und um diese wieder gutzumachen, schenkte er auch seiner Mutter Juwelen.
„Er zahlt und die Indios arbeiten nicht!" hörte man sie sagen.
Er ging zu ihr hin. Ihre Stimme tröstete ihn über die harten Worte von Ignacio. Er empfand eine zärtliche und einzigartige Zuneigung zu seiner Mutter. Er fühlte sich am wohlsten, wenn er des Nachts durch die offene Tür, von Bett zu

Bett, heimlich erregte Gespräche mit ihr führen konnte. Sie war das Opfer einer unglücklichen Ehe gewesen. Seit der Kindheit war er ihr Trost. Der Tod seines Vaters ließ die Wonne dieser ausschließlichen gegenseitigen Beziehung nur noch stärker werden. Doña Lola überschüttete den kleinen furchtsamen, nach Liebesbezeugungen dürstenden Mann mit Schmeicheleien.
„Das Geheimnis, einen Mann zu gewinnen, heißt Schmeichelei und gute Küche", sagte sie verschmitzt und studierte schlau die Launen und den Geschmack ihres Sohnes. Wenn er als Kind gegen einen Sessel oder einen Tisch stieß, befahl sie, diese Gegenstände zu peitschen, um dem Knaben zu zeigen, daß sie die Schuldigen waren." Fito hat immer recht", behauptete sie allen Ernstes und rechtfertigte so den kleinsten seiner kindlichen Wutanfälle.
„Elvira, du hast keine Ahnung von dem Glück, einen Sohn wie Fito zu haben! Ich glaube, er heiratet nie. Keine Frau würde ihn verstehen wie seine Mutter!" Doña Elvira hatte keine Zeit, ihr zu antworten. Die Ankunft von Doña Matilde lenkte sie ab.
„Hast du gesehen! Hast du gesehen, wie unverschämt die ist?" fragte Doña Lola und deutete auf Conchita, die sich mit ihrer Mutter entfernte.
„Ja, Mama, aber mach dir keine Sorgen!"
„Sie hat dich mit ihren Augen verschlungen!"
Doña Matilde betrat eiligen Schrittes den Vorhof der Kirche. Sie hatte mit Don Joaquin über ihren Gast gesprochen, und dabei war es spät geworden. Nun kam sie durch das hastige Laufen ganz außer Atem an. Sie wollte noch zum Ende der Messe zurechtkommen. Als sie sah, daß ihre Freudinnen auf sie warteten, mußte sie sich das Lachen verbeißen; ihr blieb nichts anderes übrig, als diese Neugierigen einzuladen.
Bei Einbruch der Nacht trug man im Hause von Don Joaquin die Stühle auf den Korridor hinaus und zündete die Öllampen an. Auf Tabletts wurden Erfrischungen und

Süßigkeiten vorbereitet. Lange Zeit schon hatten in Ixtepec keine geselligen Zusammenkünfte mehr stattgefunden. Alle freuten sich, aber sobald die Eingeladenen kamen, verschwand bald nach der Begrüßung die Fröhlichkeit, man fühlte sich durch den Fremden gehemmt, nahm stillschweigend Platz und schaute in die Nacht hinaus. Glühende Hitze lastete über dem Garten. Die Farnpflanzen wuchsen zwischen den Schatten ins Maßlose und die stumpfen Formen der Berge um mich herum lagerten sich am Himmel über den Dächern und bedrängten die Nacht. Die Damen schwiegen. Ihr Leben, ihre Liebschaften, ihre unnützen Betten zogen, durch Dunkelheit und unbewegliche Hitze entstellt, vorüber. Der Fremde flüchtete sich in den schwermütigen Rhythmus der Bewegungen der Fächer, um das seltsame Gefühl loszuwerden, das ihm sein Beisammensein mit diesen unbekannten Gesichtern einflößte. Isabel und Conchita, dazu verdammt, zwischen den vier Wänden ihres Zimmers zu verblühen, aßen mit Unlust die Naschereien, aus denen der heiße Honig rann. Tomas Segovia bemühte sich, funkelnde Sätze wie Perlen aneinanderzureihen, verlor aber angesichts des Schweigens seiner Freunde den Faden und sah, wie seine Worte melancholisch über den Boden umherirrten und sich zwischen den Stuhlbeinen verloren. Martin Moncada schaute von einem abgelegenen Platz aus in die Nacht. Einige Worte Segovias erreichten ihn. „Er ist ein überaus seltsamer Mensch“, flüsterte Doña Elvira dem Fremden ins Ohr. Angesichts der mißlungenen Zusammenkunft begann sie vertraulich zu flüstern. Hurtado blickte sie überrascht an, und die Witwe bedeutete ihm mit Zeichen, daß Martins Geist in der Ferne weilte. Sie hätte ihm gern ihre Meinung über ihren Freund gesagt, fürchtete aber, daß andere sie hörten.

„Er war ein Anhänger von Madero“, und die Witwe deutete auf Martin Moncada, der abwesend vor sich hin sah. Der Fremde lächelte und wußte nicht, was er darauf antworten sollte.

„Mit Madero hat unser Unglück begonnen", seufzte die Witwe unecht. Sie wußte, eine Diskussion würde das versiegende Gespräch wieder beleben.
„Francisco Madero steht am Beginn von Francisco Rosas' Karriere", behauptete Tomas Segovia.
Die Gestalt des Generals tauchte in der dunklen Mitte des Gartens auf und bewegte sich auf die im Korridor der Doña Matilde stehende Gruppe zu. „Er allein hat ein Recht auf das Leben", sagten sie voll Groll und fühlten sich in einem unsichtbaren Netz gefangen, das sie von Geld, Liebe und Zukunft fernhielt.
„Er ist ein Tyrann!"
„Was erzählst du diesem Herrn! Er hat ihn doch mit eigenen Augen gesehen!"
„Seit er in Ixtepec ist, hat er nur Verbrechen, Verbrechen und wieder Verbrechen begangen."
In Segovias Stimme klang ein unsicherer Ton mit. Er schien Francisco Rosas, der damit beschäftigt war, Agrarreformer aufzuhängen, anstatt im Korridor eines mittelmäßigen Hauses zu sitzen und unnütze Worte zu sagen, um sein Schicksal zu beneiden. „Er muß fürchterliche Augenblicke durchmachen", sagte er sich und fühlte eine heftige Gemütsbewegung. „Auch die Römer kannten das lächerliche Wort Barmherzigkeit nicht, am allerwenigsten vor den Besiegten. Und die Indios sind die Besiegten!" Er machte im Geiste mit dem Daumen das Zeichen des Todes, wie er es in den Stichen seiner Römischen Geschichte gesehen hatte. „Wir sind ein Volk von Sklaven mit einigen wenigen Patriziern!", und Tomas Segovia setzte sich in die Reihe der Patrizier, zur Rechten des Francisco Rosas.
„Als wir Madero ermordeten, ist eine lange Nacht der Sühne für uns angebrochen!" rief Martin Moncada aus, der noch immer mit dem Rücken zu seinen Freunden saß.
Die blickten unwillig auf ihn. War Madero vielleicht nicht ein Verräter gewesen? Er hatte einer reichen kreolischen Familie angehört und trotzdem die Rebellion der Indios

angeführt! Sein Tod war nicht nur gerecht, sondern unbedingt nötig gewesen. Er war an der Anarchie schuld, die über das Land hereingebrochen war. In dem jahrelangen Bürgerkrieg nach seinem Tod mußten die Mestizen schrecklich unter den Indiohorden leiden, die um einige Rechte und Ländereien kämpften, die ihnen nicht gehörten. Venustiano Carranza verriet zu einem günstigen Zeitpunkt die Revolution und ergriff die Macht. Er verschaffte den begüterten Klassen Erleichterung. Aber erst nachdem sie Emiliano Zapata, Francisco Villa und Felipe Angeles ermorden ließen, fühlten sich die verräterischen Generäle sicher und errichteten ein habgieriges, tyrannisches Regime, das die Reichtümer und Privilegien nun mit ihren alten Feinden und verräterischen Komplizen, den großen Landhaltern des porfiristischen Zeitalters, teilte.

„Martin, wie kannst du so sprechen? Glaubst du ernstlich, daß wir Rosas verdienen?"

Doña Elvira Montufar schämte sich über die Worte ihres Freundes.

„Nicht nur Rosas, sondern auch Rodolfo Goribar und seine Eisenfresser aus Tabasco. Wir klagen Rosas an und vergessen dabei seinen noch blutdürstigeren Komplizen. Aber schließlich hat schon ein anderer Porfirist dem Victoriano Huerta für den Mord an Madero Geld gegeben."

Die anderen schwiegen. In Wirklichkeit waren sie bestürzt über die blutbesudelte Freundschaft zwischen den katholischen Porfiristen und den atheistischen Revolutionären, die Habgier und Scham über ihre Abstammung als Mestizen verband. Vereint hatten sie ein noch nie dagewesenes grausames Regime errichtet.

„Ich glaube es nicht, daß Maderos Ermordung bezahlt wurde", sagte die Witwe ohne Überzeugung.

„Liebe Elvira, Lujan hat Huerta sechs Millionen Pesos dafür bezahlt!" sagte Martin mit zorniger Stimme.

„Sie haben recht, Martin, wir werden noch schlimmere Dinge erleben. Warum glaubt ihr, hat Rodolfito jene

Pistolenschützen aus Tabasco geholt? Um Jagd auf Straßenhunde zu machen?"

Don Joaquin erschauderte, als er das sagte und an die unzähligen ausgehungerten räudigen Hunde dachte, die durch meine gepflasterten Straßen trotteten und in ihrem Paria-Elend den Millionen von der Regierung brutal behandelten und heruntergekommenen Indios ähnlich waren.

„Die Pistolenschützen! Ein neues schreckliches Wort! Die Pistolenschützen waren die neue Klasse, die aus der Ehe der verräterischen Revolutionäre mit den Porfiristen hervorgegangen war. Sie trugen teure Gabardineanzüge, weiche breite Filzhüte und dunkle Brillen. Ihr makabres Geschäft bestand darin, Menschen wegzuzaubern und durchlöcherte Kadaver zurückzulassen. Diesen Akt von Zauberei nannten die Generäle „Vaterland machen" und die Porfiristen „göttliche Gerechtigkeit". Das bedeutete brutalen Raub und schmutzige Geschäfte.

„Bei Zapata wäre es uns besser ergangen. Er kam wenigstens aus dem Süden", seufzte Doña Matilde.

„Bei Zapata?" rief Doña Elvira aus. Ihre Freunde waren heute nacht verrückt geworden! Oder vielleicht wollten sie sie vor dem Fremden nur lächerlich machen. Sie erinnerte sich, wie alle aufatmeten, als die Nachricht von der Ermordung Emiliano Zapatas eintraf. Viele Nächte hindurch war es ihnen, als hörten sie den Aufschlag seines Körpers im Hof der Hazienda von Chinameca; nun konnten sie wieder ruhig schlafen.

„Matilde spricht wie ein General der Regierung", sagte Segovia mit belustigter Miene und dachte an die neue Amtssprache, in der man sich der Worte „Gerechtigkeit", „Zapata", „Indio" und „Agrarreform" bediente, um den Raub der Ländereien und die Ermordung der Bauern leichter durchführen zu können.

„Das stimmt! Du weißt ja, die Regierung will ihm ein Denkmal errichten lassen", warf Doña Elvira ein.

„Warum geben sie nicht zu, daß sie keine Revolutionäre sind. Es hilft nichts, der beste Indio ist der tote Indio!" rief der Apotheker aus. Diese Redensart hatte zur Diktatur des Porfirio geführt. Segovia bezog sie nun boshaft auf den Namen des ermordeten Indio Emiliano Zapata. Man lachte schallend über seine Spitzfindigkeit.
„Das ist ein dummer Scherz", tadelte Martin Moncada.
„Zürnen Sie nicht, Martin", bat Segovia.
„Das ist alles sehr traurig!"
„Stimmt. Hier gewinnt als einzige immer nur Julia!" gab der Apotheker verbittert zur Antwort.
„Ja, diese Frau hat schuld!" rief die Señora Montufar aus.
„Und in Mexico weiß man nicht, was hier geschieht?" fragte Doña Matilde vorsichtig, um das Gespenst von Julia in die Flucht zu schlagen.
„Gibt es in Ixtepec kein Theater?" fragte der Fremde und ersetzte die Antwort durch eine neue Frage.
„Theater? Wollen Sie noch mehr Theater als Julia hier bei uns macht?" antwortete Conchitas Mutter und blickte ihn mit erschrockenem Staunen an.
„Das ist schade", erwiderte Hurtado ruhig.
Die anderen blickten sich an, wußten aber nicht, was sie sagen sollten.
„Die Leute leben glücklicher. Das Theater ist die Illusion! Und in Ixtepec fehlt genau das: die Illusion!"
„Die Illusion", wiederholte der Hausherr melancholisch. Und die dunkle Nacht senkte sich über sie und erfüllte sie mit Traurigkeit. Wehmütig suchten sie etwas Unbestimmtes; etwas, dem sie keine Form geben konnten, das sie aber brauchten, um durch die unzähligen Tage zu gehen, die sich vor ihnen wie eine riesige Landschaft von alten Zeitungen ausbreiteten, auf deren Blättern die Verbrechen, die Hochzeiten, die Inserate, ohne Besonderheiten, wie des Sinnes entleerte Taten, außerhalb der Zeit, ohne Erinnerung, wirr und plump sich durcheinandermengten.

Die Frauen fühlten Müdigkeit und die Männer blickten stumpf drein.

Im Garten vernichteten die Insekten einander in dem unsichtbaren und heftigen Kampf, der die Erde mit Geräuschen füllt. „Die Ratten nagen Löcher in meine Küche", sagte sich Elvira Montufar und stand auf. Die übrigen folgten ihrem Beispiel, und zusammen schritten sie in die Nacht hinaus. Felipe Hurtado bot ihnen seine Begleitung an. Die Gruppe schritt mit gesenkten Blicken durch meine Straßen. Sie waren bemüht, den Schlaglöchern und Bodenunebenheiten auszuweichen und sprachen kaum. Als sie auf den verlassenen Platz kamen, sahen sie Licht durch die Jalousien von Julias Balkonfenster.

„Dort sind sie", sagte Elvira mit einem bitteren Ton in der Stimme. „Was die wohl jetzt machen?" Das fremde Glück in ihrer Vorstellung ließ sie schweigen. Vielleicht hatte Francisco Rosas recht? Vielleicht verflüchtigte nur das lächelnde Gesicht von Julia die Tage des Zeitungspapiers, und an deren Stelle wuchsen die Tage der Sonnen und der Tränen.

Unsicher entfernten sie sich vom auserwählten Balkon, verloren sich wieder in die dunklen Gassen und betraten ihren Hausflur, der sie an allen diesen sich selbst gleichenden Tagen hinein- und hinausgehen sah.

Auf dem Rückweg blieb Felipe Hurtado vor dem Balkon der Geliebten von Ixtepec stehen, dann überquerte er die Straße und setzte sich auf eine der Bänke des Platzes, direkt gegenüber dem Fenster Julias. Den Kopf zwischen seinen Händen, in traurige Gedanken vertieft, wartete er, bis es dämmerte.

Einigermaßen befremdet blickten ihn am Morgen seine Gastgeber an. Sie fühlten sich versucht, ihm zu sagen, daß sie die ganze Nacht hindurch auf seine Rückkehr gewartet und schon befürchtet hatten, es sei ihm ein Unheil zugestoßen; aber sie sagten nichts. Hurtado gab sich sanft und geschmeidig wie eine Katze; man war durch seine Anwesenheit wieder angenehm berührt.

VIII

Wer hat zum ersten Male die Worte ausgesprochen, die mein Los verschlimmern sollten. Viele Jahre sind vergangen, und ich weiß es noch nicht. Ich sehe noch immer Felipe Hurtado vor mir, wie er Tag und Nacht von diesen drei Worten wie von kleinen gefährlichen Tieren verfolgt wurde: „Er kam ihretwegen!" In Ixtepec gab es keine andere „sie" als Julia. „Er kam ihretwegen", sagten die Töchter von Don Ramon, als sie von ihren Balkonen aus die schlanke Gestalt des Fremden sahen. Ihr Vater ging ihm entgegen, stellte sich vor und versuchte liebenswürdig interessiert, ein Gespräch anzubahnen.
„Gedenken Sie lange Zeit bei uns zu bleiben?" fragte Señor Martinez, während er neugierig in den Augen des Fremden forschte.
„Ich weiß es noch nicht. Je nachdem."
„Aber schließlich muß ein junger Mann wissen, was er will. Vielleicht stört Sie meine indiskrete Frage", beeilte er sich zu sagen, als er sah, wie gleichgültig seinen Gesprächspartner die erste Frage ließ.
„Nein, warum soll sie mich stören. Ich danke Ihnen für Ihr Interesse", antwortete der Fremde.
„Als ich Sie zum ersten Mal sah, dachte ich, Sie wären einer jener selbständigen jungen Männer, die nach etwas Produktivem, nach einem guten Geschäft Ausschau halten."
„Nach einem Geschäft?" fragte Hurtado verwundert, als würde dieser Gedanke zum ersten Mal an ihn herangetragen. „Nein, daran habe ich nie gedacht", fügte er hinzu und fing zu lachen an.
„Nun, stellen Sie sich vor, mein Freund Catalan meinte, Sie wären ein Inspektor! Ich versicherte ihm, Ihnen läge nichts ferner als diese Art von Beruf."

Felipe Hurtado lachte aus vollem Halse. „Inspektor!“ rief er aus, wie wenn er Don Catalans Äußerung zu drollig fände.
„Er ist ein Schwätzer“, sagte Don Ramon als Entschuldigung für seine Neugierde und suchte eine Möglichkeit, den Dialog fortzusetzen; aber Hurtado machte Anstalten weiterzugehen, und Don Ramon blieb nichts anderes übrig, als sich zu verabschieden.
Beim Betreten seines Hauses schrie er triumphierend: „Ich zweifle nicht mehr! Nun zweifle ich nicht mehr im geringsten!“
Seine Töchter stürzten auf ihn zu. „Dieser Felipe Hurtado kam ihretwegen“, versicherte der Alte.
Die Frauen von Ixtepec bemitleideten den jungen Mann. Er schien die Worte, die ihm von Mund zu Mund durch meine Straßen folgten, nicht zu hören und wanderte in aller Ruhe auf das offene Land hinaus, wo die Sonne heiß herniederstrahlt, die Erde mit Dornbüschen gespickt ist und Schlangen zwischen den Steinen schlafen. Maultiertreiber sahen ihn beim Orangenwäldchen umherschlendern oder, ein Buch in der Hand, mit bekümmerter Miene auf einem Stein sitzen.
Auf dem Rückweg ging er vor dem Hotel Jardin vorbei. Julia stand am Fenster. Niemand sah je, daß sie sich grüßten. Sie blickten sich nur an; dann schaute sie ihm nach, bis er verschwand. Die Passanten warfen sich vielsagende Blicke zu und ihre Gesten besagten: „Er kam ihretwegen.“
Da war zweifellos etwas im Gange. Rosas verlor immer mehr seine Selbstbeherrschung. Man hätte meinen können, jemand habe ihm dieses keineswegs für seine Ohren bestimmte Gerücht zugeflüstert und er würde nun von eifersüchtigen Zweifeln geplagt.
Wir verfolgten mit böswilligem Frohlocken jene leidenschaftlichen und gefährlichen Beziehungen und kamen zu dem Schluß: „Er wird sie töten!“ Wir jubelten insgeheim.

In der Kirche gab Julias schwarzer umgeschlagener Schal den Blick auf ihr aufreizendes Dekolleté frei, und wir erhoben einen stummen Chor von Vorwürfen. Der General wartete im Vorhof; er lehnte an einem Mandelbaum und rauchte nervös. In die Messe ging er nie. Er wollte sich nicht unter die Frommen und Scheinheiligen mischen. Die Geliebten wohnten regelmäßig andächtig dem Gottesdienst bei. Das schroffe Benehmen von Rosas war der Grund, warum wir beim Hinausgehen aus der Kirche bemüht waren, nicht in seine Nähe zu kommen. Wir sahen ihn abseits stehen und entfernten uns klugerweise.

„Diese Frau hat keine Gottesfurcht!"

Die schwarzgekleideten Frauen kamen in Gruppen aus der Kirche und warfen Julia, die am Arm ihres Geliebten wegging, haßerfüllte Blicke nach.

„Beschweren wir uns beim Padre Beltran. Er soll ihr das Betreten der Kirche verwehren", schlug Charito, die Direktorin der kleinen Schule von Ixtepec, vor.

„Jedermann hat ein Recht auf Gott", protestierte Ana Moncada.

„Aber Ana, siehst du nicht, was für ein schlechtes Beispiel sie den jungen Leuten gibt? Außerdem stellt sie für uns anständige Frauen eine Beleidigung dar."

Rosas trat mit Julia auf die Straße hinaus. Sie hörten die feindseligen Bemerkungen nicht. Einsam, verloren in Ixtepec, wollte sie von meinen Straßen, meinen Bäumen und meinen Leuten nichts wissen. In ihren dunklen Augen sah man die Spuren ferner und seltsamer Städte und Türme. Rosas führte sie schnellen Schrittes weg. Er wollte sie vor den scheelen Blicken auf ihre nachdenkliche wunderbare Gestalt behüten

„Ich will zu Fuß gehen", bat das Mädchen und deutete ein Lächeln an, um ihre Laune zu entschuldigen.

„Zu Fuß?" fragte Rosas und blickte sie über die Schulter an. Julia zeigte ihm unbewegt ihr Profil. Der General betrachtete aufmerksam die Linie ihrer Stirn. „Woran sie

wohl dachte? Warum wollte sie zu Fuß gehen? Sie war sonst so träge!" Ein Name fiel ihm ein, und er ging in Richtung Hotel fort.
„Sag mir Julia, warum willst du zu Fuß gehen?"
In Begleitung seiner drei Pistolenschützen aus Tabasco wartete Rodolfo Goribar vor dem Hoteleingang auf den General. Von weitem sah er ihn mit Julia näherkommen und ging ihm entgegen, obwohl er wußte, daß seine Anwesenheit unerwünscht war.
„Auf ein Wörtchen, General!"
„Besuchen Sie mich nachher", antwortete Rosas und ging an ihm vorbei. Rodolfo Goribar wandte sich an seine Freunde: „Wir warten auf ihn!", und er begann vor der Tür des Hotel Jardin auf und ab zu gehen.
Die Erfahrung sagte ihm, der General würde bald herauskommen. War er böse auf Julia, hatte er gegen Morde nichts einzuwenden. Rodolfo lächelte beglückt.
„Diese Ziegenböcke von Indios!"
Seine Männer blickten auf ihn, spuckten zwischen den Zähnen aus und schoben die Hüte zur Seite. Sie konnten stundenlang warten. Die Zeit verfloß schnell, wenn die Beute sicher war. Die gelassene Miene ihres Chefs gab ihnen diese Gewißheit.
„Eine Frage von Stunden", meinten sie und gingen geduldig auf und ab.
Julia ließ sich mit dem Gesicht voran aufs Bett fallen. Rosas wußte nicht, was er sagen oder tun sollte, und ging zum Fenster. Die Angst, die ihm Julias Widerwille einflößte, stumpfte seinen Blick ab. Ströme von Sonnenlicht drangen durch die Jalousien ein. Er fühlte das Verlangen zu weinen. Warum hatte sie es sich in den Kopf gesetzt, in einer Welt zu leben, die so verschieden war von der seinen. Kein Wort, keine Geste konnte sie von den Straßen, von den Tagen, die vor ihrer Zeit mit ihm lagen, zurückholen. Er fühlte sich als Opfer eines Fluches, der seinem und Julias Willen überlegen war. Wie die Vergangenheit zu-

nichtemachen? Die strahlende Vergangenheit, in der Julia licht in verwahrlosten Zimmern, zerwühlten Betten und Städten ohne Namen schwebte. Das war nicht seine Erinnerung; aber er erlitt sie, wie ständige wirre Höllenpein. In diesen fremden unvollständigen Erinnerungen traf er auf Augen und Hände, die Julia anstarrten, betasteten und dann an Orte entführten, wo er sich auf der Suche nach ihr verlor. „Ihre Erinnerung ist die Lust“, gestand er sich verbittert ein; er hörte, wie Julia sich vom Bett erhob, nach dem Dienstmädchen rief und ein Bad mit sehr heißem Wasser verlangte. Er hörte, wie sie sich hinter ihm bewegte, Parfumfläschchen suchte, Seife und Handtücher auswählte.

„Ich werde ein Bad nehmen“, sagte das Mädchen leise und ging aus dem Zimmer. Rosas fühlte sich sehr allein. Ohne Julia war das Zimmer kahl, ohne Luft, ohne Zukunft. Er drehte sich um, sah die Spur ihres Körpers auf dem Bett und fühlte, daß er im Leeren kreiste. Er hatte keine Erinnerung. Vor Julia war sein Leben eine lange Nacht gewesen, durch die er, in der Zeit der Revolution, über das Gebirge von Chihuahua ritt. Aber er suchte nicht das, wonach seine Gefährten, die Villa-Anhänger, aus waren; er sehnte sich nach etwas Brennendem und Vollkommenem, in dem er sich verlieren konnte. Der Gebirgsnacht wollte er entfliehen, in der ihm nur der Trost verblieb, zu den Sternen aufschauen zu können. Er verriet Villa und ging zu Carranza über; aber seine Nächte blieben die gleichen. Er strebte auch nicht nach Macht. An dem Tag, an dem er Julia begegnete, war es ihm, als berührte er einen Stern des Gebirgshimmels, als durchkreuzte er seine lichte Kreisbahn und griffe nach dem unberührten Körper der jungen Frau. Julias Glanz ließ ihn alles vergessen. Sie aber vergaß nicht. In ihrer Erinnerung wiederholten sich die Gesten, die Straßen, die Stimmen und die Männer, die vor ihm waren. Er stand ihr gegenüber wie ein einsamer Krieger vor einer belagerten Stadt mit ihren unsichtbaren

Einwohnern, die aßen, hurten, dachten und sich erinnerten; und außerhalb der Mauern, die die Welt in Julia beschützten, war er. Sein Zorn, seine Wutanfälle und seine Tränen waren vergeblich. Die Stadt blieb, wie sie war. „Die Erinnerung ist der Fluch des Menschen“, sagte er sich und schlug mit der Faust auf die Steinmauern seines Zimmers, bis er sich verletzte. Blieb diese Geste vielleicht nicht für immer in der Zeit aufbewahrt? Wie oft, während er mit seinen Freunden sprach, ging Julia in seiner Erinnerung nackt umher. Er verfolgte ihre Schritte; sah ihre Augen, ihren Hals sich in der feuchten Welt der Gazellen bewegen und hörte seine Untergebenen von Kartenspiel und Geld reden. „Die Erinnerung ist unsichtbar“, wiederholte er verbittert. Julias Erinnerung drängte sich ihm sogar auf, als er die Schlafende durch die Straßen von Ixtepec trug. Das war sein unheilbarer Schmerz: nie erfahren zu können, was ihr Inneres beherbergte. Selbst jetzt, während er leidend auf die gebündelten, trocken heißen Sonnenstrahlen schaute, spielte sie mit dem Wasser, dachte nicht an Francisco Rosas, der leiden mußte, weil sie nicht vergaß. Sie würde sich im Wasser an Bäder und andere Männer, die erschöpft auf sie warteten, erinnern. Er sah sich in vielen Männern und fragte sie, ohne Hoffnung auf Antwort: „Woran denkst du, meine Liebe?“
Ihr Parfum erreichte ihn; er hörte sie barfuß über die kleinen roten Steinfliesen zurückkommen. Und er hörte sie in vielen ähnlichen Zimmern gehen, feuchte Spuren hinterlassend, die in einem leichten kurzen Dampf sich verflüchtigten. Julia betrat viele Zimmer, und viele Männer hörten sie kommen und atmeten ihr Vanilleparfum, das in Spiralen in eine unsichtbare und ferne Welt aufstieg.
„Julia!“ rief er, ohne sich umzudrehen.
Das Mädchen kam näher. Rosas fühlte die ungeheure Welt, die sich hinter ihrer Stirn verbarg. Diese Stirn war eine hohe Mauer, die sie von ihm trennte. „Dahinter betrügt sie mich“, sagte er sich, und er sah, wie sie durch unbe-

kannte Landschaften ritt, in dunklen Kneipen tanzte und mit Männern ohne Gesicht in riesige Betten stieg.

„Julia, gibt es irgendein Stück deines Körpers, das nicht schon irgend jemand geküßt hat?“ fragte er sie, ohne sich umzudrehen, und über seine eigenen Worte erschrocken. Das Mädchen trat näher an ihn heran und verharrte im Schweigèn.

„Julia, ich allein habe dich geküßt!“ flehte er unterwürfig.

„Auch ich nur dich!“ Ihre Lüge streifte ihm den Nacken.

Nun war es ihm, als zeichnete ihm Julias Erinnerung im Sonnenlicht, das durch die Rolläden einfiel, das freundliche Gesicht von Felipe Hurtado. Ohne ein Wort zu sagen, ging er aus dem Zimmer und schrie nach Don Pepe Ocampo.

„Die Fenster der Señorita Julia dürfen nicht geöffnet werden!“

Er ging auf die Straße. Sein gelber Blick suchte den Fremden. Rodolfito Goribar kam ihm entgegen. Der General ging weiter, ohne sich aufzuhalten. Der junge Mann machte seinen Männern ein Zeichen, und die drei folgten dem General in größerer Entfernung.

Spät in der Nacht kehrte er ins Hotel zurück. Seine Augen waren gerötet, die Haut von der Sonne verbrannt, die Lippen vom Staub ausgetrocknet. Julia erwartete ihn lächelnd. Rosas warf sich auf das Bett und blickte starr auf die dunklen Balken der Decke. Er fühlte sich von einigen Erinnerungen verfolgt. Sie marterten ihn, weil sie unvollständig waren. „Wenn ich mich besser erinnern könnte!“ wiederholte er vor sich hin. Sein Wille war ausgetrocknet, sein Kopf mit Staub angefüllt. „Aber ich erinnere mich nicht an die Gesichter.“ Julia beugte sich über seine glühende Stirn.

„Die Sonne hat dir sehr zugesetzt“, sagte sie, während sie mit ihrer Hand über seine Stirn fuhr. Francisco Rosas gab keine Antwort. Irgendeinmal in der Vergangenheit hatte Julia dieselbe Geste gemacht. Vielleicht war es nicht einmal er, dem sie nun mit der Hand über die Stirne fuhr. Er, Rosas, sah sie in seiner Erinnerung einen Unbekannten liebkosen.

„Hast du mir die Stirn berührt?"

Julia zog die Hand zurück, als hätte sie sich verbrannt, und verbarg sie erschrocken an der Brust. Hinter ihren Lidern flohen schnell einige Erinnerungen, die Rosas zu erahnen verstand. Im wohlduftenden Zimmer, in dem sie die Nächte verbrachten, schien Julia in aller Ruhe dieselbe geblieben zu sein; und trotzdem war er, Rosas, ein anderer Mensch geworden, mit einem anderen Körper und mit einem anderen Gesicht. Er stand auf und schritt auf sie zu. Er würde der andere sein und sie küssen, wie man sie geküßt hatte in der Vergangenheit.

„Komm Julia, geh mit irgendeinem Mann ins Bett! Es tut ja nichts zur Sache, daß Francisco Rosas so unglücklich ist!"

Am Morgen wurden bei der Straßensperre von Cocula fünf Männer erhängt aufgefunden. Unter ihnen befand sich Ignacio, der Bruder der Bäckerin Agustina. Die Frau stellte das Ansuchen, den Körper ihres Bruders herunternehmen zu dürfen, und wir alle mußten diesen Morgen auf unseren Zwieback verzichten.

„Arme Menschen, vielleicht wollten sie ihr Land nicht hergeben", erklärte Doña Matilde dem Fremden, ohne sagen zu wollen, was sie dachte. Dieses Mal hatte sie einen ihrer guten Bekannten beschuldigen müssen; sie zog es deshalb vor, zu schweigen. Sie schämte sich. Felipe Hurtado sagte nichts darauf. Es waren die ersten Erhängten seit seiner Ankunft in Ixtepec. Er schaute auf den angerichteten Frühstückstisch, schenkte sich eine Tasse heißen Kaffee ein und lächelte vage. Doña Matilde machte keine Bemerkung mehr.

„Julia trägt die Schuld an allem, was bei uns hier geschieht! Wann wird diese Frau genug haben? Also, ich frühstücke nicht!" schrie Doña Elvira und stieß die Kaffeekanne, die Ines soeben auf den Tisch gestellt hatte, mit Heftigkeit zurück. Conchita saß ihrer Mutter gegenüber und schenkte sich auch Kaffee ein. Wie konnte es sie erzürnen, daß es kein Gebäck gab, wenn der arme tote Ignacio in der Sonne hing, nachdem er ein so erbärmliches Leben hinter sich hatte. Schon als kleines Mädchen hatte sie ihn barfuß mit seinem alten geflickten Gewand aus dem Stoff einer Decke in der Stadt umhergehen sehen. Wie oft hatte sie mit ihm gesprochen. Ihr klang noch seine Stimme in den Ohren: „Guten Tag, Kind Conchita!" Sie fühlte, daß sie weinen würde.

„Wenn du weinst, weine ich auch!" drohte Doña Elvira, weil sie sah, daß ihre Tochter nahe daran war, in Tränen auszubrechen. Gedanken, die sich ihr zum ersten Mal aufdrängten, beschäftigten sie: „Der arme Ignacio! Die armen Indios! Vielleicht sind sie nicht so schlecht, wie wir glauben!" Und Mutter und Tochter blieben einander gegenüber sitzen und wußten nicht, was sie miteinander reden sollten. Ein langer und schwerer Tag erwartete sie. Einer dieser in Ixtepec so häufigen Tage, mit Toten und unheilbringenden Vorzeichen.

Doña Lola Goribar stand früh auf und sah mit Sorgfalt nach der Ordnung in ihrem Haus. Sie war unruhig. Ihr Sohn schlief friedlich und schien vergessen zu haben, daß er jenen gefährlichen Tag heraufbeschworen hatte. Sie betrachtete ihn lange Zeit und fühlte sich nicht imstande, dem Schrecken auszuweichen, das ihr die feindliche Welt plötzlich einjagte. „Mein Gott! Mein Gott! Warum sind die Leute so schlecht zu uns", sagte sie und betrachtete mitleidig ihren Sohn. Seit der Kindheit war sie auf der Hut. Die Leute wünschten ihr das Schlechte. Schon als Kind hatte sie sich von den Spielen abgesondert und war später bei den Festen alleingeblieben. Die vermeintliche Arglist in den Augen der anderen hatte zwischen ihr und der Welt diese Kluft aufbrechen lassen.

Nach und nach erwachte die Gier in ihr, ließ sie leiden und zwang sie, sich aus ihrem Bekanntenkreis zurückzuziehen. Nun gab sie sich einem einsamen geordneten Leben hin. Als ihr Sohn geboren wurde, wollte sie ihn verängstigt vor dem Leid, das sie quälte und das ihr vererbbar schien, beschützen. Rodolfito erweckte in Ixtepec denselben Neid wie sie. Die Erfahrung zeigte ihr, daß man dagegen nichts machen konnte. Nichts, außer mit Katzenpfoten schleichen. „Vergiß nie, mein kleiner Sohn, wer zuerst gibt, gibt zweimal!" Aber Rodolfo schlief wie ein unschuldiges Kind, ahnungslos den Ränken der Stadt ausgeliefert. Zu dieser Stunde waren die Zungen und die Augen schon bedrohlich gegen ihr Haus gerichtet. Nachdenklich ging sie auf den Gang hinaus und rief nach ihren Bediensteten. Die blickten sie tückisch an.

„Macht keinen Lärm! Mein Junge ist sehr spät nach Hause gekommen! Er muß schlafen; er ist erschöpft!"

Rachsüchtige Blicke trafen sie. Wortlos entfernten sich die Bedienten. Doña Lola sah ihnen nach, wie sie im Garten verschwanden. Um so größeres Vergnügen bereitete es ihr, ihre Macht zu zeigen. Sie begab sich ins Eßzimmer, um auf ihre duftende Schokolade zu warten.

„Es gibt keinen Zwieback, Señora!"

„Ich weiß. Wir Gerechten müssen für die Sünder büßen!"

Sie trank die Schokolade mit kleinen Schlucken und schaute befriedigt dem behutsamen Kommen und Gehen ihres Dienstmädchens zu.

In der Küche frühstückten die anderen schwarzen Kaffee und gesalzenen Maiskuchen.

„Er hat aus der Eifersucht von Rosas Nutzen gezogen. Wer weiß, welch schlimmes Ende ihn noch erwartet!"

Sie waren barfuß, und ihre Füße, von dem ständigen Gehen auf den Steinen aufgerissen, wirkten elend zerschunden und vom Glück verlassen. Gern wären sie aus dem Haus von Doña Lola weggelaufen, aber der Hunger, den sie auf dem Land würden leiden müssen, zwang sie, in ihrer Küche weiterzuarbeiten.

„Erzählt es nicht vor dem Mädchen!“ schrie Ana Moncada, als sie die Nachricht vom Tode Ignacios hörte. Ihr Gatte vernahm sie mit trauriger Miene und blickte wortlos auf den blauen, lichten Morgen, der auf den Pflanzen ruhte. Vor vielen Jahren hatte seine Mutter genauso aufgeschrien: „Sagt es nicht vor dem Jungen!“ Warum sollten die Dienstmädchen es nicht sagen, daß Sarita diesen Morgen gestorben war? Er erinnerte sich genau an die Kirche und an die weißen Tücher, die den Kopf von Sarita bedeckten. Er erinnerte sich auch noch an sie, wie sie vor dem Altar kniete, und an ihre Schuhe aus weißem Atlasstoff mit den gelben Sohlen. Die Dienstmädchen schwiegen, wie nun nach dem Schrei Anas, und seine Mutter sah nach dem Schokoladetopf und atmete seinen Duft mit Wohlbehagen ein. Er verließ damals, ohne ein Wort zu sagen, die Küche, näherte sich der zu dieser Stunde offenen Haustüre und ging zum ersten Mal alleine aus dem Haus. Es zog ihn ungestüm zu den Fenstern der Toten hin. Er sah sich als fünfjähriger Junge über das Straßenpflaster gehen. Die versteinerte Luft, die die Häuser der Toten umgibt, hielt ihn auf. Er kletterte die Mauer hinauf, bis er die dicken Gitterstangen der Fenster erreicht hatte und blickte hinein. Er nahm den Rock und die weißen Schuhe wahr, die unbeweglich gegen das Fenster, durch das er hineinspähte, gerichtet waren. Sarita war allein und tot. Bestürzt, nicht über den Tod, sondern über die Tatsache, daß gerade Sarita gestorben war, ließ er sich auf den Gehsteig hinunterfallen und ging mit gesenktem Kopf nach Hause.

„Wo bist du gewesen?“ schrien seine Eltern, seine Schwester Matilde und die Bedienten ihm entgegen. Er antwortete nicht. Einsam trat er in diesen mit nicht gelebten Erinnerungen beladenen Tag ein. In seinem Bett erinnerte er sich des Nachts an seinen eigenen Tod. Er sah ihn viele Male; schon erfüllt in der Vergangenheit; in der Zukunft vor der Erfüllung. Seltsam! In der Vergangenheit war er es, Martin, der gestorben war, und in der Zukunft war es eine fremde Person. Während er, an der Decke seines Zimmers schwebend, seine zwei Tode sah, ging die Wirklichkeit seines winzigen Bettes, seines fünfjährigen Körpers und seines Zimmers in eine andere, belanglose Dimension über. Die Morgensonne auf den dunklen Balken der Decke brachte ihn in eine banale Gegenwart zurück, die sich unter der Obhut seiner Kinderschwestern vollzog.

Seit dieser Nacht vermischte sich seine Zukunft mit einer ungeschehenen Vergangenheit und mit der Unwirklichkeit eines jeden Tages.

Er schaute auf die Uhr, wie sie verdrießlich ihre Sekunden schaukelte, und der Pendel erinnerte ihn an den in der ewigen Zeit des Morgens schwankenden Ignacio.

„Haben sie ihn schon heruntergenommen?"

„Nein, Herr", entgegnete Felix schamerfüllt. Er wollte nicht, daß ihm jemand den Schmerz um seinesgleichen anmerkte: „Wir Armen stören nur!"

„Wir werden darauf dringen, daß man sie herunternimmt", sagte Martin, ohne zu wissen, welche Körper er forderte, noch von wo er sie herunterholen lassen wollte. Er war davon überzeugt, einen unbekannten Morgen zu erleben.

„Vielleicht holt man sie für den Herrn herunter. Die gutgekleideten Leute respektiert man mehr", sagte Felix. Er wußte, er gehörte zu den Bettelarmen.

„Mädchen! Mädchen! Um Gottes Willen, steht auf!" schrie Juan Cariño, als er vom Tod Ignacios und seiner vier Freunde erfuhr. Die Mädchen hörten seinen Ruf, blieben aber liegen. Der Herr Präsident klopfte mit den Fingerknöcheln an ihre Türen; niemals hatte er sich so unbehaglich gefühlt! Er hatte am Vorabend gesehen, wie Rodolfo Goribar von seinen Pistolenschützen begleitet dem General durch die Stadt folgte. „Dieses Bürschchen riecht Blut", sagte er sich und folgte ihm seinerseits den ganzen Tag.

Er hörte nicht, was er mit dem General sprach, und als Francisco Rosas bei Anbruch der Nacht die Kantine betrat, verlor er die Spur von Goribar und seinen Raufbolden und kehrte beruhigt nach Hause zurück. Während des Schlafes sagte ihm etwas, daß Rodolfo im Dunkeln auf das Herauskommen des betrunkenen Generals wartete. Nun verzieh er sich seine Sorglosigkeit nicht.

Er pochte wieder an die Zimmertüren der Huren, aber diese ließen sich in ihrem Schlaf nicht stören.

„Mädchen, man hat fünf Agrarreformer getötet! Gehen wir zur Militärkommandantur!"

„Herr Präsident, sie werden uns auslachen. Protestieren hilft nichts", warf die Luchi ein.

„Hilft nichts? Unwissende! Wenn alle Menschen auf der Welt so gedacht hätten wie du, wären wir noch in der Steinzeit", antwortete Juan Cariño feierlich. Der Ausdruck „Steinzeit" jagte ihm einen kalten Schauer über den Rücken, und er hoffte, daß er bei den anderen dieselbe Wirkung haben möchte. „Genau wie ich es sage: In der Steinzeit!"

Die erschrockenen Frauen schickten sich wortlos an, seinen Befehlen zu gehorchen. Er durchsuchte seine Kleider, fand ein schwarzes Band und nähte es sorgfältig an den Aufschlag seines Gehrockes an. Er wurde alt und gebrechlicher und war traurig darüber. Umgeben von seinen Wörterbüchern schloß er sich im Salon ein. Er würde bewaffnet mit Worten, die imstande waren, die Macht von Francisco Rosas und Rodolfo Goribar zu brechen, zur Kommandantur gehen. Die jungen Mädchen würden ihm dabei behilflich sein.

„Ihr müßt nur die Worte, die ich zu dem General sage, im Chor wiederholen!"

„Sehr gut! Aber erinnern Sie sich daran, Herr Präsident, wir haben keine Erlaubnis durch die Stadtmitte von Ixtepec zu gehen."

„Bah! Narrheiten!"

Ungefähr um fünf Uhr nachmittags schritt Juan Cariño in Begleitung seiner mit gesenkten Köpfen einhergehenden Huren durch meine Straßen. Beschämt versuchten sie mit ihren schwarzen Halstüchern das Angesicht zu verdecken. Die Leute fragten erstaunt: „Wo gehen die hin?"
„Zur Kommandantur! Wollt ihr euch dieser Kundgebung anschließen?"
Wir lachten und beantworteten die Einladung Juan Cariños mit gemeinen Worten; er versuchte sie im Fluge zu erhaschen. Nachdem er den ganzen Tag über nachgedacht hatte, war er überzeugt, daß sein Fluch Francisco Rosas vernichten würde. Er wollte dem Martyrium der Unschuldigen nicht weiterhin zusehen und der Gewalt mit Gewalt begegnen. Sie kamen bei der Militärkommandantur an. Die Soldaten schauten erwartungsvoll auf sie.
„Was habt ihr vor? Wollt ihr umziehen? Das wird bequem für uns werden!"
Die Mädchen gaben keine Antwort. Gedemütigt folgten sie dem Herrn Präsidenten, der sehr beherrscht ins Vorzimmer des Generals Francisco Rosas trat. Der Hauptmann Flores, der die Schreibstube verwaltete, riß die Augen weit auf und fragte erstaunt: „Was wollen Sie, Herr Präsident?"
„Melden Sie bitte meinen Besuch an. Ich komme im Namen der fünf Opfer!"
Flores wußte nicht, was er antworten sollte. Juan Cariño hatte ihn überrumpelt. Vom Blick des Verrückten gebannt, erhob er sich und verschwand durch die Tür ins Arbeitszimmer des Generals Rosas.
„Setzt euch, und vergeßt nicht, alles was ich zu diesem Kerl sage, im Chor zu wiederholen!"
Die Mädchen nahmen die leeren Stühle ein und warteten unbewegt. Juan Cariño wiederholte mit leiser Stimme die Flüche. Er wollte Kraft in ihnen aufspeichern, damit sie im Moment des Ausgesprochenwerdens mit der Gewalt eines Schusses losgingen. Die Stimmen der Mädchen wür-

den das Ihre dazu beitragen. Eine Stunde verging, dann wieder eine, und die Kirchenuhr schlug acht Uhr abends. Juan Cariño näherte sich verwundert der Tür, durch die der Hauptmann Flores verschwunden war, horchte einige Sekunden und klopfte dann. Von der anderen Seite kam kein Lebenszeichen. Der Verrückte wartete einige Augenblicke und klopfte wieder. Dieselbe Stille. Er erschrak. Vielleicht hatte nur die Gewalt seiner Flüche, noch bevor sie ausgesprochen worden waren, ihre Wirkung ausgeübt und Francisco Rosas, der Hauptmann Flores und Rodolfo Goribar lagen tot auf dem Boden. Er wollte sicher gehen. Mit einem Ruck stieß er die Tür auf: Im Arbeitszimmer von Francisco Rosas war keine Menschenseele.
„Das sind Possen!" schrie er plötzlich wütend auf und fing wie ein Verrückter an zu brüllen und unzusammenhängende Worte zu stammeln. Die erschrockenen Mädchen versuchten ihn zu beruhigen. Einige Soldaten erschienen.
„Das ist ja ein Skandal! Hinaus mit euch!"
„Wo hat sich Francisco Rosas versteckt?"
„O Gott, wie fürchterlich", sagte ein Soldat und ahmte dabei eine Frauenstimme nach. „Verschwindet von hier! Der General ist vor langer Zeit weggegangen. Verschwindet oder ich verhafte euch alle!"
Und die Soldaten trieben Juan Cariño und die Mädchen mit Stößen hinaus. Als die Mädchen mit ihren kessen Halstüchern und er ohne seinen Zylinderhut schon auf der Straße waren, drohte er noch einmal: „Sagt diesem Mörder, er soll sich nie wieder in der Präsidentschaftskanzlei blicken lassen!"
„Das hat uns noch gefehlt! Die Huren streiken!"
Die Soldaten fingen zu lachen an, während Juan Cariño seinen verbeulten Hut aufhob. Sie kehrten in ihr Haus zurück, und er versperrte das Eingangstor.
„Diese Mörder kommen mir nicht wieder ins Haus, solange ihre Verbrechen nicht gesühnt sind!"
Die Mädchen hielten sich an seine Worte. Spät in der

Nacht pochten einige Soldaten und Offiziere an die Tür. Die Luchi ließ sich nicht herab, ihnen zu öffnen.
Ein Gerücht lief von Mund zu Mund und beschuldigte Rodolfo Goribar des Mordes an Ignacio und seinen Freunden. Vielleicht bleiben die Taten in der Luft aufgezeichnet und wir lesen sie dort mit uns nicht bewußten Augen. Wir gingen viele Male am Haus der Doña Lola vorbei und das Licht, das es umgab, enthüllte uns: „Hier schläft der Mörder!" Durch seine Mauern hindurch sahen wir Rodolfo sehr spät am Morgen aufstehen, und seine Mutter, wie sie ihm ein Tablett mit Essen brachte.
„Fühlst du dich wohl, Söhnchen?"
Doña Lola beugte sich über Rodolfo und betrachtete ihn ängstlich. „Nun ißt er gerade", sagten wir, und seine Bekannten in ihren Häusern sahen das Kommen und Gehen von Doña Lola, wie sie ihm Kroketten, Salate und Süppchen brachte. Wir verloren sein Zimmer nicht aus den Augen.
Am Morgen hatte Martin Moncada mehrere Stunden warten müssen, bevor Rosas anordnete, die Körper der Erhängten herunterzunehmen. Am Nachmittag, als Juan Cariño in der Militärkommandantur wartete, begab sich Martin, vom Doktor Arrieta, Felix und einigen Soldaten begleitet, zur Straßensperre von Cocula, und um sieben Uhr abends brachte man die fünf verstümmelten Kadaver ins Haus der Agustina.
„O Gott, warum haben sie das mit ihnen gemacht!" weinte Agustina, und ihre Augen blieben trocken.
Seit jener Nacht jagte Rodolfo Goribar, der treueste Sohn von Ixtepec, Martin Moncada Schrecken ein. Er versuchte, nicht an ihn zu denken, wollte die Leibesfülle und die grotesken Worte seiner Mutter vergessen und flüchtete sich in seine Lektüre.
Als die Nacht anbrach, wurden meine Leute von heftiger Furcht ergriffen. Doña Elvira schrie in Panik auf: „Gehen wir Matilde besuchen!"

Sie wollte nicht allein sein. Als sie in Don Joaquins Haus kamen, trafen sie dort auf die alten Freunde. Sie saßen im Korridor, blickten sich bestürzt an und wußten nicht, was sie tun oder sprechen sollten. Niemand wagte es, den Namen Rodolfito auszusprechen. Nur: „Armer Ignacio!" entfloh ihren Lippen. Man sprach auch nicht vom Erscheinen Juan Cariños mit seinem Hurengefolge. Die Gäste hatten ihre Stühle im Kreis aufgestellt, um sich in dieser ungastlichen Nacht weniger allein zu fühlen, und tranken schweigend ihre Erfrischungen. Auf Ignacio mußte Erde geworfen werden, damit sein verstümmelter Körper niemanden mehr erschrecken könnte. Und wenn der wirkliche Schuldige ein anderer war? Es fiel ihnen schwer, Rodolfo die Schuld zu geben. Doña Elvira rückte unruhig auf ihrem Stuhl hin und her. Sie mußte sprechen, die Stille durchbrechen, die sie alle vor Felipe Hurtado anklagte.
„Man sagt, sie macht ihn ganz verrückt", bemerkte die Witwe leicht errötend; sie wollte das Gespräch auf Julia, die wirkliche Schuldige, bringen. Die Dienstmädchen des Hotel Jardin ließen in den Küchen alles stehen und liegen und gingen zu ihren Bekannten und Verwandten. Die munterten sie auf, ihnen zu sagen, was sie über Julias Schuld am Tod Ignacios wüßten.
„Was hat der General heute Morgen für ein Gesicht gemacht?"
„Ein sehr hinterhältiges!"
„Stellt euch vor, nachdem er diesen armen Ignacio, dem Gott seine Sünden vergeben möge, erhängen ließ, kam er heute nacht, so um zwölf Uhr, ins Hotel zurück. Um drei Uhr früh weckte er Don Pepe auf und verlangte, er sollte ihm ein besonderes Gericht aufs Zimmer bringen. Julia hatte Hunger."
„Ich frage mich, was treiben diese beiden so spät in der Nacht?"
„Gepeinigte Seelen bleiben wach!" rief Doña Carmen Arriata aus.

„Die Gewissensbisse lassen sie nicht schlafen", bemerkte Doña Matilde naiv.
„Um Gottes willen, Matilde, diese Weiber haben doch keine Skrupel!"
Die Männer hörten nachdenklich zu. Isabel fühlte sich fremd zwischen diesen ihr seit der Kindheit bekannten Leuten. Sie näherte sich Hurtado. Er flößte ihr Vertrauen ein, und in Gegenwart ihrer Brüder fühlte sie sich mehr zu ihm hingezogen als zu ihren Bekannten von Ixtepec.
„Nur wenn sie in die Kirche geht, darf sie noch das Hotel verlassen!"
„Habt ihr nicht bemerkt, daß sie sich heute nicht am Balkon zur Schau gestellt hat?"
„Das stimmt! Und die anderen: Was ist mit denen los?"
„Nun, was soll mit ihnen los sein? Ihr wißt ja, wenn der Herr traurig ist, tun die Diener so, als wären sie es auch."
Doña Carmen fiel ihrer Freundin ins Wort und sagte, daß der Zug aus Mexico jeden Abend eine Menge Geschenke für Julia mitbrächte. Und sie beschrieb minutiös die Gewänder, die Juwelen und die exquisiten Leckerbissen, die der General für seine Geliebte kommen ließ. Die anderen hielten vor Staunen den Mund offen.
„Dazu wird das Geld der Stadt verwendet!" stellte der Doktor entrüstet fest.
„Er überhäuft sie mit Gold!"
„Für diese Frauen haben wir die Revolution gemacht!" schloß der Arzt.
„Die Revolution habt nicht ihr gemacht. Es ist deshalb klar, daß von der Kriegsbeute nichts für euch abfällt", wagte Isabel errötend zu sagen.
„Kriegsbeute!" murmelte der Doktor gereizt.
„Doktor, Isabel spricht so, weil sie sich an eine Lektion in römischer Geschichte erinnert", warf Tomas Segovia ein.
Isabel blickte ihn erzürnt an. Felipe Hurtado stand auf, nahm sie beim Arm und führte sie hinaus. Sie gingen miteinander in den Garten und verschwanden zwischen den

Farnpflanzen. Conchita sah ihnen wehmütig nach. Auch sie langweilten die seit Monaten wiederholten Phrasen. Ihre Mutter beugte sich über das Ohr von Doña Carmen:
„Sie schläft nackt! Was sagst du dazu? Julia schläft nackt!"
Die Gattin des Doktors übernahm es, dem Ohr des Nachbarn diese reizvolle Enthüllung mitzuteilen.
Als Isabel und Hurtado zurückkehrten, teilte Tomas dem Fremden das Geheimnis mit. Dieser sagte dann leise zu Isabel: „Manchmal ist man auf dieser Welt überflüssig!"
„Ich bin immer überflüssig gewesen", gab Isabel zur Antwort.
Die Nacht schritt mühsam voran, beladen mit den Verbrechen des Tages. Der Garten war durch die Kraft der Sonne und durch das Fehlen von Regen halb verbrannt. Nachdem die Aufregung, in die sie der Name Julia versetzt hatte, abgeklungen war, kehrten die Gäste zu ihren düsteren Gedanken zurück. Sie starrten auf die inmitten der Dürre noch immer feuchten Farnpflanzen. Die große Hitze dieses Jahres und die Verbrechen Rodolfitos beunruhigten sie. „Wenn Julia den General noch mehr verärgert, dann ergeht es uns schlecht", redeten sie sich ein, um Rodolfo Goribar zu entschuldigen. Julia mußte das kostbare Geschöpf sein, das unsere Schuld auf sich nehmen würde. Heute frage ich mich, ob sie wußte, was sie für uns bedeutete. Ob sie wußte, daß sie auch unser Schicksal war? Vielleicht blickte sie uns von Zeit zu Zeit aus diesem Grunde wohlwollend an.

IX

Einige Tage vergingen; an der Gestalt des Ignacio, so wie ich sie jetzt an dem hohen Ast eines Baumes aufgehängt sehe, brach sich das Morgenlicht wie Sonnenstrahlen in einem Spiegel. Und nach und nach rückte sie in immer weitere Ferne. Wir erwähnten ihn nicht wieder. Schließlich gab es nur einen Indio weniger. Von seinen vier Freunden behielten wir nicht einmal die Namen. Wir wußten, innerhalb kurzer Zeit würden andere namenlose Indios ihre Plätze an den Ästen einnehmen. Nur Juan Cariño sperrte sich in seinem Zimmer ein und hatte es sich in den Kopf gesetzt, nicht durch meine Straßen zu gehen und mich keines Blickes zu würdigen. Ohne seine Spaziergänge waren die Nachmittage nicht dieselben Nachmittage und meine Gehsteige waren voll von Jicamaschalen, Erdnüssen und häßlichen Worten.

Das Haus Luchis war noch gesperrt, als die Moncadas in ihre Stadt zurückkehrten. Sie brachten uns in Bewegung. Fröhlich bestreuten sie meine Straßen mit ihrem Gelächter und ihren Schreien. Felipe Hurtado begleitete sie auf allen ihren Wegen.

„Man könnte meinen, sie wären Geschwister“, sagte Doña Matilde, als sie sie eifrig plaudern und scherzen hörte.

„Isabel, unterbrich mich nicht!“ schrie Nicolas seiner Schwester zu und unterbrach sie seinerseits.

Das Mädchen lachte über diesen Verweis. Ihr Lachen steckte die anderen an. Es war Sonntag, und man hatte sich im Hause von Doña Matilde zusammengefunden. Das Tablett mit Erfrischungen und Naschereien wurde herumgereicht, die Gäste waren festlich gekleidet und sprachen über Zeitungsnachrichten und Politik.

„Calles wird sich wieder wählen lassen“, bemerkte man leichtfertig.

„Das ist gegen die Verfassung!“ warf der Doktor ein.

„Wirkliche Wahlen! Nicht Wiederwahl!“ forderte Tomas Segovia, während er zu Isabel schaute.

Isabel unterhielt sich mit Hurtado und ihren Brüdern und schenkte ihm keine Aufmerksamkeit. Conchita und der Apotheker versuchten von dieser fröhlichen Konversation, die den ganzen Nachmittag anzudauern drohte, einige Worte zu erhaschen.

„Ah, mir scheint, sie sprechen von dem Liebespaar“, warf Segovia mit einer ihm mondän erscheinenden Geste ein. Die jungen Leute und Hurtado schauten auf ihn, ohne zu begreifen, worauf er hinaus wollte.

„Von wem?“

„Wißt ihr, was diese Frau gestern abend gemacht hat?“ sagte Doña Elvira und freute sich, über Julia sprechen zu können.

„Was denn?“ fragte Doña Carmen.

„Sie hat sich betrunken“, antwortete die Mutter von Conchita mit Befriedigung.

„Laßt sie zufrieden“, sagte Nicolas ungeduldig.

Die Damen protestierten. Wie konnte Nicolas so etwas sagen. Julia war es, die uns nicht in Ruhe ließ. Wir lebten in ständiger Furcht dank den Launen dieses Weibes.

„Sie ist so hübsch, daß jeder von uns wer weiß was dafür geben würde, der General zu sein!“ Ein Sturm von weiblichen Protesten war die Antwort.

„Das wollen wir mal sehen! Señor Hurtado, Sie haben sie ja aus der Nähe gesehen. Ist sie wirklich so hübsch wie man sagt?“ fragte Doña Elvira erzürnt. Felipe Hurtado setzte eine nachdenkliche Miene auf. Dann blickte er der Witwe in die Augen und erklärte, seine Worte wohl abwägend:

„Señora, ich habe nie eine schönere Frau gesehen als Julia Andrade!“

Er unterbrach sich. Schweigen empfing seine Worte. Niemand wagte, ihn zu fragen, wie und wann er den vollständigen Namen erfahren hatte; denn in Ixtepec kannten wir sie nur unter dem Namen Julia. Nach dieser unfreiwilligen vertraulichen Mitteilung wurde die Konversation schwierig. Seine Freunde fühlten, sie hatten ihn, ohne es zu wollen, dazu gebracht, etwas zu sagen, was er besser hätte verschweigen sollen.

Bis ins Haus von Doña Matilde hörte man die Akkorde der Militärmusik, die auf dem Platz Märsche spielte.

„Warum gehen wir nicht zum Platzkonzert?" schlug Juan Moncada vor.
„Dort können wir Julia sehen!" Nicolas erhob sich und munterte die anderen auf, ihm zu folgen.
Als sie auf den Platz kamen, erreichte die Abendmusik gerade ihren Höhepunkt. Die in einem Pavillon untergebrachte Militärkapelle erfüllte die Luft mit fröhlichen Märschen. Die Männer spazierten auf der linken, die Frauen auf der rechten Seite. So gingen sie drei Stunden lang im Kreis und schauten sich beim Vorübergehen an. Isabel und Conchita trennten sich von den jungen Leuten. Die vom Doktor begleiteten Damen ließen sich auf einer der Bänke nieder.
Die Militärs mit ihren Geliebten am Arm waren die einzigen, die sich nicht an die Ordnung hielten. Die Frauen gingen wie immer in ihren hellen Kleidern; ihr Haar und ihr Goldgeschmeide glänzten. Man hätte meinen können, sie gehörten einer anderen Welt an. Von ferne kündigte uns das blaßrosa Kleid von Julia ihre nächtliche Schönheit an. Ihre Anwesenheit erfüllte die heiße Luft der Nacht mit Ahnungen. Sie ging gleichgültig, kaum lächelnd, an der Seite des wachsamen Francisco Rosas.
„Er ist eifersüchtig", sagten wir hämisch.
Der General schien unruhig: in seinen gelben Augen flackerten düstere Bilder; er versuchte, seinen Kummer zu verbergen und zu erfahren, von woher ihm Gefahr drohte. Die Ankunft Hurtados mit den Moncadas jagte ihm einen Schrecken ein. Julia wurde nicht verlegen. Schlafwandlerisch ging sie zwischen den Leuten dahin und blendete uns mit ihrer durchscheinenden Haut, ihren rauchfarbenen Haaren; in der einen Hand hielt sie ihren Fächer aus feinem Stroh in Form eines durchscheinenden blutlosen Herzens. Sie machte einige Runden um den Platz und setzte sich dann auf die gewohnte Bank. Dort bildete sich eine Bucht von Licht: Julia, im Mittelpunkt des durch sie ausgestrahlten magischen Kreises, umgeben von den Ge-

liebten und eskortiert von den Männern in Uniform, schien von einem letzten melancholischen Schimmer umspielt zu sein. Die Äste der Bäume warfen bewegte blaue Schatten auf ihr Angesicht. Aus Pandos Kneipe brachte man Erfrischungen. Der General beugte sich vor, um sie zu bedienen.
Die ungeduldigen Männer machten schneller ihre Runde, um bei Julia vorbeizukommen. Sie konnten sie nicht verlieren. Der Vanilleduft ihrer Schritte bildete einen Sog, der sie nachzog. Vergeblich verdammten sie sie, wenn sie fern von ihr waren; aber einmal in ihrer Nähe, konnten sie sich dem geheimnisvollen Zwang, sie anzusehen, nicht entziehen. Felipe Hurtado ging dicht an ihr vorüber und hielt die Blicke gesenkt, als würde ihr Anblick ihn schmerzen. Kaum daß er seinen Freunden anwortete.
In den Nächten, in denen Julia nicht aus dem Hotel kam, sehnten sich die Männer auf dem Platz nach ihr und warteten sehr lange; und wenn sie schließlich überzeugt waren, daß sie sie diese Nacht nicht sehen konnten, gingen sie um eine große Hoffnung betrogen nach Hause. Es war eine der letzten Nächte, in denen wir sie sahen. Sie war traurig; schien ein wenig abgemagert: ihre Nase sah nun bleicher und schmaler aus.
Ihre ganze Person strahlte Wehmut und Ferne aus. Sie ließ sich von ihrem Geliebten sanft führen und lächelte kaum, als dieser ihr die Strohhalme für ihr Erfrischungsgetränk auswechselte. Sie blickte ihn nur an und bewegte dabei melancholisch ihren Fächer.
„Warum sie ihn wohl nicht liebt?“ fragte Isabel, die aus einiger Entfernung das Paar beobachtete.
„Wer weiß“, antwortete Conchita und suchte mit ihren Augen Nicolas, der von einer Ecke des Parkes aus nach Julia spähte. Es schien, als wollte sich der junge Mann das schlichte Bild der Geliebten von Ixtepec für immer einprägen. Conchita errötete. Sie beneidete, wie alle jungen Mädchen der Stadt, Julia insgeheim. Schüchtern ging sie

an ihr vorüber und fühlte sich selbst häßlich und dumm. Sie wußte, Julias Glanz verringerte ihre eigene Schönheit. Trotz ihres Minderwertigkeitsgefühls näherte sie sich Julia fasziniert und abergläubisch, denn sie hoffte, etwas von ihrem Zauber würde auf sie übergehen.

„Ich möchte Julia sein!" rief Isabel unbeherrscht aus.

Conchita hatte es auch viele Male ersehnt, spielte aber die Entrüstete und antwortete: „Sei nicht ordinär, Isabel!"

Doña Ana Moncada betrachtete die Geliebte mit Entzücken. Sie bewunderte Julia genauso wie ihre Söhne.

„Man kann nicht leugnen, daß sie eine gewisse Faszination ausübt", sagte sie zu ihrer Freundin. Die Señora Montufar blickte sie vorwurfsvoll an.

„Ana, sag das nicht. Das einzige, was sie ausübt, ist das Laster!"

„Nein, nein. Sie ist nicht nur hübsch, sondern hat überdies etwas ganz Besonderes."

Doña Elvira wurde wütend. Sie machte ihrer Tochter ein Zeichen näherzukommen. Die jungen Mädchen kamen zu ihren Müttern.

„Setzt euch und kümmert euch nicht mehr um diese Frau", ordnete die Mutter von Conchita an.

„Aber Elvira! Wir sehen sie ja alle! Sie ist so hübsch!"

„Geschminkt schaut sie in der Nacht nicht übel aus; aber man muß sie am Morgen sehen, wenn sie aufwacht, mit allen Lastern ins Gesicht geschrieben!"

„Julias Schönheit ist zeitlos", warf Hurtado ein, der sich den Frauen genähert hatte. Seit Tagen schien er gereizt. Er beobachtete die Geliebte von ferne; ihre Gestalt schien aus der Rinde des dahinterstehenden Baumes ausgeschnitten. Er sah, wie sie, von Rosas überwacht, ihre Erfrischung zu sich nahm, und seine Miene verdüsterte sich.

„Bist du in Julia verliebt?" fragte ihn Nicolas mit leiser Stimme.

Als wäre ihm plötzlich etwas Unerträgliches gesagt worden, trennte Felipe Hurtado sich von den anderen und ging,

ohne ein Wort zu sagen, weg. Nicolas sah ihn sich entfernen. Er blickte Doña Elvira voll Unmut an und erinnerte sich an Julia, wie sie auf dem Balkon des Hotels saß, mit einer Haut so frisch wie die einer Frucht.
Der Ärger der Dame war natürlich. Für ihn, für Hurtado und für ganz Ixtepec war Julia das Symbol der Liebe. Oft, vor dem Einschlafen, dachte er mit Groll an den General, der diese von den anderen so ferne, so unwirkliche Frau besaß. Die Flucht Hurtados, die durch seine und Doña Elviras Worte bewirkt worden war, schien ihm recht zu geben. Er sah die Freundin seiner Mutter verstohlen an. „Sie ist alt und häßlich", dachte Nicolas böswillig, um sich über den plötzlichen Abgang des Fremden zu trösten.
Julias Wehmut schien ihre Begleitung anzustecken und sich von dort über den ganzen Platz auszudehnen. Die schwarzen Schatten der Äste schrieben unheilvolle Zeichen in die plötzlich traurig gewordenen Gesichter der Soldaten.
Weißgekleidete Männer saßen auf den Tamarindenästen und stießen in die Länge gezogene Ay!-Rufe aus, die die Nacht zerrissen. Nichts geschieht bei meinem Volk leichter als dieses schnelle Erscheinen des Leides. Trotz der Trompeten und Becken, die golden im Pavillon schmetterten, drehte sich die Musik in pathetischen Spiralen.
Der General stand auf, verbeugte sich vor Julia, und dann verließen die beiden den Freundeskreis. Wir sahen sie weggehen, die Straße überqueren, den Hoteleingang betreten und den Flur durchschreiten. Ein anderes Licht hüllte sie ein. Uns war, als hätten wir Julia für immer von uns fortgehen gesehen.
Bevor die Abendmusik zu Ende war, kam der General wieder aus dem Hotel. Er war sehr bleich und ging nicht auf den Platz zurück, sondern in Pandos Kneipe.
„Er kam betrunken nach Hause, und sie haben die ganze Nacht nicht geschlafen", flüsterte am nächsten Tag Don Pepe seinen Bekannten zu. „Je mehr er sie liebt, desto mehr sondert sie sich von ihm ab. Nichts erfreut sie:

weder Juwelen noch Naschereien. Sie muß verrückt sein! Ich habe ihre gelangweilten Augen gesehen, als er sich ihr näherte. Ich habe auch gesehen, wie er am Rande des Bettes saß und ihren Schlaf ausspionierte."

„Julia, liebst du mich?"

Der General stand mit offenem Waffenrock und gesenkten Blicken vor seiner Geliebten und wiederholte diese Frage zum tausendsten Male. Das Mädchen sah ihn wieder mit ihren melancholischen Augen an und lächelte:

„Ja, ich liebe dich."

„Sag es mir nicht so!"

„Wie soll ich es dir denn sagen?" fragte sie mit derselben Gleichgültigkeit.

„Ich weiß es nicht. Aber nicht so!"

Beide schwiegen. Julia lächelte unbewegt. Der General ging von einer Seite des Zimmers auf die andere und dachte nach, womit er sie zerstreuen könnte.

„Würdest du gern reiten?" schlug er vor.

Schon lange waren sie des Nachts nicht ausgeritten, und sie würde sicherlich den Galopp über das flache Land vermissen.

„Wenn du willst!"

„Was willst du, Julia? Wozu hast du Lust? Bitte mich um etwas!"

„Ich will nichts. Ich fühle mich sehr wohl so."

Und sie kauerte sich schweigend in einen Winkel des Bettes. Gern hätte er sie gebeten, ihm zu sagen, woran sie sich erinnerte, getraute sich aber nicht. Er hatte Angst vor der Antwort.

„Weißt du, daß ich nur für dich lebe?" bekannte er unterwürfig.

„Ich weiß es", und Julia machte eine Grimasse, um ihn zu trösten.

„Würdest du mit mir sterben, Julia?"

„Warum nicht?"

Der General verließ wortlos das Zimmer. Er ging trinken.

Nachher würde er mehr Mut haben, mit ihr zu sprechen. Beim Hinausgehen sagte er zu Don Pepe: „Tragen Sie Sorge, daß die Señorita das Zimmer nicht verläßt und mit niemandem spricht!“
Die Weisungen für Don Pepe wurden immer strenger. „Die Balkontüren der Señorita Julia dürfen nicht geöffnet werden!“
Sie blieben einige Zeit geschlossen, und Julia kam an den Donnerstagen und Sonntagen nicht zur Abendmusik. Wir warteten vergeblich auf sie.
„Es wird etwas passieren!“ lief es von Mund zu Mund. – „Ja, es ist zu heiß!“
War es die Trockenzeit dieses Jahres, die meine Leute ängstlich machte, oder das lange Warten? In den letzten Tagen schaukelten an den Mangobäumen der Straße nach Cocula die Körper von neuen Erhängten. Es war unnütz, nach dem Warum dieser Hinrichtungen zu fragen. Julia wußte die Antwort, aber sie weigerte sich, sie zu geben. Niemand schaute auf den General, als er durch meine Straßen schritt. Seine Adjutanten schienen besorgt zu sein und wagten kaum, das Wort an ihn zu richten. Don Pepe begleitete ihn jedesmal bis zur Tür des Hotels und sah ihm erschrocken nach; dann setzte er sich in einen Stoffsessel, überwachte den Eingang und gab keine Auskünfte.
„Ja, es wird etwas passieren! Geht! Geht! Fragt nicht!“ antwortete er denen, die sich ihm neugierig näherten.
„Es wird etwas passieren!“ sagte Luchi laut zu sich selbst, als Damian Alvarez ihr Zimmer verließ. Sie hätte es gern gesehen, daß ihre Worte eine Katastrophe hervorriefen, aber sie ließen die schmutzigen Wände ihres Zimmers unbeschädigt. Sie rang die Hände und drehte sich unruhig auf ihrem Bett um. Die Sonne strahlte durch das Fenster herein; das Elend ihres Hauses schien ihr unerträglich. „Ich bin müde; es muß etwas geschehen!“ wiederholte sie und verfolgte ihre Gedanken nicht weiter. Sie hatte Angst vor einem bestimmten Tag. „Und wenn es heute geschähe?“

Sie preßte die Hände vors Gesicht. Sie wollte sich nicht an das Ende von Pipila erinnern. „Das Messer hat sich im Körper geirrt!“ hatte sie sich eingeredet, als sie das ermordete Mädchen vor sich liegen sah, und von diesem Augenblick an nistete sich eine uneingestandene Furcht in ihr ein, das Verbrechen herauszufordern, das uns allen auflauerte, und zwang sie, dem Willen der übrigen nachzugeben. Sie setzte sich im Bett auf und betastete ihre erschöpften Knochen und ihre welkende Haut. Sie verglich die Weiße ihrer Knie mit der Festigkeit der dicken Eisenstangen am Kopfende ihres Bettes und fühlte schmerzhaftes Mitleid mit sich selbst. „Und dieser Damian fordert es heraus, daß sie ihn töten!“ Sie erinnerte sich an den nackten jungen Mann und an seine wegen Antonia, der Geliebten von Justo Corona, vergossenen Tränen, und es wurde ihr zur Gewißheit, daß sie ihn nicht wiedersehen würde. Sie kannte das Mädchen kaum. Ein- oder zweimal hatte sie von ferne das goldgelbe Haar und undeutlich ihr Gesicht gesehen. Antonia wußte nicht, daß Damian Alvarez litt, weil er sie in der Nacht, in der er sie dem Oberst Justo Corona übergab, nicht selbst entführt hatte. Die einzige, die das in Ixtepec wußte, war sie, Luchi. Alvarez hatte es ihr im Bett erzählt, und auch, daß er das Mädchen aus dem Hotel Jardin herausholen wollte. „Versuch es nicht, du wirst sterben!“ hatte Luchi erschrocken ausgerufen.

„Sie ist tot!“ hatte der Soldat vor Jahren gesagt, als sie das Zimmer von Pipila betrat. Und der Mann hob eine Hand der Toten hoch und ließ sie, als könnte er es nicht glauben, los. Sie fiel schlaff auf die blutbesudelte Brust zurück. „Ich wußte nicht, daß sie so ruhig da liegen bleibt“, fügte er hinzu und schaute Luchi mit kindlichen Augen an. Er stand nackt und über sein Verbrechen entsetzt vor ihr. Sie schaute auf ihn: Seine Haut war so bleich wie die der Toten, gedankenversunken ging sie aus dem Zimmer. Es kam ihr nicht in den Sinn, die Behörden zu verständigen;

die Gewißheit, daß ein Messer sie in dieser entsetzlichen Ruhe zurücklassen konnte, verdüsterte ihr Gemüt. Damian Alvarez, wie alle Männer, die sich mit ihr ins Bett legten, suchte den Körper der „anderen"; sie blickten sie mißmutig an, weil sie sich betrogen wähnten. „Wir Huren bleiben einsam", sagte sich Luchi, während sie ihr von „der anderen" erzählten, und die nackten Männer verwandelten sich in denselben Mann, ihr eigener Körper, das Zimmer und die Worte verschwanden, und nur Furcht vor dem Unbekannten blieb zurück. Ihre Handlungen geschahen im Leeren, und die Männer, die mit ihr schliefen, waren niemand. „Was mache ich hier mit dir?" hatte der Offizier zu ihr gesagt und ihr den Rücken zugedreht. „Du bist hier, weil du dein Unglück suchst!" In der Nacht hatte Alvarez mit den Betrunkenen im Bordell Streit angefangen, und der erschrockene Flores führte ihn zu Luchis Bett. Ihre Worte lösten Damians Tränen aus. „Dreimal hat sie mich gebeten, sie mit mir zu nehmen!" Luchi ließ ihn weinen, richtete sich im Bett auf und rauchte eine Zigarette nach der anderen. „Wenn du sie aus dem Hotel herausholst, wirst du sterben. Flieh lieber aus Ixtepec!" Damian schaute sie zornig an. „Was weißt du Hure von der Liebe!" Und er ging und schlug die Türe zu. Das Zimmer blieb still, durch eine Sonne beleuchtet, die die Möbel von den Wänden trennte und sie in der Luft tanzen ließ. „Und wenn es heute geschähe?" wiederholte sich Luchi und bedeckte das Gesicht mit dem Bettuch, um dem Schwindelgefühl zu entfliehen, das das Mittagslicht ihr verursachte.

Juan Cariño pochte an ihre Tür, und Luchi zog sich schnell ihr Kleid an. Es war sehr selten, daß der Verrückte die Zimmer der Frauen betrat. „Herein, Herr Präsident!"

„Der junge Alvarez sucht das Unglück. Es wird etwas passieren!"

„Glauben Sie, Herr Präsident?" fragte sie kleinmütig.

Und unterdessen zogen große Schwärme von Aasgeiern,

die die Erhängten an der Straße nach Cocula überwachten, immer engere Kreise durch meinen hohen und wolkenlos blauen Himmel.

„Es wird etwas geschehen!“ bemerkten die im Hause von Doña Matilde versammelten Freunde. Sie waren müde und hatten sich kaum etwas zu sagen. Die Nacht breitete sich vor ihnen endlos und langweilig aus wie alle Nächte. Die Hitze entfernte die Sterne und ließ die Äste der Bäume näherrücken, kein Hauch regte sich; der in einer stillstehenden Zeit verweilende Dialog wiederholte nur die Bilder von Julia und Francisco Rosas. Und diese schlossen sich im Hotel von der Umwelt ab.
Der Starrsinn des Liebespaares, ihr Geheimnis nicht mit uns teilen zu wollen, erzürnte Doña Elvira. Sie wollten nichts von uns wissen, waren unerreichbar; unsere Worte beschwörten nur nebelhaft ihre fernen Schatten herauf. Sie waren allein und suchten keine Gesellschaft. Selbstmörderstolz leitete sie, und wir nahmen erbittert einige ihrer Gesten unter die Lupe, die unvollständig durch die Mauern des Hotels ihren Weg fanden.
„Wir werden sie bald als Tote sehen“, urteilte Doña Carmen.
Als Isabel das hörte, erinnerte sie sich an die nächtlichen Schritte und an das wachsame Pfeifen, das sie begleitete. Als Kind wachte sie oft plötzlich auf, erschreckt durch den Lärm, der von der Straße hereindrang und widerhallte, als ob jemand laut in einer Kirche herumginge.
„Nico! Ich habe Angst!“ Und sie und ihre Brüder horchten, wie sich jene bedrohlichen Schritte entfernten und auf der Straße wieder Stille herrschte.
„Wer geht zu dieser Stunde noch umher?“ fragte Isabel ängstlich.
„Der Tod, Nico, er sucht jemanden!“
„Sch! Sei still! Er soll uns nicht reden hören!“ erwiderte Nicolas erschrocken unter seinen Bettüchern.

„Federico ging vorbei", hörten sie ihre Mutter aus dem Zimmer nebenan sagen.
„Aristides wird zu einer Niederkunft gehen", antwortete ihr Vater.
„Aber warum setzt sich dieser Bursche einer Gefahr aus?" fragte die Mutter mit leiser Stimme.
„Er pfeift, weil er Angst hat", antwortete Don Martin.
Die Kinder hörten dieses seltsame Zwiegespräch. Dann hielten sie nach Federico Ausschau, ohne zu wissen, was er um Mitternacht suchte, wenn er pfeifend durch meine Straßen ging.
„Isabel, was sucht Federico, wenn der Doktor ausgeht?"
„Ich weiß nicht."
„Du weißt alles."
„Ja, aber ich weiß nicht, was Federico sucht."
Doña Carmen fächelte sich mit ihrem japanischen Fächer Luft zu und wartete nun auf den Tod von Julia und Francisco Rosas. „Die Dienstmädchen sagten mir, daß diesen Morgen drei arme Indios an den Mangobäumen erhängt aufgefunden wurden", erwiderte die Señora Montafur und schlürfte von ihrem erfrischenden Jamaicawasser.
„Welch große Sünde!"
Der Name des Indio Sebastian kam Isabel in Erinnerung.
„Sagt niemals Lügen, wenn ihr nicht wollt, daß es euch so ergeht wie dem Indio Sebastian", hatte Dorotea an einem der Nachmittage ihrer Kindheit zu ihnen gesagt.
„Was geschah dem Sebastian?" fragten sie erschrocken.
„Sebastian war der Oberknecht der Montufar, ein braver Bursche. Da stahl man eines Tages Geld aus der Streifenkasse. Don Justino ließ Sebastian rufen und sagte: ‚Schau, Sebastian, gib mir das Geld zurück.'
‚Ich habe nichts genommen, Herr!'
Sebastian war wie jeder andere Indio: halsstarrig und lügnerisch. Der untadelige und rechtschaffene Don Justino erzürnte sich.
‚Schau, Sebastian, du hast viele Jahre bei mir gearbeitet

und dich immer meines Vertrauens erfreut. Sag mir, wo du das Geld versteckt hast!'
‚Ich habe nichts genommen!' wiederholte der Indio.
Und angesichts der Starrköpfigkeit von Sebastian ließ Justino ihn peitschen, damit er gestehe. Am folgenden Tag hatte Elvira Namenstag, und wir besuchten sie, um sie zu beglückwünschen. Und was mußten wir sehen, als wir in ihr Haus kamen? Elvira war verzweifelt, denn die Bediensteten hatten sie wegen des Todes von Sebastian verlassen.
‚Schaut euch diesen Indio an! Wie starrköpfig er geblieben ist!' Und sie führte uns in das Wirtschaftsgebäude. Dort lag der Leichnam Sebastians, bis ihn seine Verwandten abholten und begruben."
„Armer Sebastian!" hatten die Kinder erschrocken aufgeschrien.
„Nun seht ihr, wohin die Lüge führt! Sie läßt die Gerechten die Geduld verlieren!" Doña Elvira hatte Sebastian vergessen und bemitleidete nun die auf Befehl von Francisco Rosas erhängten Indios.
„Ich finde es natürlich, daß man nun sie aufhängt, wenn sie früher euch aufgehängt haben", sagte Nicolas.
„Um Gottes Willen, Nico, fangen wir nicht wieder an!" rief der Doktor ängstlich und fügte beschwichtigend hinzu: „Wir sind ein junges Volk, in siedend heißer Erregung. Alles das geht vorüber. Immer geschehen in dieser Jahreszeit solche Dinge. Die Sonne macht uns verrückt."
Die Besucher fächelten sich zu. Die Worte des Arztes vergrößerten die im Garten lastende Hitze. Schweigsam atmeten sie die schweren Düfte der Nacht ein und schauten nachdenklich auf ihre kalten und farbigen Erfrischungsgetränke.
„Und Hurtado?" fragte Isabel und brach das Schweigen.
Der Gast war tatsächlich nicht erschienen. Obwohl allen die Frage auf der Zunge lag, hatte niemand gewagt, sie auszusprechen.
„Wo bleibt Hurtado?" wiederholte das Mädchen.

Als hätten ihre Worte geheimnisvolle Kräfte entbunden, durchzuckte ein Blitz den Himmel und erschreckte die ganze Stadt. Es war der erste in diesem Jahr. Die Freunde standen auf, um den dunklen Himmel zu beobachten. Ein zweiter Blitz beleuchtete ihn grell.
„Es wird regnen!"
Sie schrien es jubelnd. Zwei weitere Blitze folgten. Die ersten dicken und schweren Tropfen fielen. Isabel streckte die Hand unter der Bedachung hinaus.
„Es regnet!" rief sie fröhlich und schaute gierig auf den durch den plötzlichen Wind zerzausten Garten. Ein Sturm zog heran.
Innerhalb weniger Minuten bildeten sich Wasserwirbel, die die Jacarandabäume und die Akazien entlaubten. Die hohen Pappeln bogen sich unterm Regen. Der Wind sauste um die Dächer, bahnte sich einen Weg durch den Regen und führte grüne Zweige und wie verrückt fliegende Vögel mit sich.
Doña Matildes Gäste schwiegen. Sie sahen über den Dächern, im Himmel über dem Garten, das Stück des Kirchturms, der einen Blitz nach dem anderen schluckte.
„Wer hat wohl den Blitzableiter erfunden?" fragte Isabel überrascht. Seit der Kindheit stellte sie sich jedesmal, wenn es regnete, dieselbe Frage.
Man hatte sie ihr viele Male beantwortet. Aber sie vergaß es. Und nun kam sie ihr wieder auf die Lippen, als sie erschrocken und mit leuchtenden Augen das wilde Schauspiel betrachtete. Sie drehte sich um. Der Wind warf ihr die schwarzen Haarsträhnen in die Augen und in den Mund. Sie streifte sie lachend weg.
„Ich glaube", schrie sie, damit man sie hörte, „in dieser Nacht werden wir mit Bettzeug schlafen! Es wird kalt werden." Der unzeitgemäße Sturm ließ sie Hurtado vergessen.
„Der Arme, dort kommt er!" schrie Doña Matilde und zeigte in den Garten.

Hurtado kam über den kleinen Steinweg, der das Gartenhaus mit dem Korridor verband. Es war komisch anzusehen, wie er gegen den Wind ankämpfte und sich duckte, um den peitschenden Zweigen auszuweichen. Sein dunkles Haar und sein Anzug flatterten im Wind. In einer Hand hielt er eine brennende Küchenlampe. Gebannt sahen sie zu, wie er im Regen und im Wirbelwind sich einen Weg bahnte.
„Er muß sich sehr allein gefühlt haben", sagte Doña Matilde zärtlich. Hurtado erreichte den Korridor. Er war gut gelaunt. Er stellte seine Lampe auf den Tisch und blies sie aus. „Was für ein Sturm! Ich dachte schon, er würde mich in die Baumkronen eines benachbarten Landes tragen."
Lange Zeit nachher, als Hurtado nicht mehr unter uns war, fragten sich die Gäste von Doña Matilde, wie er im Sturm mit brennender Küchenlampe und trockenem Haar und Anzug den Garten durchqueren konnte. In dieser Nacht fanden sie es natürlich, daß seine Leuchte bis zu dem Augenblick, in dem er den sicheren Ort erreichte, brennen blieb. Isabel empfing ihn, vor Freude in die Hände klatschend. Juan und Nicolas lachten und stampften auf den Boden auf.
Hurtado lachte auch laut. „Das müssen wir feiern! Unser Geschick hat sich geändert!" rief Isabel.
„Ja, das muß gefeiert werden!" riefen ihre Brüder im Chor.
Nicolas holte seine Mundharmonika aus der Hosentasche und stimmte einen fröhlichen Marsch an, während er sich im Tanz drehte. Isabel stürzte sich auf Juan, und die drei tanzten zum Takt der Musik und des Regens mit jener Ungeniertheit, die sie um sich her Fröhlichkeit verbreiten ließ. Plötzlich blieb Isabel stehen: „Spielen wir Theater", sagte sie, denn sie hatte sich an Hurtados Vorschlag erinnert. Dieser blickte sie begeistert an.
„Ja, spielen wir Theater!" Und ohne die Zwischenrufe der Erwachsenen abzuwarten, stürzte der junge Mann, von

Nicolas gefolgt, in den Garten hinaus. Beide kamen mit triefnassen Haaren und Kleidern zurück. Der Fremde trug unter dem Arm, in eine Decke eingewickelt, ein Buch, das er seinen Freunden zeigte. Er blätterte es bedächtig durch. Die anderen blickten neugierig auf ihn. Isabel las über seine Schulter hinweg.

„Wir spielen Theater!"

„Lies laut!" forderte Nicolas. „Ja, ja!" bekräftigten die anderen.

Felipe Hurtado lachte und begann ein Theaterstück vorzulesen. Die Dachrinnen spien lange Wassergüsse aus, die seine Stimme begleiteten. Seine Worte flossen zauberhaft und wunderbar wie der Regen. Die drei Geschwister hörten ihm hingerissen zu. Schon sehr spät, als sie sich an den Regen gewöhnt hatten, beschlossen sie, nach Hause zu gehen. Hurtado begleitete sie. Sie hatten sich viel zu sagen in jener Nacht, in der sie zum erstenmal den Zauber der Poesie geteilt hatten.

Der Regen wurde nicht in der ganzen Stadt mit derselben Freude begrüßt. In Pandos Kneipe überraschte er die Soldaten und machte sie still und nachdenklich. Der General und sein Gefolge nahmen die gewohnten Plätze ein. Die Soldaten hatten sich nicht nach dem Regen gesehnt. Für sie bedeutete er weder gute Ernte noch Wohlergehen. Sie empfanden ihn nicht als freudige Wohltat.

Der General blickte von Zeit zu Zeit zerstreut auf die Straße, beugte sich vor, um durch die offene Tür den durch Blitze erhellten schwarzen Himmel zu sehen, und vergaß die Würfel im Becher. An einem benachbarten Tisch tranken Damian Alvarez und der Leutnant Flores und hörten in gedrückter Stimmung dem Rauschen des Regens zu.

„Gott weiß, woran einen der Regen denken läßt", bemerkte Flores.

„Ich weiß schon, woran ich denke!" bemerkte Damian.

„Dann behalt es für dich", riet ihm sein Freund.

„Ich trage den Tod in mir!" Damians Stimme war düster.

„Ich weiß! Ich weiß!"
„Nein, du weißt es nicht! Ich bin ein Feigling!"
Flores schenkte ihm ein Glas ein, damit er schweige, aber Alvarez sprach weiter.
„Siehst du, dort sind sie und hier bin ich!" Und Alvarez zeigte auf den Platz, den der General, der Hauptmann und der Oberstleutnant einnahmen.
„Gehen wir doch!" drängte Flores erschrocken.
„Ich gehe nur, wenn ich will. Trink ein Gläschen mit einem Unglücklichen!"
Niemand beachtete das Gespräch noch die Angst von Damian Alvarez. Alle schauten gedankenversunken in den Regen hinaus, der sie mit melancholischer Wehmut erfüllte. Die Umgebung war ruhig, fast still. Don Ramon Martinez spielte mit anderen Gästen eine Dominopartie. Es war nicht seine Gewohnheit, in der Kneipe zu sitzen, wenn der General mit seinen Männern erschien. Aber er wollte nicht naß werden, und so war er sitzen geblieben. Von Zeit zu Zeit beobachtete er die Militärs, vorsichtig hinter seinen Gesprächspartnern hervorlugend.
Der Himmel wechselt von der Nacht in den Tag über. So wechselt das Glück der Menschen.
Der General war einmal schweigsam, dann ließ er wieder seine Stimme weithin erschallen. Sein Schicksal änderte sich nicht. Es blieb an das von Julia gebunden, die sich in diesem Augenblick in andere Regen verlor. „Ich lasse mich gern küssen, wenn es regnet", hatte sie ihm in einer stürmischen Nacht gesagt. „Sie sagte nicht, ich lasse mich gerne von *dir* küssen. Julia verschenkt sich nie!"
„Gewiß, mein General!"
Die Antwort des Oberstleutnants Cruz bekräftigte seine Gedanken. Er war sicher, daß Julia sich ihm niemals ganz gab. Glänzend und flüssig wie ein Quecksilbertropfen entschlüpfte sie ihm und verlor sich von feindlichen Schatten begleitet an unbekannten Orten.

„Wer hätte mir gesagt, daß ich in dieser Stadt enden würde?!" Der Oberst Justo Corona schaute auf seinen Chef und senkte die pockennarbigen Augenlider.
Julia berührte in dieser Stadt beim Gehen die Erde nicht. Verloren irrte sie in den Straßen einiger Städte umher, die weder Stunden noch Gerüche noch Nächte hatten, sondern nur glänzenden Staub, in dem sie jedesmal verschwand, wenn er den durchsichtigen Fleck ihres rosa Kleides zu sehen glaubte.
„Ich habe verloren", fügte Corona mit leiser Stimme hinzu.
„Gewinnen nützt nichts! Ich habe es immer erfahren, wenn ich im Gebirge herumzog und mich die Nacht überfiel, dort im Norden." Francisco Rosas sagte diese letzten Worte mit Scheu, als schmerzte es ihn, hier im Süden, den er nie mochte, den Namen seines Landes auszusprechen.
„Wie weit ist der Norden entfernt!"
Auch der Oberstleutnant hatte Sehnsucht nach den Apfelbäumen und nach dem frischen Wind. Julia schien wie eine Rose aus Eis vor den Augen von Francisco Rosas zu kreisen, löste sich dann im kalten Wind des Gebirges auf und erschien wieder, schwebend über den Kronen der Pinienbäume. Sie lächelte ihm zu inmitten des Hagels, der ihr Gesicht und ihr mit Reif bedecktes Kleid verbarg. Rosas konnte sie nicht erreichen, noch das kalte Geräusch betasten, das ihr Schritt im gefrorenen Gebirge zurückließ.
„Wir sind anders, dort im Norden. Wir wissen von Kindheit an, was das Leben ist und was wir von ihm wollen. Deshalb haben wir einen offenen Blick. Die Leute hier dagegen sind gewinnsüchtiges Diebsgesindel. Nie weiß man, woran man bei ihnen ist!" So urteilte der Oberstleutnant Justo Corona über uns.
„Ich glaube, es freut sie, wenn einer leidet", sagte Rosas.
„Aber sie werden es büßen!" fügte Corona finster hinzu.
„Im Norden sehen wir nicht gern einen Menschen leiden. Wir sind menschenfreundlich. Stimmt es, mein General?"
Die Stimme von Cruz klang sanft und beschwichtigend.

Sein Chef hörte ihn nicht. In sein bekümmertes Schweigen vertieft, führte ihn das Echo der Worte zu Julia und in ihre ferne Welt. Er beobachtete aufmerksam den Regen und versuchte ihn mit den Augen, mit denen sie ihn gerade betrachtete, zu sehen. „Die ganze Nacht hindurch wird es für sie regnen", sagte er sich bitter und fügte mit lauter Stimme hinzu: „Wann wird es zu regnen aufhören!" Er hieb mit der Faust auf den Tisch. Seine Begleiter schauten verdrießlich nach draußen, als wäre das Unwetter unverschämterweise gegen sie gerichtet.
„Man muß etwas tun! Man geht zugrunde an dieser Ruhe!" Rosas stieß diese Worte hervor. Er sprach die Vokale breit aus und brach sie am Ende jäh ab, wie alle, die aus dem Norden kamen.
Seine Freunde blickten ihn beunruhigt an und überlegten, was sie sagen oder vorschlagen sollten.
„Wenn dieser verfluchte Wolkenbruch nur vorüberginge!" Und der General blickte um sich und entdeckte Don Ramon, der sich duckte, um nicht gesehen zu werden.
„Sieh einer an, warum versteckt der sich?" fragte Rosas.
Die anderen drehten sich nach Don Ramon Martinez um.
„Wir haben eben darüber gesprochen. Die können nur leise flüstern und sich dabei verstecken", antwortete Corona.
Ein feuchter Windstoß fauchte herein und brachte den Duft der Blätter und der Felder mit, der sich mit dem frischen Alkoholgeruch in der Kneipe vermischte. Der General schenkte sich ein Glas Kognak ein und trank es in einem Zuge aus.
„Bringt ihn mir; wir laden ihn zum Trinken ein."
Der Oberstleutnant ging zu dem Tisch, an dem Don Ramon Martinez saß. Als dieser ihn auf sich zukommen sah, traf er Anstalten, sich von seinen Tischgenossen zu verabschieden.
„Der General bittet Sie, ihm Gesellschaft zu leisten."
„Allerbesten Dank, aber gerade wollte ich gehen. Man erwartet mich zu Hause."

„Sie werden uns doch nicht kränken wollen?“ sagte Cruz ernst.
Der Alte wußte nicht, was er machen sollte, und erhob sich. Cruz nahm ihn beim Arm und führte ihn zum Tisch des Generals. Pandos Kunden beobachteten den Alten, der dies erschrocken und schweigend mit sich geschehen ließ.
„Señor Martinez, bitte setzen Sie sich“, bot ihm der General galant an.
Don Ramon gewann seine Sicherheit wieder. Schließlich und endlich war nichts dabei, mit diesen unwirschen Menschen Freundschaft zu schließen. Vielleicht konnte er sie überzeugen, daß er ein Mann von einigem Wert war. Seine Ideen über die städtischen Verbesserungen drängten sich ihm blitzartig auf. Das war eine günstige Gelegenheit für ihn! Er begann sich ernsthaft mit den Soldaten zu unterhalten. Schon nach dem ersten Glas griff er sein Lieblingsthema, den Fortschritt, auf.
Der General hörte ihm aufmerksam zu und antwortete mit Kopfnicken, während er ein Glas nach dem anderen hinunterstürzte.
„Uns fehlt hier ein fortschrittlicher Mann an der Spitze, einer, der unsere Zeit der Maschinen, der Fabriksirenen, der riesigen Arbeitermassen, der großen Ideen und Revolutionen versteht; einer wie Sie, mein General!“ sagte Don Ramon schon halb betrunken. Er hatte es satt, länger auf den großen Mann zu warten, der in einer zurückgebliebenen Stadt wie Ixtepec modernes Tempo einführen konnte. Ixtepec würde dann für den Rest des feudalen Landes, das, wie aus den Zeitungen ersichtlich war, an der modernen geschichtlichen Entwicklung nicht teilhatte, ein Beispiel abgeben. Die Industrie, die Streiks und die europäischen Kriege erfüllten ihn mit Verachtung für unsere simplen und armseligen Probleme.
„Wir haben uns niemals in einer Krise befunden. Deutschland macht gegenwärtig eine sehr schwere Krise durch. Bei uns machen nur die Hungernden und die Schwachen Revo-

lution. Wir arbeiten nicht gern, aber die Quelle jeden Fortschritts ist die Arbeit. Deshalb benötigen wir jemanden, der befiehlt, wie Sie, mein General!"

Ah, jemanden wie mich, der euch arbeiten läßt!" erwiderte der General schelmisch.

„Genau das!" bejahte der Alte.

„Gut, daß ich es weiß!"

„Um eine große Macht zu sein, fehlen uns Männer wie Sie!"

Es schien, als begännen die Sorgen seines Gastes dem General auf die Nerven zu fallen.

„Hören Sie schon auf mit Ihrem Quatsch, und fangen Sie an zu arbeiten!" fiel ihm Francisco Rosas barsch ins Wort.

„Aber General, ich habe Ihnen meine Ideen erläutert."

„Das sind keine Ideen. Pando, bringen Sie einen Besen. Unser Freund hier will arbeiten!" schrie der General.

„Mein General, ich sprach von etwas anderem!"

„Pando, einen Besen!" befahl Rosas wieder.

Pando übergab Rosas einen Besen. Der General drückte ihn Don Ramon in die Hand, und dieser wußte nicht, was er damit machen sollte. Er stand auf und lächelte. Alle Blicke waren auf ihn gerichtet.

„Kehr die Kneipe aus!" befahl Rosas.

Don Ramon machte einige Schritte, und die Offiziere an den Tischen beobachteten ihn mit Schadenfreude. Don Ramon fegte mit dem Besen einige Male über den Boden; seine Unterwürfigkeit vergrößerte nur die Heiterkeit der Offiziere. Das Rauschen des Regens draußen vermischte sich mit dem Gelächter der jungen Leute. Nur der General blieb weiterhin ernst und trank seinen Kognak mit Gleichmut, ohne auf Don Ramon zu achten. Die Offiziere warfen mit Korken und angezündeten Zigaretten nach dem Kopf des Alten, und dieser versuchte erschrocken, den Würfen auszuweichen, indem er um seinen Besen herumlief. Einige stellten sich auf ihre Stühle, verschütteten Bier, zerschlugen

Flaschen, schmissen Teller und entleerten den Inhalt der Aschenbecher auf den Fußboden.
„Auffegen!" forderten sie schreiend.
Pando rührte sich nicht von seinem Platz. Er mißbilligte ihr Benehmen. Die Ellenbogen auf den Schanktisch gestützt, schaute er auf den Señor Martinez, der seine Kneipe ausfegte; die Demütigung des Alten ließ ihn vor Zorn erglühen. Finster blickend wartete er auf das Ende dieses üblen Scherzes. Aber die jungen Leute beschmutzten immer wieder, was der Alte schon gefegt hatte.
„Jetzt hol ich sie mir aus dem Hotel!" Die Stimme von Alvarez übertönte den Lärm. Der Hauptmann Flores war bleich geworden und versuchte, seinen Freund aus der Kneipe hinauszuzerren.
„Laß mich, du Idiot!"
Francisco Rosas beobachtete, ohne mit der Wimper zu zucken, wie die beiden Offiziere ihre Kräfte maßen.
„Du bist betrunken, du weißt nicht, was du sagst!"
„Jetzt hol ich sie mir aus dem Hotel! Hurensöhne!" Und Damian Alvarez bewegte sich schwankend und mit wilden Gesten auf den Tisch seiner Vorgesetzten zu. Die übrigen Offiziere vergaßen Don Ramon, und bald lauschte man in der Kneipe wieder dem rhythmischen Geräusch des auf die Dächer fallenden Regens. Dem Hauptmann Flores gelang es nun, Damian mit Püffen auf die Straße zu stoßen. Francisco Rosas konnte die Schimpfworte und die Schreie des betrunkenen Offiziers hören, der mit seinem Freund auf der Straße stritt. Wen wollte Damian Alvarez entführen? Die Adjutanten waren blaß geworden und blickten verstohlen zum General. Dieser kniff die Augen zusammen und trank weiter. Vanilleduft breitete sich aus, und die unsichtbare, dem Damian Alvarez nicht zugängliche Gegenwart Julias stellte sich in der Mitte der Kneipe wie die Zwietracht ein.
Don Ramon nützte die Stille, legte den Besen weg und verschwand mit Tränen in den Augen durch die Latrinentür.

Von der Straße drang jetzt nur das andauernde Geräusch des Regens herein. Wo war Damian Alvarez hingegangen? Die Soldaten glaubten zu erraten, wie seine wankenden Schritte sich Julia näherten und blickten schweigend auf ihren Chef. Francisco Rosas schien sehr ruhig. Plötzlich wünschte er seinem Adjutanten eine gute Nacht und stand auf. Er wollte keine Begleitung. Seine Freunde blieben regungslos sitzen und sahen ihm nach, wie er in betont aufrechter Haltung in die Nacht hinausging. Kurz darauf war die Kneipe leer, und Pando ging den Alten rufen, der schluchzend in der Latrine stand.

„Er ist ein übler Schurke!"

„Haben Sie keine Sorge, Don Ramon, es war nur ein Scherz", sagte der Wirt und schämte sich angesichts der Tränen seines Gastes. Aber Don Ramon Martinez konnte diese Demütigung nicht vergessen.

Hurtado und die Moncadas überquerten mit regennassen Gesichtern den Platz, als sie auf den Leichnam des Hauptmann Damian Alvarez stießen, der mitten in der Gosse ausgestreckt lag. Seine Uniform war durchnäßt, seine Haare wiegten sich bizarr im Wasser. Der Regen fiel seit einer guten halben Stunde schon auf ihn nieder.

X

Ein strahlender Tag dämmerte auf. Die durch den Regen gekräftigten Blätter glänzten in allen Grüntönen. Vom Land wehte frischer Erdduft herein, und von den feuchten Bergen löste sich mit Wohlgerüchen beladener Dunst ab. Der Fluß, nach so vielen Monaten der Trockenheit angeschwollen, strömte in seinem gelben Bett dahin und führte abgerissene Zweige und ertrunkene Tiere mit sich. Durch die kühle Morgenluft lief das Gerücht: „Gestern abend hat der General den Hauptmann Alvarez getötet!" Während des Regens will ihn einer rufen gehört haben: „Dreh dich um, Damian Alvarez, ich will dich nicht von hinten töten!"

Aber er konnte es nicht beschwören, daß es die Stimme von Rosas war.
„Ich weiß nichts. Er kam betrunken und stieß die Türe seines Zimmers mit einem Fußtritt auf. Dann schien es mir, als ob er weinte. Es war schon sehr spät, und ich weiß nicht, ob ich es tatsächlich sah. Ich könnte es auch geträumt haben", sagte Don Pepe Ocampo.
Wir erfuhren nicht, wer den Leichnam von Damian wegbrachte. Als es Tag wurde, war er schon in der Militärkommandantur aufgebahrt. Wir gingen vor dem Gebäude und den Balkonen des Hotels vorüber. An diesen beiden Orten wurde das Geheimnis gehütet, und das einzige, was wir in Erfahrung bringen konnten, wußten wir ja schon: daß Damian Alvarez diese Nacht vor dem Eingang des Hotels Jardin erschossen worden war. Auf Befehl von Francisco Rosas hielten die Offiziere mit einer schwarzen Schleife am Ärmel der Uniform Totenwache vor dem Leichnam ihres Kameraden.
Um vier Uhr nachmittags etwa durchquerte Rodolfo Goribar, von seinen Pistolenschützen begleitet, die Stadt und betrat die Kommandantur. Er war schwarz gekleidet und machte seinen Kondolenzbesuch.
„Es wäre besser gewesen, es hätte dich erwischt", sagten wir, als er vorüberging. – „Aber Unkraut vergeht nicht!"
Seit dem Tode von Ignacio erschien seine schwächliche Gestalt selten in meinen Straßen. Er hat seitdem keine Grenzsteine mehr versetzt. Vielleicht hatte er Angst und zog es vor, sich bei seiner Mutter zu verbergen. Am Abend begann in der Kapelle der Doña Lola die neuntägige Andacht für das Seelenheil des Hauptmanns Alvarez. Die Señora betete die Rosenkranzgebete vor und ihr Sohn, die Pistolenschützen und die Bediensteten antworteten im Chor. Wir wurden nicht eingeladen.
Im Hotel hörte man weder die Stimmen von Rosas und Julia, noch öffneten sich die Türen ihres Zimmers. Man hätte meinen können, auch sie seien gestorben. Es war

schon Nacht, als Francisco Rosas sich bleich an der Aufbahrungsstätte einstellte, um vor dem Leichnam des Offiziers Wache zu halten. Die Zwillingsschwestern nützten seine Abwesenheit, um in Antonias Zimmer zu gehen.
„Der Ärmste! Mit 23 Jahren sterben!"
Antonia sah sie erschrocken an. Es schien ihr unfaßbar, daß die wohlige Erinnerung an Damians Körper nur noch eine Erinnerung war und daß niemand, niemals mehr, jene körperliche Wärme, die sie eine ganze Nacht gespürt hatte, fühlen würde.
„Wie konnte das geschehen?" fragte das Mädchen verängstigt.
„Du weißt es auch nicht?" fragten die Schwestern betroffen.
„Nein. Ich weiß es nicht", murmelte Antonia. Und sie wußte es wirklich nicht.
Die Mädchen schwiegen gedankenversunken. Es war ihnen rätselhaft, warum Damian Alvarez sterben mußte.
„Es geschah wegen Julia", behauptete Luisa von der Tür her, aber weder sie noch die anderen glaubten daran. Der geheimnisvolle Tod des Hauptmanns verdüsterte die Zimmer, in denen die ihrer Freiheit beraubten Mädchen lebten.
Bei Tagesanbruch kehrten die Offiziere zurück, um sich zu rasieren und die Kleider zu wechseln. Sie hatten heisere Stimmen, tranken heißen Kaffee und gingen nachher wieder in die Militärkommandantur zurück, wo Damian Alvarez in seiner von Kugeln durchlöcherten und noch feuchten Uniform stumm und bleich auf sie wartete. Das Begräbnis fand sehr früh statt, und dieser Montag blieb als der „Montag, an dem sie Damian Alvarez begruben" in meiner Erinnerung.
Nach einigen Tagen begannen wir den Hauptmann, der wegen Antonia, der Tochter des Spaniers Paredes, gestorben war, zu vergessen. Justo Corona vergaß ihn nicht. Er warf seine Pistole in den Fluß und sagte nie, was er in der Nacht des Todes von Damian getan hatte; denn er war erst bei Tagesanbruch ins Hotel zurückgekehrt.

Das Wasser verdunstete. Eine weißliche und glühende Hitze verzehrte die Sträucher der Berge und machte den Himmel unsichtbar.

„Man weiß ja, wenn die Hitze so unerträglich wird, dann geschieht ein Unglück", schützte Don Ramon vor, um nicht aus dem Hause gehen zu müssen. Er dachte, die Zeit würde seine Demütigung tilgen, und um wenigstens innerhalb seines Hauses sein Ansehen zu wahren, fügte er hinzu: „Diese Schüsse haben mir gegolten. Ich sah deutlich, daß Rosas mich töten wollte; aber mein Mut und eine gewisse List retteten mich aus dieser gefährlichen Situation. Der General ist ein außerordentlicher Mensch, dem man nur mit Intelligenz beikommen kann."

„Du siehst ja, dieser arme Teufel Damian Alvarez mußte an deiner Stelle ins Gras beißen", antwortete seine Frau voll Mitleid.

„Wir müssen nach Mexiko fahren, um der Jungfrau von Guadalupe Dank abzustatten, weil sie unser Papachen in diesen gefahrvollen Stunden erleuchtet hat", fügten ihre Töchter voll Bewunderung für den Mut ihres Vaters hinzu.

Don Ramon achtete nicht auf ihre Worte. Er fühlte sich allein und niedergeschmettert. Er erinnerte sich an die vielen jungen Leute, die lachten, während er die Kneipe ausfegte; und seine Ohren fingen an zu glühen.

„Alle müssen es erfahren", sagte er sich verbittert und verfluchte die Stadt und seine Bekannten, die Zeugen seiner Erniedrigung waren.

„Man müßte diese Stadt anzünden, dem Erdboden gleichmachen, bis kein Stein mehr auf dem anderen bleibt!" grollte er. Die Wut benagte die Stunden seines Schlafes. Und diejenigen, die erheitert sein Abenteuer kommentierten, ließen kein gutes Haar an seinen Speisen, seinen Wochen und seinem Haus: „Hört, hört! Sogar Francisco Rosas hat etwas Gutes getan! Er hat Ramon Martinez arbeiten lassen!"

Auch für mich waren es bittere Tage. Die Erinnerung ist seltsam: sie läßt, wie jetzt, schon vergangene Traurigkeiten wieder auftauchen und einschmeichelnde Tage, die wir nie mehr sehen werden; entschwundene Gesichter, die eine Miene bewahrt haben, in der sie sich selbst vielleicht nie erkennen würden; Worte, von denen nicht einmal das Echo bleibt. In seiner ersten Nacht in Ixtepec hatte Felipe Hurtado zu seinen Gastgebern gesagt: „Was hier fehlt, ist die Illusion!" Seine Freunde verstanden ihn nicht, aber seine Worte blieben mit einem weißglühenden Rauch in meine Erinnerung geschrieben, der je nach meiner Stimmung auftauchte oder verschwand. Das Leben war verpfändet in jenen Tagen; es hing vom General und seiner Geliebten ab.

„Wir haben der Illusion entsagt!"

Wo ist mein in seinen Farben und Wolken immer wechselnder Himmel geblieben? Wo der Glanz des Tales, gelb wie Topas? Niemand schaute auf die Sonne, die in orangefarbene Feuerwolken gehüllt hinter die blauen Berge sank. Man sprach von der Hitze wie von einem Fluch und vergaß die Schönheit der glühenden Luft, die die Gesichter und dampfende Bäume in einem sehr reinen und tiefen Spiegel zeigte. Die jungen Leute wußten nicht, daß der Widerschein ihrer Augen und der des unbewegten Augustlichtes ein und dasselbe war. Ich dagegen sah mich als Edelstein. Die Steine nahmen verschiedene Formen und Inhalte an, und es hätte mich arm gemacht, wenn nur ein einziger von seinem Platz bewegt worden wäre. Die Ecken wurden golden und silbern. Die Strebebögen der Häuser vergrößerten sich in der Nachmittagsluft und wurden schmäler, bis sie im Licht des werdenden Tages ganz unwirklich aussahen. Die Bäume veränderten ihre Formen. Die Schritte der Menschen ließen Töne aus den Steinen erklingen, und die Straßen füllten sich mit Trommelklang. Und was soll man über die Kirche sagen? Der Vorhof wuchs, und seine

Mauern berührten die Erde nicht. Die Sirene der Wetterfahne zeigte mit ihrem Silberschwanz zum Meer, vor Heimweh nach dem Wasser. Zikadengesang überflutete das Tal, stieg von den dornengekrönten Mauern auf, erklang nahe dem unbewegten Brunnenwasser; einzig die Zikaden waren der Sonne dankbar, daß sie den Scheitel des Himmels erreichte. Niemand schaute auf die schillernden Eidechsen. All mein Glanz versank in Unwissenheit, in ein Michnicht-betrachten-wollen, in ein gewolltes Vergessen. Und inzwischen verzehrte sich meine trügerische und wechselnde Schönheit und wurde wiedergeboren, wie ein Salamander inmitten der Flammen. Vergeblich durchzogen Wolken von gelben Schmetterlingen die Gärten. Niemand schenkte ihrem plötzlichen Erscheinen Beachtung. Francisco Rosas' Schatten bedeckte meine Himmel, trübte den Glanz meiner Nachmittage, fiel auf meine Ecken und drängte sich in die Gespräche ein. Felipe Hurtado war der einzige, der mich schätzte und den die Trägheit, die meine Leute befallen hatte, leiden machte. Vielleicht führte er deshalb mit Hilfe von Isabel die Einstudierung des Theaterstückes durch. Sein Glaube an die Illusion überzeugte Don Joaquin, und dieser stellte ihm das Gartenhaus, in dem Hurtado wohnte, für die Aufführung zur Verfügung.

In dem Stück hörte Isabel auf, sie selbst zu sein, und verwandelte sich in ein fremdes Mädchen. Er war der unvorhergesehene Reisende, und die Worte waren leuchtende Figuren, die mit der Pracht eines Feuerwerkes auftauchten und verschwanden.

Juan und Nicolas richteten die Dekoration ein. Das Gartenhaus mit seinen auf den „Garten der Farnpflanzen" offenen Fenstern machte den Eindruck, viel geräumiger zu sein, als er es wirklich war. Ana Moncada stellte ihre Stühle für die Zuschauer zur Verfügung und bereitete mit ihrer Schwägerin die Kostüme vor. Conchita sollte ein weißes tragen, Isabel ein rotes.

„Es ist der Mond! Derselbe Mond, der in dieser Minute auf der Bühne aufgeht", sagte ihnen Hurtado einige Male halb im Spaß, halb im Ernst.
Sie ließen sich gern überzeugen und wiederholten das eine und andere Mal die Verse. In Ixtepec lief das Gerücht über das Zaubertheater in Doña Matildes Haus um. Isabel und Conchita, über ihre eigene Schönheit entzückt, überquerten meine Straßen wie zwei weitere Lichtreflexe in dem verschwenderischen Schauspiel des August. „Jetzt ist etwas los!" sagten sich die jungen Leute, ohne zu wissen, was gerade vorging. Juan und Nicolas stellten Zepter und Schwerter her und probierten die blauen Mäntel an, die sie im Stück tragen sollten.
Die Dekoration war fast fertiggestellt. Kaum waren die jungen Leute auf die Bühne gestiegen, befanden sie sich in einer anderen Welt, in der sie auch auf andere Art sangen und tanzten. Die Worte wurden von geheimnisvollen Landschaften erfüllt, und sie fühlten, daß auf ihren Lippen, wie im Märchen, Blumen, Sterne und gefährliche Tiere entsprangen. Die Bühne bestand aus einigen schlecht zusammengenagelten Brettern und bedeutete dennoch für sie eine ganze Welt mit ihren unendlich vielen verschiedenen Dingen. Es genügte, daß Nicolas sagte: „Vor diesem wilden Meer . . .", und in einem geheimnisvollen Winkel der Bühne tauchte das Meer mit seinen hohen Wellen und weißen Schaumkronen auf; eine unbekannte Brise wehte ins Zimmer und überflutete es mit Salz- und Jodgeruch. „Ich hatte so großes Verlangen, das Meer kennenzulernen!" schrie Isabel, als ihr Bruder den Vortrag beendet hatte. Alle lachten. Doña Ana Moncada war zufrieden. Als ihre Söhne auf die Bühne kamen, leuchtete ein unverhofftes Licht in ihren Augen. Zum erstenmal sah sie sie so, wie sie waren, und in der Welt der Phantasie, nach der sie sich seit der Kindheit sehnten.
„Sie haben die Wahrheit gesagt. In Ixtepec hat die Illusion gefehlt!" Und auch sie fing zu lachen an. Dann hielt sie

nachdenklich inne und hörte Hurtado zu, der auf der Bühne eine Wehklage anstimmte. Plötzlich spielten seine geliehenen Worte nicht mehr auf jene theatralischen Leidenschaften an und klangen, als wären es Worte des Generals an Julia.

„Wie traurig ist dies alles", unterbrach Isabel.

Felipe Hurtado schwieg, und alle kehrten aus der Welt der Phantasie zurück. Sein Satz rief ihnen die pathetische Gestalt des Generals und die hinter ihren Augenbrauen verborgene unerschrockene Julia ins Bewußtsein. „Schau mich an, Julia", schien Rosas zu fordern. Und Julia sah ihn mit ihren mandelförmigen Augen an und schenkte ihm einen blinden Blick. Isabel brach das Schweigen. Sie begann langsam mit ihrer Antwort, hörte in der Mitte des Satzes auf und blickte erschrocken auf ihre Brüder.

Nun, nach vielen Jahren, sehe ich sie alle in dieser Nacht. Isabel in der Mitte der Bühne, Hurtado neben ihr, wie betäubt von einer plötzlichen und schmerzhaften Erinnerung. Juan und Nicolas mit fragendem Blick, bereit aufzutreten; Conchita, die zwischen der Mutter und der Tante der Geschwister saß, mit einer dünnen Schnur spielte und darauf wartete, gerufen zu werden. Ich durcheile das Haus und finde im Salon Doña Matildes die farbigen Bänder, die gehefteten Mäntel und Isabels Umhang. Ich kehre zum Gartenhaus zurück und höre noch immer die von Isabel gesprochenen Worte in der Luft schweben: „Schau mich an, bevor du in Stein verwandelt wirst!" Diese Worte öffneten eine dunkle und nicht wieder zu schließende Bucht; sie hallen noch im Gartenhaus nach, und der Augenblick des Erstaunens hält dort wie das ahnende Vorgefühl eines unerwarteten Geschicks weiter an. Die drei Geschwister sahen sich in die Augen, als sähen sie sich, wie in ihrer Kinderzeit, da ein geheimes und unsichtbares Feuer sie einte, auf scheu gewordenen Pferden nahe den Umfassungsmauern des Friedhofs dahinjagen. In ihren Augen lag etwas unendlich Pathetisches. Immer besser schienen sie für den Tod ge-

rüstet. Deshalb handelten sie auch seit der Kindheit, als wären sie unsterblich.
„Was ist los?" fragte die Mutter, erschrocken über die plötzliche Stille und die schlafwandlerischen Gebärden ihrer Söhne.
„Nichts! Ich dachte an etwas Schreckliches", antwortete Isabel, und sie schaute auf ihre Brüder, die unbeweglich verharrten, ohne die Augen von ihr abzuwenden.
„Eine Hexe ist mit ihrem Gefolge vorübergezogen", flüsterte Doña Matilde und bekreuzigte sich.
„Sie hat uns verhext", sagte Isabel mit unschuldiger Stimme.
Dann probten sie weiter bis spät in die Nacht hinein.

XI

Der Zauber schwand, und zum erstenmal hatten wir etwas zu tun, konnten an etwas denken, das nicht unser Mißgeschick betraf. Magie breitete sich im Pavillon von Doña Matilde aus und löschte für einige Zeit Ixtepec aus unserem Bewußtsein. Meine Leute sprachen mit Staunen vom Theater, zählten die Tage, die bis zur Aufführung fehlten und fragten sich verwundert, warum wir uns vorher diese Unterhaltung nicht gegönnt hatten.
„In den meisten Städten gibt es Theater, die alle Tage spielen", bemerkte Doña Carmen.
„Du hast recht, Carmen. Ich weiß nicht, wieso es uns nie in den Sinn kam, einige Aufführungen zu veranstalten. Wir haben wie die Kannibalen gelebt. Entsetzlich! Heute las ich in der Zeitung über die Forscher, die sich am Nordpol gegenseitig auffraßen. Und da behauptet man, sie hätten unter der Kälte gelitten. Aber das ist nur ein Vorwand. In dieser fürchterlichen Hitze sind auch wir fähig, uns eines Tages gegenseitig aufzufressen. Hast du es gelesen, Conchita?"

Doña Elvira war von den Proben zurückgekehrt und plauderte fröhlich drauflos, während sie vor dem Spiegel ihres Toilettentischchens saß.
„Nein, Mama, ich habe es nicht gelesen."
„Lies es, ich möchte sehen, ob dir dabei dieselben Gedanken kommen wie mir." Doña Elvira hielt den Kamm in der Hand und betrachtete zärtlich ihren runden und dicklichen Arm: „Das Fleisch der Blonden muß sehr süß sein. Ich glaube, es schmeckt nach Pudding!"
„Mama!"
„Wonach Tomas Segovia wohl schmeckt? Aber er ist ein wenig brünett, da kannst du sagen, was du willst. Hast du bemerkt, daß er nicht zu den Proben geht? Es ist ihm nie in den Sinn gekommen, eine Theatergruppe aufzustellen; deshalb ist er wohl auf Hurtado eifersüchtig."
Und Doña Elvira schlief ein, ohne sich an Julia zu erinnern; empfänglich für neue und leichte Träume.
Wir konnten also etwas mehr sein, als Zaungäste des wilden Lebens der Offiziere! Das zu wissen war uns sehr angenehm. Die Balkone des Hotel Jardin verloren für uns, ohne daß es uns eigentlich bewußt wurde, an Interesse. In diesen vielversprechenden Tagen zog uns das Haus Doña Matildes an. Auch die Gemüter der Soldaten beruhigten sich. Nach dem geheimnisvollen Tod von Damian Alvarez konnte sich Francisco Rosas' Eifersucht erholen. Nur Julias Traurigkeit schwand nicht.
Nachdem wir sie mehrere Sonntage nicht gesehen hatten, brachte uns ihr Erscheinen bei der Abendmusik im Nu die Tage vor den Theaterproben zurück. Wir vergaßen unsere Gegenwart, als sie auf den Platz trat. Sie kam in einem ihrer blaßrosafarbenen Kleider, das mit kleinen durchsichtigen Kristallen besetzt war; funkelnd wie ein Wassertropfen im Licht, mit ihren um den Hals gewundenen Reihen von Edelsteinen und dem rauchfarbenen Haar, das sich wie leichte Federn über dem Nacken wiegte. Leicht auf den Arm ihres Liebhabers gestützt, der ehrfürchtig mit ihr

dahinschritt, als führte er die ganze unsagbare Schönheit der Nacht neben sich, machte sie einige Runden. Nichts war von ihrem unbewegten Antlitz abzulesen. Die Leute machten ihnen Platz, und sie bewegte sich wie ein weißschimmerndes Segelschiff vorwärts und hellte die Schatten der Bäume auf. Francisco Rosas führte sie zu ihrer gewohnten Bank. Die anderen Geliebten setzten sich um sie herum und sprachen fröhlich auf sie ein. Sie antwortete kaum und ließ ihre Blicke forschend über den Platz gleiten. Der General stand hinter der Bank und beugte sich zu Rafaela vor, die mit sehr lauter Stimme zu ihm sprach, um sich bei dem Lärm der Musik verständlich zu machen.

„Wie zufrieden ich bin! Die schlimmen Tage sind vorbei!"

Und sie beugte sich nieder, um abergläubisch mit gekreuzten Fingern das Holz ihres Schuhabsatzes zu berühren. Rosas lächelte.

„Die Welt ist wunderbar!" fuhr die Zwillingsschwester fort, als sie den Erfolg ihres ersten Satzes sah. „Wie schön ist die Liebe! Nicht?"

Francisco Rosas nickte bejahend und bot ihr eine Zigarette an. Das Mädchen nahm sie ungeniert und liebkoste seine Hand mit einer Geste des Einverständnisses. Auch ihre Schwester wandte sich dem General zu und lächelte freigebig. Rosas gab ihnen dankbar einen kleinen Klaps auf die Wange und bestellte Erfrischungsgetränke für alle. Nur Luisa schien verärgert, daß Rosas augenscheinlich zufrieden war; und als dieser ihr ein Glas überreichte, lehnte sie es ab und wandte den Kopf zur Seite: „Danke, ich habe keinen Durst."

In Julias Gegenwart füllte sich der Platz mit Lichtern und Stimmen. Die Frauen machten ihre Runden und redeten laut, die Männer gingen nahe an ihr vorbei, wagten kaum, sie anzusehen und atmeten in tiefen Zügen die nach Jasmin riechenden Windstöße. Und sie, Julia, wen erwartete sie? Für wen bewahrte sie jenes kaum wahrnehmbare Lächeln auf?

Sie musterte verstohlen den Platz, suchte jemanden und entfernte sich vom Gespräch ihrer Freunde. Sie war vielleicht eine halbe Stunde unter uns, als sie enttäuscht bat, ins Hotel zurückgebracht zu werden. Der General machte eine Verbeugung und berührte mit seinen Fingerspitzen ihr Haar. Er schien gern ihrem Wunsch entsprechen zu wollen.

„Aber du bist ja gerade gekommen!" sagten die Zwillingsschwestern.

„Ich gehe!" antwortete Julia, stand auf und wandte sich zu Rosas, um ihm etwas ins Ohr zu sagen.

„Bleib noch ein kleines Weilchen!"

„Spielverderberin!"

„Laßt sie, sie wird ihren Grund haben", bemerkte Luisa.

„Ich bin müde", antwortete Julia und traf entschlossen Anstalten, sie zu verlassen.

In diesem Augenblick kam eine muntere Gesellschaft auf den Platz. Es waren die Moncadas. Hurtado und Conchita waren bei ihnen. Ihr lautes Lachen steckte an. Ich erinnere mich an den Ausspruch von Nicolas: „Isabel, einen Peso für ein Lachen!", wobei er seiner Schwester mit leichtem Lächeln ein silbernes Geldstück hinhielt, das sie sofort gewann, indem sie den Kopf zurückwarf und lachend die blitzende Reihe ihrer Zähne zeigte.

Julia konnte sich nicht entschließen, sich zu verabschieden. Rafaela sah ihre Verwirrung und forderte sie auf, sich zu setzen.

„Bleib doch, schau, die sind auch gekommen!"

„Worüber die wohl lachen?" fragte ihre Schwester.

„Rate doch! Manchmal würde ich die Leute hier gerne kennenlernen", antwortete Rafaela.

Julia setzte sich wieder und schützte Gleichgültigkeit vor.

Die Gruppe der jungen Leute ging vor den Offizieren vorbei; Hurtado verlangsamte den Schritt. Man hätte meinen können, Julia habe ihn gar nicht angeblickt. Das vor einigen Minuten noch friedfertige Gesicht des Generals verdüsterte sich.

„Und warum willst du einige Grünschnäbel und einen Vagabunden kennenlernen?“ bemerkte der Oberstleutnant Cruz. Er sagte es mit betonter Verachtung und blickte zum General, damit dieser sich der Bedeutungslosigkeit des Fremden bewußt würde.

„Nun, ich weiß es nicht“, antwortete Rafaela, die eigentlich gar kein Interesse an ihnen hatte.

„Julia kennt ja einen von ihnen“, sagte Luisa böswillig. Ihre Worte ließen die anderen verstummen. Die Frauen blieben bewegungslos sitzen, und die Männer blickten auf die Baumkronen. Geräuschvoll ertönte die Musik, und der ganze Platz schien sich um die ruhig und blaß aussehende Julia zu drehen. Der General verbeugte sich vor ihr: „Gehen wir, Julia?“

Julia saß starr mit ihrem Fächer in der Hand da und blickte ins Leere. Rafaela warf erschrocken ein: „Bleibt noch ein Weilchen! Die Nacht ist so heiß, daß es eine wahre Wohltat ist, in der freien Luft zu sein.“

„Hörst du nicht, Julia? Immer mußt du gegen den Willen des Generals handeln!“ Und Luisa beugte sich zur Geliebten von Rosas. Julia hörte nicht auf ihre Worte. Sie bewegte sich nicht, schien aus Kristall zu sein, die kleinste Bewegung konnte sie in tausend Stücke zersplittern. Der General nahm sie brutal beim Arm und zog sie hoch. Sie ließ es widerstandslos geschehen.

„Gute Nacht“, sagte Rosas zornbebend. Ohne weitere Verabschiedung überquerte er den Platz und führte das Mädchen die Straße entlang.

„Er wird sie schlagen!“

„Ja, er wird sie schlagen“, wiederholte Antonia und blickte den Oberst erschrocken an. Dieser stand mit gekreuzten Armen ungerührt da. Auf dem Ärmel seiner Uniform befand sich noch die schwarze Schleife, die Rosas zum Zeichen

der Trauer über das Ableben des Hauptmanns Alvarez allen zu tragen befohlen hatte.
„Sie ist sehr widerspenstig. Sie verdient ein paar Peitschenhiebe und dann ihren Zucker, wie die feinen Stuten!"
„Weiß Gott! Und ich würde ihr ein paar anständige Ohrfeigen geben. Ich möchte doch sehen, ob man ihr die Verschlagenheit nicht austreiben kann." Und die blauen Augen von Luisa wurden weißlich vor Zorn. Ihr Liebhaber, der Hauptmann Flores, stand auf.
„Ich gehe, ich habe Wache."
Er entfernte sich vom Platz und ging in Luchis Bordell.
„Luchi, beneidest du Julia?" Die Luchi dachte einige Minuten nach.
„Warum fragst du mich das?"
„Ich will wissen, warum die Frauen sie nicht mögen."
„Vielleicht, weil keine so geliebt wird wie sie", antwortete Luchi treuherzig und legte ihren Arm um seinen Hals.

Die Dienstmädchen des Hotels erzählten, daß der General, nachdem er mit seiner Geliebten ins Zimmer gegangen war, sie mitleidlos mit der Peitsche schlug. Sie hörten vom Gang aus die Schläge und die erstickte klagende Stimme des Mannes. Von Julia war kein Laut zu vernehmen. Dann suchte der General Gregoria, die alte Küchengehilfin, auf, die viele Heilmittel kannte: „Ich will nicht, daß der Doktor Arrieta kommt. Behandeln Sie die Señorita Julia." Seine Stimme klang gebrochen. Um elf Uhr nachts ging die Alte aus dem Hotel, um von ihrem Haus Heilkräuter zu holen. Als sie zurückkam und beim Zimmer Julias rief, ging der General in den Garten hinaus. Gregoria bereitete Breiumschläge und reinigende Wasser vor und behandelte damit die blutunterlaufene Haut der Frau, die in Ixtepec am meisten geliebt wurde. Dann kochte sie auch einen Absud für Rosas, damit er weniger nach dem Mädchen verlangte. Aber Julia schien auf ihre Ratschläge nicht hören zu wollen.

„Schauen Sie, Señorita Julia, schütten Sie ihm das in den Becher, bevor er sich mit ihnen ins Bett legt. Aber sagen Sie ihm nicht, daß ich Ihnen das Kraut gegeben habe, er tötet mich sonst . . .!"
Julia lag mit geschlossenen Augen da und antwortete nicht. Gregoria gab es nicht auf, sie zu trösten.
„Sie werden schon sehen, Kind, mit Gottes Güte hört er auf, Sie zu lieben. Wenn ein Mann sich so benimmt, bezahlt es eine Frau früher oder später mit dem Leben. Aber Gott wird Ihnen helfen, viel schneller als Sie sich selbst. Sie werden schon sehen."
Julia ließ sich schweigend behandeln. Sie zitterte und trank kleine Schlucke Kognak, um wieder zu Kräften zu kommen. Ein violetter Strich auf der Wange ließ sie blässer erscheinen.
„Schwören Sie mir, Señorita Julia, daß Sie ihm dieses Mittel geben werden. Er ist verhext." Die junge Frau hörte nicht auf zu zittern.
„Und sagen Sie mir, verzeihen Sie meine Neugierde, welches Kraut gaben Sie ihm dort, in seiner Heimat, daß er so wurde?"
„Keines, Gregoria!"
„Dann wurde er von alleine so verrückt?"
„Ja, Gregoria, von alleine."
Spät in der Nacht kehrte der General in das Zimmer zurück, näherte sich der im Bett hingestreckten Julia und liebkoste mit den Fingerspitzen ihr Haar. Das junge Mädchen bewegte sich nicht, und ihr Liebhaber setzte sich verzweifelt in einen Stuhl.
„Ich gehe schon, Kind Julia", sagte Gregoria schüchtern. Sie bekam keine Antwort.
„Hier lasse ich Ihren Lindenblütentee stehen. Auch der General soll einen Schluck machen. Er scheint sehr ermüdet zu sein", fügte die Alte hinzu und zwinkerte zum Zeichen des Einverständnisses mit dem Auge.

Julia bewahrte Stillschweigen. Der General stützte den Kopf auf seine Hände und fühlte sich nicht einmal bemüßigt, gute Nacht zu sagen.

XII

Von hier aus sehe ich das Haus von Gregoria, und mir scheint, daß sie diese Nacht gerade kommt, die Tür öffnet und sich bekreuzigt, bevor sie eintritt. Drinnen hat sie ihre alten Petroleumdosen aufbewahrt, die jetzt als Behälter für Geranien und Tulpen dienen. Im Garten wuchsen die Kräuter des Vergessens, der Liebe, oder um sich vor Zorn oder Feinden zu schützen. Man soll nicht glauben, daß Gregoria eine Hexe gewesen wäre. Nein, sie war nicht wie Nieves, die es zuwege brachte, mich in Verruf zu bringen. Von weither kamen die Leute zu uns und brachten ihr Kleidungsstücke, Haarlocken und Fotos derjenigen, die verzaubert werden sollten. Wie viele Jahre ist es nun her seit dem Tag, an dem Marta, eine Frau von der Küste, mit Juan Urquizo in Ixtepec erschien. Sie hatte ihn bewogen, mit ihr bis hierher zu reisen, damit die Nieves ihm ihr Tränklein gebe. Jahre kamen und gingen. Marta starb in ihrer Heimat. Wir erfuhren es durch Juan Urquizo, der zu Fuß und mit der Einfalt im Gesicht, die er Nieves verdankte, zweimal im Jahr durch Ixtepec zog; einmal wenn er nach Mexiko wanderte, das andere Mal, wenn er zurückkehrte. Seine Wanderungen hatten das Ziel, an Martas Todestag an der Küste zu sein. Er brauchte sechs Monate, um hinzukommen, und sechs Monate, um zurückzukehren. Immer zu Fuß. Wenn wir ihn zurückkommen sahen, wußten wir, daß gerade ein Jahr verstrichen war. Er war Kaufmann gewesen. Wenn ihn die Leute sahen, mit seinen abgerissenen Sandalen, dem zerfetzten Gewand, der durch die Sonne geschwärzten Haut und den Augen, die blauer waren als je, bemitleideten sie ihn. Niemand kannte seine Familie, denn Juan Urquizo war ein Spanier. Als er durch

Ixtepec kam, empfing Don Joaquin ihn in seinem Hause und ordnete an, im Bad mit den roten Kacheln Seife, Handtücher und reine Wäsche bereitzulegen. Urquizo nahm die Gabe mit Dank an. Er blieb einen Tag und eine Nacht in der Stadt, und am Morgen setzte er seine Wanderung nach Mexiko oder nach der Küste wieder fort. Doña Matilde flehte:

„Schauen Sie, Don Juan, machen Sie doch einige Tage Rast hier!"

Juan Urquizo konnte keine Pause einschalten.

„Doña Matilde, Sie sind sehr gut zu mir, aber ich muß bei Marta sein. Ein verlorener Tag und ich erreiche am 14. November die Küste nicht. Wissen Sie nicht, Doña Matilde, welches Unglück mir widerfahren ist? An diesem Datum ist Marta gestorben, und ich darf sie nicht alleine lassen. Es ist der einzige Tag, an dem ich mit ihr sprechen kann. Erinnern Sie sich an sie, Doña Matilde?"

Und Juan Urquizo schluchzte, bis die Dame, die wußte, was wir alle wußten, zu ihm sagte: „Weinen Sie nicht, Don Juan, der 14. November ist ja nicht mehr fern." Seit fünfzehn Jahren hat Juan Urquizo seine Wanderungen nicht mehr gemacht. Jemand sagte, er wäre in den Ebenen bei Titzla gestorben. Er war schon so alt, daß ihm kaum einige weiße Haare verblieben waren, und sicherlich stach diesen Tag die Sonne heiß vom Himmel.

Wir erfuhren nie, ob Julia dem General den Trank gegeben hatte. Trotz ihres Lächelns gab sie sich weiterhin wie eine Fremde, zurückhaltend und verschlossen. Ein Tag folgte dem anderen. Man aß um halb ein Uhr. Um drei Uhr nachmittags wagten es nur wenige, durch meine Straßen zu gehen; die Nachbarn schliefen ihr Mittagsschläfchen in den Hängematten und zögerten, aus dem Haus zu gehen, bis die Hitze nachließ. In den Gärten und auf dem Platz machte feiner Staub die Luft stickig. Die Hunde auf dem Platz vor der Kirche, im Schatten der Mandelbäume ausgestreckt, öffneten kaum die Augen; in den Küchen erlosch das Feuer und wurde erst gegen sechs Uhr abends wieder angezündet. Die „Selims", die Türken des Kleidergeschäftes „Die neue Eleganz", schliefen, mit den Scheren auf der Brust, hinter einem Ladentisch. Ihre Söhne brachten ihnen kleine Tassen mit schwarzem Kaffee. „Sehr gut gegen die Hitze. Dort in ihrer Heimat half er ihnen gegen Schlaf und Ärger."

Auf dem Platz flüchtete sich Andres unter seinen Stand mit Süßigkeiten. Mit einem rosafarbenen Fächer verjagte er die Fliegen und die Wespen auf seinem Kokosnußkuchen.

„Mir ist es egal, was mit dieser Hure Julia geschieht. Gut sind die anderen, die kleinen Zwillingsschwestern. Was für ein Glück hat der Oberstleutnant gehabt, zwei so hübsche Frauen zu finden, und zwei zu gleicher Zeit!" sagte er. Und wenn Rosa und Rafaela bei ihm Süßigkeiten kauften, gab ihnen Andres die Naschereien fast geschenkt. An den Stamm eines Tamarindenbaumes angekettet, überwachte in seiner Nähe Lucero, sein Adler, mit wildem Blick die stinkenden Stücke rohen Fleisches, mit denen ihn sein Herr fütterte.

„Wo haben Sie ihn gefangen?" fragten die Schwestern, durch die Stärke des Tieres eingeschüchtert. „Sehr hoch oben, Mädchen, sehr hoch oben, wo sich alles Gute findet."

Die Limonadenverkäuferin Juana hörte auf, die „Waisenkinder" zu beschimpfen, die ihr die farbigen Erfrischungsgetränke wegtranken, und schlief mit halb geschlossenen Augenlidern ein.

Javier stapelte nicht mehr seine Binsenkörbe auf. Er hatte sich den Strohhut tief ins Gesicht geschoben und spähte, auf einem Strohhaufen liegend, nach den Beinen der Frauen, die zufällig nahe bei seinem Stand vorübergingen.

Die Kutscher saßen ruhig auf dem Kutschbock und hörten nur die Huftritte der Pferde, die von den Bremsen belästigt wurden. Die Nachmittage waren immer die gleichen. Der Doktor Arrieta war der einzige, der auch in diesen

Stunden herumging, weil er die Fieberkranken aufsuchte, deren es, durch die Hitze und die Trockenheit bedingt, in Ixtepec viele gab. An einem dieser Nachmittage verließ Julia das Hotel Jardin. Zu dieser Stunde hielten die Geliebten ihre Siesta. Die heruntergelassenen Jalousien ließen nackte Arme und feuchtes Haar vermuten. Don Pepe Ocampo versuchte Julia zurückzuhalten: „Bitte, Señorita Julia, gehen Sie nicht weg!"
„Ich will aber!" sagte Julia verächtlich.
„Der General muß gleich kommen! Trauen Sie seinen Worten nicht. Ich bin sicher, daß er früher zurückkommen wird als er gesagt hat."
„Dann halten Sie ihn eine Weile auf!"
„Señorita Julia!" flehte der Alte, der von einer Seite des Flures auf die andere rannte, um sie am Hinausgehen zu hindern. Julia blieb stehen, blickte ihn kalt an und wartete, bis der Alte sein nervöses Herumlaufen einstellte.
„Haben Sie Mitleid mit mir! Ich darf Sie nicht weggehen lassen. Denken Sie an die Konsequenzen. Wenn er es erfährt!"
„Sagen Sie ihm nichts. Ich komme gleich zurück." Und Julia stieß Don Pepe zur Seite und trat auf die Straße hinaus. Sie ging ungeschminkt, mit straff zurückgekämmten Haaren und blassen Lippen. Die Händler am Platz standen auf, als sie sie kommen sahen.
„Du, schau, wer dort kommt!" rief Andres erschrocken aus.
„Und allein!" schrie Javier, während sein Gesicht unter seinem Hut zum Vorschein kam.
„Sie hat einen so herausfordernden Gesichtsausdruck, daß es bestimmt ein böses Ende mit ihr nehmen wird!" Und Juana schaute mit offenem Mund auf Julia, die in ihrem hellen Musselinkleid vorbeiging. Auf ihren bleichen Wangen war noch die dunkle Spur des Peitschenhiebes zu sehen, den sie einige Nächte vorher empfangen hatte. Im Licht der Sonne sah sie nicht so schlimm aus. Sie überquerte den Platz und ging die Poststraße hinunter.

„Sie geht zu ihm!"
„Ich habe es euch gesagt, er ist ihretwegen gekommen!"
„Schade um die Frau! Sie ist so hübsch! Aber wir werden sie nicht mehr oft sehen!" Und Javier schob seinen Hut auf die Seite.
„Das ist der letzte Nachmittag, an dem sie durch die Straßen geht!" schloß Juana. Die Kutscher berichteten von ihren Kutschböcken aus über den weiteren Weg, den das Mädchen einschlug. Julia ging mit schnellen Schritten und wiegte sich auf ihren hohen Absätzen. Sie hatte keine Strümpfe an.
Ihre Gestalt wurde immer kleiner und verlor sich schließlich in den Krümmungen der Straße. Sie ging an dem Haus der Montufars vorbei, überquerte die Straße und blieb vor dem Haustor Don Joaquins stehen. Dort klopfte sie mehrere Male mit dem Türklopfer und wartete gelassen. Drinnen erwartete man keine Besuche. Die Schläge verloren sich im Dickicht des Gartens. Dann, nach einer geraumen Weile, öffnete Tefa.
„Ist die Señora hier?" fragte Julia mit jener für sie so charakteristischen Stimme.
„Einen kleinen Augenblick, bitte!" sagte Tefa, durch das Erscheinen Julias erschreckt.
Julia wartete in der Hitze auf der Straße und wagte nicht, einzutreten. Tefa kam außer Atem zurückgelaufen.
„Kommen Sie herein, Señorita!" Julia betrat das Haus und sah sich mit ihren mandelförmigen Augen nach allen Seiten um. Sie suchte jemanden, der sich vielleicht im Schatten verbarg. Doña Matilde erschien im Korridor. Sie war bestürzt. Ihre Augenlider waren durch den Schlaf angeschwollen, und auf einer ihrer roten Wangen hatte sich der Spitzenbesatz des Polsters abgedrückt.
Julia schien verwirrt, als hätte ihr Besuch plötzlich keinen Zweck.
„Entschuldigen Sie mich, Señora, entschuldigen Sie mich. Ich bin Julia Andrade."

„Ich hatte schon das Vergnügen. Das heißt, ich habe Sie von fern schon gesehen", unterbrach die Señora aufgeregt. Mit einer Geste forderte sie Julia auf, ihr durch den düsteren Flur zu folgen. Auf den roten Steinfliesen klangen ihre Schritte hohl. „Weshalb ist dieses Mädchen gekommen? Wenn dies nur kein schlechtes Ende nimmt!" sagte sich die Señora, während Julia die Worte, die sie sich zurechtgelegt hatte, vergaß. „Ich werde nichts sagen. Ich kann nicht!" wiederholte sich Julia, als sie zur Tür des Salons kamen. Sie betraten den tiefen kühlen Raum. Er wurde wenig benutzt. Porzellanhirten wachten auf schwarzen Konsolen; pompejanische Schäfer mit rosenbekränztem Haar, zahme vergoldete Tiger zu ihren Füßen, lagen auf Terrassen hingestreckt. Da gab es auch Fächer, Spiegel, Blumensträuße, und oben an der Hauptwand, gut sichtbar, ein Bild des Heiligen Herzens mit einigen angezündeten Kerzen davor. Über einen Stuhl hingen die fertiggestellten Kostüme von Isabel und Conchita. Doña Matilde nahm sie auf.

„Verzeihen Sie, das sind Theaterkostüme." Und sie lächelte ein wenig verärgert. „Was würde ihr Besuch denken? Theaterkostüme in einem anständigen Hause!"

„Meine Neffen wollen eine Vorstellung für uns, das heißt für die Familie geben."

Die beiden Frauen nahmen auf der Estrade des Salons Platz und blickten sich, etwas aus der Fassung gebracht, an. Julia war rot geworden, versuchte zu lächeln, schaute auf die Señora und dann auf ihre Fingerspitzen. Sie konnte nicht sprechen. Doña Matilde ihrerseits wußte nicht, was sie sagen sollte, und wartete verlegen darauf, daß der Besuch zuerst zu sprechen beginne. So vergingen einige Minuten; sie wagten kaum, sich anzublicken.

„Gnädige Frau, sagen Sie Felipe, er soll fortgehen. Der General ist heute nach Tizpan geritten und kommt nicht vor spätabends zurück. Ich bin gekommen, um Felipe zu warnen."

Im ersten Augenblick wußte Doña Matilde nicht, von wem sie zu ihr sprach. Dann erinnerte sie sich, daß Felipe der Vorname ihres Gastes war und blieb schreckerstarrt sitzen. Ein Schwarm verworrener Gedanken überfiel sie. „Warum sollte Felipe gehen? Warum kam Julia ihn warnen?"
„Er wird ihn töten", flüsterte ihr Julia zu.
Doña Matilde schaute sie furchtsam an. Es wäre ihr lieber gewesen, wenn Julia nie vor dem Tor ihres Hauses erschienen wäre, und nun, da sie schon hier war, sofort wieder gehen würde. Aber wie es ihr sagen? Sie betrachtete Julia und dachte, daß der General sie zu allererst töten würde, weil sie seine Absicht verraten hatte.
„Und Sie?" fragte sie.
„Ich? Er wird es nie erfahren", sagte Julia ohne Überzeugung.
„Es finden sich immer Leute, die es ihm hinterbringen."
Und die Señora dachte, daß sie nun Julia vielleicht zum letztenmal sehen würde. Sie sah sie wie gebannt an. „Wird er fähig sein, sie zu töten?" Es schien ihr, als säße sie einem Geschöpf gegenüber, dessen Wildheit in seiner Schwäche verborgen lag. Sie hatte wie der Herold des Unglücks ihr Haus betreten. Ihre unwirkliche Gegenwart war gefährlicher als die eines Heeres. Sie musterte den köstlichen Ausschnitt ihres Kleides, ihre zerbrechlichen Schlüsselbeine, das Kleid aus Rosamusselin und ihre Hände, die vergessen in ihrem Schoß ruhten. Das Flackern der Kerzen warf orangegelbe Schatten auf ihre goldene Haut. Die Augen des Mädchens wurden größer, als sie sich mit Tränen füllten; ein feuchtes Lächeln machte sich auf ihren Lippen breit. Ein Wirbelsturm von Hagelkörnern fegte durch den Salon.
„Kann ich ihn sprechen?"
Die Stimme Julias erreichte sie aus dem Zentrum eines Sturmes, der vom leuchtenden Kopf des jungen Mädchens seinen Ausgang nahm. Ihr strahlendes Bild wurde gespal-

ten und zerfiel in Kristallstücke. Der Señora wurde schwindelig.
„Nur einige Minuten", bat die ihr nun sehr nahe Stimme Julias. Kalte Winde wehten, und die Hagelkörner verschwanden. Die Señora konnte sie nun wieder sehen: sehr still saß sie da, die Hände verschlungen im Schoß, und blickte sie mit ihren dunklen und aufmerksamen Gazellenaugen an. Felipe Hurtado erschien im Türrahmen. Julia stand auf, ging ihm mit langsamen Schritten entgegen und beide verschwanden durch den Korridor. Doña Matilde begann zu weinen. Die Aufregung dieses Nachmittags und die durch Julias Anwesenheit hervorgerufenen Hirngespinste fanden keinen anderen Weg als den der Tränen. Oder sie fühlte sich vielleicht sehr alt.
Julia und Hurtado gingen durch den Garten; sie hielten sich umschlungen und betrachteten die Farne, als wenn sie einer anderen Welt angehörten. Die Bedienten spähten ihnen aus einiger Entfernung nach, bis sie im Gartenhaus verschwanden.
„Julia ist gekommen!"
„Castulo hat ganz richtig gesagt: ‚Vor den Schritten eines Mannes gehen die Schritte einer Frau!'" Und sie suchten in der Luft die glänzenden Spuren, die Felipe Hurtado nach Ixtepec geführt hatten.
Die Bedienten standen unter dem Torbogen des Kücheneingangs und beobachteten gespannt das Häuschen, in dem sich die Liebenden aufhielten. „Was würden sie sich gerade sagen?" Es war dort sehr ruhig geworden, auch in den Gärten vernahm man keinen Laut; bis zur Küche breitete sich wohltuendes Träumen aus. Vom Turm der Kirche schlug es fünf Uhr, der Himmel begann sich zu verfärben, und die Zweige der Bäume wurden dunkler. Die Vögel sangen nicht, die ersten Düfte der Dämmerung drangen ins Haus. Die Zeit verstrich ...
„Sie bezahlen es mit dem Leben!"

Die Bediensteten waren traurig, als sie den hellen Fleck von Julias Kleid wieder im Garten auftauchen sahen. Friedvoll und weltentrückt kamen die Liebenden zurück.
„Schade! Schade!“
Sie gingen wieder in den Salon, wo Doña Matilde regungslos dasaß. Als sie sie sah, erschrak sie. Man hätte meinen können, sie hätte sie vergessen.
„Mein Kind, weshalb sind Sie gekommen?“
„Um ihm zu sagen, daß er von hier weg muß.“
„Ja, ja, er muß von hier weg! Sofort bereite ich seine Abreise vor.“ Sie ging hinaus, um die Bedienten zu rufen. „Ich habe viel zu tun! Ich habe viel zu tun“, murmelte sie, als sie im Korridor stand und ihre nervösen Hände betrachtete.
Als sie Hurtado zum erstenmal gesehen hatte, war ihr Eindruck gewesen, daß der Fremde die untadelige Ordnung ihres Hauses stören würde, so wie Sand in einem Uhrwerk nicht wahrnehmbar ist, aber sicher die Sekunden in Unordnung bringt. Heute, an diesem Nachmittag, der zwischen den Bäumen ihres Gartens entfloh, zersprangen ihre im voraus gezählten Stunden und Taten in Stücke und fielen zu ihren Füßen in das unvorhergesehene Chaos, aus dem die Katastrophen erwachsen. „Was soll ich tun?“ Ihre Worte entbehrten des Sinnes. Ihr ganzes Leben, das sich aus Nichtigkeiten aufbaute, erschien ihr wie eine schadhafte Maschine. „Mein Bruder Martin hat recht, außerhalb der Zeit zu leben“, sagte sie sich, ohne zu verstehen, was es bedeutete. Alle ihre Pläne waren nutzlos geworden. Die Bedienten warteten auf ihre Anordnungen.
„Wir müssen die Abreise des jungen Mannes vorbereiten“, sagte sie, ohne zu wissen, von welcher Abreise sie sprach, noch welche Dinge man zu diesem Zweck vorbereiten sollte.
„Ist Joaquin schon zurück?“
„Nein, Señora!“
„Weshalb ist er zu dieser Stunde noch auf der Straße?“ Es schien, als würde sich der unsichtbare Spalt, der sich seit der

Ankunft des Fremden zeigte, in diesem Augenblick mit Getöse auftun, und als würde das gesamte Gebäude durch einen schwarzen Riß stürzen, der sich mit der Geschwindigkeit eines Blitzes vergrößerte.

„Es ist schon dunkel geworden", sagte Julia mit seltsamer Stimme, und der Señora schien es, als ob die Stimme des Mädchens alle Schatten von Ixtepec in ihrem Haus versammelte. Sie blickte auf Felipe Hurtado, erkannte sein liebenswürdiges, nun ernstes Gesicht wieder, und wie bei ihrer ersten Begegnung war sie gleich wieder mit ihm versöhnt.

„Das Schicksal zeigt immer ein anderes Gesicht", sagte sie sich resigniert.

„Ich werde Ihnen helfen, ihm zu folgen", versprach sie Julia, obwohl sie wußte, daß nichts mehr das Geschick der beiden jungen Leute trennen konnte.

Julia preßte die Hände zusammen und entfernte sich einige Schritte. Dann lief sie schnell und geräuschlos zur Flurtür, riß sie auf und verschwand auf der Straße.

Felipe Hurtado wollte ihr nach, aber die mit einem Knall zugeworfene Tür hielt ihn zurück. Er blieb einige Augenblicke unentschlossen davor stehen, fuhr sich mit der Hand über die Stirn, nahm eine Zigarette heraus, zündete sie an und ging dann, ohne ein Wort zu sagen, durch den Garten in sein Zimmer zurück.

„Sagt meinen Neffen, daß heute keine Theaterprobe stattfindet. Und über Señorita Julia kein Sterbenswörtchen!" rief Doña Matilde aufgeregt und fing zum zweitenmal an jenem Nachmittag zu weinen an.

XIII

Julia kehrte nicht auf demselben Weg ins Hotel zurück. Sie ging durch andere Straßen langsam an den Hausmauern entlang. Sie schien verängstigt. In der Dämmerung erkannten sie die Leute nicht, die ihr begegneten. Ihre Gespenster folgten ihr immer nach. Sie löste sich von ihrer Erinnerung, und ihre festlichen Sonntage, die beleuchteten Stätten ihrer Tänze, ihre leeren Kleider, ihre untauglichen Liebhaber, ihre Gesten, ihre Edelsteine fielen für immer auf das Pflaster der Straße. Sie fühlte, daß ihre Absätze sie behinderten, zog sich die Schuhe aus und stellte sie behutsam in eine Toreinfahrt. Barfuß ging sie an den Portalen vorbei, und die Zukunft richtete sich vor ihr auf wie eine weiße Mauer. Jenseits der Mauer war das Märchen wahr, das sie als kleines Mädchen begeistert hatte: „Es war einmal ein sprechender Vogel, ein singender Brunnen und ein Baum mit goldenen Früchten." Julia war überzeugt, einmal dorthin zu gelangen. In der Hoteltür stand hoch aufgerichtet, mit düsterer Miene, den Eingang versperrend, Francisco Rosas und erwartete sie.

Julia sah ihn und wollte ihn nicht beachten.

„Von wo kommst du?" fragte sie Rosas leise.

„Ich komme nicht. Ich gehe etwas suchen", sagte Julia mit dem Körper und mit dem Gesicht, das sie mit zwölf Jahren hatte. Rosas sah ihr kindlich zerzaustes Haar, das ihr in Strähnen über die Augen fiel. Sie kam barfuß. Er packte sie bei den Schultern.

„Was suchen?" schrie er. Ihm war, als hielte er eine Fremde in seinen Händen.

„Einen Baum", antwortete Julia.

„Einen Baum!"

Und Francisco Rosas schüttelte sie haßerfüllt, als wenn sie der Baum wäre, der ihm die Welt verdeckte.

Hinter einem Pfeiler verborgen spähte Don Pepe Ocampo nach dem Paar.

„Ich weiß schon, was du getrieben hast! Verdammte Hure!"

Rafaela und Rosa hatten sich im Zimmer eingeschlossen. Antonia saß am Rande ihres Bettes und beantwortete die Fragen, die Justo Corona an sie richtete, mit Ja und Nein. Luisa lag in der Dunkelheit regungslos auf ihrem Bett.

Seit Julias Verschwinden herrschte eine erschreckende Stille im Hotel. Niemand bemerkte, daß Francisco Rosas und Julia ihr Zimmer betraten.
Doña Matilde schob die Riegel und die Querbalken des Haustores vor und band die Hunde los. Die verzagten Bedienten bereiteten in der Küche schweigend die nächtliche Abreise Felipe Hurtados vor. Der junge Mann hielt sich im Gartenhaus auf und antwortete nicht auf die Rufe Tefas. Im Garten wurde es Nacht, und das Haus mit seinen verängstigten Einwohnern schien verlassen.
Da wurde an das Eingangstor geklopft, und die Bedienten und die Señora eilten in den Flur.
„Wer ist da?“ fragte Doña Matilde und horchte ganz nahe an der Tür, wie jemand, der draußen einen Feind vermutet.
„Ich! Joaquin!“ antwortete der Señor. Die Stimme seiner Frau sagte ihm, daß etwas vorgefallen sei. Die Bedienten öffneten.
„Joaquin, es ist etwas Schreckliches passiert!“
Joaquin wurde blaß. Bei seinem Spaziergang durch Ixtepec hatte er vom Besuch Julias erfahren und wußte, daß die Stadt Schlimmes befürchtete.
„Das konnte nicht gut ausgehen!“ wiederholte Ixtepec im Chor. Die Nachbarn hatten sich früh in ihre Häuser zurückgezogen, die Rolläden heruntergelassen, und in den Straßen war es ruhig.
Das Ehepaar ging in das Zimmer Doña Matildes. Bald darauf kam Joaquin heraus und ging zum Gartenhaus. Er klopfte an die Türe, an die Fensterläden, aber niemand antwortete. Er wollte Hurtado überreden zu fliehen. Castulo würde ihn nach Titzla führen und ihn dort versteckt halten, bis die Gefahr vorüber wäre. Später könnte er hingehen, wo es ihm beliebte. Aber der Gast wollte anscheinend nicht auf vernünftige Gründe hören. In der Dunkelheit seines Zimmers eingeschlossen, war er taub gegenüber dem Klopfen und der Freundesstimme. „Wer weiß, woran er gerade

dachte, allein mit sich selbst, regungslos auf seinem Bett ausgestreckt."

Die Hunde witterten die Angst der Menschen und überwachten unruhig den Garten. Die Bedienten saßen in der Küche im Kreis, redeten leise, rauchten bedächtig und horchten auf die Geräusche der Nacht. Von Zeit zu Zeit hörten sie vom Garten her das Klopfen und die Stimme Don Joaquins. Castulo stand mit einem Proviantbeutel und einer prall mit Pesos gefüllten Geldtasche bereit, um den Gast zu begleiten.

„Dem jungen Hurtado liegt nichts am Leben!"

„Wie soll er fliehen wollen, wenn er ihretwegen kam", antwortete Castulo überzeugt.

Ungefähr um zehn Uhr nachts ging Francisco Rosas mit offener Uniform und mit staubigem Haar und Gesicht durch die stille Stadt. Er fühlte, daß man ihn hinter den Jalousien versteckt beobachtete.

„Dort geht er! Dort geht er!" flüsterten sie von Balkon zu Balkon. Rosas verfolgte seinen Weg weiter, ohne die Schatten zu sehen, die beobachteten, wie er beim Gehen die Stiefel mit den klirrenden Sporen nach vorn riß. Er überquerte den Platz, der zu dieser Stunde durch die Stille größer wirkte, stieß die Schwingtür von Pandos Kneipe auf und setzte sich allein an einen Tisch. Er hatte sehr müde Augen; seine Gesten wirkten abwesend. Die Soldaten wagten es nicht, das Wort an ihn zu richten, tranken mit gesenkten Köpfen ihren Kognak und vermieden es, ihn anzusehen. Er verschränkte die Arme auf dem Tisch und legte den Kopf darauf. Er schien zu schlafen.

Doña Elvira machte von ihrem Balkon aus Zeichen: „Dort geht er!" Matilde ging vom Fenster weg und begab sich in den Garten. Sie fand ihren Mann auf der Türschwelle des Gartenhauses sitzen.

„Es ist schon spät. Er geht jetzt in die Kneipe", flüsterte die Dame.

„Wir können uns nur dem Willen Gottes anvertrauen!"

Das Ehepaar kehrte in sein Zimmer zurück und löschte die Lampen. Nur die Nachtlichter flackerten.
„Armer Bursche! Er ist so gut!" sagte die Señora, die auf einer Stuhlkante saß.
„Zieh dich aus! Man soll uns nicht so antreffen. Das würde Verdacht erwecken", riet ihr Mann.
In Nachthemden warteten sie in der Dunkelheit ihres Zimmers, die kaum von den winzigen Nachtlichtern erhellt wurde. Das weiße Hemd der Señora wurde in ein Farbenspiel getaucht. Die Lichter wechselten vom Orangegelb ins Grün, spielten ins Blau hinüber, dann ins Rot und ließen ungestüm das Gelb wieder aufflackern. Die Lichtreflexe verlangsamten das Fließen der Zeit. In den Winkeln nisteten sich sonderbare Formen ein, und der Geruch der riesigen Küchenschaben drang durch die Türspalten. Eine zähe Feuchtigkeit klebte an den Wänden und an den Bettüchern. Man hörte die faulenden Blätter draußen von den Bäumen fallen. Die herumschwirrenden Insekten verursachten ein beklemmendes Geräusch. Die tropische Nacht wurde durch Tausende von kleinen Raubtieren verschlungen und auf allen Seiten durchlöchert; das Ehepaar hörte stumm zu.
„Ich habe Angst! Der arme Bursche! Er ist ein so guter Mensch!"
„Warum sagst du nicht, er war ein so guter Mensch?" erwiderte Don Joaquin heftig.
„Ja, er war ein so guter Mensch!"
Um elf Uhr nachts ungefähr folgte der Unruhe, die noch vor einer Stunde geherrscht hatte, eine ungewöhnliche Stille. Vielleicht war das alles durch die Furcht bedingt, die der General ihnen einflößte. Vielleicht war er nicht so schrecklich, wie sie sich ihn vorstellten, und vielleicht konnte alles seine gerechte Lösung finden? Ordnungsgemäß zeigten die Uhren die Minuten, und die Nacht begann, in gewohnter Schnelligkeit abzulaufen. Die Geräusche, die Schatten durchlöchert hatten, waren abgeflaut, und die Intensität der Gerüche löste sich in weichen Düften auf. Das Ehepaar

legte sich ins Bett und horchte auf die zwölf Glockenschläge.
„Gott hat uns erhört!“ sagten sie.
Felipe Hurtado wartete im Dunkeln. Doña Matilde versuchte, sich ihn vorzustellen: allein in der finstren Nacht.
„Er ist ein Mann! Er wollte sie nicht im Stich lassen und zog es vor, dasselbe Schicksal zu erleiden wie sie!“ sagte Don Joaquin. „Woran er jetzt wohl denkt? Betrachtet er gerade in seinem Zimmer die Spuren, die Julia zurückgelassen hat? Vielleicht weint er um sie?“
„Glaubst du, er liebt sie mehr als der General?“ fragte die Frau.
„Ich weiß nicht. Du hast sie beisammen gesehen. Was denkst du?“
Doña Matilde wußte nichts darauf zu sagen, und die beiden schwiegen, über ihre plötzliche Neugierde beschämt. Sie verletzten das Vertrauen ihres Freundes. Das Geheimnis seiner Liebe mußte im Verborgenen bleiben.
Ein leichter Schlaf umnebelte ihnen den Blick, und beide schliefen sanft ein.
Nach ein Uhr morgens hörte man plötzlich die Militärmusik spielen. Sie zog nicht durch die Stadt, sondern kam geradewegs die Poststraße herunter, auf das Haus von Don Joaquin Melendez zu
Doña Matilde wachte erschrocken auf und rief: „Sie kommen schon!“
Ihr Gatte antwortete nicht. Kalter Schweiß lief ihm den Nacken hinunter. Er schloß die Augen und wartete.
Die Nachbarn spähten durch die Spalten der Jalousien. Der General kam hoch zu Roß geritten. Die auf dem Pflaster tänzelnden Hufe seines Pferdes waren trotz der lauten Klänge der Musik zu hören. Weitere Reiter folgten nach. Man hörte vereinzelte Stimmen. Vor dem Fenstergitter von Doña Matildes Zimmer wurde angehalten. Jemand rief ihren Gatten bei seinem vollen Namen und klopfte kräftig an die Fensterläden.

„Don Joaquin Melendez, öffnen Sie einem Christen!"
Das war die Stimme des Generals Francisco Rosas. Die Señora war durch den Schreck gelähmt. Ihr Mann sprang aus dem Bett und lief kopflos im Zimmer umher. Er hatte den Reitertrupp und die Musik gehört. In der absurden Hoffnung, dies alles sei ein Irrtum und die Männer hätten sich im Haus geirrt, brachte er kein einziges Wort hervor. Drinnen bellten die Hunde und jagten wie rasend im Korridor umher. Man klopfte weiter; die Fenster klirrten laut. In ganz Ixtepec hörte man die Stimme: „Öffnen Sie, Don Joaquin!"
Joaquin ging auf den Balkon zu. Seine Frau versuchte, ihn zurückzuhalten, aber er wehrte sie heftig ab.
„Du wirst die erste Kugel abbekommen!"
„Ich komme schon, General! Was führt Sie zu dieser Stunde hierher?" Don Joaquin öffnete entschlossen die Fensterläden. „Ich bin Ihnen sehr dankbar für die Musik, General", fügte er hinzu, strengte sich an, höflich zu erscheinen, und suchte mit angsterfüllten Augen das Gesicht des Generals in der Dunkelheit.
Francisco Rosas klammerte sich, ohne von seinem Pferd abzusteigen, an die Eisenstäbe des Balkongitters.
„Sie sehen ja, Señor Melendez, ich suche hier ein Kaninchen!"
Don Joaquin fing zu lachen an.
„Aber General! Es wird bei soviel Trompetenlärm doch nicht zwischen den Gebüschen entwischen!"
Der General hielt die Eisenstäbe fest und schwankte, als würde er niederstürzen. Er war betrunken. Das war ein Hoffnungsschimmer!
„Und um welches Kaninchen handelt es sich, mein General?"
Francisco Rosas blickte ihn verächtlich an und richtete sich kraftvoll auf seinem Pferd auf.
„Um ein sehr bekanntes, das sich in Ihrem ehrenwerten Haus versteckt hat."

„Donnerwetter! Matilde, bring die Kognakflasche her, der General und ich wollen einen Schluck tun!"
Don Joaquin wollte ihn ablenken; er dachte, eine freundliche Haltung würde den General entwaffnen. Der klammerte sich wieder an die Eisenstäbe und neigte den Kopf. Er schien sehr müde und hätte lieber geweint.
„Corona, reich mir den Hennessy!"
Auf seinem Pferd, die Flasche in der Hand, tauchte der Oberst in der Dunkelheit auf.
Rosas nahm die Flasche, die ihm sein Adjutant hinhielt und schüttete sich einen Schluck hinunter; dann überreichte er sie Don Joaquin.
„Burschen, spielt ‚Die frohen Morgenstunden', um einen Hahnrei aufzuwecken!" Die Militärmusik führte den Befehl des Generals aus.

Das sind die frohen Morgenstunden
Die König David besang,
In denen alle hübschen Mädchen
Erwachen bei Sang und Klang!

Rosas lauschte aufmerksam der Musik, ohne auf Joaquin zu achten.
„Gesundheit, Herr General!" schrie dieser laut.
„Auf Ihre Gesundheit!" entgegnete der General. Er nahm die Flasche aus den Händen des Señor Melendez und trank wieder.
„Ziehen Sie sich an! Wir werden zusammen spazierengehen und dieses Kaninchen abknallen!" befahl er plötzlich.
„Aber mein General, warum plaudern wir nicht ein Weilchen?"
„Ziehen Sie sich an!" wiederholte der General mit glasigen Augen.
Don Joaquin ging bange in sein Zimmer zurück und begann, sich anzuziehen. Doña Matilde ließ sich in einen Stuhl fallen und schaute ihn ängstlich an. Im Korridor beteten die Dienstmägde mit lauten Stimmen: „Gebene-

deite Seele! Hilf uns, Heilige Maria!“ Sie wagten nicht, die Öllampen anzuzünden, im Dunkeln hörte man die Seufzer und das Weinen. Die Seifensieder, die in den Räumen des Wirtschaftshofes ihre Schlafstätte hatten, standen im „Garten der Farnpflanzen“ beisammen.
„Seit vielen Stunden ist das Haus von Soldaten umzingelt!“ meldeten sie eingeschüchtert.
Nur im Zimmer von Felipe Hurtado blieb es still. Er schien seltsam unbeteiligt an dem, was im Hause vorging.
Auf der Straße erschollen wieder die Schreie und die Musik. Man hörte erneut die Stimme des Generals:
„Sagen Sie ihm, er soll sich anziehen. Ich mag ihn nicht nackt abknallen!“
„Das Kaninchen wird einen Namen haben?“ erwiderte Don Joaquin kühl, um ihn zu veranlassen, den Namen seines Rivalen auszusprechen.
„He du, Jeronimo! Wie, sagst du, heißt er?“ rief der General einem seiner Adjutanten zu.
„Felipe Hurtado, General“, antwortete dieser eilfertig vom gegenüberliegenden Gehsteig her und ritt zu Rosas.
Don Joaquin steckte sich eine Pistole in den Gürtel und erschien am Fenster.
„Noch einen Schluck, General?“
„Warum nicht?“ willigte Rosas ein und führte die Flasche an seine Lippen, dann reichte er sie Don Joaquin zurück.
Doña Matilde ging zum Gartenhaus und klopfte an die Türe. Hurtado machte auf. In der Dunkelheit erahnte man seine traurigen Augen. Vor ihm stand eine alte Frau, die zu weinen begann: „Sie sehen ja, mein Sohn, man sucht Sie...!“
Der Fremde verschwand in seinem Zimmer, um mit der Reisetasche in der Hand wieder zu erscheinen. Man hörte die tiefe Stimme des Generals von der Straße her.
„Hören Sie, Don Joaquin, ich will ihn nicht in Ihrem Haus töten!“
Felipe Hurtado umarmte die Frau.

„Leben Sie wohl, Doña Matilde, und vielen Dank. Entschuldigen Sie die vielen Belästigungen wegen eines Gastes, von dem Sie nicht einmal wissen, wer er ist."
In der Mitte des Korridors blieb er stehen: „Sagen Sie Nicolas, er soll das Theaterstück aufführen!"
Mit feuchten Augen sahen ihn die Bedienten weggehen. Sie standen halb angezogen mit zerzaustem Haar und verängstigten Gesichtern da: „Niemals würden sie sich verzeihen, über ihn schlecht gesprochen und ihn mit Widerwillen bedient zu haben!" Ganz Ixtepec war wie sie verzweifelt über das Geschick eines Fremden, der uns genauso unbekannt verließ, wie er gekommen war. Und es stimmte! Wir wußten nicht, wer dieser junge Mann war, der mit dem Zug aus Mexiko zu uns gekommen war. Erst jetzt fiel uns ein, daß wir ihn nie gefragt hatten, aus welchem Land er kam und was ihn hierhergeführt hatte. Nun war es aber zu spät. Mitten in der Nacht ging er von uns. Francisco Rosas ließ sein Pferd auf der Straße frei herumlaufen. Ein Soldat führte ein anderes am Zügel herbei: es war für Don Joaquin bestimmt. Hurtado sollte zwischen zwei Berittenen abgeführt werden. Die Kapelle spielte immer noch. Die Nacht wartete auf ihr Opfer. Der Fremde verabschiedete sich von den Bedienten, er gab jedem die Hand. Sie sahen zu Boden und ließen ihren Tränen freien Lauf.
„Los, lassen wir den General nicht warten!" schrie er Joaquin zu.
Francisco Rosas gab vor dem Hauseingang seinem Pferd die Sporen und galoppierte davon. Die anderen folgten im leichten Trab. Die pausenlos spielende Militärmusik zog hinterher.
Don Joaquin versuchte Hurtado zurückzuhalten.
„Er tötet uns alle!" jammerte der Alte. Der Fremde sah ihn mit jenem Blick voll von seltsamen Landschaften an. Dann ging der junge Mann zur Tür, hob die Riegel auf, schob die Querbalken beiseite, öffnete sie und ging hinaus.

Don Joaquin schickte sich an, ihm zu folgen; doch dann geschah etwas, was mir noch nie widerfahren war: die Zeit blieb plötzlich stehen. Ich bin nicht sicher, ob sie stehen blieb oder entschwand und ob uns plötzlich ein Schlaf befiel: ein Schlaf, wie er mich niemals zuvor heimgesucht hatte. Auch die vollkommene Stille stellte sich ein. Man hörte nicht einmal den Pulsschlag meiner Einwohner. Ich weiß tatsächlich nicht, was geschah. Ich verblieb außerhalb der Zeit, an einem Ort ohne Wind, ohne Blätterrauschen, ohne Seufzer; an einem Ort, wo die Grillen in der Gebärde des Zirpens regungslos verharren, ohne je gezirpt zu haben; wo der Staub in seinem Flug erstirbt; und wo die Rosen starr unter einem kristallenen Himmel stehen. Dort war ich. Dort waren wir alle: Don Joaquin bei der Eingangstür mit erhobener Hand, als machte er immer diese verzweifelte und herausfordernde Bewegung; seine Bedienten in der Nähe, mit Tränen auf den Wangen; Doña Matilde, die sich gerade bekreuzigte; der General, den „Nordländer" reitend, und der „Nordländer" aufgebäumt, die Vorderbeine in der Luft und mit den Augen einer anderen Welt schauend, was in dieser sich ereignete; die spielbereiten Trommeln und Blasinstrumente; Justo Corona mit der Peitsche in der Hand, den Hut auf die Seite geschoben; Pando in seiner fast leeren Kneipe, über einen Gast gebeugt, der Silbergeld einsteckte. Die Montufars hinter den Jalousien mit angstverstörten Gesichtern, und desgleichen die Moncadas, die Pastranas, die Olveras und wie sie alle hießen.

Ein Maultiertreiber kam in die Stadt. Er erzählte, daß es auf dem Land schon dämmerte, aber als er zur Straßensperre von Cocula kam, war dort noch stockdunkle Nacht. Er erschrak, als er sah, daß nur in Ixtepec die Nacht noch dauerte. An ihren Rändern der Morgen ließ sie noch schwärzer erscheinen. In seiner Angst wußte er nicht, ob er diese Grenze zwischen Licht und Schatten überschreiten sollte. Er überlegte. Da sah er einen Reiter mit einer Frau

in einem rosa Kleid vorbeijagen. Er war dunkel gekleidet. Mit der einen Hand hielt er sie, mit der anderen die Zügel des Pferdes. Die Frau lachte. Der Maultiertreiber wünschte ihnen guten Tag.
„Gute Nacht!" schrie Julia.
An dem rosa Kleid, an dem Lachen, an der um ihren Hals geschlungenen Perlenkette erkannten wir, daß sie es war.
Sie kamen geritten aus der Nacht und verloren sich auf dem Weg nach Cocula im lichten Rosenschimmer des anbrechenden Tages. Der Maultiertreiber zog in die Stadt und schilderte uns, wie ganz Ixtepec in der nächtlichen Dunkelheit, mit den regungslosen Menschen in den Straßen und auf den Balkonen, schlief.
„Es war ein schwarzes Meer, von der Morgendämmerung über der Landschaft umsäumt", sagte er.
Von den Liebenden hörten wir nie wieder.

Zweiter Teil

I

Das Verschwinden von Julia Andrade und Felipe Hurtado machte uns schweigsam. Niemand sprach ihre Namen aus; wir sagten uns kaum guten Tag.

Julia fehlte uns. Die abendlichen Platzkonzerte wurden ohne den Glanz ihrer Kleider dunkel; der Schimmer ihrer goldenen Halsketten spielte nicht mehr in den Bäumen. Ihr Pferd „Cascabel“ streckte der General mit einigen Schüssen nieder; nichts blieb uns von ihrer Schönheit. „Was für ein Leben! Besser, es würde enden!“ Durch fremde Tage gingen wir.

Wir mußten auch Felipe Hurtado vergessen und die Spur seiner Schritte durch Ixtepec tilgen; nur so, dachten wir, könnten wir ein größeres Mißgeschick vermeiden. „Dieser Mann war ein Magier!“ sagte sich Don Pepe Ocampo, trug seinen Sessel zum Portal und schaute übelgelaunt von dort auf die Passanten und den abendlichen Platz.

„Geht mir aus den Augen!“ rief er grollend den wenigen Leuten zu, die sich ihm von Zeit zu Zeit näherten. Was sollte er ihnen denn sagen? Daß Rosa und Rafaela nicht mehr sangen? Daß Luisa und Antonia auch verstummt waren? Daß diese vier Frauen mit ihren alltäglichen Namen es vermieden, mit Francisco Rosas zusammenzutreffen? Die Belanglosigkeit ihrer Geheimnisse ärgerte ihn. Schweigend rekonstruierte er den mit dem Fremden verbrachten Nachmittag. Als er sich an die Worte Felipe Hurtados nicht erinnern konnte, bildete er sich ein, dieser hätte ihn hypnotisiert. Das einzige Geheimnis, mit dem er, ein Hotelbesitzer aus dem Süden, wo es nur Staub und Gäste der niedrigsten Kategorie gab, in Berührung kam, war ihm entgangen! Wenn er nur daran dachte, daß sie so lange in seinem Hotel gewohnt hatte und er ihr nie auch nur ein Wort entlocken konnte!

Und nach und nach erinnerte er sich an die Gesten Julias und an ihr Lächeln. „Hier ist ein Wunder geschehen und ich habe es nicht gesehen!" Vor seinen Augen verstrichen die Tage einer wie der andere.
„Es ist besser, Matilde nun eine Zeitlang nicht zu besuchen. Glaubst du nicht?"
„Ja, Mama", antwortete Conchita betrübt. Das Gartenhaus und der Arkadengang Doña Matildes zogen niemanden mehr an. Die Theaterproben und die Plaudereien hatten aufgehört. Niemals mehr würden sich jene Nächte wiederholen.
„Das Unglück wird sie treffen. Glaub doch nicht, daß Rosas ihnen die Sache mit Hurtado verzeiht!"
Doña Elvira sah aus dem dunklen Zimmer zum Fenster hinaus und schaute sehnsüchtig auf die heruntergelassenen Jalousien der Melendez. Doña Matilde schloß das Gartenhaus ab. Sie und ihr Gatte zogen sich ganz in ihr Haus zurück. Nur ihr Bruder Martin kam sie manchmal besuchen.
Man sagte, daß Don Joaquin sehr krank wäre, aber niemand kam, um sich nach seinem Befinden zu erkundigen. Seine Neffen bewahrten die halbfertigen Theaterkostüme auf und ritten eines Morgens, ohne sich zu verabschieden, nach Tetela. Eine lange Zeit verstrich, bevor Nicolas und Juan wieder nach Ixtepec kamen.
Francisco Rosas schweifte ohne Ziel durch die Stadt. In der Morgendämmerung hörten die Leute ihn seine Stiefel über das Pflaster der Straßen schleifen. Seine wankenden Schritte zerschellten an seinen Tagen. Am Morgen bemerkten die Dienstmädchen:
„Habt ihr ihn heute Nacht gehört? Er ist ins Bordell gegangen!"
Luchi fürchtete seine Anwesenheit. Er kam mit finsterer Miene, ließ sich in einen Stuhl fallen und wartete, mit einem Glas Kognak in der Hand, auf das Ende der Nacht. Er hatte Angst, in sein Zimmer im Hotel Jardin zurückzukehren, wo er das Echo der Stimme und die Spur des

Körpers von Julia vorzufinden glaubte. Jede Bemerkung, die auf die Zeit vor dem Erscheinen Felipe Hurtados anspielte, machte ihn argwöhnisch; dann ließ er mit einem Faustschlag auf den Tisch die Gläser hüpfen.
Die Anwesenheit des Herrn Präsidenten war ihm unbequem. Das Lächeln und die beobachtenden Augen des Verrückten störten ihn.
Der Hauptmann Flores versuchte, Juan Cariño freundlich zu überreden:
„Ziehen Sie sich zurück, Herr Präsident! Sie sollten nicht so lange aufbleiben."
„Der junge Herr General darf nicht so schreien. Er bringt mir keinen Respekt entgegen, und ich kann mir nicht anders helfen, als ihn seines Amtes zu entheben. Herr General, melden Sie sich am Morgen in meinem Büro. Ihr Benehmen läßt viel zu wünschen übrig." Und Juan Cariño verließ würdevoll den Salon. Die Adjutanten standen um Rosas herum und gaben sich Mühe, fröhlich zu wirken. Ein ständiges „Herr General! Herr General!" kam eifrig über ihre Lippen. Rosas schwieg, schaute sie gleichgültig an und hing seinen Gedanken nach.
„Sicherlich hat ihm Julia nicht den Lindenblütentee gegeben und ihn damit für immer unglücklich gemacht! Wenn er nur nicht einmal so endet wie Juan Urquizo!" dachte Gregoria jedesmal, wenn sie in den Höfen des Hotel Jardin an ihm vorbeiging und sich an die Nacht, in der sie Julia behandelt und ihn vor Kummer weinen gesehen hatte, erinnerte.
Die Zeit verging. Nichts tröstete uns über den Verlust Julias. In unserer Erinnerung wuchs ihre Schönheit. Welche Landschaften würden ihre Augen, die uns nicht mehr sahen, nun schauen? Welche Ohren würden ihr Lachen hören? Welche Straßen den Klang ihrer Schritte ertönen lassen? In welcher anderen Nacht erglänzte nun ihr Kleid? Wir suchten sie wie Francisco Rosas und ließen sie in unserer Phantasie umherschweifen. Vielleicht sah sie auf dem Platz

unter den Tamarinden ihre verlassene Bank und hörte die Militärkapelle Märsche für sie spielen? Oder vielleicht verbarg sie sich zwischen den Mandelbäumen des Vorhofes und lächelte, wenn sie sah, wie die Frauen die Kirche betraten und beim Herauskommen ihre ausgeschnittenen Kleider kokett zur Schau trugen. Diejenigen, die Reisen unternahmen, kamen immer mit Nachrichten über sie zurück. Einer hatte sie gesehen, wie sie durch Mexiko spazierte. Sie ging am Arm Hurtados und lachte wie in jenen Nächten, als Francisco Rosas mit ihr nach Las Cañas geritten war.

Ein anderer wollte ihr leuchtendes Kleid auf der Messe von Tenango gesehen haben, aber als er sich ihr näherte, um sie zu grüßen, verbarg sie sich vor ihm.

„Sicherlich aus Furcht, ich könnte dem General ihren Aufenthalt melden!"

Andere glaubten, Julia wäre tot und hörten des Nachts ihr Gelächter gespenstisch durch die Straßen hallen.

„Heute nacht hörten wir ihr Lachen die Poststraße hinauf- und hinunterklingen, bis es durch die Türspalte der Melendez schlüpfte, weil es sich nach dem Gartenhaus sehnte; dort verbrachte sie mit Hurtado die Nacht und lachte über den wegen ihr so unglücklichen Rosas." Und wir sahen auf den General und dachten, daß Hurtado mächtiger wäre als er. Francisco Rosas fühlte, daß wir ihn beobachteten und entfernte sich wie ein Tiger, bevor er zum Sprung ansetzt.

„Armer Mann!"

Ana Moncada ließ ihre Stickerei sinken, um durch die Tüllvorhänge nach Francisco Rosas zu spähen. Er ging nun mit offenem Waffenrock und gesenktem Blick durch die Straßen.

„Schau ihn dir an, Isabel! Dort geht er! Er bestraft sich selbst!"

Das Mädchen ging zum Balkon und sah über die Schulter ihrer Mutter die hohe Gestalt des Generals, wie er, stand-

haft in seinem Unglück, durch die Poststraße in die Kneipe ging, um sich zu betrinken.
„Der Ärmste!"
Isabel nahm ihren Platz wieder ein und blickte vorwurfsvoll auf die gleichgültige Miene ihrer Mutter. „Ich weiß, es ist gerecht, daß er seine Sünden büßt!" Seit der Nacht, in der Julia und Hurtado verschwanden, ging Isabel im Korridor und im Zimmer ihres Hauses umher und trat auf schlüpfrige Schatten, die sie zwangen, sich von Sessel zu Sessel niederfallen zu lassen. Sie wollte ihren Onkel und ihre Tante nicht besuchen, weil sie fürchtete, im Garten auf die unsichtbare Anwesenheit des Fremden zu treffen. Auch das Gartenhaus wollte sie nicht sehen, in dem die Theaterdekoration schnell alterte. Die Überreste dieser Welt, die magisch in der Regennacht aufgetaucht war und verschwand, als Rosas sich einstellte, um seinen Rivalen zu fordern, warfen auch sie in eine staubige Ecke.
„Wenn ihre Brüder bei ihr wären, würde ihr Leben erträglich sein! Sie wäre dann nicht gezwungen zu reden. Es genügte der Anfang eines Satzes.
„Nico, ich bin sehr traurig!"
Und hinter jenen Worten erriet Nicolas den Schiffbruch ihrer Träume. Ihren Eltern gegenüber mußte sie Rechenschaft ablegen, Erklärungen abgeben, die niemals genügten. Ihre Ratschläge erleichterten sie nicht. Sie hatten sich an die Häßlichkeit gewöhnt und eine unwirkliche Welt, die sie, Juan und Nicolas seit der Kindheit suchten, hinter den Erscheinungen dieser Welt erfunden.
Abends im Salon sprach Isabel kein einziges Wort. Sie sah, wie Felix die Uhren anhielt, und diese trügerische Geste, um der täglichen Zeit zu entfliehen, flößte ihr Mitleid mit ihrem Vater ein, der in einem Lehnstuhl saß und Zeitungen las. Ihre Mutter arbeitete gewöhnlich neben der Lampe an ihrer Stickerei und unterbrach ihre Arbeit von Zeit zu Zeit, um kleine Schlucke Kaffee zu nehmen, den Felix servierte.

„Die Politiker zeigen keine Schwächen!“
„Keine Schwächen?“
„Ja. Wie würden sie sonst wagen, sich als unentbehrlich anzusehen.“
Isabel lächelte. Nur ihre Mutter konnte sagen, daß Calles keine Schwächen zeigte, wenn er alle, die sich seinem Verbleiben an der Macht entgegenstellten, erschießen ließ.
„Das ist schlimmer als Schwäche!“
Und Martin Moncada setzte die Lektüre der Tageszeitung fort. In jenen Tagen nahm eine neue politische Misere ihren Anfang. Zwischen der Regierung und der Kirche waren entgegengesetzte Interessen vorhanden; die Beziehungen dieser beiden Machtgruppen waren zum Zerreißen gespannt. Man war im Begriff, sich in einen Kampf zu stürzen, der den beiderseitigen Vorteil bot, das Volk von der Landaufteilung, dem einzigen Problem, das es zu verschleiern galt, abzulenken.
Die Zeitungen schrieben vom „christlichen Glauben“ und von „revolutionären Rechten“. Die katholischen Anhänger des Präsidenten Porfirio und die atheistischen Revolutionäre schaufelten der Agrarreform gemeinsam das Grab. Vor weniger als zehn Jahren hatten diese beiden Gruppen die Ermordung von Emiliano Zapata, von Francisco Villa und von Felipe Angeles beschlossen. Die Indios behielten diese revolutionären Führer in lebendiger Erinnerung. Die Regierung erfand nur einen Vorwand, um noch mehr unzufriedene Bauern liquidieren zu können:
„Die Kirchenverfolgung!“
Martin Moncada las die Nachricht in der Zeitung und blieb mit gesenktem Kopf sitzen. Das durch das Elend gepeinigte Volk würde für die Kirche zu kämpfen beginnen. Die Bauern und die Landpfarrer mußten sich auf einen schrecklichen Tod gefaßt machen!
„Das ist traurig!“
Und der Vater von Isabel warf aufgebracht die Zeitung

weg, die vom Fortschritt in Mexiko schrieb. Ihre Aufgabe war es, Verwirrung zu säen, und das gelang ihr.
„Was sagst du dazu?" fragte Doña Ana ihre Tochter und hoffte, ein Gespräch würde sie aus ihrer Betäubung erwachen lassen. Isabel gab keine Antwort. Müde und zerstreut hörte sie die Neuigkeiten. Was konnte es ihr, die sich schon so elend fühlte, noch ausmachen, daß weiteres Unglück drohte? Apathisch wünschte sie gute Nacht.
„Papa, wann kommen meine Brüder?" fragte sie von der Türe her.
„Laß sie dort, wo sie sind!" antwortete ihre Mutter ungeduldig. Isabel interessierte nichts; sie dachte nur an sich selbst.
„Ich fühle mich sehr einsam", sagte sie vorwurfsvoll.
Martin blickte sie beunruhigt an. Der ständige Mißmut seiner Tochter bereitete ihm Sorgen.
Isabel betrat verzagt ihr Zimmer, stellte das Licht auf den Nachttisch und entkleidete sich in der Stille. Sie würde immer einsam sein. Das Gesicht, das in ihren Träumen auftauchte, war ein Gesicht, das sie nie geschaut hatte. Traurig schloß sie den Kleiderschrank und die Kommode; dann zählte sie die Silben des letzten Satzes ihrer Mutter: „Laß sie dort, wo sie sind!" Sechs Silben! – Mit sechs Stelzschritten versuchte sie dann, zu ihrem Bett zu gelangen. Die letzte Strecke überquerte sie mit einem Sprung, fiel ins Bett und verwickelte sich dabei in den Schleier des Mosquitonetzes. So glaubte sie sich vor dunklem Mißgeschick, das ihr in der Zukunft auflauerte, zu schützen. In demselben Raum hatte sie viele Jahre hindurch mit ihren Brüdern geschlafen. Als diese größer wurden, gab ihnen ihre Mutter ein anderes Zimmer. Nun, da Isabel allein war, fühlte sie Angst, wie damals, als sie noch ein Kind war, und schlüpfte unter das Mosquitonetz, das wie ein Gespenst in einem nächtlich dunklen Meer wehte. Die brennende Öllampe war der einzige Leuchtturm. Sie erinnerte sich, wie sie als Kind nach Nicolas rief:

„Nico!“
Ihre Stimme klang durch den Raum und schweifte im Dunkel der vom Licht der Öllampe unberührten Ecken.
„Hast du Angst, Isabel?“
Die Stimme ihres Bruders klang beschützend aus dem benachbarten Bett.
„Wegen der Kerzen! Glaubst du, daß mein kleines Leben schon zu Ende geht?“
Eine Geschichte, die Dorotea erzählt hatte, beschäftigte die Phantasie der Kinder. Erschrocken sahen sie sich in dem unterirdischen Gewölbe, in dem die Leben der Menschen aufbewahrt werden. Millionen Kerzen von verschiedener Größe brannten dort. Einige waren nur mehr funkensprühende Dochte. Die schwarze Frau, die zwischen ihnen umherging, brachte von Zeit zu Zeit einige von ihnen mit einem Hauch zum Verlöschen. Dann starben auf der Erde die Menschen, denen diese Kerzen gehörten. Nicolas bemerkte mit verzagter Stimme:
„Deine Kerze ist genauso groß wie meine!“
Doña Ana betrat das Zimmer.
„Laßt euren Bruder schlafen!“
Sie schob den Betthimmel von Nicolas beiseite, beugte sich über ihn und gab ihm einen Kuß, dann ging sie zu Isabel, die ihre Zärtlichkeit abwehrte, und dann zu Juan.
„Träumt mit den Engeln!“
Ihre Stimme klang fremd. Sie ging einige Schritte durch das Zimmer, beugte sich über die Lampe und blies sie aus. Die drei Kinder blieben allein in ihren Schiffen mit Kurs auf die Nacht.
„Nicolas, ich liebe meine Mutter nicht!“
„Ich weiß schon, du liebst sie nie in der Nacht“, antwortete das Kind.
„Wann werden meine Brüder zurückkehren?“ Durch den Kopf von Isabel Moncada kreuzten düstere Gedanken, die die Nacht noch schwärzer machten.
„Verstehst du etwas von dem, was in Mexico vorgeht?

Was wollen diese Leute von der Regierung?"
„Ich weiß nicht, Mama", antwortete Conchita, die an Nicolas Moncada dachte und an ihre innerhalb der Wände ihres Hauses verschwendeten Tage.
„Siehst du, niemand versteht es!"
Doña Elvira warf die Zeitung auf den Boden und schaukelte ungeduldig in ihrem Stuhl. Was konnte sie anderes tun? Es gab einen fremden Willen, der ihr die kleinen alltäglichen Freuden, eine nach der anderen, zerstörte. „Die Justinos hören nie auf", sagte sie und taufte ohne jegliche Gewissensbisse die Tyrannen mit dem Namen ihres verstorbenen Mannes.
Sie wollte nichts als ihre Kanarienvögel singen hören, die Festtage einhalten, in die Welt ihres Spiegels schauen und mit ihren Freunden plaudern. Und das wurde ihr unmöglich gemacht. Ferne Feinde verwandelten alle unschuldigen Handlungen in Verbrechen. Niemals würden die ruhigen Tage und die Festtage wiederkehren; erzürnt schaute sie auf die zu Boden geworfenen Zeitungen.
„Ines, heb die Zeitung auf! Dieser Salon sieht aus wie ein Abort!"
Ines trat geräuschlos ein. Mit ihrem violetten Kleid und ihren schwarzen Zöpfen wirkte sie phlegmatisch. Sie bückte sich und reichte der Señora die Zeitungen. Doña Elvira suchte neugierig die Bilder.
„Was für ein kleines Gesicht! Was für ein kleines Gesicht! Sehr ihr? Es lächelt niemals! Es kann nur Todesurteile aussprechen!"
Ines und Conchita beugten sich über ihre Schultern vor, um das Gesicht des Diktators, das in den Zeitungen mehrere Male abgebildet war, zu betrachten.
„Was kann man von einem Mann wie Calles erwarten? Und was sagt ihr zu diesem Einarmigen?" fügte sie hinzu und zeigte auf das rundliche Gesicht von Alvaro Obregon.
„Sie werden ein schlimmes Ende nehmen", sagte Ines überzeugt.

„Aber vorher werden wir noch schlimmere Tage erleben!“
„Wenn sie auch schlimm sind, sie werden enden!“ sagte Ines mit Nachdruck.
Kurze Zeit darauf bereitete uns der Tod von Alvaro Obregon, der bei einem üppigen Bankett plötzlich über seinem gehäuften Teller zusammengebrochen war, eine große Freude.

II

Der Abend sank hernieder. Die Schreie der Zeitungsverkäufer verkündeten das Verbot der Gottesdienste; sie hallten durch die Straßen, drangen in die Häuser und brachten das Volk in Bewegung. Die Leute kamen heraus, standen in Gruppen zusammen und begaben sich zum Vorhof der Kirche.
„Sie müssen uns unsere Heiligen lassen! Das wollen wir sehen!“
Im violetten Licht des Abends wuchs die Menge an.
„Sie können uns die Heilige Mutter nicht rauben!“
Die Armen standen barfuß, mit ihren durch die Steine abgehärteten Füßen, und ohne Kopfbedeckung unter den Mandelbäumen und machten mit leisen Stimmen ihrem Zorn Luft.
„Heilige Jungfrau von Guadalupe, hilf uns, diese Hurensöhne zu vernichten!“
Von Zeit zu Zeit hörte man Schreie; dann war es wieder still. Während des Wartens rauchten die Männer billige Zigaretten, und die Frauen kümmerten sich um ihre Kinder. Worauf warteten wir eigentlich? Ich weiß es nicht. Ich weiß nur, daß meine Erinnerung immer ein endloses Warten ist. Die Vornehmen von Ixtepec, Damen und Herren, kamen und mischten sich unter die Indios, wie wenn sie zum erstenmal gemeinsam ein Übel bedrängte.
„Was geht vor?“ Diese Frage lag allen auf den Lippen.
Gegen sieben Uhr abends erschienen die ersten Soldaten;

sie trugen das Gewehr mit aufgepflanztem Bajonett umgehängt und nahmen gleichgültig ihre Posten ein, um den in den Vorhof Eingedrungenen einen möglichen Rückzug abzusperren. Ein Murmeln breitete sich aus. Die Soldaten hörten die Wogen des Grolls gegen sie branden, rührten sich aber nicht von der Stelle. Die heißen Schatten der Nacht sanken von den Wipfeln der Mandelbäume auf die Erde.

Don Roque, der Mesner, bahnte sich einen Weg durch die Menge. Sein schwarzer Anzug war grau vor Staub; die Haare hingen ihm wirr ins Gesicht.

„Geht in eure Häuser zurück!"

Die Menge stellte sich taub; im Vorhof loderten Feuer auf, wurden Wachskerzen angezündet und Gebete gemurmelt. Bei Anbruch der Dämmerung trafen die Bewohner der umliegenden Dörfer ein, und die Menge wuchs an; eine große Staubwolke wurde aufgewirbelt und vermischte sich mit den Fragen, dem Rauch des Feuers, den „Esel Hü!"-Rufen und den Gerüchen der unter freiem Himmel zubereiteten Speisen. Betrunkene schliefen im Staub hingestreckt; Frauen, in ihre Umschlagtücher gehüllt, ruhten regungslos.

Jahre sind vergangen, und jene große Nacht, in der wir die Kirche bewachten, taucht unvermutet in meiner Erinnerung auf wie das klare Licht eines Johanneswürmchens; und wie ein Johanniswürmchen entschwindet sie mir auch.

Goldgelbe Strahlen kündigten den Tag an; das Licht stieg am Himmel hoch, und wir harrten weiter im Vorhof aus. Wir waren schläfrig und durstig, aber wir wollten die Kirche nicht in den Händen der Soldaten zurücklassen. Was sollten wir tun ohne sie? Ohne ihre Feste, ohne ihre Heiligenbilder, die geduldig unsere Klagen anhörten.

Wozu wollten sie uns verurteilen? Wer die trockene Erde bearbeitet, leidet schon unter Steinen. Sollten wir nach einem elenden Leben ohne Klagelaut wie Straßenhunde krepieren?

„Es ist besser, im Kampf zu sterben!" schrie ein Mann und warf seinen Hut in die Luft. Die anderen beantworteten seinen Schrei mit langgezogenen Klagelauten, zu denen sich weitere Stimmen von Ixtepec mit dem Aufschrei „Hurensöhne!" gesellten.
Verkäufer von frischem Wasser und duftenden Koriandergebäck schwärmten um die Kirche. Die Soldaten, immer auf ihren Posten, schielten mit einem Auge begehrlich auf die der militärischen Disziplin unerreichbaren Leckerbissen. Don Roque kündigte an, daß vor Einstellung der Gottesdienste der Herr Pfarrer denen, die es verlangten, den Segen erteilen und die Unschuldigen, die das Sakrament nicht empfangen hatten, taufen würde. Die Worte des Mesners klangen feierlich; die Leute schwiegen. Padre Beltran erschien am Kirchentor. Menschenschlangen bildeten sich. Die Gläubigen rutschten geduldig auf den Knien bis zu dem Priester vor. Auch der Tag rückte langsam vor. Es regnete Staub, und die Sonne stach heiß auf die Köpfe. Der Padre amtierte in seiner Soutane, die eine aschgraue Farbe angenommen hatte. Für seine dreißig Jahre sah er darin sehr alt aus. „Oh, wenn Gott ihn hören wollte und ein wenig Leid von den Schultern dieser Unglücklichen nehmen würde!" Er fühlte, daß er in diesen Augenblicken die unzähligen Tage lebte, die er nicht leben sollte. Charito, mit der blauen Schärpe der „Töchter Marias" über der Brust, schrie: „Das Blut der Märtyrer wird fließen!" Ihr Schrei vermischte sich mit den Rufen der Verkäufer. Der Padre ließ sich nicht ablenken. Aufrecht stehend, von unbekannten Kräften erfüllt, sah er den Tag vorrücken und wich nicht von der Kirchentür. Als es dunkelte, kam von der Militärkommandantur der Befehl, die Kirche bis zwölf Uhr nachts zu räumen. Vier Stunden verblieben uns, Abschied zu nehmen von einem Ort, der uns schon als Kinder liebreich aufgenommen hatte. Alle fingen an zu drängen; alle wollten zum letztenmal die Kirche betreten. Der

Padre war bleich geworden, ging hinein und stellte sich vor den Hauptaltar.

Im Hauptschiff der Kirche, inmitten der Menge, stand Dorotea mit Isabel und ihrer Mutter. Sie hatten verschwitzte Gesichter; ihre schwarzen Schleier waren zerknüllt.

„Wir müssen vor zwölf Uhr hinaus!“ sagte die Señora Moncada.

„Ich werde den General aufsuchen“, kündigte Dorotea an, während eine Woge von Gläubigen sie von ihren Freundinnen trennte.

„Ich gehe mit Ihnen!“

Doña Ana bahnte sich einen Weg durch die Leute, um zu Dorotea zu gelangen. Beide kämpften sich auf die Straße durch. Isabel blieb zurück und wartete auf die Rückkehr ihrer Mutter. Die Menge zog und schob sie, wie das Wasser eine Wasserpflanze schaukelt. Fasziniert ließ sie sich von einer Seite auf die andere tragen; sie fühlte, daß eine ihr fremde Macht sie von den Leuten trennte und an einen unbekannten Ort führte, wo sie sich allein fand.

„Der Teufelssohn wird das Licht des Tages nicht mehr erleben!“

Drohungen liefen von Mund zu Mund. Isabel hörte sie auftauchen, zwischen den Pfeilern des Hauptschiffes herumkreisen und verklingen. Francisco Rosas durchquerte ein Meer von Blitzen, und unten, tief unten, lauerten die in der Kirche ausgesprochenen Worte. „Er fürchtet uns nicht!“ sagte sich das Mädchen, und das Gesicht des Generals tauchte über den Köpfen der Gläubigen auf. Francisco Rosas lebte in einer Welt, die von der unseren verschieden war. Niemand liebte ihn, und er liebte niemanden. Sein Tod bedeutete nichts, nicht einmal für ihn selbst. Er war ein armer Teufel! Vielleicht hatte er wie sie und ihre Brüder auch das Geheimnis nicht gefunden, das sie seit der Kindheit suchten; die Antwort, die es nicht gab.

„Isabel, glaubst du, daß die Berge wirklich existieren?“

Die Kinderstimme von Nicolas klang an ihr Ohr; und von der Kirche ging sie weinend in den Morgen hinaus, an dem sie und ihre Brüder von zu Hause weggelaufen waren. Ein Maultiertreiber brachte sie, als es schon sehr dunkel war, zu den Eltern zurück. Sie hatten einen mit Dornbüschen gespickten Hügel erstiegen, auf dem es viele Leguane und Grillen gab. Von diesem steinigen Abhang aus sahen sie die wirklichen Berge, blau wie aus Wasser, durch Engelslicht an den Himmel geheftet. Die Leute sagten angesichts ihrer von der Sonne geröteten Gesichter und ihrer vor Durst angeschwollenen Zungen: „Die Moncadakinder sind böse!"
Vielleicht war Francisco Rosas böse, weil er jenen Berg aus Wasser gesucht hatte, ohne ihn zu finden. Sie fühlte Mitleid mit dem General. Sie schaute auf die Leute, die ihn umringten und erkannte sich nicht in ihnen. Was machte er dort? Er glaubte kaum an Gott, und das Schicksal der Kirche war ihm gleichgültig. Sie sah, wie ihre Mutter sich durch die Menge einen Weg bahnte, um zu ihr zu gelangen.
„Dort kommt sie so bekümmert! Aber sie redet immer schlecht über die Pfarrer!"
„Er hat uns nicht empfangen!"
Die Worte ihrer Mutter beeindruckten sie nicht, und das betrübte Gesicht Doroteas ließ sie gleichgültig. Sie wußte, für die Alte war die Kirche ihr Haus und die Heiligen ihre einzige Familie. Sie sprach von ihnen wie von ihren Bekannten. „Dorotea ist eine Nichte der Heiligen Jungfrau und eine intime Freundin des Heiligen Franziskus", hatte Nicolas lachend gesagt. In diesem Augenblick bereitete ihr die Verzweiflung der Alten ein sonderbares Vergnügen. Wenn sie gekonnt hätte, würde sie einen Sprung gemacht haben, um sich Francisco Rosas an die Seite zu stellen. Sie wollte in der Welt derjenigen sein, die allein sind, und weder mit den anderen zusammen weinen noch himmlische Familienangehörige besitzen. Ihre Mutter rief sie einige Male; sie fühlte, wie man sie beim Arm nahm und ener-

gisch durch die Leute schob. In der duftenden Luft des Vorhofes bemerkte sie, wie ihre Mutter sie ganz aus der Nähe verwundert betrachtete. Dann gingen sie schweigend durch die ausgestorbenen Straßen.
„Er ist ein ganz sonderbarer Mensch! So jung noch!"
Isabel antwortete nicht auf die Bemerkung ihrer Mutter. Doña Ana nahm den schwarzen Schleier ab und betrachtete sich gleichgültig im Spiegel. Ihre Tochter saß am Rande des Bettes und schenkte weder ihren Worten noch ihren Gesten Beachtung. Sehr ferne von ihrem Zimmer durchwanderte sie eine Zukunft, die sich in ihrer Erinnerung abzuzeichnen begann.
„Es wird Tote geben", bemerkte die Mutter.
Schweigen breitete sich aus. Man hörte das Ticktack der pünktlichen Uhr, das wie eine Ameise über die Möbelstücke lief. Felix hatte vergessen, die Zeit anzuhalten, und das Mädchen ließ sich durch ihre gleichmäßigen Schritte in eine Zukunft führen, an die sie sich mit Deutlichkeit erinnerte. Ihre Mutter öffnete den Kleiderschrank, um den Schal wegzulegen, und ein Geruch nach Naphtalin und Parfum strömte heraus. Ihr Vater kam ins Zimmer. Er war nicht in der Kirche gewesen. Vor ihm schlug Isabel die Augen nieder und fühlte sich schuldig. Die zwölf Schläge der Kirchturmglocke ertönten; die Moncadas sahen sich an und warteten. Einige Minuten danach krachten die ersten Schüsse. Sie hörten sich an wie explodierende Feuerwerkskörper.
„Es wird Tote geben!" sagte Ana fassungslos.
Von der Straße herein hörte man Laufen und Jammern. Man trieb die Menge auseinander, und die Leute flohen entsetzt vor dem Salvenfeuer der Mausergewehre. Don Martin zündete sich eine Zigarette an und wandte das Gesicht zur Wand. Es war ihm, als sähe er Blut auf den weißen Kalk der Mauer spritzen.
„Papa! Papa! Mich versteht niemand! Niemand!" schrie Isabel und umklammerte ihn.

„Beruhige dich“, sagte ihr Vater und strich ihr das Haar glatt.
„Niemand“, wiederholte die von einem Schluchzen geschüttelte Isabel.
„Du bist sehr nervös!“
Und Doña Ana ging in die Küche, um für ihr Kind Isabel Lindenblütentee abzukochen.
Gegen vier Uhr früh verließen die letzten Verteidiger des Kirchenvorhofes ihre Posten. Unter den Mandelbäumen blieben Frauen und Männer zurück, deren Schädel durch Kolbenstöße eingeschlagen und deren Gesichter durch Fußtritte verstümmelt waren. Ihre Familienangehörigen schafften sie von dort fort, und die siegreichen Soldaten verschlossen die Kirchentüren und brachten Ketten und Vorhängeschlösser an den Gittern des Vorhofes an. Dann verjagten sie, vom vorausgegangenen Kampf noch erregt, mit Gewehrschüssen einige Straßenhunde, die an den zurückgelassenen Speisen herumschnüffelten.
An diesem Tag blieben in Ixtepec die Balkontüren und Geschäfte geschlossen. Keine Menschenseele war auf den Straßen anzutreffen. Francisco Rosas schloß sich im Hotel ein. Am Abend tauchte Dorotea mit ihren Blumengirlanden auf; sie hatte es wie immer eilig und sprach mit sich selbst. Als sie den Vorhof erreichte, achtete sie weder auf die Abfallhaufen, die ihre Schritte behinderten, noch auf die Anwesenheit der Soldaten, sondern versuchte mit kräftiger Hand die durch ein Vorhängeschloß abgesperrten Gitter zu öffnen. Die Soldaten hinderten sie daran.
„He, Frau!“
„Kinder Gottes!“ antwortete die Alte.
Die Soldaten fingen zu lachen an, rissen ihr die Girlanden aus den Händen und warfen sie weg. Als die Blumen auf die Steine fielen, stoben Tausende von Fliegen auf und schwirrten erzürnt um die Hundekadaver. Dann taten die Männer so, als wollten sie sie mit den Spitzen ihrer Bajonette aufspießen; ihr wildes Lachen durchhallte den Vor-

hof. Besiegt setzte Dorotea sich mitten auf der Straße nieder und weinte. Sie schien ein Stein mehr, zu den Abfällen geworfen.
„Gehen Sie nach Hause, Großmütterchen!" sagten die Soldaten zu ihr, als sie sie weinen sahen.
Ihre Worte hallten hohl über den schweigenden Platz, aber Dorotea weinte bis spät in die Nacht.
Einige ruhige Tage folgten. Dann kam es wieder zu erfolglosen blutigen Aufständen. Zorniges Stimmengewirr erfüllte mich. Ich war nicht mehr dieselbe mit der geschlossenen Kirche und mit den Soldaten, die vor den Gittern wachten und niedergekauert Karten spielten. Ich fragte mich, von woher jene Leute, die solcher Taten fähig waren, kamen. In meinem langen Leben hatte man mir niemals die Taufen, die Hochzeiten, die kirchlichen Gebete für Verstorbene und die Rosenkranzgebete vorenthalten. Meine Ecken und meine Himmel blieben ohne Glockenklang. Man schaffte die Feste und die Stunden ab, und ich wich in eine unbekannte Zeit zurück. Mir war seltsam zumute ohne Sonntage und Wochentage. Eine Woge des Zornes durchflutete meine Straßen und meinen leeren Himmel. Diese plötzlich heranrollende Woge reißt Brücken und Mauern ein, vernichtet Leben und macht Offiziere zu Generälen.
„Kein Übel dauert hundert Jahre!"
„Wer den Himmel anspuckt, dem fällt er auf den Kopf!" schrien sie von den Bäumen und Dächern. Francisco Rosas hörte diese Schreie und verlangsamte den Schritt.
„Schau, Francisco, es geht dir nur gut, weil ich so zahm bin!" Der General suchte lächelnd das Gesicht desjenigen, der die Drohung ausgesprochen hatte. Es schien, als hätte er Julia vergessen und als suchte er nun uns. Hatte er Furcht, so zeigte er sie nicht, denn nach wenigen Tagen verlegte er die Militärkommandantur in das Pfarrhaus und befahl, an einem festgesetzten Tag die Heiligenstatuen der Kirche zu einem Scheiterhaufen aufzuschichten. So geschah es, daß ich die Heilige Jungfrau brennen und ihren Mantel in eine

große blaue Flamme verwandelt sah. Die Soldaten trugen Papiere aus dem Pfarramt und warfen sie mit gleichgültiger Miene ins Feuer. Ein Haufen Asche blieb auf dem Platz zurück und wurde nach und nach verstreut. Padre Beltran verschwand. Man sagte, er sei geflohen. Aber in welche Richtung? Auf der Straße nach Tetela? Auf der nach Cocula? Ich sah ihn weder die Stadt verlassen noch wußte ich, ob er in die Berge geflüchtet war. Man sagte auch, daß er in Ixtepec gefangen gehalten würde und daß die Soldaten ihn zu gegebener Zeit töten wollten. Wir zogen es vor zu glauben, er befände sich fern von Rosas auf einem sicheren Weg und sahen im Geiste seine Soutane zwischen den grünen Feldern flattern.
Die ersten auf die Türen der Häuser und des Pfarramtes geklebten Plakate tauchten auf. Sie zeigten das Schweißtuch der Veronika mit dem Angesicht Christi; darunter stand: „Es lebe König Christus!“ Auch die nächtlichen Schießereien fingen wieder an. Bei Tagesanbruch lagen tote Soldaten auf dem Markt. Einige hielten in ihren durch den Tod verkrampften Fingern den Bleilöffel, mit dem sie am Abend ihren mit Majoran gewürzten Brei gegessen hatten. Aus Ixtepec verschwanden Männer; die Leichen von einigen fanden wir am Morgen verstümmelt in der Ebene vor der Stadt liegen; von anderen fand man keine Spur mehr. Man verbot die Verwendung von Laternen, um im Dunkeln den Weg zu finden. „Mach kein Licht, Ziegenbock!“ Und ein Schuß löschte es aus. Ich bekam Furcht vor der Straße und Angst vor meinem eigenen Zorn. In die Häuser eingesperrt, spähten wir des Nachts hinaus.
„Werden sie kommen?“
Nein. Niemand kam; niemand erinnerte sich an uns; wir waren nur der Stein, auf den die Schläge wie Tropfen aus einer Wasserleitung fielen.
Es war Freitag. Nichts bewegte sich. Man hörte das schwere Atmen der trockenen Berge um mich herum; der schwarze wolkenlose Himmel hing tief, berührte fast die Erde; eine

dunkle Hitze ließ die Umrisse der Häuser verschwimmen. In der Poststraße war alles still. Kein Lichtstrahl hellte ihr Dunkel auf. Es mag zwei Uhr früh gewesen sein, als man ein Laufen hörte, das in Ixtepec wie Trommelwirbel widerhallte. Dann noch ein Laufen hinterdrein. Schuhe schmetterten auf das Pflaster wie schnelle Peitschenhiebe. Ein Mensch floh, und viele hastende Schritte verfolgten ihn. Der erste Läufer hielt plötzlich an. Man hörte sein Keuchen; auch die anderen Schritte verstummten. Dann waren einige erstickte Stimmen zu hören:
„Gib es ihm! Gib es ihm!"
Steine wurden geworfen, die auf dem Pflaster zurückprallten und gegen das Holz der Fensterläden schmetterten; andere hüpften wie irrsinnig umher und schlugen Funken. In den Häusern verhielten die Leute sich still. Man brachte jemanden um!
„Zeig es ihm! Los! Gib's ihm noch mehr!"
Ein Mensch wurde gesteinigt! Er flehte um Hilfe.
„Macht mir auf! Helft mir! Heiliger Jesus!"
Die Mörderstimmen überschrien ihn.
„Wir werden dir helfen, Ziegenbock!"
Ein Hagel von Steinen ging auf den Hilfeflehenden nieder. Der Mann klammerte sich an die Eisenstäbe des Balkons von Doña Matilde und seufzte: „Allerheiligste Jungfrau!"
Ein letzter Stein flog und löschte die Stimme aus.
„Gehen wir", sagten die Männer.
„Ja. Später kommen wir ihn holen."
„Was heißt später? Man muß ihn gleich wegschaffen!"
„Wir werden uns mit Blut besudeln!" sagte eine verdrießliche Stimme.
„Sicherlich. Besser, wir warten, bis das Blut geronnen ist!"
Man hörte das Geräusch einiger fallender Sperrbalken und das Knarren einer Flurtüre. Die Stimmen verstummten. Die Mörder liefen über die Straße, stellten sich in die Toreinfahrt des Postamtes und spähten von dort zurück. Wer war der Barmherzige? Doña Matilde kam im Nachthemd

auf die Straße und hielt eine angezündete Petroleumleuchte in der Hand, deren Licht die Dunkelheit nicht aufzuhellen vermochte. Sie tappte sich vorwärts.
„Wo, wo bist du, mein Sohn?"
Sie hörte die Mörder weglaufen und blieb stehen. „Die laufen um den Häuserblock herum und werden mich niederhauen, wenn ich an die Ecke komme", dachte sie. Die Schritte entfernten sich schnell. Es wurde beklemmend still. Angstvoll auf den Boden gekauert, hielt sie nun Ausschau, ohne das Opfer zu finden. Sie fühlte die Sekunden wie Asche auf sie herabrieseln. Vom gegenüberliegenden Haus aus spähten die Montufars durch die Tüllvorhänge. Auch sie waren stumm vor Angst und starrten wie gebannt auf Doña Matilde, die ihre Ölleuchte hob und senkte, als wollte sie Schatten beschwören. „Mir bleibt keine Zeit!" Sie versuchte, nach vorn zu gehen, aber der Boden schien unter ihren Füßen nachzugeben. Niemals war ihr aufgefallen, wie weit ihr Balkon von ihrem Hauseingang entfernt war. Als sie zu ihrem Fenster kam, traf sie auf die Stille, die sich an dem Ort, wo ein Verbrechen begangen wurde, ausbreitet. Der Überfallene lag nicht mehr dort; das Blut floß zwischen den Steinen ab.
„Sie haben ihn weggeschafft!" Doña Matilde schaute fragend auf die bluttriefenden Eisenstäbe und die blutverschmierte Mauer. Vom gegenüberliegenden Haus machten die Montufars ihr Zeichen, die sie nicht bemerkte. Wenn ihr nur Nico und Juan suchen helfen könnten! Glühende Augen spähten von der Ecke der Alarconstraße auf sie. Die Mörder waren um den Häuserblock gelaufen und hielten gierig in der Dunkelheit Ausschau. Doña Matilde drehte sich um ihre eigene Achse und suchte weiter; dann ging sie in ihr Haus und schloß das Tor ab. Ohne den Schein der Lampe war es auf der Straße wieder stockdunkel. Das Bündel Mörderaugen schob sich vorsichtig an den Ort des Verbrechens heran.
„Nun ja!" sagte jemand leise.

„Was ist geschehen?“ fragte die verdrießliche Stimme und seufzte.
„Wer weiß?“ antwortete einer eingeschüchtert.
„Man soll Gott nicht ins Handwerk pfuschen!“ erwiderte die verdrießliche Stimme wieder.
„Der Tote ist verschwunden! Gehen wir!“ Die Stimmen entfernten sich.
Nun war es wieder still. Eine halbe Stunde später hörte man am anderen Ende von Ixtepec, nahe der Absperrung auf der Straße nach Tetela, das Hufgeklapper von vier Pferden.
„Etwas ist geschehen!“
„Ja! Sie sind nicht gekommen! Reiten wir hinein“, befahl Nicolas mit sehr leiser Stimme. Er, sein Bruder und zwei junge Männer in ihrer Begleitung wollten den Weg zum Haus der Moncada einschlagen.
Eine Gruppe Soldaten verstellte ihnen den Weg.
„Wer ist da?“
„Friedliche Leute!“ antwortete Juan Moncada.
„Es ist verboten, zu dieser Stunde auf der Straße zu sein.“
„Wir wußten es nicht. Wir kommen gerade aus Tetela.“
„Dann seid ihr verhaftet!“
„Verhaftet?“ schrie Nicolas zornig.
„Ja! Ihr könntet zu denen gehören, die des Nachts auf Soldaten Jagd machen!“
Einige der Soldaten entsicherten die Gewehre, während andere die Zügel aus den Händen der Reiter rissen. Dann führten sie sie zur Militärkommandantur im Pfarramt. Als sie den von Orangenbäumen bestandenen Hof überquerten, schlug ihnen ein starker Geruch nach Alkohol, der sich mit dem Duft der Bäume vermischte, entgegen. Man brachte sie in das Zimmer, das dem Padre Beltran gehört hatte.
Die vorher untadelige Ordnung dieses Raumes hatte einer wirren Unordnung von Zigarettenstummeln, Papieren und dreckigen Spuren im weißen Mauerkalk Platz gemacht. An den Nägeln, die früher Heiligenbilder gehalten hatten,

hing nun das häßliche Antlitz des „höchsten Chefs der Revolution“ – ein Titel, den sich der Diktator selbst verliehen hatte – und das rundliche Antlitz von Alvaro Obregon.
„Was ist mit dem Padre?“ fragte Juan.
„Er ist geflohen“, antwortete ein Soldat.
„Alle Priester werden verhaftet. Das ist nun Gesetz! Und deshalb ist er geflohen“, fügte ein anderer hinzu.
„Wann werdet ihr uns freilassen?“ fragte Nicolas ungeduldig.
„Nur, wenn der General kommt. Er kommt nie zu spät, wenn es darum geht, arme Teufel aufzuhängen!“
Die Brüder sagten nichts mehr, und die Männer fingen an, Karten zu spielen. Beizender Zigarettenrauch und laute Stimmen füllten den Raum.
„Schwert Drittel!“
„Caro Pferd!“
„Herz König!“
Die Namen der Karten glänzten einige Sekunden im schmutzigen Zimmer auf. Jede Königin, jedes Pferd riß die beschmutzten Mauern ein und ließ die leuchtenden Gestalten der Nacht eintreten.
„Ein kleiner Glimmstengel gefällig?“ sagte einer der Soldaten freundlich zu Nicolas. Nicolas nahm lächelnd die angebotene Zigarette.
„Um den Schlaf zu vertreiben“, fügte der Mann entschuldigend hinzu. Nicolas gab Feuer, und die beiden sahen sich in die Augen.
„Das Leben ist nicht so, wie man es sich wünscht!“ sagte der Soldat und schlug beschämt die Augenlider nieder.
Sie rauchten schweigend. Nicolas saß rittlings auf dem Sessel und blickte scheu vor sich hin. Der andere suchte seine Augen.
„Man muß sich entweder für das Vergnügen des einen oder für das der anderen entscheiden“, sagte der Mann mit sehr leiser Stimme.

Nicolas mußte lächeln über das Zartgefühl des Mannes, der das Wort Leben durch das Wort Vergnügen ersetzte. Und der Soldat wußte, daß zwischen den jungen Leuten und denen, die sie festgenommen hatten, keine Feindschaft bestand. Vom Hof mit den Orangenbäumen hörte man Schritte und Stimmen. Die Soldaten standen auf, steckten die Karten ein und strichen sich die schwarzen Haarsträhnen glatt.

„Wo sind die Verschworenen?“

„Hier, mein General!“

Die Türe wurde aufgestoßen. Francisco Rosas stand vor den Brüdern und blickte fragend auf ihre schmutzigen Stiefel, ihre durch den Ritt zerknitterten Hosen und ihre sonnengebräunten Gesichter. Ihre Satteltaschen lagen auf dem Boden; die Pistolen auf einem Tisch.

„Guten Abend. Von woher kommen Sie zu so später Stunde?“

„Aus Tetela. Wir zogen es vor, während der Nacht zu reiten, um der Hitze zu entgehen“, antwortete Juan Moncada.

Der General blickte sie einige Sekunden lang an und wandte sich dann an seine Männer.

„Seht ihr nicht, daß es die Moncadas sind?“

Die Soldaten standen teilnahmslos da.

„Ihr könnt gehen“, sagte Rosas verärgert.

Juan und Nicolas nahmen ihre Satteltaschen auf.

„Laßt die Waffen hier!“ befahl der General. Er wollte seine Befehlsgewalt zeigen.

„Gute Nacht!“

Die Moncadas schickten sich an zu gehen.

„Hört! Seid ihr nicht zufällig auf eurem Weg hierher Abacuc begegnet?“ fragte Francisco Rosas plötzlich, wobei er aber versuchte, Gleichgültigkeit vorzutäuschen.

Abacuc war ein alter Zapata-Anhänger. Als Venustiano Carranza Zapata ermordete, verlor Abacuc kein Wort darüber, gab das Kriegführen auf und widmete sich dem

Kleinhandel. Auf einem Maultier ritt er von Dorf zu Dorf, verkaufte Kleinkram und weigerte sich, über die Regierung von Carranza zu sprechen. Er war ein rätselhafter Mensch, denn es ließ ihn scheinbar gleichgültig, als später Obregon Carranza ermordete und die Macht an sich riß, um sie dann an Calles abzugeben. Er, Abacuc, verkaufte seine papierenen Halsbänder, seine goldenen Ohrgehänge und seine Seidentücher, während die Regierungsclique alle alten Revolutionäre ermordete. Aber als die Kirchenverfolgung einsetzte, verschwand Abacuc samt seinen Phantasien und seinem mit Talmiware beladenen Maultier von den Märkten. Man sagte, er wäre ins Gebirge gegangen und organisierte von dort aus den Aufstand der *Cristeros,* der Kämpfer für Christus.

„Wir haben ihn nicht gesehen, General", antwortete Nicolas.

„Viele Leute laufen ihm zu!" sagte Rosas unwillig.

„Es scheint so."

Francisco Rosas hob eine Hand zum Zeichen der Verabschiedung.

„Auf Wiedersehen, Moncadas!" Dann wandte er ihnen den Rücken zu.

Die Brüder verließen die Militärkommandantur. Der Tag brach an, als sie durch das Tor ihres Hauses ritten.

III

Am Morgen flüsterte man: „Rosas hat Angst vor Abacuc! Wißt ihr nicht, heute nacht haben sie Don Roque umgebracht, und nun suchen sie seinen Leichnam, der verschwunden ist!"

In der Militärkommandantur tobte Francisco Rosas.

„Finden Sie ihn, und bringen Sie ihn mir!" schrie er wild den Oberst Corona an. Der Oberst blickte betreten zu Boden. Um acht Uhr morgens machte er sich mit einem kleinen Trupp Soldaten auf die Suche nach dem seltsamen

Toten. Er begab sich mit mürrischem Gesicht an den Ort, wo der Mesner niedergefallen war, untersuchte die Blutspuren auf dem Mauersockel und wog nachdenklich die Steine in der Hand, mit denen die Soldaten dem Opfer den Schädel eingeschlagen hatten.
„Von hier ist er verschwunden, Herr Oberst!"
„Ein Toter geht nicht verloren!"
In allen Häusern der Poststraße konnte man die Stimme von Justo Corona hören. Die Montufars beobachteten durch die Vorhänge hindurch die Szene und sahen sich bedeutsam an. Doña Matilde wurde von ihren Bedienten darauf aufmerksam gemacht. Sie lief in die Küche und begann, ohne eigentlich zu wissen warum, Eiklar zu schlagen. Dorotea schrien sie die Nachricht über die Hecken zu, aber sie begoß unverdrossen ihre Geranien weiter.
„Nun ist er wohl verschwunden, Herr Oberst; aber er wird nicht verschwunden bleiben!" antwortete der Soldat mit entschlossener Stimme.
„Schauen Sie, Herr Oberst, etwas, das nicht geschehen kann, wird nicht plötzlich geschehen", sagte ein anderer der Männer.
„Vielleicht ist er am Leben geblieben", erwiderte Corona nachdenklich.
„Er ist mausetot liegengeblieben. Kein Christ überlebt so einen Steinhagel auf den Kopf."
„Wir haben uns ihn genau angesehen, Herr Oberst! Wir haben ihm in die Augen geleuchtet! Sie waren schon gebrochen!"
Justo Corona stieß mit dem Fuß nach den auf der Straße locker herumliegenden Steinen.
„Welches Tor wurde geöffnet?"
„Es war stockdunkel, Herr Oberst", sagte der mit der verdrießlichen Stimme.
„Und von wo kam das Geräusch her?" forschte Corona.
„Von dort!" antwortete ein Soldat und deutete auf das Tor der Melendez.

„In solchen kritischen Augenblicken hört man nicht gut“, sagte einer träge.
„Ein Toter ist ein Toter!“
„Nein, nein, von da!“ sagte ein anderer und zeigte nach der Ecke der Alarconstraße.
Corona sah seine Männer mißtrauisch an.
„Bald wird er zu stinken beginnen, Herr Oberst, und allein durch seinen Gestank werden wir ihn finden“, sagte der Soldat, um den Verdacht, den er in den Augen des Oberst gelesen hatte, zu zerstreuen.
Justo Corona hörte ihn schweigend an. Dann ging er zur Ecke und berechnete von dort aus die Strecke, die man zurücklegen mußte, um bis zur Haustür von Dorotea zu gelangen. Sie war dem Ort des Verbrechens näher als das Tor der Melendez. Er suchte Blutspuren auf dem Boden. Die Alarconstraße, die quer zur Poststraße verlief, war frisch gekehrt und mit Wasser bespritzt. Es war nicht möglich, irgendeine Schleifspur zu finden. Corona untersuchte die Tür Doroteas von oben bis unten.
„Die Alte lebt allein?“
„Ganz allein, Herr Oberst!“
„Wie alt ist sie?“ fragte Corona ungeduldig.
„Oh, schon ziemlich alt“, lachten die Soldaten.
„Und ganz schön falsch!“ fügte einer hinzu.
„Wir sagten Ihnen schon, Herr Oberst, daß nicht sie es war, die herauskam, sondern die um die Ecke.
Und sie hat nichts gefunden!“
„Nichts! Der Tote war schon weg!“
„Sie sollten sie gesehen haben, Herr Oberst! Sie suchte, suchte und suchte!“ Justo Corona ging in die Poststraße zurück und schaute argwöhnisch auf das Tor Doña Matildes.
„Die ist wie eine aufgeregte Klatschtante herausgekommen. Wir sagten es Ihnen ja schon. Aber sie hat nichts gefunden!“ wiederholten die Soldaten ungeduldig.

Corona führte die Hand an seinen Bart und verblieb in der Haltung eines Mannes, der über ein Problem nachdenkt, für das er noch keine Lösung gefunden hat. Vom Haus gegenüber spähten sie nach ihm. Der Oberst sah die Schatten durch die hellen Vorhänge, überquerte mit entschlossenen Schritten die Straße und ging auf das Haustor der Montufars zu. Der Türklopfer in Form einer mit Ringen bedeckten Hand gefiel ihm. Er klopfte mehrmals.

„Diese Betschwestern! Die werden was erleben!"

Ein Dienstmädchen kam heraus; Corona sah, daß ihre Lippen zitterten.

„Ruf die Señora", sagte er zu ihr, stieß sie zur Seite und trat in den Flur.

„Kommt herein, Burschen!"

Seine Männer eilten ihm nach. Ein mit Käfigen vollgestopfter Hausflur empfing sie. Das Dienstmädchen ging voran, und der Oberst folgte ihr breitspurig durch den mit Azaleen geschmückten Gang, in dem die Papageien, als er vorüberging, kreischten:

Lorito bläst den Zapfenstreich,
Denn der Oberst befahl es so!

Justo Corona machte eine Geste des Mißfallens, wie wenn er das Kreischen der Papageien als eine Anspielung auffaßte. Er fühlte, daß ihm der Zorn hochstieg. Das Dienstmädchen zeigte auf die Tür des Eßzimmers, und Corona ging mit klirrenden Schritten hinein. Die Witwe und die Tochter waren Hals über Kopf vom Balkon ins Eßzimmer gerannt. Der Tisch war für das Frühstück gedeckt, aber alles deutete darauf hin, daß sie sich soeben erst niedergesetzt hatten. Sie konnten kein Erstaunen vortäuschen; sie waren zu blaß. Der Oberst schien zufrieden, daß er sie überrascht hatte und blieb lächelnd stehen.

„Guten Morgen, Señora! Guten Morgen, Señorita!"

„Guten Morgen", murmelte Conchita, während ihre Mutter eine kaum merkliche Handbewegung machte, um den Oberst

zum Hinsetzen aufzufordern. Conchita neigte den Kopf und suchte ein Zittern zurückzuhalten, das sie in ihren Händen verspürte. Sie konnte den Kaffee nicht servieren. Der Oberst heftete seine Blicke auf sie.
„Sie sind sehr nervös, Señorita“, sagte er argwöhnisch.
„Nervös?“ Ein Schweigen folgte, das der Oberst zu verlängern bestrebt war.
„Was soll ich jetzt tun? Ihm Kaffee einschenken?“ fragte sich Doña Elvira und hielt die Hände ruhig im Schoß. Vom Gang herein tönte der sorglose Gesang der Kanarienvögel und die Schreie der Papageien.
„Wie glücklich die Vögelchen sind“, bemerkte Conchita in Anbetracht ihres eigenen Kummers.
Ihre Mutter sah sie zustimmend an. Was würde sie nicht darum geben, an ihrer Stelle zu sein und in einem kleinen Käfig singen zu dürfen, fern vom pockennarbigen Gesicht dieses Mannes! Der Mann lächelte.
„Nicht so sehr, Señorita. Vögel sind Gefangene, die kein Verbrechen begangen haben. Wir Menschen befinden uns nur in derselben Lage, wenn wir ein Verbrechen begehen oder es verbergen!“
Justo Corona musterte sie mit scharfem Blick. Sie blieben ruhig.
„Sie sind zum Beispiel verdächtig und riskieren es, hinter Gitter zu kommen!“ Die Señora und ihre Tochter sahen sich bestürzt an. Die Mutter fuhr mit einer Hand an die Brust, um das Pochen ihres Herzens zu dämpfen, das man im ganzen Zimmer hören mußte.
„Hinter Gitter kommen?“ fragte Conchita wehrlos.
„Ja, Señorita!“
Conchita senkte den Kopf, und Doña Elvira versuchte mühsam zu lächeln.
„Heute Nacht wurde in dieser Straße ein Verbrechen begangen. Die Mörder haben den Leichnam versteckt. Es ist die Pflicht der Behörden, die Schuldigen und das Opfer zu finden. Stellen Sie sich vor, wohin wir kämen, wenn wir

nach freiem Ermessen unsere Feinde ermorden und begraben könnten." Die Frauen gaben keine Antwort. Sollte das nun heißen, daß sie das Verbrechen begangen hatten? Oder war es eine Falle. Damit sie erzürnt die Soldaten anklagten? Das hätten die Moncadas getan! Sich als Augenzeugen ausgeben! Und genau das mußten sie vermeiden. Die Señora Montufar blickte ihre Tochter fest an, um ihr ihre Gedanken zu übertragen. Aber Conchita saß gedankenversunken da und wiederholte sich die Worte, die man ihr seit der Kindheit vorgesagt hatte: „In einen geschlossenen Mund fliegen keine Mücken hinein!" Dieser immer wiederholte Satz war kennzeichnend für ihre Kindheit. Er bildete zwischen ihr und den Süßigkeiten, den Früchten, den Lektüren, den Freunden und den Festen eine unüberwindliche Barriere. Er lähmte sie. Sie erinnerte sich an ihren Vater und an ihren Großvater, wie sie bei jeder Gelegenheit ihre Sprüche von der Unerträglichkeit der geschwätzigen Frauen wiederholten. So endeten Conchitas Spiele noch bevor sie angefangen hatten. „Pst! Schweig! Denk daran, daß in einen geschlossenen Mund keine Mücke hineinfliegt!" Und Conchita blieb auf dieser Seite des Satzes einsam und verschreckt zurück, während ihr Vater und ihr Großvater wieder stundenlang über die Minderwertigkeit der Frauen sprachen. Niemals brachte sie es zuwege, sich über diese Worte hinwegzusetzen und sich einen deutlichen Begriff davon zu bilden, was sie vom Leben wollte. Nun richtete sich dieser Satz wie eine Mauer zwischen ihr und dem Oberst Justo Corona auf, der sie weiterhin fragend ansah.

„Die Unschuldigen müssen mit den Behörden zusammenarbeiten, um dieses schreckliche Verbrechen aufzuklären!"

Corona nahm eine Zigarette aus seinem Etui und fing, ohne um Erlaubnis zu fragen, vergnügt zu rauchen an, während er auf eine Äußerung der Frauen wartete. Conchita war nach der unvorsichtigen Bemerkung über die Vögel entschlossen, kein Wort mehr zu sagen. Sie erachtete das Gespräch als sehr gefährlich und überließ ihrer Mutter die Verantwortung. Doña Elvira richtete sich in ihrem Stuhl auf und bemühte sich zu lächeln. Sie suchte eine Wendung, die sie nicht in Verlegenheit brachte.

„Was können wir zwei alleinstehende Frauen für Sie tun, Oberst?"

„Sagen, was Sie heute Nacht sahen und hörten", erklärte der Oberst und fühlte, daß er sich auf sicherem Wege befand.

„Wir haben geschlafen! Denken Sie denn, wir wandern zu dieser Stunde im Haus herum?"

„Zu dieser Stunde? Sie wissen die Stunde?"

„Ich will sagen, daß wir um sieben Uhr abends eingeschlafen sind", antwortete die Señora sehr bleich.

„Frauen haben einen sehr leichten Schlaf, und dieser Mensch hat laut geschrien, bevor er starb."

„Wenn wir etwas gehört hätten, würden wir es Ihnen sagen."

Justo Corona biß sich auf die Lippen und schaute sie mißmutig an. Er wußte, sie logen.

„Der Leichnam lag auf der Straße!"

Sie schwiegen und verbargen ihre Augen vor dem strengen Blick des Soldaten. Coronas Stimme klang tragisch:

„Señora Montufar, wir werden ihr Haus durchsuchen. Ich bedaure es sehr, Sie zur Mitwisserin eines Verbrechens erklären zu müssen."

„Machen Sie, was Sie wollen!" sagte die Señora.

Justo Corona wandte sich an das Dienstmädchen, das mit bestürzter Miene die Szene beobachtete.

„Geh, sieh nach. Sag meinen Soldaten, sie sollen hierherkommen. Zwei sollen weiterhin den Eingang bewachen."

Das Dienstmädchen verschwand.

„Ich habe Befehl, den Leichnam zu finden, und diejenigen, die ihn versteckt hielten, zu verhaften", fügte der Oberst gewichtig hinzu.

Conchita und ihre Mutter schwiegen. Das Dienstmädchen kehrte mit einer Gruppe Soldaten zurück. In weniger als einer Stunde erkannte man das Haus der Montufars nicht wieder. Corona leerte die Kleiderschränke, die Kommoden, die Tischladen, warf die Matratzen auf den Boden und tastete die Polster ab. Dann durchsuchte er den Garten, darauf den Keller und fragte die Bedienten aus. Er kam zur Señora und ihrer Tochter zurück, die bleich vor Zorn diese Verwüstung miterleben mußten. Der Oberst sah, daß sie entschlossen waren zu schweigen und verabschiedete sich mit einer Verneigung des Kopfes. Bei der Tür drehte er sich noch einmal um.
„Wenn Sie irgendeine Angabe über das Verschwinden des Leichnams machen können, tun Sie es. Sie entgehen dadurch einer strengen Bestrafung!"
Vergeblich wartete er einige Sekunden. Die Montufars bewegten nicht einmal die Lippen. Als er wieder auf der Straße war, ließ der Oberst sich von seinem Zorn fortreißen. Er konnte gegen die Starrköpfigkeit der Frauen nichts ausrichten und fühlte sich lächerlich gemacht.
„Es gibt nichts Schlimmeres auf der Welt, als mit Frauen verhandeln zu müssen!"
„Sicherlich, Herr Oberst! Sicherlich!"
„Sie nützen die Höflichkeit des Mannes aus und mißbrauchen sie", fügte Corona hinzu.
„Weil sie gerieben sind, Herr Oberst!"
„Statten wir der da einen Besuch ab", sagte Corona und ging mit großen Schritten auf das Haus Doña Matildes zu.
Die Señora Melendez hatte schon vor einer Weile aufgehört, Eiklar zu schlagen, und ging, die Ankunft des Oberst erwartend, nervös im Korridor auf und ab. Als sie das Pochen am Tor hörte, wartete sie nicht auf ihre Bedienten, sondern eilte hin, um aufzumachen. Corona war überrascht, sie selbst zu sehen.
„Señora, ich habe die bedauerliche Pflicht, Ihr Haus zu durchsuchen!"

Es war besser, direkt zum Kern der Sache zu kommen und im Gespräch mit ihr weder Zeit noch Geduld zu verlieren. Die Dame lächelte und ließ ihn mit seinen Soldaten eintreten. Corona befahl ihnen, den Garten und den Teich abzusuchen und bat um die Schlüssel für das Gartenhaus, in dem Hurtado gewohnt hatte. Dann ließ er sich in Begleitung dreier Soldaten von Doña Matilde in die Zimmer des Wohngebäudes führen. Ihre Schritte klangen kriegerisch in der düsteren Stille dieses Hauses. Am Ende des Korridors, unter den Arkaden, die zur Küche führten, warteten die Bedienten neugierig. Der Oberst fand den Hausherrn im Bett liegend vor.

„Krank?“ fragte er aufmerksam.

„Ja, Oberst. Das Fieber!“ sagte Don Joaquin, der seit der Nacht, in der man Felipe Hurtado aus seinem Haus geholt hatte, sehr abgemagert war.

Höflich, aber mit peinlicher Genauigkeit durchsuchte Corona das Zimmer. Don Joaquin machte keinerlei Bemerkung. Doña Matilde saß, ohne in Verlegenheit zu kommen, am Rande des Bettes und ließ die Soldaten ihren Auftrag erfüllen. Sie hörte den Lärm aus den angrenzenden Zimmern. Corona wandte sich um.

„Sie haben heute Nacht das Haus verlassen?“

Sie unterbrach ihn: „Ich hörte, wie einige Soldaten einen armen Mann überfielen und lief hinaus, um ihm zu helfen; aber ich habe ihn nicht gefunden.“

„Seien Sie vorsichtig, Señora. Sie sagten Soldaten!“

„Ja, Herr Oberst!“

„Señora, wissen Sie nicht, daß es strafbar ist, jemanden unbegründet zu beschuldigen?“

„Ja, ich weiß. Aber das ist hier nicht der Fall. Es waren Soldaten.“

„Zuerst muß die Leiche gefunden werden; dann kann man die Mörder anklagen!“ sagte Corona grollend.

„In diesem Falle werden Sie weder den einen noch die anderen finden“, sagte Doña Matilde kühn.

Corona schwieg. „Diese Alte ist schlimmer als die gegenüber!“ dachte er, „aber ich werden schon erfahren, was sie weiß, und dann beuge ich ihren Stolz!“
Um nicht untätig dazustehen, suchte er in der Tasche seiner Uniform das Päckchen Zigaretten und zündete sich eine an; zerstreut begann er zu rauchen, als er auch schon die Stimme Doña Matildes hörte:
„Entschuldigen Sie, aber meinen Mann stört der Rauch. Wenn Sie rauchen wollen, gehen Sie bitte aus dem Zimmer!“
Corona drückte schnell die Zigarette aus und lächelte.
„Natürlich!“
Das Ehepaar erwiderte sein Lächeln nicht. Sie betrachteten ihn als Eindringling.
Ein Soldat kam ins Zimmer.
„Nichts?“
„Nichts, Herr Oberst.“
Corona blieb nichts anderes übrig, als sich zu verabschieden. Die Señora begleitete ihn bis zum Tor. Corona machte einen letzen Versuch.
„Und Sie haben nichts gehört, das mir einen Hinweis geben könnte, wer den Leichnam fortgeschafft hat?“
„Nichts. Wir Alten hören schlecht.“
„Diese tückische böse Alte!“ rief Corona aus, als er wieder auf der Straße war.
Die Sonne stand schon sehr hoch und brannte auf die Mauern und Dächer. Corona sah auf seine Armbanduhr. Es war halb elf.
„Mehr als zwei Stunden haben wir Papierzeug und Pantoffeln durchsucht!“ bemerkte er zornig.
„Ja, Herr Oberst, wie viele Erinnerungsstücke die Frauen aufbewahren!“ Die Soldaten lachten, aber die verkrampfte Miene ihres Chefs ließ ihnen das Lachen in der Kehle gerinnen.
„Sicherlich, Herr Oberst, mit denen gegenüber ist es leichter umzugehen. Das sind mehr Leute von Stand!“

„Ganz anders als diese“, sagte einer und schlug in dieselbe Kerbe, um Justo Corona von seinem Zorn abzulenken. „Gehen wir das alte Mütterchen besuchen!“
Corona ging um die Ecke und klopfte energisch an die Tür Doroteas. Sie erschien mit einer Gießkanne in der Hand. Vor der verblüfften Haltung und den wäßrigen Augen der Alten wurde Corona unschlüssig.
„Kommen Sie herein! Kommen Sie nur herein! Betreten Sie mein einfaches Haus. Niemandem wird ein bißchen Schatten verweigert.“
Die Männer traten ein, und Dorotea führte sie in eine kühle Ecke des Korridors.
„Diese fürchterliche Hitze! Diese fürchterliche Hitze“, murmelte sie und bewegte ungläubig den Kopf.
Die Soldaten schwiegen. Das Haus war von den anderen, die sie eben besucht hatten, sehr verschieden. Hier war der weiße Kalk der Wände rauchgeschwärzt. Die Ziegel waren gebrochen und hatten ihre Farbe verloren. Einige Hühner liefen frei im Haus herum und pickten von der Erde zwischen den gebrochenen Steinfliesen Körner auf. Über die Zweige einer Magnolie waren einige fadenscheinige Blusen zum Trocknen gelegt. Altarkerzen hingen neben Mais- und Knoblauchbüscheln von den Wänden. Die Fliegen verhielten sich ruhig. Aus den türlosen Zimmern drang höllenartige Dunkelheit. Nur das Wasser in einem Tonkrug schien inmitten dieses toten Staubes zu leben. Corona und seine Männer wußten nicht, was sie sagen sollten. Sie befanden sich an einem Ort von der Art einer letzten Station, wo einsame Alte auf einen unbekannten Zug mit unbekanntem Bestimmungsort warten und wo alles, was sie umgibt, aufgehört hat zu existieren.
„Ich kann Sie in keinem Zimmer empfangen. Die Revolutionäre haben mir das Haus angezündet.“
Corona kratzte sich am Kopf und schaute seine Männer verdutzt an. Ihre Mienen besagten: „Haben wir es Ihnen nicht gesagt? Das ist doch ein altes Großmütterchen!“

Dorotea schaffte einige Stühle herbei und bat sie, sich zu setzen.
„Machen Sie sich keine Mühe!“ Corona beeilte sich, ihr die Stühle abzunehmen. Dann setzte er sich und schickte sich an, sie zu verhören.
„Wollen Sie ein Glas Wasser? Oder ein Sträußchen Blumen? Niemandem wird ein Schluck Wasser oder eine kleine Blume verweigert!“
Dorotea ging unter den Protesten Coronas in den Garten, um Rosen, Jasmin und Tulpen zu schneiden.
„Donnerwetter, Oberst, sie ist so dünn wie Draht. Wie wäre sie mit dem schweren Toten zurechtgekommen?“
„Sie wird bald abkratzen; sie löst sich ja schon ganz auf“, fügte ein anderer Soldat hinzu.
Dorotea kam zurück und drückte Corona, der auf einem niederen Sessel saß, einen Strauß Rosen und Jasmin in die Hand. Dann verteilte sie einige Becher frisches Wasser, die die Soldaten dankbar entgegennahmen. Sie kamen sich lächerlich vor, dieses alte Mütterchen zu belästigen.
„Señora!“ begann Corona.
„Señorita! Ich habe nie geheiratet!“ verbesserte Dorotea.
„Señorita“, fing Corona wieder an, „erschrecken Sie nicht! Heute Nacht ist in Ihrer Nähe jemand getötet worden, und sein Leichnam ist verschwunden. Die Kommandantur gab den Befehl aus, die Häuser der Nachbarschaft zu durchsuchen, und da Ihr Haus in dem fraglichen Bereich liegt, sind wir gezwungen, den Befehl durchzuführen.“
„Fühlen Sie sich wie zu Hause, General. Befehlen Sie, was Sie wollen“, antwortete Dorotea und erhöhte ihn im Dienstgrad.
Corona machte seinen Männern ein Zeichen, und diese gingen in die Zimmer, in den Garten und in die Ställe. Der Oberst blieb bei Dorotea. Nach einigen Minuten kamen die ersten Soldaten zurück.
„Alle Zimmer sind ausgebrannt, Herr Oberst. In dem ihren

stehen nur ein Feldbett und ein paar kleine Ziergegenstände."
„Im Stall sieht man nur Steine", meldeten andere.
„In Ordnung", bemerkte Corona und schlug sich mit den Handflächen auf die Schenkel. Er stand auf und machte eine Verbeugung, die Dorotea mit einem Lächeln beantwortete.
„Wir ziehen uns zurück!"
Auf der Straße beschleunigte der Oberst den Schritt. Er wollte nicht, daß die Leute seine Niederlage bemerkten. Da wurde plötzlich die Tür Doroteas aufgerissen, und diese eilte auf die Straße.
„General! General!"
Corona drehte sich um.
„Ihre Blumen, General!" Und die durch den Lauf atemlose Dorotea streckte ihm den Strauß Rosen und Jasmin entgegen, den er auf seinem Sessel liegengelassen hatte.
Der Soldat errötete und nahm die Blumen.
„Vielen Dank, Señorita!"
Dann ging er weiter und wagte nicht, den Strauß wegzuwerfen. Er fühlte sich von der Alten beobachtet, die ihm auf der Straße lächelnd nachsah.
In Ixtepec bemerkte man vergnügt: „Dorotea hat Corona wie ein Jesuskind mit Blumen geschmückt."

„Er wird schon zum Vorschein kommen", urteilte Rosas, als Corona ihm von seinen erfolglosen Bemühungen berichtete. Er näherte sich dem Fenster, rauchte eine Zigarette und schaute dem Rauch nach, der sich in der Luft über dem Platz auflöste. Auch die Wipfel der Tamarindenbäume lösten sich im Morgenlicht auf. Nichts hatte in Ixtepec körperliche Form, nicht einmal der Mesner hatte seinen toten Körper hinterlassen. Die ganze Stadt war ein Rauchgebilde und entwich zwischen den Händen. „Er muß zum Vorschein kommen!" sagte Rosas verbissen und klammerte sich an seine Worte wie an die einzige Wirklichkeit in

dieser unwirklichen Stadt, die schließlich auch ihn in ein Gespenst verwandeln würde.
„Wer weiß! Wer weiß!" zweifelte Corona.
Der Zweifel seines Adjutanten führte ihn in sein unwirkliches Leben in Ixtepec zurück. Auch Corona löste sich in diesem fremden Licht auf. Und er, Francisco Rosas? Ihn verfolgten Schreie, die niemand ausgestoßen hatte, und er jagte unsichtbare Feinde. Er tauchte in einen Spiegel ein, rückte durch Flächen ohne Grund vor und war nur imstande, einen Baum zu beleidigen oder ein Dach zu bedrohen. Das Echo der Stille und der Schein einer Höflichkeit, die ihm die Bürgersteige und den Platz abtrat, machten ihn blind. So hatten sie ihm Julia entrissen; ihn mit Schreien betrogen, die niemand ausstieß, und ihm Bilder gezeigt, die in anderen Welten gespiegelt wurden. Nun erinnerten ihn nur noch die Toten an den Bäumen an Julia, und er verwechselte die Morgen mit den Nächten und die Lebenden mit den Toten. Er wußte, er bewegte sich in einer anderen Stadt, die im Raum widergespiegelt wurde. Seit er in Ixtepec war, kam ihm Julia in diesen zeitlosen Übergängen abhanden. Dort hatte er sie verloren, und dort suchte er sie weiter, obwohl ihm Ixtepec niemals die Worte, die den Tatsachen entsprachen, sagen würde. Er wußte es: Sie zauberten ihm die Tage weg, wechselten die Daten aus. Die Wochen vergingen, ohne daß ein Sonntag dabei gewesen wäre. Sein Leben verfloß auf der Suche nach den Spuren Julias, und die Straßen lösten sich in winzige leuchtende Punkte auf, welche die auf den Gehsteigen zurückgelassenen Spuren ihrer Schritte löschten. Eine sonderbare Ordnung hatte sich dieser verfluchten Stadt bemächtigt.
Justo Corona näherte sich seinem Chef. Auch er hatte leere Hände. Ixtepec entschlüpfte ihm wie eine Schlange. Die beiden sahen auf den Platz, der wie ein steinerner Spiegel ausgestreckt unter ihnen lag. Die Leute kamen und gingen, ohne sich mit ihnen oder ihren Grübeleien zu beschäftigen.

Man wußte, daß sie hinter ihren harmlosen Mienen nach den Soldaten spähten und zu dieser Stunde über die mobile Leiche von Don Roque lachten, die den Händen seiner Mörder entschlüpft war. „Er war immer schlau! Oh, ich habe es euch gesagt, den erwischen sie nicht einmal als Toten!“
„Die Betschwestern werden es nicht zugeben, daß man ihn in ungeweihter Erde begräbt! Sie werden bald eine Abordnung schicken und bitten, ihn begraben zu dürfen“, sagte Francisco Rosas, um sich vor Corona nicht für besiegt erklären zu müssen. Die Betschwestern! Was gingen ihn die Betschwestern oder die Pfarrer an. Er handelte auf Befehl seiner Vorgesetzten.
„Wer weiß! Wer weiß! Diese Alten sind schwierig!“
Justo Corona glaubte an das, was er sagte. Und er war diesen Morgen betrübt, weil er die aus Mexiko erhaltenen Befehle nicht ausführen konnte.
Tage vergingen, und niemand bat in der Militärkommandantur um Erlaubnis, den Leichnam Don Roques beerdigen zu dürfen. Der General war nicht überrascht. Er war an die Täuschungen Ixtepecs gewöhnt und bezweifelte, daß der Mesner je existiert habe. Müde ging er in seinem Büro auf und ab; er wußte nicht, was er sagen sollte.
„Diese Leute führen was im Schilde“, bemerkte Justo Corona wieder und blickte, noch immer auf der Suche nach einem Beweisstück, das ihn auf die Spur der Leiche von Don Roque bringen könnte, argwöhnisch aus dem Fenster. Francisco Rosas beachtete seine Worte nicht. Er wollte diese Leute und den Mesner vergessen. Er suchte etwas Ungreifbares, verfolgte das Lächeln einer Vergangenheit, die wie eine Rauchsäule in der Ferne zu entschwinden drohte. Diese Vergangenheit war die einzige ihm verbleibende Wirklichkeit.
„Ja, Oberst, sie führen was im Schilde!“
Er wollte seinem Adjutanten nicht widersprechen und wollte auch nicht gestehen, daß für ihn diese Leute nicht

existierten. Justo Corona fühlte sich von seinem Chef verraten. Rosas ließ ihn in seinem Kampf gegen die Stadt im Stich.

„Sie machen sich wieder über Sie lustig, Herr General, und das schmerzt mich", sagte er und spielte damit auf Julia an.

Rosas blieb stehen und sah seinen Adjutanten wissend an. Es stimmte. Corona hatte recht. Der Spott von Ixtepec war der Anfang seines Unglücks gewesen. Dann ging er unmutig zum Fenster und sah dem Kommen und Gehen der Leute zu.

„Sicher, sie führen was im Schilde!"

Die Soldaten spionierten herum, und alle erwarteten das Erscheinen von Abacuc. Sein Name lief von Stadt zu Stadt. Er hatte sich als Aufrührer im Gebirge versteckt. Um Mitternacht flohen die Männer auf geheimen Wegen aus Ixtepec, um sich ihm anzuschließen. Abacuc schlief während des Tages und tauchte in den Nächten auf. Man konnte das Geheul seiner Männer aus den benachbarten Dörfern hören. Er tötete Soldaten, befreite Gefangene und ließ die Gefängnisse und Archive in Flammen aufgehen. Von überall schlossen sich Männer an, schrien, brüllten mit den seinen und liefen barfuß hinter seinem Pferd her, das bei Tagesanbruch wieder auf unwegsamen Gebirgspfaden verschwand. Die Nacht war nicht fern, in dem Ixtepec seinen Schrei „Es lebe König Christus!" hören würde, und dann hatte für Francisco Rosas die letzte Stunde geschlagen.

„Er wird bald kommen!"

Wir lachten und freuten uns auf den neuen Brand von Ixtepec.

„Je früher desto besser!"

Und wir blickten nicht einmal zu den Fenstern der Militärkommandantur auf, wo die Soldaten uns beobachteten; der General und seine Adjutanten waren unsere Gefangene.

IV

Aber eines Nachmittags um sechs Uhr kamen Truppen nach Ixtepec, die nicht für die Sache Abacucs kämpften. Die Soldaten kampierten auf dem Platz, zündeten Lagerfeuer an, brieten Ferkel und sangen alte Lieder.

Ich ging von Tür zu Tür
Und suchte Feder und Papier,
Um Isabel zu schreiben,
Sie möge treu mir bleiben . . .

Wir warfen ihnen haßerfüllte Blicke zu. „Diese Narren! Sie müssen für einige wenige krepieren, für die es nicht lohnt zu sterben!“ Ein neuer General erschien. Er kam das Gebiet inspizieren. Am Vormittag fuhr er in der Stadt umher. Steif saß er in seinem Auto, das über das Pflaster der Straßen holperte. Dem neuen General fehlte ein Auge; er hatte ein flaches Gesicht und eine zitronengelbe Haut. Weder die Hunde, die bei seiner Vorüberfahrt bellten, noch die Hühner, die entsetzt inmitten der Staubwolke flohen, die sein Automobil aufwirbelte, brachten ihn aus der Fassung. Mit seinem einzigen Auge sah er uns unerschrocken an. Er schwitzte in seiner engen Jacke mit hohem Kragen und unter seiner ganz gerade auf den kurz geschnittenen Haaren sitzenden Kappe.

Die Nacht verbrachte er im Hotel Jardin im Gespräch mit dem General Francisco Rosas und zog sehr früh am Morgen von seinen Soldaten gefolgt wieder ab. Es war der General Joaquin Amaro; er zog in den Kampf gegen die *Cristeros.*

„Er ist ein Yaqui! Ein verräterischer Indio“, sagten wir erschrocken. Ein verräterischer Yaqui schloß alle Übel ein, die man sich ausdenken konnte. Der einäugige Blick des Generals verhieß uns Strafen, die unsere Seelen anfeuerten, und des Nachts stießen wir laute Schreie aus, die von Straße zu Straße, von Stadtteil zu Stadtteil und von Balkon zu Balkon liefen.

„Es lebe König Christus!“
„Es lebe König Christus!“ erscholl es aus einem Fenster.
„Es lebe König Christus!“ ertönte es aus dunklen Winkeln.
„Es lebe König Christus!“
In den Toreinfahrten hallte es lange nach. Schüsse ertönten. Sie verfolgten diesen Schrei, der in der Stadt die Runde machte. Im Dunkeln liefen ihm die Soldaten nach, und er tauchte aus allen Winkeln der Nacht auf. Manchmal eilte er seinen Verfolgern voraus, dann wieder verfolgte er sie. Sie suchten ihn blindlings; liefen vor, zurück und wurden immer zorniger. In vielen Nächten wiederholte sich dieser Tanz der Soldaten und des Schreies, der durch meine unwegsamen Gassen und Straßen kreuz und quer lief.
Francisco Rosas tat so, als ob er am Morgen die auf die Türen der Militärkommandantur geklebten Plakate mit dem Schweißtuch der Veronika und der Inschrift: „Es lebe König Christus!“ nicht sähe.
„Seid ihr sicher, daß er tot ist?“
„Ja, Herr General! Sein Kopf hatte ein Loch wie die Öffnung eines Kruges!“
„Ich habe in seine Augen geleuchtet. Sie standen vor Entsetzen weit offen. Er war schon gestorben.“
Francisco Rosas dachte eine Weile nach und schloß sich mit Justo Corona in seinem Büro ein.
„Irgend jemand organisiert sie; deshalb bezweifle ich, daß er gestorben ist.“
„Die Burschen versichern es“, sagte Corona verärgert.
„Ixtepec spottet über mich!“
„Man muß eine exemplarische Strafe verhängen!“
„Über wen?“
„Über die, die für das Verschwinden des Mesners verantwortlich sind!“ Justo Corona dachte, als er diese Worte sprach, an Doña Matilde. Rosas wußte nicht, was er antworten sollte.

Wer waren die Verantwortlichen? Er wußte es nicht. Er wußte nur, daß Ixtepec sich seit dem Verschwinden der Leiche Don Roques verändert hatte. Irgend jemand leitete aus dem Verborgenen jene Schreie und nächtlichen Verbrechen.

„Eine dieser Frauen hat ihn in ihrem Garten begraben oder sie gewährt dem Lebenden Unterschlupf, und er ist es, der diese Krawalle leitet."

„Durchsuchen Sie die Häuser noch einmal, Oberst. Und wenn Sie die Erde umgegraben oder die Ziegel ausgebessert finden, suchen Sie. Dort ist der Mesner. Bringen Sie ihn mir, so wie Sie ihn finden, und auch diejenige, die ihn versteckt hielt."

Zum zweitenmal begab sich Justo Corona von einem kleinen Trupp Soldaten gefolgt in die Poststraße. Das Gerücht, er würde Doña Matildes Haus erneut durchsuchen, traf früher bei dieser ein als der Oberst selbst. Die Señora gab die alarmierende Nachricht an die Montufars und an Dorotea weiter. Als Justo Corona erschien, verhielten sie sich genauso wie bei seinem ersten Besuch, und der Oberst erfuhr nichts Neues über den Leichnam von Don Roque.

In keinem der drei Häuser waren weder Ziegel entfernt noch war die Gartenerde aufgegraben worden. In den Ställen wucherten Gräser zwischen den Steinen, die seit vielen Jahren an derselben Stelle lagen. Enttäuscht kehrte der Oberst in die Kommandantur zurück.

„Nichts, mein General!"

„Ich kann die Flucht des Pfarrers verstehen! Aber ein Toter geht nicht verloren!"

„Ich weiß es, Herr General! Aber in diesen Häusern ist nichts zu finden!"

Die Militärs waren niedergeschlagen. Vom Balkon des Büros des Generals sahen sie Doña Carmen mit einem Körbchen unterm Arm und mit vom Bad noch feuchten Haaren vorübergehen. Der tägliche Besuch der Gattin des Doktors bei Doña Matilde schien ihnen verdächtig.

„Was führen diese Leute im Schilde?"
Einige Dienstmädchen gingen vorüber, die vom Markt zurückkamen; dann jagten einige Gassenbuben mit Schleudern vorbei und beschossen sich mit Orangenschalen, die rote Spuren an ihren Beinen zurückließen.
Später tauchte der Pferdewagen des Doktor Arrieta auf. Dahinter zwei Wasserverkäufer. Alle schienen harmlos ihren Beschäftigungen nachzugehen.
„Sind die drei Häuser überwacht worden?"
„Bei Tag und Nacht, Herr General!"
Die Soldaten fühlten sich durch die Stille von Ixtepec besiegt. Was konnten sie machen angesichts dieser harmlosen Gesichter? Angesichts dieser im Morgenlicht strahlenden Stadt, die in den Nächten dunkel und veränderlich war wie ein Sandsumpf.
„Wir müssen einen Denunzianten finden!" schrie plötzlich Corona auf, erstaunt darüber, daß ihm nicht schon früher eine so einfache Lösung eingefallen war. „Und zwar in einem dieser drei Häuser!"
Wenige Tage später machte der Sergeant Illescas Ines, dem Dienstmädchen der Señora Montufar, den Hof.
Der General rief den Hauptmann Flores in sein Arbeitszimmer.
„Hauptmann, statten Sie doch dem Haus von Luchi einen kleinen Besuch ab. Wir wollen mal sehen, vielleicht weiß man dort etwas über den Mesner."
Der Hauptmann Flores wollte etwas einwenden, aber er fand sich dem entschlossenen Blick von Francisco Rosas und der finsteren Miene von Justo Corona gegenüber. Er schämte sich über die Niedrigkeit seiner Aufgabe und verließ schweigend das Büro seines Vorgesetzten. Am Abend ging er ins Bordell. Er war seit Tagen nicht mehr dort gewesen; die Mädchen empfingen ihn gleichgültig. Der Hauptmann täuschte Freude vor, kurbelte das Grammophon an und ließ Getränke für alle kommen. Luchi setzte sich zu ihm. Flores versuchte vergeblich, sich wie früher zu

fühlen. Er war traurig. Niemals hätte er gedacht, daß er einmal diese Frauen aushorchen müßte. Wie tief war er gesunken!

„Was ist los mit dir?“ fragte ihn Luchi.

„Ich weiß nicht, diese Stadt ist sehr fade geworden. Ich möchte fort von hier!“

Luchi blickte zu Boden. Er hätte ihr gern gesagt, daß er es müde war, Bauern zu erschießen, und daß er weder den Groll Coronas noch die verblendete Haltung von Rosas verstand; aber er durfte es nicht sagen. Er war sein Komplize, und er war hier, weil er Dinge erfahren wollte, die dem Mädchen das Leben kosten konnten.

Und warum die Luchi? Was konnte eine arme Frau wie sie, im Bordell von der Welt getrennt, wissen? Nichts. Die Gewißheit, daß die Frau mit dem Verschwinden der Leiche des Mesners nichts zu tun hatte, beruhigte ihn. Er würde den erhaltenen Befehl ausführen und sie dann mit erleichtertem Herzen zum Tanz bitten. Er wußte nicht, was er sagen, noch wie er beginnen sollte. Er war Soldat und kein Politiker.

„Man redet über so viele Dinge in der Stadt!“

„Ja“, antwortete sie lakonisch.

„Hast du gehört, was über den Mesner erzählt wird? Ich frage mich, was wohl mit seiner Leiche geschehen sein mag?“

Luchis Miene veränderte sich. Sie sah den Offizier strafend an. Dieser lächelte, um die Frage, die das Mädchen verärgert hatte, unwichtig erscheinen zu lassen.

„Ihr habt ihn umgebracht, und nun wollt ihr uns erschrecken!“

„Bist du sicher, daß wir ihn umgebracht haben?“ erwiderte Flores.

Luchi erhob sich, ging in die Ecke, in der Juan Cariño saß und flüsterte ihm etwas ins Ohr. Der Verrückte hörte aufmerksam zu, stand auf und ging auf Flores zu.

„Junger Mann, ich flehe Sie an, stören Sie nicht die Ordnung dieses Hauses, indem Sie verfängliche Fragen stellen."
„Herr Präsident!"
Juan Cariño legte ihm die Hände auf die Schultern und setzte ihn mit einem Ruck in einen Stuhl. Dann nahm er dort Platz, wo Luchi gesessen hatte, und sah ihn eindringlich an. Flores fühlte sich unbehaglich unter dem unbeirrbaren Blick des Verrückten.
„Betrachten Sie die Señorita Luchi! Sie ist sehr unangenehm berührt!"
„Warum?" erwiderte Flores fragend.
„Warum? Ach, junger Mann, Ihr habt die Macht, aber Ihr seid nicht im Recht, deshalb wollt Ihr Eure Verbrechen uns in die Schuhe schieben. Ihr braucht einen Grund, um uns verfolgen zu können!"
Die Taconcitos betrachtete verstohlen die Szene. Luchi ging zu ihr.
„Geh jetzt schlafen", befahl sie.
Das Mädchen gehorchte schweigend und verließ, mit ihren Schuhabsätzen klappernd, den Salon. Als sie an der Türe von Juan Cariño, die mit einem Vorhängeschloß abgesperrt war, vorüberkam, murmelte sie grollend: „Alter Narr!" Mit einem Fußtritt öffnete sie die Türe ihres Zimmers und warf sich rücklings auf ihr Bett. Sie konnte die fröhlichen Klänge eines Charleston von unten hören. Ihr Leben war unerträglich geworden seit der Nacht, in der Juan Cariño bummeln ging und erst knapp vor Tagesanbruch zurückkam.
„Du hör, es ist schon fast zwei Uhr früh, und der Herr Präsident ist noch nicht zurückgekehrt", hatte sie diese Nacht zu Luchi gesagt. Sie bekam keine Antwort.
„Aber es ist schon zwei Uhr vorbei!" bemerkte sie wieder.
„Und was geht das dich an?"
Die Taconcitos war neugierig. Sehr spät, als die Kunden schon gegangen waren und sie allein im Salon zurückge-

blieben war, um die Lampen zu löschen, hörte sie, wie jemand am Holz der Eingangstüre kratzte.
„Oh, wie zartfühlend!“ flüsterte sie, blies mit einem Hauch das letzte Licht aus und versteckte sich hinter einem Stuhl. Atemlos verharrte sie dort und hörte, wie weiterhin am Holz gekratzt wurde. Vielleicht wollte die Luchi einen Mann zu sich lassen und verbarg ihn eifersüchtig vor ihren Dirnen? Sie fühlte das sonderbare Vergnügen, das sich der Neugierigen bemächtigt, wenn sie sich einem Geheimnis nahe wissen; ihr Herz pochte heftig; sie spürte einen stechenden Schmerz in der Brust. Die Luchi durchquerte in der Dunkelheit den Salon und ging in den Vorraum bis zur Eingangstür. Wie geheim sie ihn hielt!
„Hier, Herr Präsident“, flüsterte Luchi, als sie von Juan Cariño begleitet in den Salon trat und im dunklen Haus verschwand. Enttäuscht schickte sich die Taconcitos an, ihr Versteck zu verlassen, als Luchi ein zweites Mal erschien; sie trug einen großen Koffer unterm Arm, durchquerte den Salon und das Vestibül und ging auf die Straße.
„Nanu, was hatte die vor?“ Sie hörte, daß Luchi die Türe angelehnt ließ und beschloß, weiter zu warten. Eine Stunde verging, dann wurde die Türe sanft aufgestoßen. Wieder erschien Juan Cariño. Er kam von der Straße. Still verschwand er ein zweites Mal im dunklen Haus. Die Taconcitos verfolgte die Vorgänge mit offenem Mund. Sie wollte schon auf ihr Zimmer gehen, als sie neuerdings das Knarren der Eingangstür hörte und dann das Klicken des Schlosses. Sie wartete zitternd und sah Luchi mit demselben Gepäckstück unterm Arm wieder erscheinen.
„Du bist es schon wieder?“ sagte die Taconcitos unwillkürlich.
„Du spionierst mir nach!“ erwiderte die Luchi mit zornbebender Stimme.
„Der Herr Präsident führt etwas im Schilde. Er ist zweimal hereingekommen und kein einziges Mal hinausgegangen!“

„Wenn du das noch einmal sagst, zerkratz ich dir das Gesicht!“ drohte Luchi. Seit dieser Nacht machte sie ihr das Leben zur Hölle. Am folgenden Tag, als ganz Ixtepec über das Verschwinden der Leiche des Mesners sprach, ließ die Luchi sie nicht auf die Straße gehen und erlaubte ihr nicht zu arbeiten. Näherte sich ihr ein Kunde, fuhr sie dazwischen und warf ihn aus dem Salon. Und die Taconcitos, allein in ihrem Zimmer, grübelte.

„Verflucht, die werden ihren Zorn an uns abkühlen!“ Sie verbarg den Kopf im Kissen und wollte mit dem, was im Hause vorging, nichts zu tun haben. Sie konnte sich unschwer vorstellen, wie im Salon der Verrückte den Hauptmann Flores erzürnt beobachtete und ihn hinderte, sich den Mädchen zu nähern. „Hundeleben, ohne Arbeit werden wir vor Hunger bald mager wie Skelette sein!“

V

Von seinem Balkon aus sah Francisco Rosas sie kommen; sie trugen Festtagskleider, hatten das kurze Haar straff zurückgekämmt und die Gesichter eingepudert.

“Corona! Corona! Dort kommen sie!“ schrie Rosas verblüfft. War es möglich, daß Ixtepec ihm die Stirne bot? Justo Corona eilte zu ihm. Er sah, wie Doña Carmen B. de Arrieta, Doña Ana Moncada und Doña Elvira Montufar den Platz in Richtung auf die Militärkommandantur überquerten.

„Sieh einer an! Die kommen, um klein beizugeben. Herr General, wir müssen hart bleiben.“

„Sie wollen uns die Leiche des Mesners übergeben!“ Francisco Rosas erschien es wie ein Wunder. Er lächelte. Die Offiziere fuhren mit der Hand an den Kragen ihres Uniformhemdes, um sicherzugehen, daß ihre hellen Gabardinekrawatten auch richtig saßen, kämmten sich und fingen zu lachen an. Jubel lag in ihren Stimmen. Sie hatten das Spiel gewonnen.

Unter der Führung eines Soldaten durchquerten die Damen mit zaghaften Schritten den Orangenhof und blieben vor der Tür zum Arbeitszimmer des Generals stehen.
Dieser ließ sie unverzüglich eintreten. Sie wagten anfangs nicht, ihm in die Augen zu sehen. Der General forderte sie galant auf, sich zu setzen, und wechselte einen Blick des Einverständnisses mit seinem Adjutanten, der stehend die Frauen mit erwartungsvoller Miene beobachtete.
„Was kann ich für Sie tun, meine Damen?"
Die drei fingen nervös zu lachen an. Justo Corona zog sein Zigarettenetui aus der Tasche und fragte höflich, ob er rauchen dürfe.
„Aber natürlich!" riefen sie alle zugleich aus.
Auch der General zündete sich eine Zigarette an und nahm gutgelaunt ihnen gegenüber Platz. Sie lachten wieder und sahen sich aufgeregt an. „Erstaunlich, wie jung er ist!" dachte Doña Elvira.
„Was kann ich für Sie tun?" drängte Rosas liebenswürdig.
„General, wir sind hier, um Ihnen einen kleinen Olivenzweig anzubieten", sagte Doña Elvira mit feierlicher Miene. Die Jugend und das gute Aussehen ihres Gegners schienen ihr Mut einzuflößen.
Der General sah sie mit seinen gelben Augen an, ohne den Sinn des Gesagten zu verstehen.
„Wir können diese furchtbare Spannung nicht länger ertragen. Man muß sich um einen Ausgleich der Gegensätze bemühen und diesen für uns alle so schädlichen Bürgerkrieg beenden!" Die Gattin des Doktors schwieg; der verdutzte Blick ihres Gesprächspartners ließ sie den Rest ihrer Rede vergessen. Doña Elvira kam ihr zu Hilfe.
„Wenn man das Gesicht seines Gegners sieht, verringert sich die Feindschaft!"
„Unser Verhalten war egoistisch", sagte Doña Elvira und meinte es in diesem Augenblick aufrichtig. Sie fand den General Rosas ausnehmend hübsch und vergaß anscheinend, wie übel er alle behandelte.

Justo Corona rauchte schweigend, ohne zu verstehen, worauf sie hinauswollte. Rosas kniff die Augen zusammen und wartete, bis die Gattin des Doktors ihre Rede beendet hatte. Aufmerksam horchte er auf jedes von den Freundinnen gesprochene Wort und versuchte herauszubekommen, was ihre augenscheinlich naiven Äußerungen verbargen. Er sagte nichts. Das Schweigen war ihm nicht unbequem; im Gegenteil: er war darin heimisch wie ein Fisch im Wasser. Den Frauen jedoch würde in ihrer Schwatzhaftigkeit bald das Wort entschlüpfen, das die wahren Absichten hinter diesen alten und lügnerischen Gesichtern erkennen ließ. Doña Carmen merkte, daß sie auf sumpfigen Boden trat und ging mutig zu einem Überraschungsangriff über.

„Herr General, wir tragen uns mit dem Gedanken, Ihnen zu Ehren ein Fest zu veranstalten!"

„Ein Fest?" rief Rosas erstaunt aus.

„Ja, General, ein Fest!" wiederholte sie bestimmt und legte ihm mit der harmlosesten Miene dar, daß durch ein Fest am besten das Ende der Feindseligkeiten zwischen der Stadt und den Soldaten proklamiert werden könnte.

„Das Lächeln läßt die Tränen versiegen", schloß sie lächelnd. Rosas nahm die Einladung an. Was konnte er anderes tun. Die Damen setzten das Datum fest und verließen gutgelaunt sein Büro.

Der General wandte sich an den Oberst: „Was meinen Sie, Oberst?"

Corona wirkte noch immer sehr erstaunt.

„Ich weiß nicht; ich traue den Frauen nicht. Und am allerwenigsten denen von Ixtepec. Vielleicht wollen Sie uns alle bei diesem Fest vergiften."

„Ja, es könnte ein listiger Anschlag sein!"

Und Francisco Rosas verlor sich wieder auf den schlüpfrigen Unwegen von Ixtepec.

VI

Auch ich war überrascht, wie sehr meine Einwohner sich an der Idee, für den General Francisco Rosas ein Fest zu veranstalten, begeisterten. Der Mensch ist wankelmütig. Man hätte meinen können, alle hätten augenblicklich die Schließung der Kirche und die Verbrennung der Marienstatue vergessen. Die Plakate mit dem Schweißtuch der Veronika klebten beim Morgengrauen nicht mehr an den Türen, und die Schreie „Es lebe König Christus!“ hörten auf. Die Nächte wurden wieder ruhig. Die durch das Fest weggezauberte Furcht machte einem Freudentaumel Platz, der nur mit der Raserei verglichen werden kann, in die ich während der Festtage anläßlich der Hundertjahrfeier der Unabhängigkeit Mexikos verfiel. Diese aufregenden Tage vermischen sich in meiner Erinnerung mit den Tagen vor dem Fest der Doña Carmen B. de Arrieta.

Damals waren die wohlhabenden Leute nach Mexico gereist, und wir, die wir traurig daheimblieben, warteten mit Gier auf die sensationellen Nachrichten aus der Hauptstadt. Wir waren vom Glück ausgeschlossen. Und obwohl auch wir das erste Jahrhundert der Unabhängigkeit feierten, achtete niemand auf unsere Festkleider und unser Feuerwerk. Die mit ausländischen Gesandten bis an den Rand vollen Kutschen, die prächtigen Reiterzüge, die chinesischen Raketen, die die Hauptstadt in ein Flammenmeer verwandelten, nahmen unsere ganze Aufmerksamkeit gefangen.

Das Fest für den General Francisco Rosas lag im leuchtenden Kielwasser der früheren Feste. Man vergaß die an der Straße nach Cocula Erhängten. Niemand erwähnte die auf den Landstraßen aufgefundenen Toten. Die bengalischen Feuer ersparten den Leuten unangenehme Gedanken, und von ihren Lippen stieg das Wort Fest wie eine schöne Rakete auf.

Juan Cariño war am aufgeregtesten. Er lüftete ohne Unterlaß seinen Zylinderhut, um seine Bekannten zu begrüßen und lächelte zufrieden: er hatte Ferien.
Die Worte, die an diesen Tagen die Luft erfüllten, waren die von ihm bevorzugten, und er konnte endlich einmal korrekt und ohne Furcht sein Haupt entblößen. Sein Hut schloß kein böswilliges Wort ein. Im Bordell sprach er in gewählten Ausdrücken über die Kunst des Festes.
„Es ist ein Fest der schönen Künste", erklärte er arrogant den Mädchen, die traurig von den Vorbereitungen für das Fest hörten, zu dem sie nicht geladen waren.
„Die Feuerwerkskörper sind schon angekommen!" kündigte er eines Nachmittags an und legte seinen abgenützten Hut auf das schmutzige Tischchen im Salon. Die Mädchen lächelten wehmütig.
„Bengalisches Feuer!" wiederholte Juan Cariño und versuchte mit diesen Worten die Armut dieses Hauses, in dem die verkommenen Mädchen lebten, aufzuhellen.
„Oh, wie schön!" sagte eine, um ihn in seinen Bemühungen zu unterstützen, für sie ein Wunder zu vollbringen.
„Wißt ihr, was bengalisch heißt?"
Die Mädchen sahen ihn erstaunt an. Es war ihnen niemals in den Sinn gekommen, sich darüber Gedanken zu machen.
„Nein, Herr Präsident!"
„Wartet einen Augenblick! Das Wörterbuch, dieses Meisterwerk menschlicher Gehirne, wird es uns sagen!"
Juan Cariño ging in sein Zimmer und kam nach einigen Minuten strahlend zurück.
„Es kommt aus Bengalen. Das ist ein wunderbares blaues, von gelben Tigern bevölkertes Land. Ja, das ist Bengalen! Und schon sind die Feuerwerkskörper in Ixtepec angekommen, um den Tag des Waffenstillstandes festlich zu illuminieren!"
Der von allen sehnlichst erwartete Tag brach sich Bahn durch die Zeit und erreichte uns abgerundet und vollkommen wie eine Orange. Und wie diese schöne goldrote Frucht

bleibt er in meiner Erinnerung und wirft Licht in die Finsternis, die nachher kam. Die Stunden fielen glasklar auf seine Oberfläche, öffneten einen Zauberkreis und eilten in das Haus von Doña Carmen B. de Arrieta.
Vom hellen Schein aus den Fenstern beleuchtet, wartete das Volk von Ixtepec aufmerksam und neugierig vor dem verzauberten Haus auf den Beginn des Festes. Die mit Rosen dekorierten Palmen leuchteten. Die Steinfliesen glänzten wie eine Wachstafel. Von den Mauern hingen Tulpen und Jasminblüten. In orangefarbenes Papier eingewickelte Farnbündel waren Sonnen, die grüne Strahlen verschossen. Im Korridor hinten klirrten Flaschen und Gläser auf einem Tisch unter den Händen der Bedienten. Der Garten öffnete sich wie ein schöner Fächer von Lichtreflexen. Das erneuerte Wasser im Brunnen spiegelte die Zweige der Akazien, an denen japanische Lampions hingen, die schimmernde Wege im Wasser und auf den Wiesen erzittern ließen. Don Pepe Ocampo verteilte die Tische unter die Bäume und bedeckte sie mit rotbraunem Tarlatangewebe, um zu verhindern, daß sich Insekten darauf niederließen. Der Maestro Batalla ließ seine Musiker unter den Orangenbäumen Platz nehmen, und die Instrumente erfüllten das Blattwerk mit Vorahnungen ihrer Musik. Helles Licht strahlte von den Balkonen, den Fenstern und vom Flur auf die dunkle Straße hinaus.
Die Gäste trafen ein, die Leute auf der Straße machten ihnen Platz und nannten sie beim Namen.
„Dort gehen die Olvera!“
„Die Cuevas kommen schon!“
Diese betraten laut redend und lachend und mit so schneidigen Gesten das Haus, daß man meinen konnte, sie zögen in einen Krieg. Die Armen, „Kehrichthäufchen“, wie Dorotea sie nannte, begnügten sich damit, durch die großzügig geöffneten Fenster und Balkone Teile des Festes mitzuerleben. „Isabel ist rot gekleidet!“ „Doña Carmen hat einen Fächer aus weißen Federn!“ verkündete ein anderer

von einem benachbarten Balkon aus. Um neun Uhr abends trat die Abordnung der Señoritas, die beauftragt waren, den General und seine Adjutanten vom Hotel Jardin abzuholen, aus dem Haus.
Bald darauf schrie einer: „Sie kommen schon!"
Alle liefen ihm entgegen, um die Soldaten in Begleitung der Mädchen ankommen zu sehen.
„Sie kommen! Sie kommen!"
Wir bildeten eine Gasse, um den Ehrengast und seine Begleitung durchgehen zu lassen.
Der General Francisco Rosas, groß, schweigsam, mit nach hinten geschobenem texanischen Hut, blitzblanken Stiefeln, Hose und Waffenrock aus hellem Gabardine, betrat das Haus der Arrieta. Uns war, als sähen wir ihn zum erstenmal. Wir erkannten Justo Corona wieder, den Hauptmann Flores und den Hauptmann Pardiñas mit seinen schwarzen Augen, die wie Fächer nach allen Seiten schauten; er stammte aus Cocula. Der Oberstleutnant Cruz war nicht dabei.
Mit ihnen drang ein kühler Luftzug in das Fest; ein Geruch nach Rasiercreme, Rasierwasser und süßem Tabak. Sie standen unbeweglich unterm Torbogen und warteten auf das Erscheinen der Hausfrau, die ihnen zitternd entgegenkam, um sie zu empfangen. Der General zog langsam seinen Hut, deutete ein scheinbar spöttisches Lächeln an und verbeugte sich vor seiner Gastgeberin. Seine Adjutanten machten es ihm nach. Dann schritten sie durch den hell erleuchteten Korridor und begrüßten die Gäste mit kurzen Verneigungen des Kopfes, die diese Begrüßung wie eine Gnade empfingen.
Don Pepe Ocampo lief zum Maestro Batalla, der vom Hintergrund des Gartens aus gespannt das Erscheinen von Rosas und seinem Gefolge beobachtete. Dann ließ er einen Weckruf blasen.
Die Erinnerung ist trügerisch. Sie bringt manchmal die Ordnung der Geschehnisse durcheinander oder führt uns

in eine dunkle abgestorbene Bucht. Ich weiß nicht mehr, was nach dem Eintreffen der Soldaten geschah. Ich sehe nur den General; er steht auf ein Bein gestützt und bedankt sich mit leiser Stimme; dann tanzt er dreimal. Mit jeder der Señoritas, die gekommen waren, ihn zu holen, einmal. Ich sehe die seiner Brust sehr nahen Augen Isabels, und wie entzückt sie schien, als Rosas sie zu ihrem Platz zurückführte und, bevor er sich entfernte, eine Verbeugung machte. Ich sehe Conchita, wie sie den Takt der Musik nicht einzuhalten vermochte und um Entschuldigung bat, die ihr auch wohlwollend gewährt wurde. Dann Micaela, wie sie plauderte, während ihr Tanzpartner undurchdringlich lächelte. Und ein anderes Mal ihn, wie er mit seinen Männern in einer Ecke des Korridors stand und rauchte. Neben ihm wirbelte das Fest vorüber; Paare fanden und lösten sich.

Tablette mit eisgekühlten durchsichtigen Erfrischungsgetränken wurden herumgereicht. Die Gäste griffen nach den kalten Gläsern und wurden für einige Augenblicke, in denen sie die disziplinierte Kühle des Eises in ihrer Hand fühlten, nüchtern. Von den Balkonen aus sangen die Armen mit. Ihre Schreie vermischten sich mit dem wirbelnden Jubel.

Isabel flüchtete zu einem Stuhl, der nahe einem Mauerpfeiler unter einem blühenden Buganviliastrauch stand. Zerstreut riß sie eine Blütentraube ab und zerbiß sie mit ihren Zähnen. Tomas Segovia verbeugte sich vor ihr. Das Mädchen schaute durch ihn hindurch. Die anmaßende Schönheit dieses kleinen Mannes mit gekräuseltem Haar und weiblich zarten Gesichtszügen war ihr zuwider.

„Tanzt du, Isabel?“

„Nein.“

Ihre Antwort entmutigte ihn nicht. Er nahm einen Stuhl herbei und setzte sich selbstgefällig an die Seite seiner Freundin. Nach einigen Augenblicken suchte er ein Papier

in einer seiner Taschen und hielt es Isabel hin, die es fragend in die Hand nahm.
„Mein letztes Gedicht. Es ist dir gewidmet."
Der junge Apotheker war weiterhin dem Verseschmieden ergeben; seine Liebe zur Poesie hielt unvermindert an. Isabel las das Gedicht mit Widerwillen.
„Das hast du mir gewidmet?"
„Ja, göttliches Geschöpf", bekräftigte Segovia und zwinkerte, um seinen Worten größeren Nachdruck zu verleihen, mit einem Auge. Es war egal, ob er es nun ihr oder einer anderen widmete. „Ich liebe ein für Poesie nicht empfängliches Wesen. Ja, das ist nun einmal so!" gestand er sich traurig.
„Welch eine Feder in den Grenzen des Vergessens!" las Isabel und unterbrach ihn in seinen Gedanken durch ihr heftiges Lachen, das den Lärm des Festes übertönte und bewirkte, daß ihr Vater sie erschrocken anblickte. Tomas fühlte sich durch dieses Lachen nicht beleidigt. Es gab ihm den Anreiz, eine komplizierte Theorie über die „verderbliche Kunst der Koketterie" zu entwickeln. Isabel ließ ihn reden. Entmutigt durch das Schweigen des geliebten Mädchens entfernte sich Segovia von ihr und beobachtete sie von einem benachbarten Pfeiler aus. Eine „unmögliche Liebe" entsprach eigentlich seinem Hang; sie hinterließ ihm den „außergewöhnlichen Geschmack" des Scheiterns.
Wieder allein, konnte sich Isabel ihren wenig schmeichelhaften Gedanken hingeben. Ihr Vater trat zu ihr.
„Warum tanzt du nicht mit Tomas?"
„Mir gefallen die Dichter nicht. Sie denken nur an sich selbst. Wer will das heute hören?"
„Gerade weil er nur dummes Zeug redet, solltest du mit ihm tanzen; dann würdest du weniger an das denken, woran du denkst."
Don Martin blickte sich um, ob ihm jemand zuhörte. Dann verbeugte er sich galant vor seiner Tochter und forderte sie zum Tanz auf. Die beiden tanzten beim General vorbei,

der, von seinen Vertrauten umgeben, weiter in seiner reservierten Haltung verharrte. „Wollte oder konnte er sich nicht unter uns mischen?"
Er schien verschieden zu sein von den anderen. Wer hätte, wenn er diesen ruhigen Mann mit den wehmütigen Augen sah, gedacht, daß er die Verfolgungen, denen wir ausgesetzt waren, leitete? Er mußte sehr jung sein. Vielleicht noch nicht einmal dreißig Jahre alt. Ein Lächeln umspielte seine Lippen; er schien über sich selbst zu lächeln. Die Mutter Isabels sprach ihn an:
„Ich bin eine Cuetara ... Erinnern Sie sich an sie?" An ihrem Mädchennamen konnte man erkennen, daß auch sie aus dem Norden stammte.
„Ja, Señora, ich erinnere mich an sie."
„Es waren meine Brüder", erklärte die Dame.
Der General sah sie an, wie wenn er die Größe dieses Verlustes empfinde.
„Sie starben ... gut, sie starben vorher!" Es klang wie eine Beileidsbezeugung.
„Vorher?" wollte die Señora wissen.
„Bevor wir hierher kamen", fügte der General hinzu und hielt das Gespräch für beendet.
Um zehn Uhr abends setzten sich die Gäste an die im Garten verteilten Tische. Tomas Segovia hatte die Aufgabe, das Fest einzuleiten. Er hielt eine Rede, die eine Überfülle von lateinischen Zitaten enthielt. Der Redner richtete mit sprechenden Blicken Lobeshymnen an den General.
Er mußte schließlich „vaterländische" Töne anschlagen. Rosas hörte sich die Schmeicheleien genauso gleichgültig an wie er alles gleichgültig aufnahm, was von uns kam. Isabel saß zu seiner Linken, schaute auf seine Hände, die verlassen auf dem Tischtuch ruhten, und verhielt sich ruhig. Seine distanzierte Haltung verstimmte sie. Die übrigen auf verschiedene Tische verteilten Offiziere lachten und scherzten mit ihren Tischnachbarn.

Nur Justo Corona verfolgte aus einiger Entfernung die kleinste Geste seines Vorgesetzten; er schien ungeduldig und blickte häufig auf seine Armbanduhr. Die durch die Getränke angeregte Plauderei tummelte sich zwischen den Bäumen; Gelächter lief durch den Garten, aber Corona beobachtete unbeirrbar seinen Chef.

Nach dem Abendessen tanzte man wieder. Der General kehrte schweigend an seinen Platz nahe der Korridorecke zurück. Justo Corona gesellte sich zu ihm; beide unterhielten sich leise. Isabel verlor ihn nicht aus den Augen. Sie sah, wie Corona dem fröhlich tanzenden Pardiñas ein Zeichen gab und wie dieser den Tanz abbrach und zu den übrigen Offizieren ging. Sie gruppierten sich um den General, der des öfteren auf seine Armbanduhr sah. Isabel erblaßte und ging die Hausherrin suchen.

„Wer weiß, was passiert!" flüsterte das Mädchen Doña Carmen ins Ohr.

Doña Carmen erschrak und blickte bekümmert auf die Soldaten. Sie schienen entschlossen zu sein, das Fest zu verlassen, nahmen ihre Hüte und hielten nach ihr Ausschau.

„Was sollen wir tun?" fragte die Señora.

„Halten Sie sie zurück!" flehte Isabel.

Doña Carmen eilte auf die Soldaten zu, um sie am Fortgehen zu hindern.

„Warum wollen Sie uns so früh verlassen, General?"

„Die Pflicht ruft, Señora!"

„Nein, nein, das darf nicht sein! Sie haben ja noch nichts getrunken! Kommen Sie! Nur auf ein Gläschen!"

Der General sah sie kalt an. Die Gäste hörten zu tanzen auf und schauten bestürzt auf die Offiziere, die anscheinend entschlossen waren, das Fest zu verlassen, und auf die Gastgeberin, die darauf bestand, daß sie noch ein Weilchen dablieben. „Sie gehen schon?" fragten sie sich enttäuscht. „Warum?" Ana Moncada war außerordentlich blaß geworden und ging zu ihrem Mann.

„Ruhig! Nichts ist geschehen!“ sagte dieser zu ihr und bemühte sich, heiter zu wirken.
„Ich weiß nicht! Ich weiß nicht!“ erwiderte sie zitternd.
Isabel schaute auf ihre Mutter und dann auf die Soldaten. Dann bahnte sie sich einen Weg durch die Gäste und ging mutig auf den General zu.
„Ein Fest unterbricht man nicht“, sagte sie, bot ihm den Arm und lud ihn zum Tanze ein.
Francisco Rosas war überrascht. Er übergab Corona seinen Hut und nahm das Mädchen um die Hüfte. Beide begannen zu tanzen. Sie war errötet, sah den General fest an und schien mit ihren Gedanken in einer blutigen Welt umherzuschweifen. Rosas betrachtete sie verstohlen und wagte nicht, sie anzureden. Er gab sich noch ernster, als er sah, daß auch seine Adjutanten der Bitte Doña Carmens, die ihnen Tanzpartnerinnen zuführte, nicht widerstehen konnten und es ihm gleichtaten.
„Spielen Sie ein Stück nach dem andern! Ohne Unterbrechung!“ flehte Don Joaquin den Musiker an. Batalla kam der Bitte nach und ohne zu wissen warum, gehorchte er der Anweisung. Er fühlte, daß von ihm etwas sehr Wichtiges abhing und war Don Joaquin dankbar, daß er ihn durch sein Vertrauen ehrte. Hingebungsvoll dirigierte er ein Stück nach dem anderen, und die Paare tanzten ohne Unterbrechung. Die Leute auf den Balkonen begleiteten den Tanz Isabels und des Generals mit Freudenrufen. Die Gastgeberin ließ ihnen einige Flaschen Likör bringen, die mit einem Sprühregen von Raketen empfangen wurden.
Im allgemeinen Freudentaumel bahnte sich der Sergeant Illescas mit einem kleinen Trupp Soldaten einen Weg durch die Menge und stellte sich im Flur des Hauses der Arrieta ein. Das feierliche Indiogesicht von Illescas verzog keine Miene. Ohne auf die Señora zu achten, ging er zum General, stand stramm und bat ihn beiseite. Francisco Rosas hörte zu tanzen auf, machte vor seiner Tanzpartnerin eine Verbeugung und begab sich, von Illescas gefolgt, zur

Hausherrin. Das Fest wurde gelähmt. Vergeblich reihte der Maestro Batalla ein Musikstück an das andere. Doña Carmen geleitete Rosas zur Tür eines Zimmers. Der General und Illescas verschwanden darin und schlossen die Türe hinter sich ab. Die Soldaten sahen sich mit schuldbewußter Miene stumm an. Die Gäste beobachteten beunruhigt die Tür, durch die Rosas verschwunden war.

Martin Moncada schenkte sich ein großes Glas Kognak ein und trank es in einem Zug aus. „War es schiefgegangen?" Isabel suchte einen Stuhl und ließ sich mit leerem Blick hineinfallen. Die Musik hörte zu spielen auf.

„Was ist geschehen?" fragte der Maestro Batalla aus dem Hintergrund des Gartens. Don Pepe Ocampo lief zu ihm.

„Einen kleinen Jarabe, Maestro! Einen kleinen Jarabe!"

Und die Klänge des *Jarabe* erfüllten die Baumkronen und die Luft und hallten fröhlich durch den Korridor.

In der Küche kochten die Dienstmägde in großen Töpfen Kaffee. Schwitzend liefen sie von einer Seite auf die andere und schürten die Kohlenglut; sie waren glücklich, am glänzendsten Fest von Ixtepec mitwirken zu können. Da erschien Charito, blaß und außer Atem.

„Jesus! Wie uns die Señorita Chayo erschreckt hat!"

Die Betschwester, in ihren schwarzen Umhang gehüllt, trat an sie heran.

„Es wird glühende Kohlen regnen auf die Verfluchten! Die Erde wird sie verschlingen, und die höllischen Ungeheuer werden mit Freuden dazu tanzen! Der in Schwefelflammen lodernde Satan wird die Welt in seinem verpesteten Feuer untergehen lassen!"

„Was ist geschehen, Señorita Chayo?" fragten die Bedienten erschrocken.

„Wo ist Carmelita? Ruft Carmelita!"

„Setzen Sie sich, Señorita Chayo, und trinken Sie eine Tasse Kaffee", sagten die durch das plötzliche Erscheinen der Frau außer Fassung geratenen Dienstmädchen. Sie hatte ihnen die Freude, mit der sie das Fest gestalten hal-

fen, zerstört. Charito lehnte den Kaffee ab und weigerte sich, Platz zu nehmen. Eines der Mädchen ging die Señora holen. Doña Carmen betrat die Küche. Sie erschrak, als sie Charito sah.
„Schweigen Sie, Charito, Sie machen alles nur schlimmer!" schrie die Señora, als die Betschwester wieder mit ihrem Redeschwall einsetzen wollte.
„Sie haben sie erwischt!" antwortete die Alte und stand ganz verlassen da.
„Schweigen Sie! Sie sind im Irrtum! Ich hab jetzt keine Zeit!" Und Doña Carmen lief aus der Küche, ohne sie weiter anhören zu wollen.
Der General verließ mit dem Sergeanten Illescas in dem Augenblick das Zimmer, in dem die Gastgeberin wieder im Korridor erschien.
Doña Carmen eilte auf ihn zu. Einige Damen folgten ihr. Isabel näherte sich ihnen; sie war müde und blickte finster vor sich hin. Die Männer blieben ruhig.
„Ist etwas geschehen, General?" fragte die Dame mit fester Stimme.
„Nichts, Señora!"
Doña Carmen versuchte zu lächeln.
„Leider muß ich jetzt weggehen", fügte Rosas hinzu und lächelte seinerseits.
„Weggehen? Schon wieder wollen Sie uns verlassen. Und das Fest? Es wird zu Ihren Ehren veranstaltet, General!"
Rosas schaute ihr halb bewundernd, halb neugierig bis in den Grund ihrer Augen.
„Ich muß gehen!" wiederholte er.
„Aber Sie werden wiederkommen?" flehte die Señora, wie wenn sie eine letzte Gnade erbitten wollte.
Der General lachte. Es war das erste Mal, daß wir ihn richtig lachen sahen; sein Gesicht bekam einen kindlichen Ausdruck, aber seine Augen blitzten tückisch. Er schaute auf die Frau, und dann, als wäre ihm plötzlich ein rettender Einfall gekommen, antwortete er:

„Das Fest ist nicht zu Ende, Señora! Ich komme zurück, es abzuschließen. Tanzen Sie weiter bis zu meiner Rückkehr."
Einer seiner Adjutanten reichte ihm den Hut; er nahm ihn entschlossen, biß sich auf die Lippen, machte kehrt und ging mit seinen Männern, die sich von uns mit raschem Kopfnicken verabschiedeten, auf den Flur zu. Plötzlich machte er wieder Halt und drehte sich halb um. Seine Augen ruhten auf Isabel, die es scheinbar nicht glauben konnte, daß er das Fest verließ.
Der General wandte sich an Flores.
„Flores, bleiben Sie hier und warten Sie meine Rückkehr ab. Tragen Sie Sorge, daß die Musik weiterspielt und die Leute tanzen. Niemand darf das Haus verlassen!" Brüsk wandte er sich wieder um und schaute Isabel mit festem Blick an.
„Nur die Señorita darf nach Hause gehen, wenn sie es wünscht", sagte er mit lauter Stimme. Dann schrie er mit einer auffordernden Geste: „Musik, Maestro!"
Das Orchester, wie wir alle im Banne dieser Szene, setzte zögernd mit einem Walzer ein. Seine melancholisch beschwingte Melodie wurde durch die im Flur hallenden Stiefel des Generals gestört. Die anderen Offiziere folgten ihm gemessenen Schrittes. Wir blickten ihnen nach und sahen uns fassungslos an. Der Hauptmann Flores schloß die Flurtür ab. Er schien sich vor den verängstigten Gästen zu schämen. Mit ihm blieb der mit dem Sergeanten Illescas gekommene kleine Trupp Soldaten zurück.
„Spielen Sie weiter, Maestro. Der General will das Fest nicht unterbrechen", ordnete Flores mit unsicherer Stimme an.
Die Eingeladenen verhielten sich ruhig. Einige waren überrascht, als sie plötzlich einen Charleston hörten.
„Tanzen Sie, bitte!" befahl Flores.
Die Worte von Flores waren ins Leere gesprochen. Die Leute in ihren Festkleidern blieben unbewegt stehen. Don Joaquin trat im Korridor auf die Señora Montufar zu.

„Sicher durchsuchen Sie gerade mein Haus!“ flüsterte er seiner Freundin ins Ohr.
„Schweigen Sie, um Gottes Willen!“ zischelte die Señora und fächelte sich Luft zu.
„Sicherlich haben sie sie erwischt“, prophezeite Don Joaquin.
„Um Gottes Willen, Joaquin, machen Sie mich nicht nervös!“ flehte Doña Elvira.
„Erschrecken Sie nicht, sie sind in Sicherheit“, sagte Doña Carmen, die sich dem Paar genähert hatte.
„Es gibt hier keinen sicheren Ort“, antwortete Don Joaquin.
Die beiden Frauen blickten sich beunruhigt an; er hatte recht.
„Möglich. Aber wir müssen uns so benehmen, als ob sie in Sicherheit wären“, antwortete Doña Carmen.
„Ich sagte euch viele Male, daß es ein Wahnsinn wäre. Wir hätten eine andere Lösung finden müssen!“ wandte Don Joaquin vorwurfsvoll ein.
„Eine andere Lösung? Eine andere Lösung!“ Die Señora Montufar schien beleidigt.
Die Gastgeberin neigte den Kopf, ohne die Proteste ihrer Freundin zu beachten. Die Musik trug die Worte und die Gesten von Doña Elvira davon.
„Eine Katastrophe! Eine Katastrophe! Man muß tanzen, um nicht verrückt zu werden.“ Und Doña Carmen verließ ihre Freunde und suchte ihren Gatten. Beide begannen zu tanzen. Einige Paare schlossen sich an.
„Erinnerst du dich an die Zeit, in der wir keine Furcht hatten?“
„Keine Furcht? Ich habe immer Furcht gehabt. Heute vielleicht sogar weniger als sonst, weil ich wirklich Grund habe, etwas zu befürchten. Das Schlimmste ist, sich vor einem zeitlich nicht faßbaren Feind zu fürchten“, antwortete der Doktor, ohne zu tanzen aufzuhören; er wollte mit seinen Worten die Angst vergessen, die unter den Teilnehmern des Festes allmählich um sich griff. Sie tanzten nahe an

Isabel vorbei. Der Doktor vermied es, sie anzublicken. Seine Frau dagegen winkte ihr zu, aber das Mädchen achtete nicht darauf. Ihr Vater stand sehr bleich neben ihr.
„Alles ist schief gegangen“, sagte Isabel.
„Sei nicht so voreilig. Noch wissen wir nichts!“ antwortete er und versuchte, an seine Worte zu glauben.
„Was willst du denn wissen? Wir sind Gefangene.“
„Wir nicht. Wenn alles schiefgegangen wäre, würde er uns am allerwenigsten von hier fortgehen lassen.“
Isabel hatte alle Hoffnung aufgegeben. Ihr Vater glaubte nicht an seine eigenen Worte.
„Tanzen wir“, sagte er, um schlimme Gedanken zu verjagen.
„Ich tanze nicht mehr! Ich will fort von hier!“ forderte Isabel.
Martin Moncada versuchte sich die Welt ohne diesen dunklen Tag vorzustellen, der Schatten in seine Erinnerung warf und ihn an einem absurden Ort zurückließ, wo er nicht einmal die Stimme Isabels erkannte.
Wohin wollte er gehen? Er war eingetreten in die unterirdische Welt der Ameisen. Sie war von winzigen Kanälen in verwirrender Anordnung durchzogen. Nicht einmal ein Gedanke hatte in ihnen Platz, und Erdschichten und Baumwurzeln waren die Erinnerung. Vielleicht war das die Erinnerung der Toten: ein Ameisenhaufe ohne Ameisen. Nur enge offene Gänge in der Erde, ohne Ausgang zu den Gräsern.
„Ich wußte immer, daß es geschehen würde! Nicolas wußte es auch. Seit der Kindheit tanzen wir an diesem Tag.“
Die Worte Isabels ließen Schichten schweigender Erde auf die unterirdische Welt stürzen, in der Martin Moncada seiner Erinnerung nachhing.
„Sprich nicht so, Töchterchen!“
Er erkannte wieder, wo er sich befand, und er dachte an Juan und an Nicolas. Ein Regen von Jahrhunderten fiel auf das Fest von Ixtepec nieder. Hatte er vielleicht nicht

den Fall der Jahrhunderte auf die Körper seiner Söhne entbunden? Er war einer der an dieser Wahnsinnsidee Begeisterten gewesen. Nun konnte er sich nicht daran erinnern, was ihn bis zu dieser Minute abgebrochener Musik angetrieben hatte. Er hatte blinde Tage durcheilt.

„Ich wünschte, ich wäre nicht geboren worden!“ Er senkte den Kopf und wollte Isabel nicht sehen. „Ich wünschte, sie wäre nicht geboren worden!“ Er hatte seine Kinder in drei Nächten, die sich jetzt zu einer einzigen vermischten, empfangen; und sie, von ihm gedrängt, ließen nun das unbekannte Wagnis ihrer Geburt zu einer Tragödie werden. In diesem Augenblick wichen sie an einem Ort ohne Ort, ohne Raum und ohne Licht zurück. Ihm verblieb nur die Erinnerung des Gewichtes der Kathedralen auf ihren unkörperlichen Körpern. Und er verlor das Vorrecht, ins entsetzliche Licht des Tages zu blicken.

„Ich wußte es! Ich wußte es!“ wiederholte Isabel in ihrem roten Kleid, das schwer war und glühendheiß wie ein der Sonne ausgesetzter Stein. Ihre Blicke fielen auf Tomas Segovia, der bei Conchita saß, die ihre Worte mit weitausholenden Gebärden veranschaulichte. „Leute wie er verbrennen sich nicht. Sie leben in der kalten Zone“, und sie mußte an Juan und an Nicolas denken. „Gehen wir!“ drängte sie. Sie war unfähig, sich zu bewegen und diesen beleuchteten Korridor entlangzugehen. Martin Moncada holte seine Frau, und die drei machten die Runde, um sich zu verabschieden. Sie waren die einzigen, die das Haus verlassen durften, und trotzdem beneidete sie niemand um diesen Vorteil. Die Männer senkten die Köpfe, als trauerten sie, und die Frauen sahen sie so ängstlich an wie bekannte Gesichter, von denen man weiß, daß sie bald unter der Erde verschwinden.

„Du wolltest es, Töchterchen“, murmelte ihr Onkel Joaquin ihr zu und gab ihr einen Kuß. Isabel erwiderte die Liebkosung nicht.

Der Hauptmann Flores öffnete das Haustor, und die Moncadas gingen bleich in die Nacht hinaus. Die Straße war leer; die Leute, die eine Stunde vorher noch auf den Balkonen zur Musik mitgesungen hatten, waren verschwunden.
„Tanzen Sie bitte“, sagte Flores.
Niemand hörte auf ihn. Die Gäste blickten erschrocken zum Tor, das sich soeben hinter den Moncadas geschlossen hatte. Der Hauptmann Flores wußte nicht, was er sagen noch an wen er sich wenden sollte. Auch er fühlte sich unbehaglich. Doña Carmen trat freundlich zu ihm, nahm ihn bei der Hand und führte ihn zu einer Gruppe von jungen Leuten.
„Wer von Ihnen tanzt mit dem Hauptmann?“
Die Mädchen erröteten. Die Señora lächelte gezwungen und rief den Bedienten mit dem Getränketablett herbei. Niemand nahm ein Glas. Die Bemühungen der Señora Arrieta waren unnütz. Das Fest war erlahmt. Die Klänge der Musik verbreiteten Angst, und die Gäste waren so ruhig wie die Zweige der Bäume. Die schweigenden Balkone kündigten uns die in Ixtepec vorgefallene Katastrophe an.
„Mir ist sehr heiß“, seufzte Conchita, die sich niedergeschlagen ihrer Mutter genähert hatte.
„Was sagst du da? Von Hitze kann doch wirklich keine Rede sein! Mir ist sehr kalt!“ Wild warf die Señora Montufar ihren Fächer weg, der geräuschlos in den Garten fiel. Conchita errötete und preßte ihre Hände vor das Gesicht, wie wenn sie weinte.
„Mama, tu das nicht. Nachher sagt man, du benimmst dich wie eine Witwe.“
„Benimmt man sich wie eine Witwe, wenn einem kalt ist? Diese frechen Mäuler!“ Und Doña Elvira schien auf einen ihrer in Ixtepec so bekannten Wutanfälle zuzusteuern.
„Auch mir ist kalt und heiß“, warf Don Joaquin mit monotoner Stimme ein.
„Geh tanzen, Kind! Tanz nur! Wir werden hier alle noch in dieser Nacht zugrunde gehen“, sagte die Señora erregt.

„Ich will nicht tanzen. Es ist schon drei Uhr morgens", antwortete Conchita und riskierte es, mit ihrem Ungehorsam den Zorn ihrer Mutter heraufzubeschwören. Sie war müde und deprimiert. Sie wagte nicht zu weinen, denn dann würde man von ihr Erklärungen verlangen; sie war im Geiste bei Nicolas Moncada.

„Drei Uhr morgens! Mein Gott, drei Uhr morgens! Und dieser Mensch kommt nicht zurück."

Doña Elvira blieb nach diesen Worten still mit weit geöffneten Augen sitzen. In ihrer Umgebung tanzten einige von Flores aufgeforderte Paare schläfrig, während die anderen Gäste unbewegliche und seltsame Haltungen einnahmen. Es war ganz ruhig geworden.

Soldaten fanden sich beim Haus des Doktors ein und beschnüffelten neugierig die Überreste jenes unterbrochenen Festes.

„Die Soldaten sind schon da!" flüsterte Don Joaquin seiner Nachbarin zu.

„Sie werden uns erschießen", bemerkte Doña Elvira, rot vor Zorn.

Als das erste Licht der Morgendämmerung den Himmel über dem Garten aufhellte, spielte das Orchester „Die frühen Morgenstunden", und Doña Carmen befahl, Fleischbrühe und heißen Kaffee zu servieren, um die Gäste, die in ihren Stühlen vor Müdigkeit umkamen, zu beleben. Die Frauen waren schläfrig, und ihre Kleider alterten rasch im grünlichen Licht des Morgens. Die Männer sprachen mit leisen Stimmen und hielten die Tasse Kaffee in unsicheren Händen. Die Schlaflosigkeit und die ersten Lichter des Morgens ließen sie vor Kälte zittern. Nur der Hauptmann Flores überwachte weiterhin unverdrossen den Flur.

Charito saß unbeweglich in der Küche. Die Abwesenheit der Hausherrin ließ sie schweigen; und schließlich hatte es keinen Sinn mehr. Alles war nutzlos. Sie waren verloren. Die alte Jungfer, deren Augen von Schlaflosigkeit mit vio-

letten Ringen umschattet waren, machte ein dümmliches Gesicht.
„Wollen Sie einen Kaffee, Señorita Chayo?"
Die Frau nahm die Tasse und trank sie unbeholfen aus; sie war in ihre Gedanken versunken, die die Morgensonne abgestumpft hatte.
„Was von gestern abend bis heute morgen alles geschehen ist!" seufzte eines der Dienstmädchen. Die anderen saßen, zum Umfallen müde, beim Herd und gaben keine Antwort. Der leuchtende Komet, der außerhalb des Hauses verkohlt war, und der Lauf der Sonne versetzten sie in eine Kreisbahn der Hitze. Die Überreste des nächtlichen Brandes verwandelten sich in ein Spiegellicht, das die Augen der Gäste tränen ließ.
Man brachte Doña Elvira in ein Zimmer. Da lag sie mit vor Entsetzen weit aufgerissenen Augen und wartete auf die Rückkehr des Generals.
„Ist dieser Mann noch nicht zurück?"
„Nein, Mama! Er ist noch nicht zurück", antwortete ihre Tochter, die es müde war, immer wieder dieselbe Frage zu hören. Wenn ihre Mutter auf sie gehört hätte, würde sie nicht in dieser Situation sein. Aber die Dame hatte sie nicht zu Worte kommen lassen, und Conchita konnte ihr nicht die gefährlichen Klippen begreiflich machen, die der von Doña Elvira ausgehegte Plan, die Soldaten zu täuschen, enthielt. Zu Conchitas Erstaunen akzeptierten die meisten mit Begeisterung den Unsinn ihrer Mutter, und sie entschloß sich zu schweigen. Nun fragte die vor Furcht kranke Doña Elvira unablässig, ob ihr Feind schon zurückgekommen sei. „Warum will sie, daß er zurückkehrt? Um die ganze Größe ihres Wahnsinns einzusehen?" Und das Mädchen sah sie herausfordernd an.
„Ist dieser Mann noch nicht zurück?"
„Nein, Mama, er ist noch nicht gekommen!"
Diese ständige Frage riß sie aus der angenehmen Beschäftigung heraus, allein im kühlen Dunkel des Zimmers

grübeln zu können. Hier war sie wenigstens der unbarmherzigen Sonne des frühen Nachmittags und dem Gefühl des Ekels, den ihr das Fest einflößte, entflohen. Sie mußte die von Fliegen umschwärmten Speisereste auf den Tischen nicht mehr sehen. Erstaunt hatte sie beobachtet, wie auf den Wiesen und im Korridor Korke, Brotstücke, leere Flaschen und Papier wie aus einer geheimen Quelle von Unrat auftauchten. Conchita wurde davon übel. Die Blumengirlanden waren verwelkt und die Kleider der Frauen durchgeschwitzt und zerknittert. Einige Paare tanzten noch immer. In diesem weißen Zimmer fühlte sie sich geborgen. Sie hörte von draußen nur die Schritte der im Hause patroullierenden Soldaten.

Don Joaquin trat ein, um sich über den Zustand seiner Freundin zu erkundigen, ging zum Fenster und schaute vorsichtig hinaus. Der Tag schritt voran; die Straße war immer noch leer.

„Alles scheint wie ausgestorben", sagte er mit heiserer Stimme. Doña Elvira schwieg. Ihre Tochter löste die welken Blumen, mit denen sie sich in der vorangegangenen Nacht geschmückt hatte, aus ihrem dunkelbraunen Haar und legte sie traurig auf einen Nachttisch. Dann setzte sie sich melancholisch zu ihrer Mutter.

„Das ist ein sehr langer Tag!"

„Er wird kein Ende haben. Wir werden für immer hierbleiben!" Und die Señora blickte auf ihre Tochter und wollte ihre Meinung bestätigt wissen.

„Die Zeit vergeht ja! Es ist schon zwei Uhr nachmittags", antwortete Conchita ungehalten.

„Ich wußte seit der Nacht, in der Hurtado verschwand, daß uns etwas Schreckliches zustoßen würde", fügte der Alte, ohne den Ton seiner Stimme zu ändern, hinzu.

„Wenn wir nur alle schon tot dalägen!" rief die Señora aus und richtete sich, eine tragische Haltung annehmend, in ihrem Bett auf.

„Dann würden wir wenigstens nicht erleben, was uns noch bevorsteht“, stimmte ihr Don Joaquin bei.
„Sie sind geschickter als wir. Wir haben blind gehandelt“, seufzte Doña Elvira.
„Gott schlägt mit Blindheit, wen er ins Verderben stürzen will!“
Draußen boten die Bedienten das aufgewärmte Essen vom vorigen Abend an. Die Gäste hatten eher Lust zu weinen als zu essen und schauten gequält auf ihre Teller. Der Maestro schmiß das seine gegen einen Baum und wandte sich erbost an den Hauptmann Flores:
„Herr Hauptmann, das ist eine Unverschämtheit. Ich muß nach Hause. Schauen Sie, was für ein Gesicht meine Musiker machen!“ Einige Gäste schlossen sich dem Protest an. Einige Minuten schien es so, als würden sich alle empören.
„Es ist ein Befehl! Es ist ein Befehl!“ wiederholte Flores.
Furcht und Müdigkeit ließ alle verstummen. Und das Orchester versuchte, einen Marsch zu spielen, der durch das Ohnmächtigwerden eines Violinspielers unterbrochen wurde. Der Vorfall rief großes Aufsehen hervor. Die Männer eilten in den Garten, und die Frauen stießen Schreie des Entsetzens aus. Das Stimmengewirr drang bis ins Zimmer, in dem Doña Elvira lag.
„Der erste von uns ist schon tot!“ schrie die Señora auf.
Der Garten wurde durch die trockene Glut des frühen Nachmittags versengt. Die aschgrauen Wiesen, die unbeweglichen Zweige und die vor Hitze dampfenden Steine verzehrten sich in einem unsichtbaren Feuer. Ein monotoner Chor von Grillen besang ihre Zerstörung. Die Sonne auf ihrer Kreisbahn schickte uns ihre unerbittlichen Strahlen. Keine Spur von Feuchtigkeit, keine Erinnerung an das Wasser stellte sich ein, um uns vor dem Spiel der durstigen Spiegelungen zu erretten. Die Zeit schritt kaum voran, und die Berge, die am Abend die Sonne aufnahmen, schwanden vom Horizont. In den Stühlen herumlungernd, ausgeglüht und ohne Hoffnung, warteten wir. Die bar-

füßigen Bedienten boten uns mit trockenen Lippen farbige Erfrischungsgetränke an. Wir griffen nicht zu.
Tomas Segovia erbrach heftig, und niemand kam ihm zu Hilfe. Er blieb totenblaß in seinem Sessel sitzen. Jedes Gefühl für Scham und Schicklichkeit war ihm abhanden gekommen. Brutal von seiner Welt der Silben und Reime getrennt, waren ihm sein Platz und sein beschmutzter Anzug gleichgültig. Den Kopf auf eine Schulter geneigt, schlief er ein. Der Hauptmann Flores, der bei einem Pfeiler stand, sah auf ihn wie jemand, der eine zerbrochene Puppe betrachtet. Der Doktor Arrieta trat zu ihm.
„Wann wird diese Posse ein Ende nehmen?" fragte er rot vor Zorn.
Der Hauptmann Flores wurde verlegen und versuchte, seinem Blick auszuweichen.
„Ich weiß nicht. Ich empfange nur Befehle."
„Befehle? Befehle?"
„Was soll ich denn machen?" seufzte Flores. Der Arzt schien nachzudenken. Dann sah er den Offizier neugierig an und bot ihm eine Zigarette an.
„Nichts!"
Die zwei Männer sprachen neben dem blendend weiß gekalkten Pfeiler über Politik und vergaßen die Anwesenheit der übrigen.
Die ersten abendlichen Schatten fielen. Wir saßen träge und schmutzig in Gruppen herum. Niemandem war mehr das Schicksal des anderen wichtig. Die Stadt schien ausgestorben. Untätig hörten wir auf die Schritte der Wachen, die von Zeit zu Zeit abgelöst wurden. Doña Carmen beugte sich zum Balkon hinaus, um das Ende jenes toten Tages in jener toten Stadt zu sehen.
„Nichts! Niemand!"
Die Señora befahl, die Lampen anzuzünden. Die Bedienten erschienen mit den Lichtern und gingen zwischen den Gästen umher, deren blasse Gesichter gespensterhaft beleuchtet wurden.

„Maestro, etwas Fröhliches!" befahl Flores betreten.
Der Maestro Batalla rührte sich nicht, noch gab er eine Antwort. Don Pepe Ocampo unterstützte den Hauptmann.
„Maestro, tun Sie uns den Gefallen! Für uns alle!"
Der Maestro warf ihm grollende Blicke zu. Don Pepe Ocampo fühlte sich unter den Bürgern fremd. Er ging vom Orchester weg, strich sich sein schmutzig gewordenes Seidenhemd glatt und rückte seine Krawatte zurecht.
Einsam ließ er sich in einen Stuhl fallen und begann mit lauter Stimme, der sich keine einzige andere Stimme zugesellte, ein Rosenkranzgebet. Es blieb ihm in diesen nervenzermürbenden Augenblicken des Wartens nur übrig, Gott anzurufen. Die Nacht schritt langsam voran; das Wasser des Brunnens war schwarz und ohne Widerschein, die Äste der Bäume wuchsen und verdeckten den Himmel; Mücken flogen um die angezündeten Kandelaber, und die Augen der Gäste, in denen sich die Mühsal des Wachens spiegelte, schienen sie nicht zu bemerken. In Abständen hörte man die immer lauter fragende Stimme der Señora Montufar:
„Ist dieser Mensch schon zurück?"
Ihre Frage kam aus einer Welt, in der noch die Handlungen zählten und die Hoffnung existierte. Verärgert hörten die Gäste sie rufen; ihre Frage unterbrach die Harmonie der Stille. Sie hatten sich aufgegeben.
Der Mensch schickt sich schnell in die Gewalttätigkeit. Und die Gäste der Doña Carmen machten sich Gedanken über ihren eigenen Tod. Als draußen heftig an das Tor gepocht wurde, standen sie nicht einmal von ihren Stühlen auf. Vielleicht hatte Doña Elvira recht und es geschah noch Unverhofftes in der Welt? Aber in welcher Welt? Und wen interessierte es schon? Nur den Hauptmann Flores, der sich beeilte, das Tor zu öffnen. Francisco Rosas betrat, in Begleitung seiner Männer, zum zweitenmal das Haus des Doktor Arrieta.
Niemand ging ihm entgegen, und die verhärmten Frauen schienen durch ihn hindurchzusehen, als ob sie ihn nicht

vorübergehen sähen. Seine Ankunft war nicht mehr wichtig. Sie krümmten keinen Finger, um ihr Haar in Ordnung zu bringen. Die Männer, von der Nutzlosigkeit jeder Geste überzeugt, schauten still vor sich hin. Francisco Rosas betrachtete erstaunt dieses Schauspiel. Er und seine Männer waren frisch und sauber. Derselbe Geruch nach Rasierwasser und mildem Tabak hüllte sie ein, nur die geschwollenen Augenlider verrieten den fehlenden Schlaf.
Der General antwortete kaum auf die Begrüßung von Flores. Er schien unschlüssig angesichts dieser gebrochen wirkenden Menschen. Doña Carmen trat zu ihm.
„Wie Sie sich verspätet haben, Herr General! Aber Sie sehen, wir warten hier alle auf Sie, wie Sie es wünschten."
Sie versuchte zu lächeln. Der General sah sie ironisch an.
„Ich bedaure, Señora, ich konnte nicht früher zurückkommen. Sie wissen es."
Der Doktor trat zu seiner Frau und begrüßte den General mit einem leichten Neigen des Kopfes.
„Doktor, ich werde das Vergnügen haben, daß Sie mich begleiten!"
Der Doktor Arrieta antwortete nicht; sein blasses Gesicht wurde noch um einen Ton blasser.
„Auch die Señora", fügte Rosas hinzu, ohne Doña Carmen anzublicken.
„Darf ich etwas mitnehmen?" fragte diese unschuldig.
„Alles, was Sie wollen, Señora."
Ein langes Schweigen folgte. Einige der Gäste standen auf und näherten sich ihnen vorsichtig.
„Meine Männer werden das Haus durchsuchen!"
Niemand antwortete. Rosas machte dem Oberst Corona ein Zeichen, und dieser ging mit vier Soldaten ins Haus. Man konnte hören, wie sie die Schränke durchsuchten, Möbel rückten und Schubläden entleerten. Coronas Stimme schrie rauhe Befehle. Schweiß trat auf die Stirn des Doktors.
Der General rief Don Joaquin zu sich; mit unschuldiger Miene kam er herbei.

„Sagen Sie, Señor Melendez, tragen Sie sich mit dem Gedanken, Soldat zu werden?"
„Herr General. Sie machen sich lustig über mich und mein Alter. Wenn ich jünger wäre ..."
„Ergreift ihn!" schnitt Rosas ihm das Wort ab.
Der Hauptmann Pardiñas packte den Alten bei den Schultern und stellte ihn zwischen mehrere Soldaten.
Don Joaquin blickte uns mit umflorten Augen an und tat etwas Unerwartetes: Er zog sein Taschentuch hervor und fing an zu weinen. Doña Matilde wollte zu ihm gehen, aber Pardiñas hielt sie zurück.
„Vorsicht, Señora! Der Herr Oberst hat Sie rechtzeitig gewarnt. Ertragen Sie die Niederlage tapfer!"
Don Joaquin bewegte den Kopf und versuchte, etwas zu sagen, aber das Schluchzen hinderte ihn daran. Wir warteten auf seine Worte.
„Ich weine, weil ich mich schäme ... für euch schäme!" sagte er zu den Soldaten.
Francisco Rosas biß sich auf die Lippen und wandte ihm den Rücken zu.
„Bringt mir die Betschwester, die einige Minuten, bevor der Sergeant Illescas kam, hier eintrat!"
Señora Carmen warf dem General haßerfüllte Blicke zu. Er wußte alles. Er hatte sich über sie lustig gemacht und sie in ihrer eigenen Falle gefangen.
Am Ende des düsteren Korridors erschien Charito. In ihr dunkles Umhangtuch gehüllt, kam sie geradewegs auf die Offiziere zu, ohne auf die in Unordnung herumstehenden Sessel noch auf die Blicke der Gäste zu achten. Rosas beobachtete sie, wandte den Kopf zur Seite und sagte, ohne die Frau aus den Augen zu lassen, zu seinem Adjutanten:
„Vorsicht, Pardiñas, da kommt eine Bewaffnete!"
Sie ließ, als hätte sie es gehört, die Arme sinken und näherte sich dem General.
„Da ist die Betschwester", sagte sie mit sanfter Stimme.

Die Soldaten packten sie bei den Schultern und stellten sie neben Don Joaquin.
„Sie waren vergangene Nacht dabei!" stellte der General fest.
Der Oberst kam aus den Zimmern. Er trug viele Papiere unterm Arm; Plakate, wie sie mit der Aufschrift „Es lebe König Christus!" an die Türen und Fenster der Häuser von Ixtepec geklebt worden waren. Die Soldaten brachten außerdem Gewehre und Pistolen. Doña Carmen und der Doktor sahen sie verblüfft an, als wenn sie nicht gewußt hätten, daß in ihrem Haus diese Plakate und Waffen aufbewahrt würden.
„Wir haben das im Zimmer der Señora gefunden, Herr General!"
„Bringt die Beweisstücke in die Kommandantur!" antwortete Rosas wie beiläufig. Dann änderte sich der Ton seiner Stimme:
„Im Namen der Regierung von Mexiko sind die Personen Aristides Arrieta, Carmen B. de Arrieta, Joaquin Melendez und Rosario Cuellar verhaftet. Die eben Erwähnten werden der Rebellion beschuldigt. Hauptmann Corona, bringen Sie die Gefangenen in das Militärgefängnis."
Der Doktor, seine Frau, Charito und Don Joaquin mußten in der Mitte eines kleinen Trupps Soldaten Aufstellung nehmen.
Dann verlangte der General ein vollständiges Verzeichnis der Gäste und ließ ein Protokoll aufnehmen, das alle unterschrieben.
„Gehen Sie nach Hause und bleiben Sie in ihren Häusern, bis eine neue Order erteilt wird."
Niemand rührte sich. Wir standen wie hypnotisiert da. Der General schrie Batalla übermütig zu: „Spielen Sie, Maestro!"
Der Maestro gab kein Lebenszeichen von sich.

„Spielen Sie uns ein Ave Maria!" Da stand Batalla auf, kam zum General und murmelte: „Aber General! Was wollen Sie?"

„Sind Sie auch ein *Cristero?*"

Batalla flüchtete in den dunklen Garten zurück: „Das Ave Maria!"

„Gott befohlen!" schrie Rosas, machte kehrt und verließ unter den Klängen des Ave Maria das Haus des Doktors Arrieta. Die Eskorte mit den Gefangenen folgte ihm. Die Gäste blickten zu Boden; sie brachten es nicht übers Herz, ihnen nachzusehen.

Dann schlichen sie durch das sperrangelweit offenstehende Haustor in die Nacht hinaus. Das Schweigen und die Finsternis meiner Straßen nahm sie auf. Sie trafen nur auf Streifenwachen, die in Ixtepec ihre Runden machten.

„Wer ist da?"

„Wir."

„Laß sie, es sind die Gäste des Doktors!"

Doña Matilde ging allein aus dem Haus. Sie erinnerte sich, wie sie damals in der Dunkelheit den Überfallenen gesucht hatte, und fühlte sich wieder von der unwirklichen Welt des Verbrechens umgeben. Sie wollte schnell ihr Haus erreichen und der in der Dunkelheit lauernden Gefahr entfliehen.

Sie tastete sich die Häuser entlang, stieß gegen Steine, ging an den Mauern des Gefängnisses vorbei und fragte sich, ob es denn wahr wäre, daß ihr Gatte, für immer von ihr getrennt, da drin wäre. „Joaquin wartet zu Hause auf mich", redete sie sich ein, um sich selbst glauben zu machen, daß sie einen bösen Traum träume. „Wenn ich aufwache, befinde ich mich in meinem weißen, nach Stärke duftenden Bett!" Und wenn das Sterben ein hoffnungsloses Erwachenwollen wäre? Verängstigt kam sie bei ihrem Haustor an und schlug mit dem bronzenen Türklopfer ohne Unterlaß dagegen, überzeugt davon, daß niemand ihr Klopfen hören

noch das Tor öffnen würde, das bei jedem Schlag tauber und undurchdringlicher erschien.
Nach einer Weile öffnete Tefa das Tor einen Spalt breit.
„Señora!“ Und das Mädchen begann zu weinen. Doña Matilde befand sich wieder innerhalb der wohlbekannten Mauern ihres Hauses. Der Alptraum, der nie aufzuhören drohte, schien in weite Ferne gerückt. Sie achtete nicht auf Tefas Tränen noch auf die Unordnung in den durchwühlten Zimmern; es sah aus, als hätte ein Tornado im Hause gewütet.
„Heute Nacht sind sie gekommen, haben alles durchwühlt und die Gewehre des gnädigen Herrn mitgenommen! Sie haben uns verboten, auf die Straße zu gehen!“
„Mach mir mein Bett zurecht“, unterbrach sie Doña Matilde, als sie die Matratzen auf dem Fußboden umherliegen sah.
„Und der Señor?“
„Sie haben ihn mitgenommen!“
„Sie haben ihn mitgenommen?“
Die beiden Frauen sahen sich an und schwiegen. Das Wort, das Don Joaquin hätte zurückholen können, existierte nicht. Die Señora ließ sich in einen Schaukelstuhl fallen. Tefa richtete ihr Bett und vermied es, auf ihre Herrin zu blicken.
„Wir wissen nicht, was mit Dorotea geschehen ist. Wir hörten Schüsse heute nacht. Sie hat uns keine Nachricht geschickt, und wir haben uns nicht gerührt. Nachdem die Soldaten von hier weggegangen waren, hörten wir Schüsse in ihrem Hause.“
„Ruft sie an der Mauer“, befahl die Señora mit müder Stimme.
Tefa und Castulo gingen vorsichtig zur Lehmmauer, die das Grundstück Doña Matildes von dem Doroteas trennte; sie horchten an die Mauer gedrückt nach Geräuschen aus dem benachbarten Garten: dumpfe Stille herrschte drüben. Von oben sahen ein schwarzer Himmel und einige goldgelbe Sterne auf das ausgebrannte Haus Doroteas her-

nieder. Durch die Stille erschreckt gingen Castulo und Tefa eine Leiter holen, lehnten sie gegen die Mauer und stiegen hinauf, um nachzusehen, was auf der anderen Seite vorging. Kaum ragte Castulos Kopf über die Mauer, als eine alarmierte Stimme rief: „Wer da?"
„Ein ehrlicher Mensch!" rief Castulo zurück und duckte sich.
„Was wollen Sie", fragte die Stimme.
„Ich will wissen, was mit Dorotea geschehen ist!"
„Was soll mit ihr geschehen sein! Sie liegt dort im Flur, mit ziemlich vielen Fliegen im Gesicht", wurde ihm geantwortet.
„Zum Teufel! Laßt mich hinüber, damit ich sie in ein Leichentuch hüllen kann!"
„Davon hat man uns nichts gesagt. Wir haben nur den Befehl, alle, die dieses Haus betreten, festzunehmen."
„Keinen Christen läßt man erstarrt liegen und Dinge sehen, die ihn nicht mehr berühren", antwortete Castulo und kam mit seinem Kopf wieder über der Mauer zum Vorschein.
„Keine Aufregung. Wir schließen ihr die Augen!"
Dann schrie die im Flur lauter hallende Stimme: „Nichts zu machen! Sie ist schon ganz steif!"
Tefa bekreuzigte sich und ging ein Leintuch holen, das für Dorotea als Leichentuch dienen konnte. Castulo warf es über die Mauer.
„Da kommt das Leichentuch! Betet für sie!"
„Das war eine falsche Alte. Warum hat sie den Mesner versteckt?"
„Nur Gott darf sie richten!"
„Sicherlich. Aber warum holt ihr euch nicht die Erlaubnis, sie begraben zu dürfen? Geht zum General. Sie stinkt schon scheußlich. Sie liegt seit zwei Uhr früh hier", wurde ihm von der anderen Seite der Mauer geantwortet.
Der Bursche Doña Matildes bedankte sich für den Rat.
„Gott schenke euch eine gute Nacht!"

„Gute Nacht, Señor!“ antwortete man höflich.
Castulo ging mit Estefania in die Küche, bevor er die Señora benachrichtigte.
„Holt aus meinem Zimmer das Kreppapier, mit dem die Girlanden und die Wimpel gemacht werden. Ich bin gleich zurück ... so Gott will!“
Die Bedienten waren ganz benommen.
„Gott schweigt in diesen Tagen, und das Mißgeschick macht uns müde“, murmelte der alte Ignacio, als er sich erhob, um den Auftrag Castulos auszuführen.
Castulo ging ins Zimmer der Señora, um ihr die Nachricht zu überbringen; er trat auf den Fußspitzen ein, weil er fürchtete, sie zu erschrecken. Mit leiser Stimme berichtete ihr der Mann vom Tod Doroteas. Doña Matilde erhob sich nicht aus ihrem Korbsessel; sie zeigte keinerlei Überraschung und befahl ihm, auf die Militärkommandantur zu gehen und die Erlaubnis einzuholen, den Leichnam ihrer Freundin bestatten zu dürfen.
„Wenn du im Morgengrauen nicht zurück bist, werden wir sehen, was wir für dich tun können.“
„Heutzutage ist das Leben eines Skorpions mehr wert als das eines Christen“, antwortete der Mann.
„So ist es!“ bekräftigte die soeben eingetretene Tefa und kauerte sich zu Füßen ihrer Herrin nieder.
Castulo fürchtete sich, in die Dunkelheit und Einsamkeit der Straße hinauszugehen. Er wußte, das Haus wurde überwacht, und die Soldaten würden auf ihn keine Rücksicht nehmen. Der kleinste Laut, die kleinste verdächtige Bewegung konnte ihm das Leben kosten. Er machte die ersten blinden Schritte in die Finsternis. Eine Hand packte ihn bei der Schulter.
„Wo wollen Sie hin?“
„In die Kommandantur, Herr!“
„Los, gehen Sie weiter!“
Zwei Männer folgten ihm bis zum Pfarramt; dort herrschte große Betriebsamkeit. Der Hof wurde durch eine große

Anzahl von Petroleumlampen erleuchtet. Gruppen von Offizieren kamen und gingen, sprachen und lachten fröhlich. Man führte ihn in ein Büro vor zwei Offiziere, die Schreibmaschine schrieben. Castulo schlug die Augen nieder und wagte nicht, seine Bitte vorzubringen. Der Soldat, der ihn begleitete, erklärte sein Anliegen.

„Warten Sie", sagte man trocken.

„Ich möchte wissen..." begann der Bursche Doña Matildes.

„Warten Sie, der Oberst verhört gerade Juan Cariño."

Als er den Namen des Verrückten hörte, wollte er etwas fragen, überlegte es sich aber und schwieg.

„Ich sage, Sie sollen warten!" schrie ihn der Offizier wieder an.

„Das tue ich ja, Herr!"

„Dann gehen Sie mir aus den Augen!"

Verwirrt suchte Castulo einen unauffälligen Platz; da das Zimmer zu klein war, um nicht bemerkt zu werden, drückte er sich in den von den Militärs am weitesten entfernten Winkel, stand dort mit seinem Strohhut in der Hand und wartete. Die Offiziere spielten sich mit der Unverschämtheit der Mächtigen, von denen man abhängig war, vor ihm auf: sie machten gemeine Scherze, pafften Rauchwolken in die Luft und sprachen ungeziemend über bekannte Bürger von Ixtepec. Castulo schämte sich und schaute auf seine Füße. Er durfte ohne eine Antwort nicht weggehen und mußte Gespräche anhören, die ihn demütigten und quälten. Es war ihm, als würde er unversehens Geheimnisse aufdecken, die ihn nichts angingen, und er versuchte taktvoll, das meiste zu überhören. Eine staubige Traurigkeit überfiel den Diener und ließ ihn in diesem mit Stimmen und Rauch geschwängertem Zimmer allein zurück. Er war weniger als ein Fremder, er war niemand, er existierte nicht, und in seiner Eigenschaft als Niemand schaute er, in der einzigen Hoffnung zu verschwinden, auf seine Füße, die in den abgenützten Sandalen steckten. Da hörte er weibliche Schritte und sah überrascht auf. Zwei Mädchen aus dem Hause

Luchis traten vor die auf ihren Schreibmaschinen tippenden Offiziere.
„Wir wollen den General sprechen", baten sie mit leiser Stimme.
„Das fehlte noch, daß er euch hier erwartet!"
Die Antwort des Leutnants rief großes Gelächter hervor.
„Dann möchten wir jemand anderen sprechen ..."
„Wartet!"
Die Mädchen suchten einen Winkel, in dem sie warten konnten, und flüchteten zu dem Bedienten Doña Matildes.

VII

In der Nacht des Festes im Hause der Doña Carmen begehrte niemand Einlaß ins Bordell, und die Balkontüren des roten kleinen Salons blieben geschlossen. Die Mädchen saßen in der Küche und fühlten sich nutzlos wie Abfälle auf Kehrrichthaufen. In solchen Nächten wurde ihnen bewußt, daß sie häßlich waren, und das machte sie unverträglich. Sie kamen sich überflüssig vor mit ihren aufgelösten Haaren und empfindungslos gewordenen Lippen und vermieden es, einander anzusehen. Durch das liederliche Leben geschwächt, aßen sie ohne Appetit und machten obszöne Bemerkungen.
„Ihr werdet schon sehen! Ihr werdet schon sehen!"
Die Taconcitos saß mit offenem Schlafrock auf dem Boden, stocherte mit der Gabel in ihrem Eierkuchen herum und wiederholte immer wieder diesen Satz.
„Sei schon ruhig", sagte eine andere ungehalten.
„Ein Unglück bereitet sich vor! Ihr werdet schon sehen!" wiederholte sie.
„Gar nichts werden wir sehen!" antwortete Ursula und gab ihr einen Stoß.
„Ich sage euch, wir werden immer tiefer ins Elend geraten", sagte die Taconcitos wieder, flüchtete mit finsterer

Miene zum Herd und schaute auf die glühenden Kohlen, wie wenn sie aus ihnen das Unglück herauslesen würde.
„Du bist besoffen!“ sagte Ursula.
Die anderen warfen der Taconcitos verächtliche Blicke zu und aßen verdrießlich weiter. Um zehn Uhr nachts kam die Luchi in die Küche. Die Taconcitos verharrte regungslos und fand es nicht der Mühe wert, sie anzusehen. Sie wußte, was sie zu hören bekommen würde.
„Schaut euch doch an, wie ihr ausseht! Macht euch jetzt zurecht!“ befahl die Bordellmutter verärgert.
Die Mädchen strichen sich die Haare glatt; einige fuhren sich mit dem Handrücken über den Mund und blieben weiterhin träge sitzen. Für wen oder wofür sollten sie sich zurechtmachen?
„Wollt ihr nicht den Segen empfangen?“ fragte die Luchi.
Nun kam Bewegung in die Mädchen. Einige standen auf; andere fingen zu lachen an.
„Ich habe es euch gesagt! Ich habe es euch gesagt, daß etwas los ist!“ wiederholte die Taconcitos unbeirrt.
„Soll das Unglück eben kommen!“
Das Mädchen spuckte in die glühenden Kohlen, wo der Speichel in vielen kleinen Funken zerstob.
„Kommt!“ sagte die Luchi ohne weitere Erklärung.
Die Huren folgten ihr bis zum Zimmer von Juan Cariño. Luchi betrat es und machte die Tür hinter sich zu. Nach einigen Minuten kam sie wieder heraus.
„Ihr könnt hineingehen.“
Zaghaft betraten die Frauen auf Fußspitzen das Zimmer und waren nicht wenig erstaunt, als sie den Padre Beltran, mit dem Gehrock und der gestreiften Hose des Verrückten bekleidet, am Rande des Bettes sitzen sahen, während der Herr Präsident, in der Soutane des Priesters, neben diesem stand und in seiner neuen Tracht eine sehr bekümmerte Miene machte. Die Mädchen waren überrascht und bestürzt. Einige benahmen sich devot, knieten nieder; andere hielten die Hand vor den Mund, um ein Lachen zu unterdrücken,

zu dem sie der Anblick der beiden verkleideten Personen reizte. Die Taconcitos schaute über die Köpfe ihrer Gefährtinnen hinweg und rief aus:
„Hab ich es euch nicht gesagt? Ich wußte es ja! Ich sah ihn eintreten."
„Was redest du da für einen Quatsch!" fuhr die Luchi sie böse an.
„Ich sah ihn hereinkommen. Juan Cariño ist zweimal hereingekommen! Aber das erste Mal war es der Padre im Gewand des Herrn Präsidenten. Dann gingst du mit dem Koffer hinaus und trugst es in das Haus Doroteas zurück, wo der Herr Präsident auf dich wartete, sein Gewand anzog und dann hierherkam. Und du hast die Soutane des Priesters hierhergebracht. Erinnerst du dich nicht? Es war in derselben Nacht, in der sie Don Roque gesteinigt haben! Wer weiß, wie lange schon der Padre im Hause Doroteas verborgen gehalten wurde!"
„So ist es gewesen. Es war dort nicht Platz für Don Roque und für mich. Er war sehr schwer verletzt, und ich mußte fort. Wenn meine Freunde mir nicht geholfen hätten, wäre ich schon vor langer Zeit erschossen worden", gab der Padre zu.
Juan Cariño senkte bescheiden den Blick, und der Padre lächelte gütig. Die Spannung löste sich. Nun fingen auch die Mädchen laut zu lachen und zu scherzen an.
„Man sucht Sie, Padre, und Sie sind hier bei uns so gut aufgehoben!"
„Ihr habt mich mit euren Schreien nicht schlafen lassen!"
„Sie benehmen sich skandalös!"
Luchi stand bei der Tür und blickte den Priester traurig an. „Was ist das Leben einer Hure wert?" sagte sie sich verbittert, verließ auf den Fußspitzen das Zimmer und ging im dunklen Haus umher. Die Stimmen verklangen, und sie ertappte sich, wie sie allein durch leere Räume schritt. „Ich wußte immer, daß sie mich ermorden werden!" Und sie fühlte ihre Zunge erkalten. „Und wenn das Wissen, daß

sie uns im Dunkeln ermorden, der Tod wäre? Luz Alfaro, dein Leben ist wertlos!“ Sie sprach ihren Namen mit lauter Stimme aus, um einen Gedanken in die Flucht zu schlagen, der sehr tief in ihr Gestalt annahm. Wenn sie diese Nacht stürbe, wüßte nur sie von dem Schrecken des Todes und von dem Schrecken ihres Lebens angesichts der Ermordung, die ihr aus dem entlegensten Winkel ihrer Erinnerung auflauerte. Sie blieb im dunklen Flur stehen und weinte einige Minuten lang. Dann öffnete sie die Tür und spähte auf die Straße hinaus. Sie mußte auf das Zeichen für den Aufbruch des Padre Beltran warten. Die Straße lag still da, die Schatten der Nopalkakteen auf der gegenüberliegenden Seite waren unbeweglich. Luchi war des Wartens müde. Worauf wartete sie, außer auf diesen schrecklichen Augenblick, der sich nicht einstellen wollte? „Mein Gott, befreie mich von der Angst und gib mir schon die Ruhe!“ In diesem Augenblick zeichnete sich nahe den Kakteen die hohe und beleibte Silhouette von Don Roque ab, der ein Zeichen machte und still verharrte. Luchi beantwortete das Zeichen, ließ die Tür halb offen und kehrte in das Zimmer zurück. Die Mädchen hörten zu lachen auf.

„Padre, Don Roque wartet schon! Die Moncadas sind am Kreuzweg!“

Ihre Worte klangen ernst. Der Padre wurde sehr blaß.

„Gehen wir!“ sagte Juan Cariño und nahm den Priester beim Arm. Der Padre und der Verrückte gingen, von Luchi und den Mädchen gefolgt, aus dem Zimmer. Als sie ins Vestibül kamen, wandte sich der Priester zu den Mädchen um:

„Betet für mich und für die Seelen, die in dieser Nacht ihr Leben für mein Leben riskieren!“ Die Luchi und Juan Cariño knieten nieder, und der Padre segnete sie.

„Padre, Don Roque geht voraus, um den Weg auszukundschaften. Gehen Sie ganz nahe an den Mauern entlang und kehren Sie beim geringsten Geräusch um.“ Alle hörten voll Respekt auf die Worte Luchis. „In zwei Minuten

komme ich nach, um euch den Rücken zu decken. Aber es ist keine Gefahr!"
Ohne ein weiteres Wort zu verlieren, machte sich der Padre auf den Weg. Die Mädchen wagten kaum zu atmen. Es schien ihnen, als hätten sie den Priester soeben dem Tod überantwortet. Luchi wartete einige Minuten, bekreuzigte sich und verließ, ohne sich vorher nach den anderen umzudrehen, das Haus. Juan Cariño schloß die Tür ab, setzte sich auf den Boden und drückte sein Ohr gegen die Schwelle, um auf die Schritte der Frau zu hören, die sich rasch entfernten.
„Löscht die Lampe aus!" befahl er mit leiser Stimme.
Die Mädchen bliesen sie aus und kauerten sich rings um den Verrückten nieder. Die Nacht war still und der Flur dunkel. Eine unendliche Traurigkeit bemächtigte sich der im Vestibül hockenden Gruppe. Die leise Stimme Juan Cariños unterbrach die Stille.
„Don Roque bahnt einen Weg durch die Finsternis. Die Luchi geht wachsam hinterdrein ... Zwischen ihnen der Padre ... er leuchtet wie eine Altarkerze. In einer halben Stunde wird sein gesegnetes Licht den Moncadas leuchten, und beim Morgengrauen wird er im Gebirge das in den Händen des großen Kriegers Abacuc befindliche Tal erhellen."
Juan Cariño unterbrach die Schilderung seiner Vision. Seine Stimme hatte die Mädchen die Furcht vergessen lassen. Nach einigen Minuten setzte der Verrückte mit noch leiserer Stimme fort:
„Der General Francisco Rosas tanzt im Schein der bengalischen Feuer, und niemand wird die Luchi hören, wenn sie nach Erfüllung ihrer hohen Aufgabe als Schutzengel allein die Straße zurückkommt. Hier werden wir auf sie warten, während Francisco Rosas tanzt und tanzt und tanzt ..."
Um zwei Uhr früh kauerten Juan Cariño und die Mädchen noch im Flur des Hauses. Einige von ihnen hatte der Schlaf

übermannt. Andere lehnten ängstlich an der Mauer. Nur der Verrückte blieb wachsam und forschte nach nächtlichen Geräuschen.

„Es ist nicht möglich! Es kann nicht möglich sein!" Aber das Entsetzen wurde nach und nach immer größer. Der Herr Präsident verbarg den Kopf zwischen den Händen. Er hatte einen trockenen Mund; sein Körper war in Schweiß gebadet.

„Mädchen! Mädchen!" rief er leise. Einige von ihnen hoben den Kopf.

„Ja, Herr Präsident?"

„Hört einmal zu: Es kamen die Sarazenen und prügelten uns durch, denn Gott hilft den Guten nur, wenn sie zahlreicher sind als die Schlechten!"

Die Mädchen gaben keine Antwort.

„Eine alte spanische Weisheit. Auch die Spanier wußten, trotzdem sie Spanier waren, manchmal etwas", schloß der Verrückte, gleichsam sich entschuldigend, weil er etwas Spanisches zitiert hatte. Er, der ein so glühender Parteigänger des Pfarrers Hidalgo war.

„Wie spät ist es, Herr Präsident?" fragte eine der Frauen, die die Verzweiflung Juan Cariños gemerkt hatte.

„Wie soll ich dir die Stunde sagen, wenn ich von hier aus die Sterne nicht sehe?" antwortete er verärgert. Er wußte, das Mädchen wollte damit sagen, daß die Stunde, auf die er wartete, schon lange vorüber war.

Da hörten sie ungestüme Schritte die Straße herab direkt auf das Haus der Luchi zukommen.

„Das ist sie nicht! Das ist sie nicht!" sagten die Mädchen und erhoben sich.

„Verstecken Sie sich, Herr Präsident!"

„Pst!" antwortete Juan Cariño und verließ würdevoll den Flur.

Die Schritte hielten vor dem Haus; viele Fäuste pochten heftig an die Tür. Die Mädchen verhielten sich still, und

die Schläge wurden stärker, wie wenn jemand die Türe einschlagen wollte.
„Öffnet, im Namen des Gesetzes!"
„Hundesöhne!" schrien die Mädchen.
Die Riegel gaben unter der Wucht der Gewehrkolben nach, und Justo Corona betrat triumphierend das Haus der Luchi. Mit einer Hand stieß er die Frauen beiseite und ging im Schein seiner Blendlaterne in den Salon. Das Licht fiel auf die Gestalt Juan Cariños, der mit der Würde einer Amtsperson dasaß. Der Oberst schien verblüfft. Dann fing er laut zu lachen an, während er die Gestalt des Herrn Präsidenten weiterhin anleuchtete, der in der Soutane des Padre Beltran steckte.
„Zündet einige Lampen an!" rief Corona lachend.
Die Huren gehorchten und brachten Leuchten, die man auf die Tische stellte.
„Drei von euch durchsuchen das Haus", befahl Corona seinen Soldaten, ohne den Blick von Juan Cariño abzuwenden, der bleich und unbeweglich dasaß.
„Wer hat den Pfarrer hierhergebracht?" fragte er nach einigen Minuten. Die Mädchen und Juan Cariño sagten nichts.
„Von wo ist der Padre Beltran gekommen?" wiederholte Corona mit erhobener Stimme.
„Oberst, bitte schreien Sie in meiner Gegenwart nicht!" sagte der Verrückte und richtete sich in lächerlicher Weise in seiner Soutane auf.
„Nun hat der Scherz ein Ende! Bringt ihn in die Kommandantur!" befahl Corona. Die Soldaten fesselten dem Herrn Präsidenten rücksichtslos die Hände auf dem Rücken und führten ihn dann mit Püffen und Stößen aus dem Haus.
„Ihr werdet noch plaudern!" sagte Corona, bevor er hinausging.
Die Frauen senkten die Köpfe. Die Hausdurchsuchung hatte die Unordnung noch vergrößert. Aber sie unternahmen nichts, um in den verwahrlosten Zimmern ein wenig Ord-

nung zu schaffen. Verängstigt gingen sie wieder in die Küche zurück.
„Glaubst du, daß sie den Herrn Präsidenten freilassen?"
„Ich glaube, sie werden ihn erschießen!" antwortete die Taconcitos, die beim Herd kauerte.
„Wann wird die Luchi zurückkehren?"
„Ich glaube, niemals wieder!"
Vergeblich warteten die Mädchen auf die Rückkehr ihrer Chefin. Um elf Uhr vormittags ging eine von ihnen zur Tür und traf dort auf die verdrießlichen Gesichter der Soldaten, die das Haus bewachten.
„Weißt du, was mit der Luchi geschehen ist?" fragte sie furchtsam.
„Sie liegt beim Kreuzweg", lautete die trockene Antwort.
Der Tag verging, niemand kam in das Haus und brachte einen Hoffnungsschimmer.
Dreckig und eingeschüchtert blieben sie in der Küche. Schon sehr spät in der Nacht beschlossen sie, in die Militärkommandantur zu gehen und den Leichnam der Luchi zu erbitten. Zwei von ihnen boten sich an, diese Aufgabe zu übernehmen. Ein Soldat führte sie vor die Offiziere. Im Büro trafen sie auf Castulo.
„Wie spät mag es sein, Herr?" fragte die beherztere.
„Ich glaube, es ist zwei Uhr vorbei", antwortete der Diener von Doña Matilde. Und sie warteten weiter.

VIII

„Ich schwöre euch, ich gehe nicht zum Fest!" beteuerte der Oberstleutnant Cruz lächelnd. Rafaela und Rosa lagen im Bett und sahen ihn strafend an. Sie konnten den dumpfen Knall und das Zischen der beim Haus des Doktor Arrieta explodierenden Feuerwerkskörper hören.
„Glaubt ihr mir nicht? Schaut mir doch in die Augen!"
Die Zwillingsschwestern schmollten, und Cruz beugte sich

über sie und liebkoste ihre Taillen und ihre Oberschenkel wie ein Kenner die Hinterbacken von zwei Stuten.
„Was könnte mir das Fest bedeuten, wenn ich nicht mit euch dort bin", sagte er, während er mit einer Hand von einer Schwester zur anderen fuhr.
„Man wird dich beleidigen!" sagte Rosa.
„Beleidigen?" rief der Mann aus.
„Ja, wegen uns!" warf Rafaela ein und entfernte seine Hand ärgerlich.
„Wer sollte mich wegen meines Vergnügens beleidigen?"
„Die ehrbaren Damen! Die uns nicht einladen!"
„Was weiß du von ehrbaren Damen!" sagte Cruz verächtlich, während seine Hand wieder über die Körper der Mädchen fuhr, um ihren Zorn zu besänftigen. Sie schlossen die Augen und atmeten mit Wohlbehagen den Obstgeruch im Zimmer ein. Man rief im Korridor nach dem Oberstleutnant. Dieser löste sich von den Schwestern, die nun beruhigt schienen, und ging auf Fußspitzen aus dem Zimmer. Kaum war er verschwunden, setzte sich Rafaela im Bett auf und schaute argwöhnisch zur Tür. Erzürnt hörte sie die fröhlichen Stimmen der Männer, die sich draußen trafen, um zum Fest der Doña Carmen zu gehen.
„Fertig, Oberst? Die Señoritas sind schon da!" hörten sie die Stimme des Generals.
Einige Sekunden später hörte man, wie das Sporengeklirr der auf Hochglanz geputzten Stiefel sich vom Korridor in den Flur und auf die Straße hinaus entfernte.
„Der glaubt, alles läßt sich im Bett erledigen!" grollte Rosa.
Und die Schwestern blickten zornbebend und rachsüchtig um sich. Luisa und Antonia traten ohne anzuklopfen ein.
„Was ist los mit euch?" fragte Luisa, als sie die verbitterten Mienen der beiden sah.
„Wir fliehen nach dem Norden!"
„Wann?"
„Jetzt! Sofort!" antworteten die Schwestern.

„Laßt mich nicht allein!" flehte Antonia. Auch Luisa schien nachdenklich geworden zu sein. Rafaela und Rosa sprangen mit einem Satz auf, ihr Entschluß erfüllte sie mit Energie.

„Eßt!" sagte Rafaela und hielt ihnen einen mit Früchten übervollen Korb hin. Dann ließ sie sich in einen Sessel fallen und sagte ernst:

„Wir wollen sehen, ob Cruz lernt, mehr Mann zu sein!"

„Er läßt sich bei seinen Vergnügungen nicht stören", fügte Rosa hinzu.

„Ihr solltet ihn gesehen haben, bevor er zum Fest ging. Er stand hier", und Rafaela deutete auf das Bett. „Wir haben ihn zornig gemacht, damit er keinen Verdacht schöpft. Man muß die Männer in die höchsten Höhen führen und dann fallen lassen."

„Wollt ihr wirklich weg?" fragte Antonia ungläubig.

„Natürlich verschwinden wir!" Die Schwestern nahmen ihre Kleider aus den Schränken und legten sie auf dem Bett übereinander. Luisa rauchte nachdenklich eine Zigarette, während sie sie besorgt betrachtete. Dann stand sie auf und verkündete mit heiserer Stimme: „Ich komme mit!"

„Verschwinden wir zu viert! Und wenn sie vom Fest zurückkommen, sind wir schon über alle Berge!" Die Schwestern fingen zu lachen an; sie stellten sich die Überraschung der Offiziere vor, wenn sie ihre Zimmer leer fänden.

„Wir haben Zeit. Wir nehmen die Pferde. Und morgen sollen sie uns suchen!"

„Es ist Zeit, die Stadt und den Mann zu wechseln!"

„Sicherlich! Ich will nicht immer dieselben Worte hören", bemerkte Rosa.

„Packt eure Sachen!" drängte Rafaela und schob Luisa und Antonia aus dem Zimmer.

Als die Schwestern allein waren, warfen sie sich auf das Bett und fingen zu schluchzen an. Sie hatten Furcht, das Hotel zu verlassen, in die Welt hinauszugehen und sich in einer anderen Stadt nach einem anderen Mann umzusehen.

Antonia betrat ihr Zimmer, fand die Lampe nicht und versuchte im Dunkeln, sich vorzustellen, was geschehen würde, wenn sie diese Nacht mit den Schwestern entflöhe. Sie würde in Richtung auf ihr Vaterhaus wegreiten, müßte schlafende Dörfer durchqueren; den Mauleseltreibern, die in der Finsternis der Ebenen mit dem Buschmesser in der Hand dahinzogen, gute Nacht sagen; über das von Schlangen wimmelnde Gebirge reiten und beim Morgengrauen Tierra Colorada erreichen; dann müßte sie in einem flachen Boot unter den gierigen Blicken der Ruderer den Fluß überqueren und auf der anderen Seite ihren Weg zum Meer fortsetzen. Denn das Meer war von dort aus noch weit entfernt. Man hatte sie tief ins Landesinnere gebracht. Sie preßte beide Hände vors Gesicht und weinte. Sie fühlte, sie war nicht imstande, die Reise allein zu machen. Nachts ist das Gebirge voller Hindernisse, Felsen versperren den Weg der Flüchtenden, und gepeinigte Seelen ziehen heulend über seine schwarzen Bergrücken. Es schien ihr, als hörte sie die Hufe ihres Pferdes und als sehe sie sich kalt wie eine Tote in den Bergen umherirren. „Ich werde mit ihnen reiten und dann meinem Vater eine Nachricht zukommen lassen, damit er mich abholen kommt." Und sie wartete, bis sie gerufen würde. „Oh, nie wieder den Geruch dieses Zimmers einatmen!"
Luisa öffnete ihren Kleiderschrank und schaute auf ihre Kleidungsstücke. Sie sah ihr Leben einherziehen in Form von Straßen, die sich kreuzten und über sie herfielen. Sie sah Balkone und verschlossene Türen. Wohin würde sie gehen? Sie stellte sich die Häuser ihrer Schwestern vor, mit den vielen Kindern, den Kindermädchen und den schwarzgekleideten Ehemännern. Sie betrat die Häuser ihrer Tanten mit den französischen Balustraden, Spiegeln und Meeresmuscheln. „Wenn du brav bist, kleine Luisa, darfst du, bevor du fortgehst, in der Muschel das Meer hören", wurde ihr im Salon ihrer Tante Mercedes gesagt, und sie saß in einem vergoldeten Sessel, aß zerbröselnden

Zwieback und schaute auf ihre Füße, die von der Stuhlkante baumelten, ohne den Boden zu erreichen. Ihre Tante Mercedes trug Schuhe aus schwarzem Atlasstoff, liebkoste eine graue Katze, ließ sich von einer alten Dienerin betreuen und sah von Zeit zu Zeit auf eine kleine goldene Uhr an einer Perlenkette, die das schwarze krause Seidengewebe ihres Kleides in zwei Teile zu teilen schien. Ihre Tante Mercedes hatte Luisa gern. Vor geraumer Zeit schon hatte sie in den Zeitungen gelesen, daß sie gestorben war, und mußte dabei unwillkürlich an die schweren brokatenen Vorhänge in dem alten Haus denken. Tante Mercedes war die Schwester ihrer Großmutter und hatte, von Porzellan und Bedienten umgeben, immer allein gelebt.
Was würde sie denken, wenn sie sie in dieser Stadt sähe? Es schien ihr, als erreichte sie aus der Falte eines unsichtbaren Vorhanges die milde Stimme ihrer Tante: „Geh, Kind! Geh!"
Luisa wählte zwei Kleider aus und machte daraus ein kleines Paket. Sie wollte nichts mitnehmen, was sie an ihre Vergangenheit als ... sie zögerte, bevor sie das Wort Hure aussprach ... erinnerte. Schweigend und ihre gute Kinderstube beherzigend, ging sie gemessenen Schrittes aus ihrem Zimmer und klopfte an die Tür Antonias. Sie hatte eben weder an ihren Gatten noch an ihre beiden Söhne gedacht. Die waren sehr weit weg. Ihre Freundin erschien mit leeren Händen.
„Kommst du nicht mit?"
„Ja, ich komme."
„Nimmst du nichts mit?"
„Nein. Gar nichts. In diesem Zimmer stinkt alles!" sagte Antonia und verzog das Gesicht vor Ekel.
Sie fanden das Zimmer der Schwestern in Unordnung; die Schuhe, die Fläschchen und die Wäsche lagen am Boden verstreut.
„Einen kleinen Augenblick! Einen kleinen Augenblick!"

sagte Rafaela, die rittlings auf einem Gepäckstück saß und es energisch zuschnürte.
„Und wie wollt ihr das alles befördern?“ fragte Luisa und deutete auf die herumliegenden Pakete und Koffer.
„Wir lassen ihm nicht die kleinste Kleinigkeit zurück, die er uns geschenkt hat!“
„Und ob! Kann er uns die Genüsse, die wir ihm bereitet haben, zurückgeben?“
„Wenn wir zwei- oder dreimal reiten, können wir es mitnehmen“, antwortete Rafaela.
„Unmöglich! Wenn wir einmal von hier fort sind, gibt es keine Rückkehr!“ sagte Luisa ernst.
„Dann lassen wir eben alles hier!“ entschied Rafaela tapfer.
„Nein! Ich nehme mein grünes Kleid mit. Womit soll ich denn in Culiacan spazierengehen!“ schrie Rosa und stürzte sich auf ihre Gepäckstücke, um ihr grünes Kleid zu suchen.
„Wegen deiner Launen werden wir Zeit verlieren!“ sagte Luisa erzürnt.
„Weißt du, was Launischsein ist? Nein, du weißt es nicht“, seufzte Rosa. „Launisch ist eine Rose, die auf dem Misthaufen wächst. Die köstlichste, unerwartetste Blüte!“ erklärte Rafaela und durchsuchte die Kleider und Röcke. Da erwischte ihre Hand das grüne Kleid ihrer Schwester, und sie schwenkte es jubelnd vor ihren Freundinnen.
„Verschwinden wir!“
Sie löschten die Lampe und spähten auf den Korridor hinaus. Seltsam, wie still es im Hotel ohne die Männer war! Leonardo und Marcial, zwei alte Soldaten, machten mit zwei angezündeten Lampen in der Hand ihre Runde durch den Garten. Die Mädchen spähten nach den Wächtern aus, und als sie sahen, daß die Lichter sich auf das Wasserdepot zubewegten, liefen sie barfuß, mit den Schuhen in der Hand, schnell in den Flur. Dort warteten sie kichernd einige Sekunden, schoben die Riegel und Sperrbalken beiseite, öffneten das Tor halb, liefen auf die Straße und

lehnten es von draußen an. Der Knall der Feuerwerkskörper und die Geigen vom Fest der Doña Carmen waren draußen deutlicher zu hören.
Vorsichtig gingen sie zu den Pferdeställen. Fausto, der Pferdebursche von Francisco Rosas, war beschwipst; er empfing sie hocherfreut.
„Ein Spazierritt? Warum nicht, Señoritas? Ich werde Ihnen gleich die Pferde satteln!"
Der Mann schien an ihrem Wunsch, zu so später Stunde noch auszureiten, nichts Absonderliches zu finden. Die Mädchen lachten befreit auf, aber Fausto wurde plötzlich ernst.
„Ihr habt wirklich prachtvolle Köpfe!"
Rosa war überzeugt davon, daß er sich nicht täuschen ließ: der Mann wußte, daß sie fliehen wollten. Sie fühlte, was er überlegen dachte:
„Die Damen werden schon ihren Grund haben!"
„Fausto, wollen Sie nicht einen neuen Hut haben?" Das Mädchen bot ihm mehrere Goldmünzen an.
„Warum, Señorita Rafaela? Wenn die schönen Damen uns verlassen!"
Sie hörten zu lachen auf. Die Worte des Mannes machten sie traurig.
„Wir Männer von Ixtepec sind Ihnen sehr dankbar, daß Sie uns so lange mit Ihrer Gegenwart beehrt haben", setzte Fausto fort und streichelte die Hinterbacken des grauen Pferdes von Rafaela. Diese steckte das Geld wieder ein. Sie wollte ihn nicht beleidigen.
„Wir waren sehr zufrieden in Ixtepec", antwortete Rosa, um die Höflichkeit zu erwidern.
„Die Señorita Antonia kommt das erste Mal zu mir ... und die Señorita Luisa kann auch nicht reiten ...", sagte Fausto und schaute auf die blonde Haarsträhne und das bleiche Gesicht von Antonia und dann auf die blauen Augen von Luisa.
„Ja, Faustito, aber Sie sehen ja, alles kann man lernen! Satteln Sie ihr den Abajeño!"

„Das Vergnügen ist zu Ende!“ schloß Fausto, und seine Stimme klang dumpf unter dem Steingewölbe; er ging weit nach hinten in den Pferdestall, um den Abajeño, das Pferd von Justo Corona, zu holen. Durch Roßäpfel, auf die er trat, wurden seine Schritte unhörbar.
Luisa zündete sich eine Zigarette an. Sie war besorgt. Sie würde auf dem Pferd Rafaelas reiten, dann auf dem von Rosa, und sie konnte die Befürchtung nicht unterdrücken, den Schwestern dadurch ausgeliefert zu sein. Sie versuchte das kalte Gefühl, das ihr aus dem Magen in den Mund stieg, zu ignorieren. „Das Vergnügen ist zu Ende!“ Wohin sollten sie sich nun wenden? Sie würden die Geliebten von irgend jemanden sein. Rafaela wollte das Gesicht, das sich hinter den Worten „irgend jemand“ verbarg, erraten. Andere Städte und andere Soldaten, von denen sie sich nur die Uniformen vorstellen konnte, erwarteten sie. Der Soldatenberuf war widersinnig geworden, seitdem diese Männer ihre Zeit dem Erhängen von Bauern und dem Blankputzen ihrer Stiefel widmeten. „Und deshalb werden sie bezahlt? Ja, so wie die Briefträger!“ Sie kam sich lächerlich vor. Es war besser, von hier fortzugehen. „Mein nächster Liebhaber wird kein Soldempfänger sein!“ Sie hatte die Gehaltsliste von Cruz gesehen und festgestellt, daß die Summe darauf seine Ausgaben keineswegs deckte.
„Er ist ein Dieb!“ Sie war erzürnt. Es war erstaunlich, was ihr alles zu Bewußtsein kam, während Fausto die Pferde sattelte. Aber wie kam Cruz zu Geld? Und wann? Sie hörte sein kannibalisches Lachen, sah seine gierigen Hände mit Goldmünzen spielen. Sie war deprimiert. Cruz hatte sie betrogen. Er hatte sich für jemanden ausgegeben, der er nicht war.
„Hör mal, Fausto braucht sehr lange“, sagte ihre Schwester und ließ sie aus ihrer Grübelei erwachen. Wirklich, Fausto machte keinerlei Geräusch, und auch die Pferde waren sehr ruhig.
„Fausto! Faustito!“ rief Rafaela ängstlich.

„Was geht vor?“ fragte Luisa wachsam.
„Wer weiß? Er antwortet nicht!“
Die Mädchen gingen in den Pferdestall. Sie konnten es nicht glauben, daß er sie verraten hatte. Er war so glücklich gewesen, sie zu sehen!
„Fausto! Faustito!“ rief Rafaela wieder. Keine Antwort. Der Pferdebursche von Francisco Rosas hatte sich geräuschlos entfernt und war wie eine Schlange entschlüpft.
„Der Unglücksvogel!“
„Reiten wir!“ drängte Antonia.
„Willst du, daß sie uns beim Ausgang der Stadt ergreifen?“
„Erinnere dich an Julia!“ sagte Rosa mit finsterer Miene.
Als sie auf die Straße gingen, sahen sie Gruppen von Frauen und Kindern eng an die Mauern gedrückt vorbeilaufen.
„Was geht vor?“ Sie kamen am Haus von Doña Lola Goribar vorbei, sahen die Fenster beleuchtet und hinter den Glasscheiben die neugierigen Gesichter der Señora und ihres Sohnes Rodolfito. Es war das einzige Haus, das inmitten dieses Hastens, das sich ihren Augen darbot, ruhig und friedlich dazuliegen schien. Vielleicht weil es als einziges eine Kapelle hatte, in der regelmäßig der Rosenkranz gebetet wurde. Der Reichtum und die verborgene Macht der Goribars vergrößerte sich in dem Maße, in dem Ixtepec verarmte. Bestürzt kehrten sie zum Hoteleingang zurück, stießen die einen Spaltbreit offenstehende Tür sanft auf, traten ein und schlossen von innen ab. Zwei Schatten warteten im Flur auf sie. Einer kam auf sie zu.
„Wir werden über euer Verschwinden Meldung erstatten müssen!“
Rafaela ließ die Wächter, ohne zu antworten, stehen und ging auf ihr Zimmer. Die anderen machten es ihr würdevoll nach und wirkten dabei, da sie ihre Schuhe in der Hand trugen, lächerlich.

„Wir müssen eine Meldung machen!“ wiederholte Leonardo und gab zu verstehen, daß er Order hatte, sie zu überwachen. Dann stießen die beiden Männer derbe Ausdrücke aus, überprüften die Riegel und nahmen ihren stillen Marsch durch den Hotelgarten wieder auf.
Die Mädchen machten im Zimmer der Zwillingsschwestern Ordnung. Sie waren eingeschüchtert und wollten keine Spuren ihrer Fluchtabsicht hinterlassen.
„Habt ihr gesehen, wie die Leute gerannt sind?“
„Ja, es muß etwas Schreckliches passiert sein!“ Und sie blickten auf die Wände ihres Zimmers, in dem sie gefangen waren. Sie konnten ihren Liebhabern nicht entfliehen. Ihre Sehnsucht nach der Freiheit, die sie einige Minuten vorher in eine so heikle Situation gebracht hatte, wurde unerträglich; das Hotel Jardin flößte ihnen Angst ein. Auf der Straße hörte das Laufen auf, und in der Stadt wurde es ruhig. Ixtepec war wie sie bestürzt und gefangen.
Im Garten streiften Leonardo und Marcial mit ihren Laternen umher; auf den Straßen machten die Soldaten auf der Suche nach Schuldigen die Runde.
Jemand klopfte am Tor. Rafaela löschte die Lampe aus, und die vier beeilten sich, in den Korridor hinauszuspähen. Man klopfte wieder. Die Mädchen sahen, wie Leonardo mit seinem Licht in den Flur ging. Nach einigen Augenblicken erschien die hohe Silhouette von Francisco Rosas im Korridor.
„Er kommt mit einer Frau!“ flüsterte Rafaela.
Der General durchschritt den Korridor des Hotel Jardin in Begleitung einer rotgekleideten Frau. Das Licht Leonardos ließ ein rotes Kleid und schwarze Locken erkennen. Das Paar kam an der Tür des Zimmers von Rosas an; dieser nahm das Licht aus den Händen Leonardos und betrat mit der Unbekannten das Zimmer, das Julia gehört hatte.
„Habt ihr gesehen?“
„Ja!“ flüsterte Luisa, „es war Isabel Moncada!“

„Sie war es!“ antwortete Luisa und ließ sich aufs Geratewohl in einen Stuhl fallen. Rafaela ging auf den Korridor hinaus, um Leonardo zu fragen.
„War es Isabel Moncada?“
Der Mann nickte bejahend mit dem Kopf und entfernte sich.
„Etwas Schreckliches muß geschehen sein!“
Die Mädchen kauerten sich auf einem Bett zusammen und wisperten miteinander. Sie wagten weder sich zu trennen noch zu schlafen. Verängstigt durchwachten sie die Nacht. Am Morgen sahen sie Leonardo mit einem Frühstückstablett vorübergehen. Eine Weile später verließ Francisco Rosas rasiert und nach Kölnisch Wasser duftend das Hotel. Rafaela pochte an die Tür des Zimmers von Rosas. Drinnen regte sich nichts.
„Sie gibt keine Antwort“, sagte sie zu ihren Freundinnen.
„Etwas Schreckliches muß geschehen sein!“ wiederholte Luisa.
Keiner der Soldaten war ins Hotel zurückgekehrt.

IX

„Martin, ich will wissen, was mit meinen Söhnen geschehen ist!“ sagte Ana Moncada immer wieder. Ihre Mutter hatte in einem Haus mit hohen Zimmern und Türen aus Caobaholz dasselbe gefragt. Geruch nach brennendem Holz und eisige Luft, die durch die Ritzen der Fenster hereindrang, vermengten sich in ihrer Erinnerung mit der Schwüle des Zimmers, in dem das Nachtlicht flackerte. Die Revolution hatte ihr Haus im Norden zerstört. Und wer zerstörte nun ihr Haus im Süden? „Ich will wissen, was mit meinen Söhnen geschehen ist?“ stand in den Briefen ihrer Mutter. Ana erfuhr die Nachricht vom Tod ihrer Brüder durch einen Brief ihrer jüngsten Schwester Sabine.
„Martin, ich will wissen, was mit meinen Söhnen geschehen ist?“ wiederholte sie, während sie bestürzt auf ihren Mann

blickte und sich hilfesuchend im Zimmer umsah. Sie konnte sich den in ihrer Umgebung schwebenden Geruch nach Schnee und Holz nicht erklären.

Und wenn sie die Stunden einer erfundenen Zukunft lebte? Sie erhob sich von ihrem Bett und ging die Balkontüren öffnen. Sie wollte die Eisluft der Sierra von Chihuahua atmen und stand vor der heißen, versteinerten Nacht von Ixtepec. Der Abscheu vor der südlichen Landschaft warf sie schluchzend auf das Bett zurück. Ihr Gatte ließ sie weinen. Das Hin und Her des Stuhles, in dem Martin schaukelte, wiederholte das eine oder andere Mal den Namen Isabel.

„Sie ist schlecht! Sie ist schlecht!" schrie Ana Moncada und fühlte sich schuldig an der Verworfenheit ihrer Tochter. Sie sah angsterfüllt auf das Bett und hörte sich sagen: „Kommst du?" Genau mit diesen Worten hatte Rosas Isabel gerufen, und ihre Tochter war im Schatten der Häuser mit ihm gegangen.

„Kommst du?" hatte sie nach der Geburt von Nicolas ihrem Gatten jede Nacht zugerufen. Sie erinnerte sich an jene Nächte. Mit lockender Stimme, wie Francisco Rosas, rief sie nach Martin, und ihr Gatte kam, durch jene unbekannte Ana verzaubert, zu ihrem Bett, und beide sahen den Morgen heraufdämmern.

„Wie lebhaft! Wie hübsch! Man sieht, daß ihr sie mit Freude gemacht habt!" hörte sie die Hebamme sagen, die die soeben geborene Isabel badete. Ana errötete in ihrem Bett. Martin warf ihr einen verlangenden Blick zu. Alle würden an der Lebhaftigkeit ihrer Tochter ihre Leidenschaftlichkeit erkennen. Sie biß sich zornig auf die Lippen. Isabel war auf die Welt gekommen, um es zu verraten. Sie schwor, zurückhaltender zu sein, und brachte es zuwege. Aber in Isabel lebten diese Nächte weiter. Niemand konnte ihr den Schandfleck abwaschen. Ihr Gatte tröstete sich über ihr geändertes Benehmen und widmete sich seiner Tochter. Er sah die guten und schlechten Eigenschaften von sich und seiner Frau in ihr verkörpert. Das Mädchen wurde in seinen Augen zur Verwahrerin ihrer Geheimnisse. Aus diesem Grunde hatte er manchmal sogar Angst vor ihr und fühlte sich niedergeschlagen. „Dieses Mädchen kennt uns besser als wir selbst!“ Und er war im Zweifel, wie er sie behandeln und was er mit ihr sprechen sollte. Beschämt schlug er oft die Augen vor ihr nieder.

Der Strauß bleicher Immortellen, die Photographien in ihren roten Samtrahmen, die Porzellankandelaber und der geschlossene Nähschrank standen mit dem Unbeteiligtsein toter Gegenstände neben dem Stuhl, in dem Martin Moncada schaukelte. Das Nachtlicht rief flüchtige Reflexe auf dem weißen Kleid von Ana Moncada hervor, die schluchzend auf dem Bett lag. Ihr Weinen schien ihren Gatten nicht zu berühren. In ihren Festgewändern glichen sie alternden Schauspielern, die hinter der Bühne auf ihren Auftritt in einer Tragödie warteten; und während dieses Wartens wurden ihre Gewänder und ihre Gesichter faltig und staubig.

Das Ticktack der durch zwei nackte Engel gehaltenen Uhr hatte das Ende der Nacht, einen vollen Tag und die Wiederkehr einer zweiten Nacht durchlaufen. Das qualvolle Warten dauerte unverändert an.

Ein neues Zeitmaß herrschte im Haus. Alles schien hohl geworden zu sein. Der unhörbare Marsch der Spinnen wurde eins mit dem unbeirrbaren Ticktack, das über die Kommode lief.

Eine regungslose Gegenwart ließ die Möbelstücke ruhig und die Gebärden der Personen auf den Bildern abgestorben erscheinen. An den Wänden ragten die Konsolen heraus, und die Spiegel zeigten unbeteiligt alle ihre Bilder. Nie mehr würde das Haus der Moncadas dieser Verzauberung entrinnen. Die Zeit ohne Klaviere und Worte hatte begonnen. In der Küche wachten die Bedienten schweigend über die Stille.

Um halb vier Uhr morgens wurde an das Eingangstor geklopft. Man hörte es im Hof und in den Zimmern. Einige Minuten verstrichen; dann stellte sich Felix, begleitet von Castulo, im Zimmer seiner Herrschaft ein.
„Herr, Castulo ist hier“, murmelte Felix und wagte nicht, über die Türschwelle zu treten.
Martin Moncada schaukelte weiter, als hätte er nichts gehört; seine Frau rührte sich nicht.
„Herr, Castulo ist hier; er kommt von der Kommandantur!“
Die Señora richtete sich im Bett auf.
„Ich möchte melden ...“, begann Castulo plump und wußte nicht, was er mit seinem Hut beginnen sollte. „Ich möchte melden, daß um vier Uhr die Leichen übergeben werden.“
Martin Moncada verzog keine Miene. Die Señora blickte Castulo mit weit aufgerissenen Augen an.
„Welche Leichen?“
„Die von Dorotea, von der Luchi und vom jungen Herrn Juan!“ erklärte Castulo und schlug die Augen nieder.
„Die Leiche von Juan?“ wiederholte die Mutter.
„Ja, Señora, sie liegt dort. Ich habe sie gesehen!“ und Castulo wischte sich eine Träne von der Wange.
„Und die von Nicolas geben sie uns nicht?“ fragte Ana Moncada.
„Er lebt. Er wurde verhaftet“, antwortete Castulo, richtig erleichtert, eine bessere Nachricht mitteilen zu können.
„Gehen wir!“ sagte Martin und erhob sich. Er brach mit seinen Bedienten zur Kommandantur auf.
Beim Morgengrauen schafften die Bedienten Doña Matildes den Leichnam von Dorotea weg. Auf den staubigen Ziegeln des Flures blieb ein dunkler Fleck zurück. Die Offiziere hatten wohl die Erlaubnis erteilt, den Leichnam Doroteas abzuholen, gestatteten aber nicht, daß sie in ihrem eigenen Hause aufgebahrt würde. Castulo wickelte Dorotea mit Unterstützung Tefas in ein Leintuch und trug sie in seinen Armen in das Haus der Schwestern von Charito.

Dort wurde sie aufgebahrt. Sie steckten ihr ein Bündel von kleinen mexikanischen Fahnen zwischen die Hände. Als die Sonne heiß zu strahlen begann, kamen die Fliegen und setzten sich auf das Gesicht der Toten. Castulo verjagte sie mit einer größeren Fahne und beteiligte sich gleichzeitig an den in aller Eile heruntergesprochenen Gebeten. Er hatte Befehl, die Leiche vor neun Uhr vormittags auf den Friedhof zu schaffen und zu begraben.

Im Hause der Toten blieben vier Soldaten zurück. Die Falltür in einem der ausgebrannten Zimmer blieb offen stehen, wie Corona sie zurückgelassen hatte. In dem Verließ darunter war Don Roque versteckt gehalten worden. Der Padre Beltran hatte ihn schwer verletzt geborgen, als ihr erster Fluchtversuch mißlungen war und die Moncadas sie vergeblich an der Straße nach Tetela erwarteten. Der Padre hatte im Flur gelauert und Don Roques Schreie gehört. Als die Soldaten um den Häuserblock liefen, benützte er das Erscheinen Doña Matildes, um den leblosen Körper ins Haus zu schaffen. In dem Verließ lagen noch das Verbandszeug und die Tinkturfläschchen, mit denen der Doktor Arrieta die Wunden des Mesners behandelt hatte. Die Soldaten suchten nun die Hügel um die Stadt nach dem Mesner ab, der wieder flüchtig war.

„Er wird bald vor Erschöpfung umfallen. Dort findet er nichts als Steine, Leguane und Schlangen!"

Die wenigen Menschen, die dem Sarg Doroteas auf den Friedhof folgten, begegneten dem Leichenzug Luchis. Die Mädchen trugen ernste Gesichter zur Schau und gingen mit eiligen Schritten dahin. Im Licht der Sonne erschien ihnen der Tod der Luchi schrecklicher, als sie es sich in den zwei Nächten, in denen sie auf ihre Rückkehr warteten, vorgestellt hatten. Der blaue Himmel, die grünen Zweige und die dampfende Erde verdüsterten sich ihnen um den innen mit billiger und dünner Seide ausgeschlagenen Sarg, in dem die Leiche Luchis eingezwängt lag. Die Mädchen wollten die Übelkeit erregende Nähe der Toten schnell

loswerden und waren im Grunde den Offizieren dankbar, die befohlen hatten, sie vor neun Uhr früh zu begraben.
Als sie vom Friedhof zurückkamen, schlugen zwei von ihnen den Weg nach Las Cruces ein. Sie wollten beten an dem Ort, an dem ihre Freundin gestorben war. Nun, da sie von ihrer Gegenwart befreit waren, empfanden sie Pietät. Sie stiegen den steinigen Weg zwischen den Dornbüschen hinauf. Die Sonne stand schon sehr hoch. Da trafen sie auf zwei Soldaten.
„War es hier?" fragte eine von ihnen mit vor Hitze und Staub ausgetrocknetem Mund.
Die Männer lachten zynisch. Einer von ihnen riß ein trockenes Kraut ab und biß einige Male hinein, bevor er sich zu einer Antwort herabließ.
„Ja. Genau hier!" sagte er und sah sie argwöhnisch an.
„Hier haben wir sie alle gefangen wie Vögelchen", sagte sein Gefährte.
„Jemand hat geplappert!" antwortete eine der Huren verächtlich.
„Das könnte sein!" Und der Mann kaute das Kraut weiter und zeigte abschätzig seine weißen Zähne.
„Seit fünf Uhr nachmittags lagen wir hinter den Kakteen versteckt. Ungefähr um zehn Uhr abends trafen die Moncadas hier ein. Sie kamen aus Tetela und brachten die Pferde für den Padre und Don Roque mit. Dann sahen wir die Señorita Chayo mit den Eßkörben daherkommen. Danach den Mesner, gefolgt vom Padre und von der Luchi. Als sie die Pferde bestiegen, gab uns der Oberstleutnant Cruz den Befehl, sie zu verhaften. In dem Kugelwechsel fielen zwei, und der Mesner entkam."
Der Soldat unterbrach seinen Bericht. Die Huren setzten sich auf Steine nieder und betrachteten mit feuchten Augen den Ort, an dem die Luchi und Juan Moncada gestorben waren. Der hohe, runde Himmel war regungslos. Die Grillen zirpten hell; nichts deutete darauf hin, daß an diesem Platz eine Tragödie stattgefunden hatte.

„Hier ist die Luchi zusammengebrochen!“ sagte ein Soldat und zeigte auf ein paar Dornbüsche.
„Und dort Juan Moncada!“ sagte der andere und deutete mit dem Fuß auf eine entlegenere Stelle.
„Wir wissen nicht, wer sie verraten hat. Wir wissen nur, daß sie verraten wurden!“ sagte derjenige, der das Kraut kaute und sah die Frauen lüstern an.
Seine Gefährten boten ihnen Zigaretten an, die sie unwillig entgegennahmen.
Die Männer tauschten Blicke und näherten sich ihnen.
„Halt! Nichts da!“ sagte die eine und riß heftig die Hand eines Soldaten von ihrem Busen.
Der Mann rief: „Willst du auf einmal die Spröde spielen?“ und blickte sie plötzlich wuterfüllt an.
„Stell dir vor! Ja!“ Die Mädchen erhoben sich und entfernten sich hüftenwackelnd. Dann fingen sie an, vorsichtig auf ihren hohen Absätzen den Abhang hinunterzusteigen.
Die Soldaten waren wütend. Das Gelächter der zwei Mädchen drang zu ihnen herauf.
„Ihr Huren!“ rief der eine ihnen nach und spuckte zornig das zerkaute Kraut aus.
Gepeinigt durch die Hitze, bleich und mit beschmutztem Hemd, ging Martin Moncada eilig durch meine Straßen. Ihm folgten seine Diener und einige Bediente seiner Schwester Matilde.
„Ich habe Juan begraben! Ich habe Juanito begraben!“ wiederholte er bei jedem Schritt, als wenn er sich einreden wollte, daß das Begräbnis wirklich stattgefunden habe. Meine rosafarbenen und weißen Häuser verschmolzen vor seinen Augen im strahlenden Licht des Morgens zu einer Wolke leuchtenden Staubes, die in der heißen Luft zerging. Er selbst war eine Ruine; und seine Füße schritten losgelöst vom übrigen Teil seines Körpers dahin. „Ich habe Juan begraben! Ich habe Juanito begraben!“ Das im Tode unsäglich erstaunte Gesicht seines Sohnes erschien vor seinen Augen, wie es sich nach und nach, so wie ein Blatt

im Wasser untergeht, immer tiefer in die schwarze Erde senkte. Die Erinnerung an die brüchige Erde des Friedhofs und an den schwarzen Sarg machte seinen Körper gefühllos.

Nicht er, Martin Moncada, war es, der durch die Straßen von Ixtepec ging. Er hatte die Erinnerung an sich selbst verloren, war eine unbekannte Person, die die Glieder ihres Körpers an den niedergerissenen Ecken einer zerstörten Stadt verlor. Er lief, ohne es gewahr zu werden, an seinem Haus vorbei.

„Hier sind wir, Señor!" Felix nahm seinen Herrn sanft beim Arm und führte ihn in das Haus. Hinter ihm schloß das Tor sich feierlich, für immer. Nie mehr sahen wir ihn auf den Straßen.

Zur selben Zeit begann der General Francisco Rosas mit dem Verhör der Gefangenen. Durch das Fenster seines Arbeitszimmers fielen die Sonnenstrahlen auf die im Hause Doroteas gefundenen Kelche und Meßbücher. Im angrenzenden Zimmer waren die in den Häusern der Gäste gefundenen Waffen und Plakate aufbewahrt. Corona ordnete auf seinem Schreibtisch Papiere, der Stenograph spitzte Bleistifte und Rosas rauchte nachdenklich. Der Triumph hatte ihm nicht die erwartete Freude verschafft. Die Gegenwart Isabels in seinem Zimmer im Hotel hatte den Erfolg zunichte gemacht. Francisco Rosas näherte sich dem Balkon und schaute auf den Platz und zum Hotel, das gegenüber der Militärkommandantur lag.

„Dort ist sie!" dachte er unmutig. „Warum sie wohl mit ihm gegangen war? Als er ihr auf der Straße zurief, obwohl er wußte, daß Juan tot und Nicolas gefangen im Kerker der Garnison lag, glaubte er an seinen totalen Triumph über Ixtepec. Er kannte das Mädchen kaum, das um Mitternacht mit ihm ging. Als er sein Zimmer betrat und sie aus der Nähe betrachtete, störten ihn ihr rotes Kleid und ihr eigensinniger Blick. Ihm gefielen sanfte Frauen in hellen Kleidern. Die rosafarbene Silhouette von Julia drängte

sich zwischen ihn und das Mädchen, das ihn vorwurfsvoll ansah, weil es seine Gedanken erriet. Bestürzt wollte er schon zu ihr sagen: „Geh fort! Geh nach Hause!“; aber er hielt sich zurück. Er mußte es sich selbst beweisen und die Stadt wissen lassen, daß in Ixtepec nur der Wille des Generals Francisco Rosas zählte. Lachten sie nicht seit Monaten über ihn? Alle waren sie Komplizen von Felipe Hurtado gewesen. Er griff nach einer Flasche Kognak und trank ausgiebig. Dann drehte er sich zu Isabel um, die stumm und erwartungsvoll in der Mitte des Zimmers stehengeblieben war. „Dieses Mädchen in meinem Bett wird sie am meisten schmerzen!“ frohlockte er und sagte laut, ohne sie anzusehen: „Zieh dich aus!“
Isabel gehorchte ohne Erwiderung, und Rosas blies die Lampe aus. Im Bett fand er einen fremden Körper, der ihm schweigend gefügig war.
Als der Morgen graute, lag er wach da. An seiner Seite schlief Isabel oder stellte sich nur so. Rosas schlüpfte aus dem Bett, rasierte sich und war bemüht, kein Geräusch zu machen. Er wollte hinaus aus dem Zimmer, dessen Luft ihn zu ersticken drohte. Als Leonardo mit dem heißen Kaffee kam, führte der General einen Finger an die Lippen zum Zeichen, daß er still sein solle, trank eilig und verließ das Zimmer. Die von Magnolienduft geschwängerte Luft stärkte ihn. Während des ganzen Tages kehrte er nicht in das Hotel zurück. Am Abend ging sein Adjutant reine Wäsche für ihn holen, dann zog sich Rosas in seinem Büro um. Er war schlecht gelaunt, weil er sich im Teich hatte baden müssen; denn im Pfarramt gab es kein Bad. „Diese rückschrittlichen Pfaffen!“ hatte er geflucht, als das trübe Wasser des Teiches seine Schultern hinunterrann. Dann, schon besser aufgelegt, ging er mit seinen Adjutanten das Fest von Doña Carmen beschließen.
Spät in der Nacht kehrte er ins Hotel zurück und begegnete wieder dem eigensinnigen Blick Isabels. Er hatte versucht, sich vorzustellen, daß nicht sie, sondern die andere ihn im

Hotel erwarte. Er löschte bald seine Lampe und legte sich ins Bett. Isabel folgte seinem Beispiel. Das Zimmer füllte sich mit Lianen und fleischigen Blättern; es blieb kein Platz darin übrig; weder für ihn noch für seine Vergangenheit. Er drohte zu ersticken. Er fühlte, wie gegenwärtig Isabel war und gab sich in diesem Augenblick darüber Rechenschaft, daß er einen nicht wieder gutzumachenden Fehler begangen hatte. Der Hauptmann Corona und der Stenograph warteten auf seine Anweisungen. Rosas blickte weiterhin zum Hotel. „Dort ist sie! Wenn ich ins Hotel komme, sage ich ihr, sie soll gehen, und wenn sie nicht will, werfe ich sie hinaus! Die Verstoßene!" Dieses Wort machte ihn lachen. Er stellte sich die angesichts dieses neuen Skandals bestürzten Gesichter vor und fühlte wieder den bohrenden Blick Isabels auf sich gerichtet. Sie konnte Julia nicht ersetzen. Der Name seiner Geliebten führte ihn in eine nach Vanille duftende Vergangenheit zurück. Er vermeinte mit seinen heißen Fingerspitzen die sanfte Haut Julias zu berühren; er hörte ihre Stimme. Erschrocken floh er diese Erinnerung und wandte sich zu Rosas zurück:

„Der erste dieser Feiglinge soll hereinkommen!" rief er und schwor sich wieder: „Wenn ich ins Hotel zurückkomme, werfe ich sie hinaus!" Die Gefangenen wurden einer nach dem anderen vorgeführt. Als der Padre Beltran an der Reihe war, schmunzelte der General. Der Anblick des Priesters mit Gehrock und der gestreiften Hose des Verrückten belustigte ihn.

„Ja, Señor, man wird Ihnen reine Unterwäsche geben, aber Sie werden weiterhin diese Kleider tragen. Das ist ein Beweis." Der Priester gab keine Antwort. Rot vor Zorn unterschrieb er seine Aussage und verließ wortlos das Zimmer.

Juan Cariño trat ein. Francisco Rosas stand ehrerbietig auf und hörte ihm zu, wie wenn wirklich der Präsident der Republik vor ihm stünde. Der Verrückte schien zufrieden. Als er aber hörte, daß er während des Prozesses die Soutane tragen müsse, wurde er wütend:

„Der General weiß nicht, daß seit 1857 die Trennung zwischen der Kirche und dem Staat existiert!"

„Doch, Herr Präsident, ich weiß es!" antwortete der General mit gespielter Unterwürfigkeit.

„Wie können Sie es dann wagen, mich und den Padre zu zwingen, ständig die Kleider des anderen zu tragen. Ich möchte, daß mein Protest über diese neue Ungerechtigkeit ins Protokoll aufgenommen wird." Und Juan Cariño befahl dem Stenographen, seinen Protest gegen die nachteilige Behandlung durch seinen Feind, den Usurpator Francisco Rosas, ins Protokoll einzutragen. Als der Verrückte das Büro des Generals verließ, wurde Rosas nachdenklich; er wußte, nun würde Nicolas Moncada vorgeführt werden, um seine Aussage zu machen. Nicolas war seiner Schwester sehr ähnlich.

„Ich gehe, Corona, setzen Sie das Verhör fort", sagte er, stand auf und ging auf die Straße, ohne zu wissen, wohin er seine Schritte lenken sollte. Er machte einige Runden über den Platz und betrat dann wieder die Kommandantur. Einer seiner Adjutanten holte ihm das Mittagessen aus dem Hotel, und Francisco Rosas speiste in seinem Zimmer, fern vom Kommen und Gehen der Offiziere. Corona trat ein, um mit seinem Chef zusammen Kaffee zu trinken.

„Was sagt er?" fragte Rosas und vermied es, den Namen des Bruders von Isabel auszusprechen.

„Er hat alles gestanden!" antwortete Corona zufrieden.

„Weiß er von seinem Bruder?"

„Ich glaube ja; er benimmt sich sehr männlich!"

„Alle Frauen sind Huren!" urteilte Rosas zornig.

Corona bejahte die Feststellung seines Vorgesetzten: „Alle!" und machte einen langen Zug aus seiner Pfeife.

X

Am Nachmittag öffneten die Geschäfte, und die Leute kamen aus ihren Häusern; sie freuten sich, wieder an der

Sonne zu sein und mit ihren Bekannten und Freunden über die Ereignisse der vergangenen Nacht sprechen zu können. Ixtepec wimmelte von Gerüchten, die die benachbarten Dörfer erreichten:
„Aufruhr in Ixtepec!"
Die Maultiertreiber kamen an den Samstagen nicht aus dem Gebirge herunter. Wir verbrachten eintönige Sonntage. Vergeblich gingen wir am Hotel Jardin vorbei, um durch die Fenster Isabel, die „undankbare Tochter" zu sehen; das Mädchen verbarg sich hinter den heruntergelassenen Jalousien. Die Gefangenen blieben in der Militärkommandantur weiterhin in Einzelhaft. Die Soldaten weigerten sich, uns über sie Auskünfte zu geben. Montags wurden öffentliche Bekanntmachungen an die Mauern geklebt, in denen die Verhafteten des Aufruhrs, des Vaterlandsverrats und des Mordes angeklagt wurden. Unterschrieben waren sie vom General, vom Bürgermeister und von jenem Politiker, der sich mit Vorliebe der Phrase „Wirkliche Wahl! Nicht Wiederwahl!" bediente.
So kehrten die düsteren Tage wieder zurück. Das tödliche Spiel wurde mit großer Exaktheit fortgesetzt. Zivilisten und Soldaten zettelten Intrigen und Morde an. Ich sah ihrem Treiben traurig zu. Nur zu gerne hätte ich sie durch meine Erinnerung geführt, damit sie die verstorbenen Generationen sähen. Nichts war von ihren Tränen und Schmerzen übriggeblieben. In ihrem Innersten irregeführt, wußten sie nicht, daß ein Leben nicht genügt, um die unendliche Vielfalt der Geschmäcke der Minze, der Lichter einer Nacht und der Farben, aus denen die Farben sich zusammensetzten, zu entdecken. Eine Generation folgt auf die andere; und jede handelt so wie die vorhergehende. Nur einen Augenblick vor dem Sterben entdecken sie, daß es möglich gewesen wäre, zu träumen und die Welt auf ihre Art zu gestalten; dann erwachen sie und wollen ihr Leben ändern. Sie entdecken dabei auch, daß es eine andere Zeit gab, in der sie die unbewegliche Reise der Bäume und

die Navigation der Sterne hätten beherrschen können, und erinnern sich an die chiffrierte Sprache der Tiere und an die durch den Vogelflug in die Luft gezeichneten Städte. Einige Sekunden lang kehren sie zu den Stunden zurück, die ihre Kindheit und den Geruch der Gräser aufbewahren. Aber es ist zu spät; sie müssen Adieu sagen und bemerken erstaunt, daß in einem Winkel ihr Leben auf sie wartet; ihre Augen öffnen sich in die düstere Landschaft ihrer Gespräche und ihrer Verbrechen, und sie gehen dahin, bestürzt darüber, was sie aus ihren Jahren gemacht haben. Und es kommen andere Generationen, die dieselben Handlungen und dasselbe bestürzte Ende wiederholen. So werde ich sie weitersehen durch die Jahrhunderte, bis zu dem Tag, an dem ich nicht einmal ein Staubhäufchen sein werde und die Menschen, die hier vorüberkommen, sich nicht mehr daran erinnern, daß ich Ixtepec war. Das Fest von Doña Carmen zerstörte für immer den Zauber des Hotel Jardin, und seine Gäste hörten auf, uns interessant zu erscheinen. Isabel war ins Herz des Rätsels eingedrungen. Sie war dort, um die fremden Offiziere zu besiegen, die verwundbar waren, wie irgend jemand von uns; oder aber, um unsere Niederlage zu entscheiden. Ihr Name tilgte die Erinnerung an Julia; ihre hinter den Jalousien verborgene Gestalt wurde zum einzigen Rätsel von Ixtepec. Man sah die Offiziere nicht mehr so häufig beisammen. Die mißmutigen Soldaten sprachen verächtlich über ihre Vorgesetzten.

„Wie lange noch geben sie sich mit diesen Schlampen ab?“

Mißmutig beobachteten sie das Kommen und Gehen der Mädchen. Deren Leben war nicht mehr beneidenswert; die unsichtbare Anwesenheit von Isabel verkleinerte ihre Rolle und machte sie zu Komparsen eines Dramas, in dem sie nicht mitspielen wollten. Sie wußten, daß „sie“ hier war, und das nahm ihnen die Lust, sich zu pflegen; sie kämmten sich nicht und gingen mit ungeschminkten Lippen und düsteren Mienen umher.

Warum war Isabel beim General? Da sie doch vom Schicksal ihrer Brüder wußte. Das Mädchen war ihnen unheimlich. Ängstlich vermieden sie ein Zusammentreffen mit ihr. Isabel sprach mit niemandem. Tagsüber schloß sie sich in ihrem Zimmer ein. Am Abend ging sie über den Korridor ins Badezimmer. Die Bedienten hörten das Wasser der Dusche rauschen, und die Geliebten der anderen Offiziere spähten nach ihr, wenn sie ins Zimmer zurückging. Isabel fühlte sich beobachtet und vermied kühl jeden Kontakt mit den Bewohnern des Hotels. Sie aß allein und wartete schwermütig auf Francisco Rosas. Der General kam gewöhnlich bei Morgengrauen zurück und sah sie zu dieser Stunde, wie einen Besuch, in ihrem roten Festkleid blaß in einem Stuhl sitzen. Das Mädchen störte ihn; und vor allem die Farbe ihres Gewandes. Aber man sah sie nur in diesem Festkleid, denn es kam ihm nicht in den Sinn, ihr, wie vormals Julia, Geschenke mitzubringen. Gregoria nahm sich ihrer an. Das Mädchen tat ihr in ihrer Verlassenheit leid.
Gregoria redete zu ihr in der Isabel so vertrauten Sprechweise der alten Dienerinnen, und die neue Geliebte von Francisco Rosas freundete sich mit der Alten an. Sie bat sie um kleine Dienste; so ging Gregoria ihr einige dringend benötigte Unterkleider kaufen, brachte sie ihr am Abend in ihr Zimmer und erzählte Neuigkeiten aus Ixtepec. Sie begleitete sie ins Bad, frottierte ihr den Rücken ab, bürstete ihre Haare und schenkte ihr Worte der Zuneigung; Isabel ließ sie gewähren und hörte ihr gedankenversunken zu.
„Was sagt sie?“ fragte Rafaela die Dienerin.
„Nichts. Sie hat keine Gewissensbisse!“
„Weiß sie vom Tod ihres Bruders?“
„Ja, ich habe es ihr gesagt. Sie hat nichts darauf geantwortet.“
„Das Schlimmste dabei ist, daß der General sie nicht liebt!“
„Er liebt nur die tote Julia!“ urteilte Gregoria.
Und es stimmte. Die Gegenwart von Isabel machte die Abwesenheit Julias unerträglich. Ihr durchsichtiges Bild

schwand in der Ferne, vertrieben durch die Stimme und den Körper seiner neuen Geliebten. Bevor Rosas des Nachts das Zimmer betrat, schwor er sich immer wieder: „Nun sage ich ihr, sie soll gehen!“ Wenn er vor ihr stand, hinderte ihn eine Art beschämten Erbarmens daran, sie auf die Straße zu jagen, und er pflegte wütend über seine Schwäche das Licht zu löschen und sich ins Bett zu legen. Er dachte schlecht über sie. Wie konnte dieses Mädchen mit ihm das Bett teilen, nachdem er ihrer Familie so großes Leid zugefügt hatte. Er versuchte zu erraten, was in ihr vorging, begriff aber weder ihre traurige Miene noch ihren düsteren Blick. Beide führten nur vage Gespräche miteinander. Er bereute es, daß er sie aufgefordert hatte, mit ihm zu kommen.

„Geh schlafen! Geh schlafen!“ wiederholte er, wenn er sah, wie sie im Stuhl saß und den nächtlichen Tanz der Schatten betrachtete, die durch das Licht des Ölbrenners auf die Mauer geworfen wurden. Isabel entkleidete sich stumm, legte sich ins Bett und starrte dann auf die Zimmerdecke. „Was grübelst du?“ fragte Rosas eines Nachts. Ihre Augen jagten ihm Schrecken ein. „Nachdenken ist schlecht! Sehr schlecht!“ fügte er hinzu.

Er wollte nicht nachdenken. Warum? Alle Gedanken riefen ihm die Pein ins Bewußtsein, die er durchstehen mußte, wenn er sein von Schatten umgebenes Bett mit dem Mädchen teilte.

„Ich denke nicht; ich höre einen dünnen Strahl von Sand in meinem Kopf rieseln!“

„Du bist schlimmer als Antonia. Du jagst mir Angst ein!“ antwortete Rosas unangenehm berührt und schickte sich an, die Stiefel auszuziehen, während er sie, die wirklich von Staub bedeckt zu sein schien, verstohlen betrachtete.

„Sag mir etwas!“ bat Isabel und richtete ihre Augen auf ihn.

„Ich kann nicht“, antwortete Rosas und erinnerte sich an sein Zusammensein mit Nicolas am vergangenen Tag. Die zwei Geschwister blickten ihn mit denselben Augen an. „Ich will nicht mehr unter diesem Blick leben!“ Es war unerträglich, dasselbe Augenpaar Tag und Nacht auf sich gerichtet zu fühlen. Er blies das Licht aus, weil er nicht vor diesen ihn aus einer unbekannten Ecke beobachtenden Augen hilflos erscheinen wollte. Unterm Bettuch bemächtigte sich seiner ein sonderbares Gefühl. Er trachtete, mit dem Körper Isabels nicht in Berührung zu kommen.

„Da ist eine Mauer, die mein Haus und meine Brüder verdeckt!“

„Schlaf!“ sagte Rosas, den das Wort Brüder erschreckte.

Durch das Gitterwerk der Tür sah man den hohen und sehr klaren Nachthimmel. Die Sterne glänzten einsam. Francisco Rosas schaute mit Sehnsucht zu ihnen auf und erinnerte sich an die Zeit, in der ihr Licht frisch und leuchtend wie ein Bach über den Körper Julias rieselte. Isabel schaute auch zu ihnen auf. Früher, in ihrem Elternhaus, hatten sie die Sterne zu ihren Träumen geführt. Sie versuchte, sich vorzustellen, wie ihr anderes Haus, ihr anderes Leben und ihr anderer Traum war und traf auf ihre vergessene Erinnerung.

„Francisco, wir haben zwei Erinnerungen. Ich habe früher in beiden gelebt; nun aber lebe ich nur in der, die mich an das erinnert, was erst geschehen wird. Auch Nicolas ist in dieser Erinnerung an die Zukunft enthalten.“

Francisco Rosas richtete sich abrupt im Bett auf; er wollte weder den Namen von Nicolas noch die unsinnigen Worte seiner Schwester hören.

Er war der Mann mit nur einer einzigen Erinnerung: Julia. Und die Moncadas wollten ihn von ihr entfernen und in die nebelhafte Zeit vor ihrer Begegnung zurückstoßen. Er war in eine Falle geraten und bedauerte nun sein eigenes Geschick.

„Schlaf ein!“ befahl er wieder leise.

Als es dämmerte, lagen sie noch wach. Leonardo sah sie bleich und jeder seinen eigenen Gedanken nachhängend, als er ihnen das Frühstück brachte. Der alte Soldat stellte das Tablett auf das Tischchen und begegnete, als er wieder in den Korridor hinausging, Rafaela.

„Sie haben nicht geschlafen."

„Grübeln sie immer noch soviel?"

„Ja, wir scheinen für sie nicht zu existieren", bekräftigte Leonardo.

Rafaela ging nachdenklich in ihr Zimmer zurück und sah den Oberstleutnant Cruz gleichgültig an. Ihre Schwester Rosa schlief noch.

„Seht ihr, meine Liebsten! Seht ihr, ich habe euch nicht getäuscht! Ich war nicht beim Fest. Ich habe dem kleinen Pfarrer und den Moncadas aufgelauert und sie verhaftet, denn sie wollten fliehen!" hatte Cruz seinen Geliebten verkündet, als er am Tag nach dem Fest der Doña Carmen das Hotelzimmer wieder betrat.

„Beglückwünscht ihr mich gar nicht?" fragte er erstaunt, als er keine Antwort erhielt.

„Nein, du hättest lieber zum Fest gehen sollen!" antwortete Rosa.

„Was sagst du?" schrie Cruz.

„Daß es besser ist, zu tanzen, als einen armen Padre zu verfolgen!"

Cruz begann zu lachen. Er verstand die Frauen nicht, aber er wußte, daß sich der Zorn und die üble Laune seiner Geliebten am besten durch Lachen vertreiben ließ. Die Mädchen konnten im allgemeinen der Fröhlichkeit schwer widerstehen, aber dieses Mal warfen sie ihm Blicke zu, die ihm das Lachen in der Kehle ersticken ließen.

„Kommt, meine Süßen!" und er streckte die Hand nach ihnen aus.

„Rühr uns nicht an, du bringst Unglück!" Die Schwestern zogen sich in einen Winkel zurück und ließen seine versuchte Geste der Liebkosung in der Luft erstarren.

„Seid nicht nachtragend; ich bin müde!" seufzte der Soldat. Sie antworteten nicht.

Als er ihre zornigen Gesichter sah, sagte er schließlich kleinlaut: „Ich gehe mich baden!“ und verließ das Zimmer. Er war durch das Fehlen von Schlaf und durch die auf der Jagd nach dem Padre Beltran und die Brüder Moncada überstandenen Aufregungen noch ganz benommen.

„Sie werden sich schon besänftigen lassen“, sagte er sich, als er das frische Wasser wohltuend seinen Körper hinunterrieseln fühlte, und lächelte verschmitzt, als er sich ausmalte, wie er sie besänftigen würde. Er konnte sich bisher über nichts beklagen. Sein Leben war reich an Wonne. Die Tage flossen weich und die Nächte verliebt vorüber. Er trocknete sich behende ab; er wollte es noch einmal bei seinen Mädchen versuchen. Aber die blieben weiterhin abweisend, und die Tage verstrichen, ohne daß es dem Oberstleutnant gelungen wäre, sie zum Lachen zu bringen. Dann wurde er melancholisch und seine Nächte einsam.

Die Zwillingsschwestern richteten sich, ohne ihn um Erlaubnis zu fragen, in einem der zwei Betten ein und ließen ihn allein in dem anderen schlafen. Verblüfft sah er jedesmal zu, wie sie niederknieten und lange Zeit beteten, bevor sie das Licht löschten. „Wie hübsch sie sind!“ Und er liebkoste mit seinen Blicken ihre Haut und ihre von den Nachthemden eingehüllten Körper.

„Solche Dinge treiben die Pfaffen also! Zwei Frauen, die für die Liebe geschaffen sind, unglücklich machen!“ sagte er eines Nachts laut, als er es in seinem leeren Bett nicht auszuhalten vermeinte.

„Lästere nicht!“

Der Oberstleutnant stand auf und näherte sich den Mädchen unterwürfig. Es war zu grausam, sie halb nackt vor sich zu sehen und sie nicht berühren zu dürfen.

„Laßt mich euch nur ein bißchen liebkosen!“ flehte er.

„Nein! Unser Leben hat sich geändert!“

„Was wollt ihr von mir? Ich habe immer euren Launen nachgegeben“, flehte der Mann wieder. Die Mädchen unter-

brachen die Gebete, setzten sich auf ihr Bett und blickten ihn ernst an.
Cruz fühlte sich erleichtert, als er sah, daß sie mit ihm sprechen wollten. Er würde ihnen aufmerksam zuhören und nachher mit ihnen schlafen. Dann schaute er auf ihre zimtfarbene Haut und fühlte, daß alle seine Traurigkeit verfliegen würde, sobald seine Finger nach Belieben über ihren Körper gleiten könnten.
„Was wir wollen? Daß du den Padre Beltran freiläßt!"
„Daß ich ihn freilasse?!" rief Cruz erschrocken aus.
„Ja! Du sollst ihm die Flucht ermöglichen. Dann wird zwischen uns wieder alles so sein wie früher!"
„Verlangt das nicht von mir, Kinder!" seufzte Cruz.
„Dann geh zurück in dein Bett!" herrschte ihn Rafaela an.
„Ich kann nicht schlafen! Laßt mich euch etwas liebkosen", sagte er entmutigt.
Rosa streckte sich wie eine Katze und schlüpfte unter das Bettuch. Ihre Schwester folgte ihrem Beispiel, und beide schliefen fest umschlungen ein. Er mußte diesem Paradies umschlungener Körper fernbleiben und kehrte niedergeschlagen in sein Bett zurück. Er war melancholisch; sein Kopf sank im Kissen ein. Die Welt war ihm feind; sie existierte außerhalb seiner Person, und ihr Wille war dem seinen entgegengesetzt. Er versuchte sich vorzustellen, was andere Menschen fühlten und dachten; Rosa und Rafaela zum Beispiel. „Ich weiß nicht einmal, ob sie die Liebe so sehr genießen wie ich", gestand er sich bekümmert, als das Licht des Morgens schon durch die Türritzen drang. Sein Leben würde, wie Rafaela es ihm gedroht hatte, nie mehr so schön sein wie früher.
In Begleitung ihres Sohnes Rodolfo stellte sich Doña Lola Goribar beim Tor der Moncadas ein, um ihnen wegen des Todes ihres Sohnes Juan ihr Beileid auszudrücken.
Das seltsame Licht und die Stille, die das früher lärmende Haus umgab, überraschte sie. Sie fühlten sich gehemmt. Doña Lola klopfte mehrmals mit dem bronzenen Torring

an und überprüfte während des Wartens die Falten ihres Trauerkleides und den schwarzen Anzug von Rodolfo. Sie war überglücklich, daß sie die Einladung der Doña Carmen B. de Arrieta nicht angenommen hatte. Ihr Instinkt hatte ihr gesagt, daß bei dem Fest für den General etwas nicht stimmte. „Traue niemanden, traue niemanden!“ bekam Rodolfo immer wieder zu hören. Und zusammen hatten sie hinter den Tüllvorhängen auf das Unglück gewartet, das die Musik und das Feuerwerk mit sich bringen sollten.

„Hab ich es dir nicht gesagt?“ flüsterte sie, während sie auf dem Gehsteig vor dem Tor standen, das schweigend die Größe der vorgefallenen Katastrophe zu bezeugen schien.

„Sie sind wahnsinnig!“ antwortete ihr Sohn. Ein Geheimnis schien sich hinter dem Tor der Moncadas zu verbergen.

Die Passanten blickten erstaunt auf die Goribars. Drinnen blieb alles still. „Warum sind wir denn hergekommen, wenn niemand aufmacht?“ fragte sich Doña Lola. Das Haus machte einen bedrohlichen Eindruck mit seinen verschlossenen Fenstern und den dicken Mauern. Es waren erst einige Stunden vergangen, seitdem man Juan begraben hatte, und noch konnte man nicht das Ausmaß der Folgen des Abenteuers absehen, in das sich die Moncadas gestürzt hatten. Die Señora wandte sich an ihren Sohn: „Gehen wir, sie öffnen nicht!“

Es war klüger, sich aus dieser Umgebung zu entfernen. Rodolfito pflichtete ihrer Meinung bei. Die abschüssige Straße und die Höhe des Hauses beunruhigte ihn. Er nahm seine Mutter beim Arm und wollte sich eben mit ihr entfernen, als das Tor halb geöffnet wurde und Felix mit feierlicher Miene erschien.

„Die Herrschaften empfangen niemanden!“

Rodolfito und seine Mutter blickten betreten auf ihre Trauerkleider. Und dafür hatten sie stundenlang überlegt, ob es schicklich wäre, einen Kondolationsbesuch zu machen.

„Mit Verlaub", sagte Felix, der die prachtvolle Trauer der Goribars ignorierte, und schloß das Tor. Das Benehmen des Dieners schien ihnen beleidigend.
„Sie schämen sich wegen Isabel", bemerkte die Señora. Die Nachbarn sahen, wie sie sich auf den Arm ihres Sohnes gestützt entfernte. Der Untergang der Familie Moncada, die für sie, wie sie es verschiedene Male äußerte, die Schande von Ixtepec war, ging ihr nicht zu Herzen.
Die Tage einer Woche vergingen, und Fenster und Türen des Hauses der Moncadas blieben verschlossen, wie wenn es unbewohnt wäre. Nur die Bedienten kamen auf den Markt, fanden neue Waren in den Ständen, ließen jedoch kein Wort verlauten. Die Bekannten traten auf sie zu, wünschten ihnen guten Tag; aber sie entfernten sich verächtlich.
Es hatte keinen Zweck, an das Tor der Moncadas zu pochen. Die Antwort, die durch die nur einen Spalt breit geöffnete Tür herausklang, hieß immer: „Die Herrschaften empfangen niemanden!" Doña Matilde, die niemals auf Besuch kam, verständigte sich mit ihrem Bruder durch die Bedienten.
Auch sie hatte sich in ihr Haus eingesperrt und wartete darauf, daß die alte Ordnung sich wieder einstellte, damit Joaquin und die Kinder in ihre Häuser zurückkehren könnten. Sie wollte die Katastrophe, die ihre Familie betroffen hatte, nicht wahrhaben.
„Sie befinden sich auf einer Reise!" redete sie sich solange ein, bis sie überzeugt war, daß Joaquin mit seinen Neffen nach Mexiko gefahren sei. An den Abenden studierte sie eifrig die Programme der Theater in den Zeitungen und vergegenwärtigte sich die Filme und die Restaurants, die ihre Neffen und ihren Gatten in der Hauptstadt zurückhielten. Doña Elvira dagegen war jeden Tag mehr davon überzeugt, daß die Moncadas ihr Schuld an dem Unglück gäben und deshalb ihr Haus vor ihr verschlossen. Sie hatte ihre gute Laune verloren; der Spiegel zeigte ihr das Bild

der Tragödie in den schwarzen Ringen, die sich um ihre Augen gebildet hatten.

„Arme Isabel!“ seufzte sie eines Morgens vor der mißtrauischen Dienerin, die ihr das Betreten des Hauses ihrer Freunde verwehrte.

„Ja, das arme Mädchen! Julia ist schuld daran!“

„Ich wußte es immer, daß diese Frau Unglück verbreitet!“ antwortete die Señora voll Hoffnung, mit der Dienerin ein Gespräch anbahnen zu können.

„Ich gehe!“ schloß das Mädchen schroff.

„Sag Ana, daß sie auf mich zählen kann!“

„Mh, wenn Sie sie sähen!“ seufzte das Mädchen und schloß das Tor ruhig.

Doña Elvira war bestürzt. Wie würde es Ana ergehen? Sie entfernte sich schnell, gefolgt von einigen Neugierigen, die in ihrem Gesicht die über die Türschwelle der Moncadas geflohenen Neuigkeiten lesen wollten. Sie sah sie verärgert an und fühlte sich durch die neugierigen Augen verfolgt. Sie hatte keine Lust, mit diesen Leuten zu sprechen. „Man weiß nie, wer uns verraten wird!“ Irgend jemand mußte Rosas verraten haben, wovon das Fest ablenken sollte, und seine Denunziation hatte unser tiefes Leid bewirkt. Sie beschleunigte ihre Schritte. Sie mußte die Kinder von Carmen besuchen, die allein bei den Bedienten zurückgeblieben waren. „Oh, wenn ich den Verräter finden könnte, würde ich ihn mit meinen eigenen Händen erwürgen!“ Sie errötete vor Zorn. Sie war die einzige, die bei dem Abenteuer mit heiler Haut davongekommen war. Ihre Freunde könnten an ihrer Loyalität zweifeln. Sie wähnte sich zwar unschuldig, konnte aber ihren Freunden gegenüber ein Gefühl der Schuld nicht unterdrücken. „Ich muß den Verräter finden!“ Und sie war so in ihre Grübeleien vertieft, daß sie an Bekannten vorbeiging, ohne sie anzublicken.

„Wie seltsam die Kinder sind! Wenn du sie sähest! Sie scheinen Carmen vergessen zu haben!“

Die Señora nahm ihre Serviette, auf der ihre gestickten Initialen prangten und schaute auf ihre Tochter, die ihr gegenüber saß und nicht zuzuhören schien. Zu Hause, fern von den Blicken der neugierigen Bemerkungen der Straße, fühlte Doña Elvira sich erleichtert. Sie konnte sich wieder an ihren Vögeln und Pflanzen erfreuen. Das tröstete sie im allgemeinen Unglück.

„Ich sage, Carmens Kinder benehmen sich sonderbar!"

„Sie ist nicht bei Laune", dachte sie, als sie die mißmutige Miene von Conchita sah. Sie wartete ungeduldig auf Ines, die das Essen bringen sollte. Der Gang in die Stadt hatte sie hungrig gemacht. Es war eine Schande, seinen Appetit zu befriedigen, wenn ihre Freunde im Gefängnis saßen und der arme Juan vor Erreichung seines neunzehnten Lebensjahres hatte sterben müssen. Aber so war sie eben: ein Leckermaul. Sie sah die Gläser und silbernen Kannen im Sonnenlicht funkeln und glänzen und fühlte sich durch die Schönheit ihres Speisezimmers getröstet und gestärkt.

„Bestimmt war es göttliche Fügung gewesen, die die Moncadas so schwer getroffen hatte!" Ines trat mit dem Tablett voll dampfender Speisen ein. Sie war barfuß und trug ihr lila Kleid; ihre schwarzen Zöpfe glänzten im goldenen Licht der Mittagsstunde. Die Señora schaute auf die geschlitzten Augen des Indiomädchens und lächelte ihr dankbar zu.

Conchita ließ sich bedienen, ohne den Blick von ihrem Teller zu heben. Die Bediente verneigte sich und ging mit leichten Schritten aus dem Zimmer.

„Mama, Ines ist mit dem Sergeanten Illescas verlobt. Er ist der Adjutant von Rosas!"

„Was sagst du da!" schrie Elvira und ließ ihre Gabel klirrend auf den Teller fallen.

„Ines ist mit dem Sergeanten Illescas verlobt", wiederholte Conchita, indem sie die Silben betonte.

Die Señora starrte ihre Tochter betroffen an; das Zimmer verdunkelte sich vor ihren Augen, und auf dem Tisch blinkte die Silberkanne gefährlich; sie war überzeugt, man hatte ihr das Wasser vergiftet.

„Weißt du auch, was das heißt?“ fragte das Mädchen und sah ihre Mutter streng an. „Ich weiß es!“ fügte sie hart hinzu und aß, während ihre Mutter schreckerstarrt dasaß, mit kleinen Bissen einen der Rettiche, die die kleinen Maistorten schmückten. „Du brauchst nicht weiter zu forschen; sie haben es aus diesem Haus erfahren“, urteilte die Tochter nach einer langen Pause des Schweigens.

Die Señora blickte auf und wollte schon etwas Schreckliches sagen, aber in diesem Augenblick erschien die schöne Ines wieder, das spiegelnde Tablett ehrfürchtig in ihren Händen, wie wenn das Herz eines Geopferten darauf läge. Doña Elvira preßte die Hände vors Gesicht, und Conchita saß bewegungslos da und ließ sich servieren.

„Wir sind ihr ausgeliefert“, sagte die Señora, als Ines die Türe hinter sich zugemacht hatte.

„Wir können sie aber nicht hinauswerfen!“ bemerkte Conchita lakonisch.

„Nein, stell dir die Repressalien vor! Diese Indios sind Verräter!“

„Pst!“ sagte ihre Tochter und führte einen Finger an die Lippen. Die Señora schwieg; panischer Schrecken raubte ihr beinah das Bewußtsein. Es war kein Zweifel möglich, der Verrat war von ihrem Hause ausgegangen, und sie war nicht imstande, sich von der Schuld reinzuwaschen und ihre Freunde zu rächen. Und diese Verfluchte ging in ihrem Haus aus und ein und lachte über das Unglück, das sie verursacht hatte. Nun, da sie die Erlaubnis erhalten hatte, Doña Carmen im Gefängnis zu besuchen, konnte sie nicht hingehen. Wer hätte ihr gesagt, daß der Verrat aus ihrem Hause kam.

„In diesem Hause wird zuviel geredet! Viel zuviel!“ rief sie erregt aus.

Sie erinnerte sich genau daran, wie sie ihrer Tochter, ohne darauf zu achten, wer mithörte, die Details des Fluchtplanes auseinandergesetzt hatte.

„Wie recht hatte dein Vater! Wie recht! In einen geschlossenen Mund fliegen keine Mücken hinein!"

Und Doña Elvira zog sich gedemütigt in ihr Zimmer zurück. Am Donnerstag ging sie nicht ins Gefängnis ihre Freundin besuchen; einer der Bedienten überbrachte die Nachricht, daß die Señora krank sei. Elvira Montufar erlitt einen Anfall panischer Angst.

„Das sind Witwenkrankheiten!" sagten die Bedienten im Scherz.

„Sie fürchtet sich!" versicherte Ines und ging zu einem Rendezvous mit ihrem Liebhaber, dem Sergeanten Illescas.

XI

Von woher kommen die Daten und wohin schwinden sie? Sie reisen ein ganzes Jahr und dringen mit der Präzision eines Uhrzeigers in die anberaumten Tage ein; zeigen uns eine Vergangenheit, die im Raum gegenwärtig ist, blenden uns und verlöschen. Sie steigen pünktlich aus einer unbekannten Zeit empor, und ein Augenblick kann uns das Bruchstück einer Gebärde, den Turm einer vergessenen Stadt, die gewählten Phrasen der Helden in den Büchern und unser Erstaunen an dem Morgen, als wir getauft wurden, wiederbringen. Die Magie einer Ziffer genügt, um uns in einen nahen Raum eintreten zu lassen, den wir vergessen haben. So ist der 1. Oktober in meiner Erinnerung für immer der Tag, an dem das Gerichtsverfahren gegen die Gefangenen begann. Die Gerichtsverhandlung fand in der Militärkommandantur statt, und trotzdem verfolgten wir genau die Worte und die Gebärden hinter den verschlossenen Türen. Der General schritt an uns vorüber und schaute auf die Wipfel der Bäume. In diesem Augenblick streifte mich der frische Wind seines Kölnisch Wassers und

sein von Zweigen und Bäumen leerer Blick. Sein Schatten blieb an uns haften und brachte uns in manischer Wiederholung immer wieder dasselbe Verbrechen zum Bewußtsein. In seiner regungslosen Zeit wechselten die Bäume die Blätter nicht, die Sterne standen still und die Worte Kommen und Gehen bedeuteten dasselbe. Francisco Rosas unterband den Strom der Liebe, der Worte und Taten bindet und löst, und hielt uns in einer kreisförmigen Hölle gefangen. Die Moncadas hatten fliehen wollen, um das Kommen und Gehen der Sterne und der Gezeiten, die lichtvolle Zeit, die um die Sonne kreist, den Raum, wo die Entfernungen mit der Hand zu greifen sind, zu finden; sie hatten dem einzigen und blutigen Tag von Ixtepec entfliehen wollen. Aber Rosas vermauerte die Tür, die uns in die Erinnerung des Raumes führt und beschuldigte sie rachsüchtig der unbeweglichen Schatten, die er auf uns gehäuft hatte. Der General wußte nur von der Existenz einiger Straßen, und dadurch, daß er an sie zu glauben bemüht war, wurden sie ihm unwirklich, und er fühlte sich gezwungen, die Schatten an ihren Ecken zu verfolgen. Seine erstarrte Welt ließ uns ihn als Verbrecher betrachten.
„Er kommt von der Schwester; er hat mit ihr geschlafen!" murmelten die Frauen unmutsvoll.
„Es lebe Nicolas Moncada!" schrie einer unter den Leuten.
„Es lebe Nicolas Moncada!" antworteten viele Stimmen.
Francisco Rosas lächelte, als er die Schreie hörte, und betrat das Pfarramt, das ein Kordon von Soldaten umgab. Eine Weile danach gingen einige Offiziere mit Mappen und ernsten Gesichtern über den Platz.
„O je! Dort gehen die Advokaten!"
Die Advokaten! Und wer wurde verurteilt? Wir erwarteten die hinlänglich bekannte Antwort: Die Verräter des Vaterlandes! Welcher Verrat war begangen worden? Und welches Vaterland wurde dadurch verraten? Das Vaterland trug in diesen Tagen den Doppelnamen von Calles und Obregon und wechselte alle sechs Jahre seinen Namen.

Deshalb lachten wir, die wir auf dem Platz warteten, über die Richter.
Es kamen Frauen und boten Maistörtchen und frische Getränke an. Wir aßen und tranken mit Appetit, während die regierenden Patrioten unsere Todesurteile beschlossen. Hinter den Gitterstäben eines Fensters seines Hotels schaute Don Pepe Ocampo dem Treiben auf dem Platz zu. Einige Männer kamen näher.
„Sagen Sie Isabel, daß ihrem Bruder der Prozeß gemacht wird!“ Der Hotelier schaute sie verächtlich an und ließ seine Blicke zum entfernten Pfarramt wandern.
„Ist ihr das Schicksal ihres Bruders gleichgültig?“ Ein Mann klammerte sich an den Eisenstäben des Gitters fest und schaute den Hotelbesitzer spöttisch an.
„Kuppler!“ schrien andere Stimmen.
Don Pepe zog sich schnell zurück und befahl seinen Angestellten, die Rolläden herunterzulassen.
Das Stimmengewirr und das Hin und Her auf der Straße brandeten gegen die stummen Mauern des Hotels.
„Klettern wir auf die Äste der Tamarinden und von dort auf das Dach des Hotels, um Isabel herauszuholen! Sie soll hingehen und um das Leben ihres Bruders bitten! Gehen wir!“ schrien Dutzende von Stimmen.
„Es lebe Nicolas Moncada!“
Mit der Behendigkeit von Katzen erkletterten die Männer die Bäume, um über die Dächer in die Höfe des Hotels zu gelangen. Andere versuchten, die Türen einzurennen. Die Folge war ein Durcheinander, das sich über den ganzen Platz ausbreitete. Von der Militärkommandantur kam der Befehl, den Platz zu räumen. Niemand befolgte ihn. Die Tore der Kaserne öffneten sich, und die Kavallerie sprengte heraus. Die Leute liefen schreiend vor dem Ungestüm der Reiter davon. Strohhüte blieben zertrampelt auf den Steinen liegen. Einige Umhängetücher verwickelten sich in die Hufe der Pferde.

An diesem leuchtenden Morgen wurde der Prozeß gegen den Padre Beltran und seine Freunde zur Sache von Nicolas Moncada. Der junge Mann ließ uns die geschlossene Kirche und die anderen Angeklagten vergessen. Der Padre, Joaquin, Juan Cariño, Charito, der Doktor und seine Frau wurden bei der Tragödie der Familie Moncada zu Komparsen. Ixtepec schaute auf Nicolas. Seine Worte und sein Verhalten drangen auf wunderbare Weise durch die Mauern des Pfarramtes auf den Platz und wurden von Mund zu Mund weitergegeben. Wir wußten, daß der junge Mann das Essen, das Francisco Rosas für die Angeklagten aus dem Hotel kommen ließ, verweigerte und keine reine Wäsche annahm. In einem Eimer, den ihm einer seiner Wächter brachte, wusch er sein einziges Hemd.

„Es lebe Nicolas Moncada!" wurde in den Straßen und von den Dächern geschrien. Der Schrei vervielfachte sich nun wie vorher der Schrei „Es lebe König Christus!" und drang selbst in den Gerichtssaal ein. Nicolas hörte ihn melancholisch, wenn er des Nachts auf seinem Feldbett zusammengekauert saß und überlegte, was er am nächsten Tag seinen Richtern antworten würde. Er wußte, er befand sich in einer Sackgasse; der einzige Ausweg war der Tod.

„Wir werden Ixtepec verlassen!" hatten er und seine Geschwister seit der Kindheit immer wieder gesagt. Juan hatte als erster den Ausweg gefunden. Als er zu ihm ging, lag er mit dem Mund nach oben; sein toter Blick war auf die Sterne gerichtet. „Geh weiter, Hurensohn!" hieß es, und man stieß Nicolas von seinem Bruder weg. „Mich werden sie mit dem Gesicht nach unten finden, ich will diese Stadt, die uns verraten hat, nicht einmal mehr im Tode schauen." Er konnte nicht weinen. Bestürzt über die Flucht seines Bruders merkte er nicht einmal, daß die Soldaten ihm die Hände auf den Rücken banden. „Wir werden Ixtepec verlassen!" Die drei hatten fliehen wollen, um nachher zurückzukehren und einen Strom von frischer Luft durch die wie ein Leichenhaus abgesperrte Stadt ziehen zu

lassen. Man schloß die Gitter der Zelle. Nicolas blieb aufrecht stehen und forschte nach dem Aufenthalt Juans.
„Warum Juanito?“ Mit einem Öffnen und Schließen der Augen löste er sich von seiner und Isabels Hand und floh an andere Orte. „Hier bezahlt man die Illusion mit dem Leben“, hörte er die Stimme von Felipe Hurtado aus der Nacht, die heiß in seine Zelle drang und ihn den Schweiß der Soldaten riechen ließ. Er sah das Werden des Tages, und bevor er seine Aussage machen ging, sagten ihm die Wächter, daß Isabel mit dem General Francisco Rosas geschlafen habe. „Sie soll auf der Stelle sterben!“
Die Gegenwart von Rosas hinderte ihn am Weinen. Er sah das Gesicht von Justo Corona nicht, der ihm Fragen stellte.
„Das Blut der Unschuldigen tilgt die Sünden der Schlechten!“ Er hörte die Stimme Doroteas eine Geschichte erzählen, die sie in ihrer Kindheit so gerne gehört hatten, und im Büro von Rosas zerfiel die dumpfe Stimme Coronas in Worte ohne Sinn. Und das Blut, das auf die Steine und im Flur des Hauses von Dorotea vergossen worden war? Wessen Sünden hatte es getilgt? Nicht einmal die Isabels, die nun im Hotel Jardin eingesperrt war. Seinem Zorn folgte Erschöpfung. Sein Leben wurde auf einen alten und brüchigen Tag eingeengt und verkleinert. Der Verrat seiner Schwester schleuderte ihn in diesen Tag, in dessen Ruinen er handeln mußte, als lebte er in den unversehrten Tagen seiner Richter. Er zwang sich, den General gleichgültig anzusehen, und versuchte zu ergründen, was in seinem Leben und in dem seiner Geschwister geschehen war. An dem Nachmittag, an dem sie nach Tetela ritten, um einige Tage später nach Ixtepec zurückzukehren und den Padre Beltran und Don Roque abzuholen, waren die drei traurig. Sie flüchteten unter den Schatten von *Rom* und *Karthago* und redeten dort das letzte Mal miteinander.
„Ist es euch gleichgültig, was mit dem Pfarrer geschieht?“ fragte Isabel. „Ja!“ antworteten sie. „Sein Freund Rodol-

fito soll ihn retten, damit er ihm die Ländereien, die er raubt, weiterhin segnen kann!"
Die Brüder fingen über die ungestüme Art ihrer Schwester zu lachen an.
„Du Dumme, es ist die Tür zu unserer Flucht!"
Die Tür zur Flucht hatte sich nun in Nicolas' letzter Zelle geschlossen. An jenem Nachmittag unter den Bäumen des Hauses redeten sie sich ein, daß sie nach Ixtepec zurückkehren könnten, um die Stadt von Francisco Rosas zu befreien. Aber Nicolas konnte nicht alle Zweifel verjagen und warf nachdenklich kleine Steine auf die vielen Ameisen, die schnell flohen und die von den Akazien des Gartens geraubten Blätter mitnahmen.
„Die Franciscos sind Räuber!"
Die drei lachten hell auf, als sie hörten, wie Nicolas die Ameisen mit dem Vornamen von Rosas taufte.
„Glaubst du, daß es uns gelingt?" fragte er im Schatten von *Karthago*.
„Komm zu *Rom* herüber!" schrie Juan, kreuzte seine Finger abergläubisch und berührte die Rinde des Siegesbaumes, um das schlimme Geschick vom Baum seiner Schwester abzuwenden. Unter den Zweigen von *Rom* sprachen sie grollend über Ixtepec und erinnerten sich an das rundliche Gesicht und an die Worte von Doña Elvira: „Manchmal geben die Einfältigen das Zeichen!"
„Wenn ein Verbrechen geschieht, macht Rodolfito ein Geschäft!"
In den Nächten im Kerker erinnerte er sich nur teilweise an die Gespräche an diesem Nachmittag. „Wenn ein Verbrechen geschieht...!" der Satz war von Gerüchen und Gefühlen einer entlegenen Vergangenheit durchtränkt. Seine Vergangenheit war nicht mehr seine Vergangenheit. Der Nicolas, der diese Worte gesprochen hatte, war eine Person, die sich losgelöst hatte von jenem Nicolas, der in einer Zelle des Gefängnisses von Ixtepec sich daran erinnerte. Es gab zwischen diesen beiden keinen Zusammen-

hang. Der andere hatte ein eigenes Leben, das von dem seinen verschieden war. Er war in einem Raum geblieben, der von dem Raum des Nicolas, der sich mit der unbegreifbaren Genauigkeit der Träume daran erinnerte, getrennt war. Er wie Isabel konnten sich nicht mehr genau an die Form ihres Hauses noch an die Tage, die sie darin verbracht hatten, erinnern. Es war nur mehr eine vergessene Ruine in einer staubigen Stadt ohne Geschichte. Diese Zelle von Ixtepec und die ständige Anwesenheit der Wachen war seine Vergangenheit. Und er erinnerte sich an seine Zukunft; an den Tod in Ixtepec. Der Verrat Isabels machte den wunderbaren Tod unmöglich. Sie strebten nicht mehr dem Geheimnis zu. Und Juan? Er wußte nun, daß Juan gestorben war, wie er sterben würde; mit jeder Faser seines Leibes; ohne Isabel; seine Haare, seine Augen, seine Beine waren es, die in einem starren Entsetzen abstarben. Er würde sich von innen sehen und von Würmern auffressen lassen, wie die angeschwollenen Körper der Toten, die sie als Kinder in den Ebenen um Ixtepec liegen sahen. Er war dem Verbrechen nicht entronnen; er war dem Tod der Stadt nicht entronnen. Hartnäckig versuchte er sich vorzustellen, was Isabel tun würde, um in dieser Zukunft, die so nahe war wie die Tür seiner Zelle, zu ihnen zu finden. „Man kann nicht hierbleiben; sie kann uns nicht hierlassen!" Und er sah die Ebenen seiner Kindheit mit Toten besät.

„Wir werden Ixtepec verlassen! Wir werden Ixtepec verlassen!"

„Junger Mann, Sie schlafen nicht!" sagte einer der Soldaten, der ihn um Mitternacht schluchzen gehört hatte.

„Du bist ein Narr; ich schlafe sehr gut!" rief Nicolas aus und heuchelte Überraschung. Seine Schwäche erschien ihm unverzeihlich; er verschanzte sich hinter einem rauhen Stolz. Vor seinen Richtern versuchte er seine Erschöpfung und seinen Ekel vor den vielen Blicken, die auf ihn gerichtet waren, zu verbergen.

„Ja, meine Herren, ich bin ein *Cristero* und wollte mich den Aufständischen von Jalisco anschließen! Mein verstorbener Bruder und ich kauften die Waffen!"
Seine Geständnisse ließen uns kalte Schauer über den Rükken hinunterlaufen.
„Er will sein Todesurteil erzwingen!" Sein Entschluß verwirrte die Richter. Sie wollten seine Verurteilung rechtfertigen. Sie wünschten, daß er sich verteidigte, um sein Vergehen beweisen und ihn wie einen Schuldigen töten zu können. Aber Nicolas wollte aus eigenem Willen sterben.
„Niemand hat uns angestiftet. Isabel, Juan und ich planten es und haben den Plan, ohne jemanden um Rat zu fragen, aus eigenem Antrieb durchgeführt."
Als er den Namen von Isabel hörte, den Nicolas so aussprach, als wäre er sein Eigentum, biß Corona sich auf die Lippen und drehte sich um, um zu sehen, ob Francisco Rosas im Zimmer wäre. Seine Abwesenheit beruhigte ihn.
„Er macht sich über sie lustig. Abacuc wird nach Ixtepec kommen", sagten wir in der Überzeugung, daß das Heer, das wir sehnlichst erwarteten, in einer dieser Nächte erscheinen würde, um uns zu retten. Einige glaubten aus den Worten von Nicolas herauszulesen, daß Isabel uns retten würde. Das junge Mädchen war nicht ins Hotel gegangen, um uns zu verraten. Sie blieb dort wie die rächende Göttin der Gerechtigkeit und wartete auf den günstigen Augenblick.
„Schimpft nicht über sie; sie ist dort, weil sie dort sein muß! Schon als Kind war sie sehr mutig!" Wir sahen Francisco Rosas, als er den Platz überquerte, arglistig nach. Er beachtete die Leute nicht, die sich unter den Tamarindenbäumen versammelt hatten, um dem Bruder seiner Geliebten ihr Vivat zuzurufen. Er wohnte auch nicht dem Verfahren bei, sondern saß in einem angrenzenden Zimmer und spielte mit einigen seiner Adjutanten Karten, während andere ihm Nachrichten über die Vorgänge im Gerichtssaal brachten. Als man ihm sagte, daß der junge Mann sich

immer wieder für schuldig erklärte, unterbrach er das Spiel und ging nervös zum Fenster, um auf die Anhänger von Nicolas hinunterzublicken. Er war deprimiert. Der Wille der Geschwister führte ihn in eine ihm unbekannte Welt. Er war nicht imstande, Nicolas zu verurteilen und mit seiner Schwester zu schlafen. Aber es war zu spät; er konnte nicht mehr umkehren. Was sollte er tun? Gequält kehrte er spät in der Nacht ins Hotel zurück. Isabel war noch wach. Ihr rotes Kleid glänzte unter ihren schwarzen Augen neben der Lampe.

„Lösch das Licht aus!"

Seine Stimme klang fremd. Er fand die Spuren seiner Vergangenheit nicht mehr. Die Moncadas hatten ihm Julia entrissen. In der Dunkelheit entledigte er sich seiner Stiefel und zögerte, bevor er ins Bett stieg. Geführt von den Schatten der Geschwister, bewegte er sich wie verloren vorwärts und betrat unbekannte Tage und Nächte.

XII

Am 5. Oktober, dem Tag der Urteilsverkündung, hieß es in Ixtepec: „Heute kommt Abacuc! Heute unternimmt Isabel etwas!" Der Tag wuchs im hoffnungsvollen Versprechen dieser Sätze, der Himmel wölbte sich rund, und die Sonne strahlte prächtig. Wir freuten uns an dem herrlichen Licht, als wir uns auf dem Platz versammelten. Die Offiziere verließen früh am Morgen das Hotel und begaben sich in die Militärkommandantur. Sie schienen nervös. Wir aßen unsere Erdnüsse voll Zuversicht. Der Tag, der sich im Tal entfaltet hatte, schien ein Sonntag zu sein. Überall sah man rote Hemden und Kokosnußgewürzkuchen. Wir setzten uns auf die Bänke, standen in Gruppen herum und streckten unsere Körper in der milden Luft des Morgens. Über den Kronen der Tamarinden liefen die Stunden leicht dahin, die Schatten zogen durch die Bäume. Am Mittag hatten uns die Erdnüsse Durst gemacht. Unsere Beine begannen beim Warten auf Abacuc ungeduldig zu werden. Wir beobachteten das Tor und die geschlossenen Fenster des Hotel Jardin und fingen an, Isabel zu zürnen. Gegen zwei Uhr nachmittags zergingen unsere Worte und unser Zorn in der Hitze, und der Tag hörte auf, ein Sonntag zu sein.

„Der Padre Beltran zum Tode verurteilt!"

Das Urteil schmetterte mit dem blinden Ungestüm eines Felsens, der ein Haus begräbt, auf den Platz. Wir sahen uns bestürzt an und schauten auf, wo die Sonne stand. „Macht nichts, es ist noch früh!" Wir spitzten die Ohren, um den Galopp der Pferde von Abacuc zu hören. Nur Stille. Das Gebirge war fern, und vielleicht ritten sie wegen der Hitze langsam, aber sie würden kommen. Sie konnten uns an diesem unheilschwangeren Tag nicht im Stich lassen.

„Der Doktor Aristides Arrieta zum Tode verurteilt!"

Wir schwiegen und warteten wieder, wie seit vielen Jahren, auf diesen Galopp der Pferde Abacucs.

„Joaquin Melendez zum Tode verurteilt!"

Und wenn Isabel uns verriet? Und die unseren nicht kamen? Wer waren die unseren? Wir waren doch nur Waisen, auf die niemand hörte. Wir lebten schon so viele Jahre nur von der Hoffnung, daß wir uns an gar nichts anderes mehr erinnerten.

„Nicolas Moncada zum Tode verurteilt!"

Auch Nicolas mußte sterben. Wir spähten wieder zu den Fenstern des Hotels Jardin, das mit seinen rosa Mauern und seinen schwarzen Gittern sehr weit entfernt schien; ein Fremdkörper in Ixtepec. Es hatte sich schon vor langer Zeit in einen Feind verwandelt. Wir empfanden seine Existenz als eine Beleidigung. In seinen Mauern lebte Isabel. Auch sie hatte sich uns entfremdet. Die Frauen fingen zu weinen an. Die Männer hatten die Hände in den Hosentaschen, stampften mit dem Fuß in den Staub und blickten zum Himmel auf, um ihren Kummer nicht merken zu lassen.

„Rosario Cuellar, fünf Jahre Kerker!"
„Carmen B. de Arrieta, Freispruch gegen Kaution!"
„Juan Cariño, Freispruch wegen Unzurechnungsfähigkeit!"
Alles war so gekommen, wie die Offiziere es gewollt hatten. Wir gingen nicht vom Platz. Die Sonne entzündete sich hinter den Bergen, und die Vögel in den Tamarinden begannen ihr nächtliches Konzert. An jedem beliebigen Tag meiner Vergangenheit und meiner Zukunft gibt es immer die gleichen Lichter, dieselben Vögel und denselben Zorn. Jahre kommen und gehen, und ich, Ixtepec, warte.
Die Offiziere kamen aus dem Pfarramt, wischten sich mit ihren Taschentüchern den Schweiß von der Stirn und gingen zufrieden ins Hotel. Wer kümmerte sich um unseren Zorn und unsere Tränen? Sie schienen für sie nicht zu existieren.
In der Stille verschmolzen die violetten Röcke und die roten Hemden mit den orangefarbenen Schatten der Nacht.
Wenn ich jeden Augenblick in der Erinnerung gegenwärtig hätte, würde ich jetzt erzählen, wie wir uns vom Platz zurückzogen und wie auf das warme Brot der Bäckerin Agustina Staub fiel, weil niemand es an diesem Abend aß.
Ich würde auch sagen, wie die Traurigkeit die Lichter dieser Nacht dämpfte und welche Formen die violetten Bäume annahmen. Aber ich erinnere mich nicht. Vielleicht tanzte auf dem Platz nur Andres, der Friseur, mit seiner Frau engumschlungen weiter, die zum Takte der Musik vor Rührung schluchzte. Aber der fünfte Oktober war weder ein Sonntag noch ein Donnerstag, und es gab kein Platzkonzert, noch tanzte Andres mit seiner Frau. Trägheit befiel uns; der Name Nicolas Moncada wurde immer leiser ausgesprochen. Wir wollten ihn vergessen und nicht an ihn noch an seine Geschwister denken. Die Erinnerung an ihn und das Wissen, daß wir diesen Abend darauf verzichtet hatten, in der Landschaft seiner Augen zu leben, jagte uns Furcht ein. Nun, da ich bei diesem unwirklichen Stein sitze,

frage ich mich immer wieder: was ist aus ihnen geworden? In was hat die Erde sich verwandelt, zu der sie, in deren Augen unsere Augen sich spiegelten, geworden sind?
Der Morgen nach dieser Nacht schimmert einsam und von allen meinen Morgen abgeschieden in meiner Erinnerung. Die Sonne hat noch nicht den Horizont erklommen, und die Frische der Nacht hält sich noch in den Gärten und auf den Plätzen. Eine Stunde später geht jemand durch meine Straßen in den Tod, und die Welt bleibt unbeweglich, wie auf einer Postkarte.
Die Leute sagen sich wieder guten Tag, aber der Gruß ist sinnlos geworden. An den Tischen schämt man sich und wiederholt nur die letzten Worte dessen, der in den Tod ging; und die erscheinen jedesmal sonderbarer; niemand enträtselt sie.
Im Morgengrauen dieses für die Erschießungen anberaumten Tages fanden sich die Einwohner wieder auf dem Platz ein und standen an den Straßenecken herum, um auf den Zug der Verurteilten zu warten. Man hatte gehört, daß um vier Uhr morgens die Gefangenen auf den Friedhof gebracht würden, in dem die Exekution stattfinden sollte. Der Platz war ruhig, die Mandelbäume im Vorhof der Kirche standen regungslos; die Leute schwiegen und schauten auf den Boden, der sich leicht rosa zu färben begann. Alles war schon gesagt.
In seinem Hotelzimmer betrachtete sich Francisco Rosas mit nacktem Oberkörper im Spiegel. Ein fremdes Gesicht sah ihm aus dem Quecksilbergrund entgegen. Der General strich mit dem Rasierpinsel darüber, um es zu teilen, aber das Gesicht schaute ihn weiterhin ungerührt an, anstatt seine Form zu verlieren und sich wie eine Spiegelung im Wasser zitternd aufzulösen. Er erkannte sich in dem Spiegelbild nicht wieder. Seine gelben Augen waren Ölflecke, die ihn aus einer Pflanzenwelt anstarrten. Das Licht der Lampe ließ ihn aus einer düsteren Ecke auftauchen, in deren Hintergrund der weiße Kalk gespenstisch schimmerte.

Er seifte sich nervös die Wangen ein, um diesem Gesicht im Spiegel eine Maske anzulegen, und rasierte sich mit größter Sorgfalt. Isabel lag halbnackt im Bett und beobachtete ihn.
„Warum stehst du so früh auf?"
Er erschrak. Ihre Worte holten ihn aus der Kadaverwelt des Spiegels zurück. Er schnitt sich in die Oberlippe, und der Seifenschaum färbte sich rosa. Das groteske Gesicht aus dem Spiegel blickte ihn erstaunt an.
„Was du für Fragen stellst!" antwortete er wütend.
„Soll es wirklich dazu kommen? Wird es wirklich geschehen?"
Die Worte Isabels drangen wie Beleidigungen in den Spiegel ein.
„Du weißt es ja!" antwortete der Mann brutal. Isabel schwieg. Rosas wandte sich zum Spiegel zurück, um seine Rasur zu beenden, dann zog er sich langsam an, band die Krawatte mit Sorgfalt, wählte zwei Taschentücher, die er mit Kölnischwasser befeuchtete, und steckte sie nachdenklich in die rückwärtige Hosentasche.
Das Mädchen folgte gebannt seinen Bewegungen. Sein hoher Schatten lief über die Wände und ahmte seine Gebärden nach. Das Hin- und Herlaufen seiner Stiefel auf den Fliesen hallte unter dem Gewölbe des Zimmers wieder. Von der Straße drangen keine Geräusche herein; es dämmerte noch nicht.
„Ich habe keine Schuld!"
Die Schritte hielten einen Augenblick an, und der Mann musterte sie wieder.
„Ich auch nicht."
„Ich bin nicht die einzige Schuldige!"
„Und worin liegt meine Schuld. Dir in jener Nacht zugerufen zu haben? Du hattest dich schon angeboten. Sag mir nicht, daß du unschuldig bist. Du wußtest, was du wolltest, und hast mich in deine Hölle hinuntergezogen. Hörst du mich? In deine Hölle!"

Francisco Rosas ging bleich und mit erhobener Faust auf Isabel zu, wie wenn er ihr ins Gesicht schlagen wollte. Ihre fremden Augen hielten ihn davon ab.
„Ich möchte Nicolas sehen! Er weiß, daß ich am Tode von Juan und Dorotea unschuldig bin!"
„Schweig. Ich mag den Namen der Moncadas nicht mehr hören. Nie mehr. Als du mit mir tanztest, wußtest du alles."
Isabel sprang auf und schrie ihm ins Gesicht: „Du hattest Juan schon getötet, als du mich riefst!" Der General ließ sich in einen Stuhl fallen und griff sich mit beiden Händen an den Kopf. Es stimmte. Er hatte es gewußt und sie nur deshalb aufgefordert, mit ihm zu gehen. Warum hatte er es getan? Niemals würde er darüber Klarheit erlangen. Isabel beugte sich über sein Ohr:
„Ich will Nicolas!" sagte sie in befehlendem Ton. Francisco Rosas hob die Augen und blickte in ihr knabenhaftes Gesicht.
„Ich will Nicolas!" wiederholte Isabel, und ihr Gesicht wurde jedesmal dem ihres Bruders ähnlicher.
Die Offiziere waren schon bereit, zu den Hinrichtungen zu gehen. Rosas hörte ihre Schritte im Korridor und hatte Angst, das Mädchen könnte sie hören. Er erhob sich, stellte den Wandschirm, der den Eingang verdeckte, weg und schloß die Tür. Isabel stürzte sich auf ihr rotes Kleid und begann, sich anzuziehen. Der General packte sie bei den Schultern.
„Isabel, hör mir zu!"
„Ja."
„Ich wußte, daß dein Bruder Juan erschossen worden war!"
Sie sah ihn zitternd an, als ob ihr kalt wäre.
„Ja, ich habe es gewußt!" sagte Rosas wieder.
„Deshalb hast du mich gerufen! Ich wußte immer, daß du es tun würdest!"
„Ich nicht", sagte er kleinlaut. Er ließ sie los und flüchtete in eine Ecke des Zimmers. Hinter seinem Rücken hörte er

Isabel, wie sie zornig die Läden der Kommode öffnete, in der Wäsche wühlte, die Hemden, die Fläschchen und die Krawatten auf den Boden warf, während sie vergeblich etwas suchte.
„Was suchst du?"
„Ich weiß es nicht. Ich weiß nicht, was ich suche", sagte sie, als sie ein Fläschchen in der Hand hielt und sich darüber Rechenschaft gab, daß sie nichts suchte.
Der General nahm ihr das Fläschchen aus der Hand und ließ es auf den Boden fallen.
„Such nicht. Es gibt nichts zu suchen. Du weißt es noch nicht, aber es gibt überhaupt nichts zu suchen."
„Nichts?"
„Nichts!" sagte Francisco Rosas überzeugt.
„Nichts!" wiederholte Isabel und schaute auf ihr halb zugeknöpftes rotes Kleid.
Der General fühlte sich erleichtert. „Nichts" – das sind sechs Buchstaben, die nichts bedeuten als das Verlangen, außerhalb dieses Zimmers, dieses Lebens sein und Ruhe haben zu wollen und nicht jahrelang denselben Tag durchwandern zu müssen.
„Dann gib mir Nicolas!"
„Hättest du ihn früher von mir gefordert!" stöhnte Rosas und fühlte, daß es außer diesem Nichts noch etwas gab und daß er von Tag zu Tag wie ein Stein, der in eine unendlich tiefe Schlucht geworfen wird, weiter abprallen würde.
„Früher!" wiederholte er und umarmte Isabel, wie wenn er sich an irgendein Gebüsch anklammerte, um seinen Fall aufzuhalten. Sie, durch die Umarmung außer Atem, war an seine Brust geschmiegt und zitterte.
Die gebrochene Stimme ihres Chefs und die verwirrte Stimme Isabels brachte die Offiziere im Korridor in Verlegenheit. Don Pepe Ocampo eilte diensteifrig herbei. „Gleich bringt man Ihnen heißen Kaffee!" Die Offiziere antworteten nicht. Sie blickten betreten auf den Boden und

rückten sich die Koppeln zurecht. Der Hauptmann Flores zog aus seiner Hosentasche eine Kognakflasche und reichte sie mit der Bemerkung: „Wir haben es nötig. Nur so kann man leben!" an seine Gefährten weiter. Er war bei Luisa in Ungnade gefallen und fühlte sich jeden Tag unglücklicher. Er wartete wie Francisco Rosas auf das Nichts, das sich immer wieder als Tote, als Spielkarten, als Gesänge und als Schreie vermummte. Die Gesellschaft seiner Freunde tröstete ihn nicht mehr. In diesem Augenblick verbarg die Dunkelheit des Korridors seine Tränen. Er drehte seinen Freunden den Rücken zu und sah Luisa in ihrem blauen Schlafmantel in der Tür seines Zimmers stehen. Flores ging unterwürfig auf sie zu.

„Nach diesem Tag darfst du nichts mehr erwarten!" sagte Luisa und knallte die Tür vor seiner Nase zu. Flores blieb einige Augenblicke betroffen davor stehen. Er wußte nicht, wie er darauf reagieren sollte. Er erwartete sich nichts. Beschämt kehrte er zu den anderen Offizieren zurück.

„Hauptmann, Sie dürfen sich das nicht bieten lassen. Die Frauen sind da, um zu gehorchen!" Die Offiziere lächelten. Justo Corona sagte immer dasselbe; bis zum heutigen Tag, diesen fünften Oktober, an dem sie einen Priester, einen Jüngling von zwanzig Jahren, den Bruder der Geliebten ihres Generals, erschießen gingen.

„Der Mensch hat oft kein Glück; weder mit dem, was er sucht, noch mit dem, was sich ihm anbietet!" bemerkte Pardiñas und spielte damit auf das verspätete Erscheinen von Francisco Rosas an. Auch die Zwillingsschwestern machten dem Oberstleutnant Cruz das Leben schwer.

„Geh ihn rufen, Cruz verspätet sich!" sagte Justo Corona und sah im Schein der Lampe auf seine Armbanduhr.

Pardiñas näherte sich dem Zimmer von Cruz und klopfte an die Tür. Er hörte die verwirrte Stimme des Oberstleutnants.

„Wer ist da?"

„Herr Oberstleutnant, es ist schon vier Uhr!"

„Ich komme!“ rief Cruz zurück.
Drinnen beteten Rafaela und Rosa leise. Cruz stand angezogen und rasiert vor ihnen und versuchte, ihre Verzeihung zu erlangen.
„Was soll ich denn machen? Ich kann mich den Befehlen nicht widersetzen. Wollt ihr, daß man mich erschießt? Hört ihr? Ja, das wollt ihr wahrscheinlich! Ja, ihr wollt mich, den Bauch von Kugeln zerfetzt, am Boden liegen sehen, deshalb habt ihr mir Liebe vorgeheuchelt. Ja, ihr wünscht nur meinen Tod! Aber ich bin ein Mann, der das Leben liebt, ich bin kein Pfarrer. Wozu ist ein Pfarrer nütze? Er liebt weder die Frauen noch das Leben. Ist doch egal, ob er lebt oder stirbt. Er kommt auf jeden Fall in den Himmel. Auf mich dagegen wartet weder ein anderes Leben noch ein Himmel, außer den ihr mir schenkt.“
Die knieenden Schwestern beteten weiter.
„Also gut, ich gehe!“ sagte Cruz und ging zur Tür.
Er wartete einige Augenblicke, und als er sah, daß seine Freundinnen hartnäckig weiterbeteten, schlug er mit der Faust auf die Mauer.
„Ihr wollt mich in meinem eigenen Blute liegen sehen, aber das wird euch nicht gelingen!“ Dann ging er hinaus und schmiß die Tür hinter sich zu.

XIII

Ein sehr zarter orangegelber Streifen zeigte sich am Horizont; die Blumen, die des Nachts ihre Blüten öffnen, schlossen sich, und ihre Düfte hingen noch einige Augenblicke in der Luft, bevor sie sich auflösten. Der Garten tauchte blau aus seinen violetten Schatten empor. Die Offiziere tranken Kaffee. Wieder ging ein Morgen unbemerkt an ihnen vorüber. Cruz trat zu ihnen. Don Pepe bot ihm dampfenden Kaffee an. Der Oberstleutnant nahm die Tasse, schaute auf seine Freunde, deutete auf die Tür des Zimmers von Rosas und fragte, was los wäre.

„Sie wollen ihr Gewissen beruhigen“, sagte Flores wortkarg.

Der General liebkoste die Locken und die Stirn von Isabel, dann löste er sich sanft von ihr, ordnete seine Uniform und ging in großer Erregung auf den Korridor hinaus. Seine Männer sahen zu Boden. Er zeigte auf die Tassen in ihren Händen.

„Wo ist der?“ fragte er verächtlich.

„Er hat uns eben Kaffee gebracht.“

Flores ging den Hotelier holen, aber Rosas nahm die Kaffeekanne und schenkte sich ein.

„Kalt!“ sagte er zornig und warf die Tasse zwischen die Gebüsche des Gartens. Don Pepe erschien, er lächelte wie immer und sagte diensteifrig: Herr General wünschen?“

„Verschließen Sie das Tor gut. Die sollen da nicht hereinkommen“, sagte Rosas, ohne ihn anzublicken. Er ging zur Lampe, die auf der Brüstung stand und sah auf seine Uhr. Vier Uhr und elf Minuten.

Es war Zeit zum Aufbruch. Als er aus dem Tor ging und die schweigenden Gruppen der Einwohner sah, wandte er sich zu seinen Männern zurück und rief: „Was für ein Leben um vier Uhr früh!“

Die Leute beachteten ihn kaum. Er hatte das Spiel gewonnen. Die Stadt war besiegt. Er merkte, sie standen auf dem Platz, um in den Verurteilten ihre eigene Niederlage besiegelt zu sehen.

Rosas beschleunigte seinen Gang. Zum erstenmal schritt er durch eine andere Welt. Der Rauch hatte sich verflüchtigt; die Bäume, die Häuser, ja sogar die Luft nahmen körperliche Form an.

Er fühlte das ganze Gewicht der Welt auf seinen Schultern, und eine sehr alte Müdigkeit ließ ihm die Entfernung vom Hotel zum Pfarramt unendlich lang erscheinen.

Als Rosas den Kordon der Soldaten um die Militärkommandantur durchquerte, liefen einige Männer und Frauen

zum Hotel, riefen nach Isabel, schimpften sie „undankbare Tochter" und schrien:
„Sie sind schon beim Pfarramt!"
Sie klopften an die Balkontüren, aber diese blieben den Stimmen der Straße verschlossen.
In der Militärkommandantur hörte Rosas seine eigene Stimme wie aus weiter Ferne absurde Befehle erteilen. Im ersten Trupp, unter dem Befehl des Hauptmann Flores, sollten der Padre Beltran und der Doktor Arrieta gehen. Flores tat einen Schritt vor und stand vor seinem Chef stramm.
„Nehmen Sie eine doppelte Eskorte mit!" fügte Francisco Rosas lakonisch hinzu.
Der zweite Trupp unter dem Befehl des Hauptmanns Pardiñas sollte Nicolas Moncada und Don Joaquin zur Hinrichtungsstätte führen. Julio Pardiñas sah, ohne mit der Wimper zu zucken, dem General ins Auge. „Teufel! Mir ist es zugefallen!" dachte er verärgert und gab sich Mühe, seinen Widerwillen nicht merken zu lassen. Rosas rief ihn beiseite.
„Tragen Sie Sorge, daß Moncada nicht mehr dabei ist, wenn wir den Friedhof erreichen!"
Der Hauptmann begriff den Wunsch seines Vorgesetzten nicht, aber es schien ihm klüger, nicht zu fragen.
„Bevor Sie den Fluß überqueren, zerstreuen Sie die Neugierigen und schicken das Gros der Eskorte weg", fügte Rosas hinzu. Er gab seinen Untergebenen nicht gerne Erläuterungen zu seinen Befehlen.
„Aber ...", begann Pardiñas.
„Es gibt kein Aber, Hauptmann! Der Oberstleutnant wird Ihnen den anderen Gefangenen übergeben."
Rosas reichte dem Hauptmann eine Zigarette hin und zündete sich selbst eine an. Er blies eine Wolke Rauch aus und sah auf seine Uhr.
„Cruz wählt ihn soeben unter den Häftlingen im Stadtgefängnis aus. Sobald sein Adjutant mit der Nachricht

kommt, daß er von dort aufgebrochen ist, gehen wir." Er kniete gegen das Fensterbrett und schaute auf den stillen Platz. Das milde Licht des erwachenden Tages weckte die Vögel, öffnete die Baumkronen und ließ die Konturen der Häuser zart sichtbar werden. Rosas fühlte sich beruhigt.
„Ich verstehe, Herr General. Man muß Freude mit Freude vergelten."
Julio Pardiñas sah ihn verstohlen an. Seine Worte konnten den General in dieser Minute der Versunkenheit nicht erreichen. Plötzlich aber fühlte er Befriedigung über die Idee von Rosas, und er sah zu ihm beinah bewundernd hinüber. Der General würde vier Verurteilte befehlsgemäß erschießen lassen und den Bruder von Isabel retten. Niemand konnte auch ihm, der den Erschießungstrupp befehligte, Vorwürfe machen. Er wollte etwas Liebenswürdiges sagen und dachte an Isabel.
„Und da sagt man, von einer Geliebten würde man nicht geliebt!"
Das konnte auch als Anspielung auf Julia gelten. Francisco Rosas drehte sich um, warf ihm einen forschenden Blick zu, warf die Zigarette weg und zog sich mit beiden Händen die Hose zurecht.
„Wer vergißt, stirbt, Hauptmann!"
Julia war für immer vor der Morgendämmerung in Ixtepec geflohen. Er sah sie einige Augenblicke lang durch den rosafarbenen Himmel anderer Plätze schreiten und fühlte seinen Körper schwer werden, als wenn er an diesem 5. Oktober einer der Erschossenen auf dem Friedhof von Ixtepec wäre. Einige Minuten des Schweigens verstrichen. Pardiñas bereute seine Worte, die die Erinnerung an Julia heraufbeschworen hatten. „Dem hat sie für immer das Herz gebrochen!" dachte er und wünschte, daß er nicht mehr lange neben Rosas warten müsse.
Der Adjutant von Cruz kam außer Atem herein.
„Herr General! Er ist mit dem Gefangenen schon unterwegs. Es ist ein ...!"

„Unwichtig, wer es ist! Der erste Trupp soll sich zum Abmarsch bereitmachen, und zehn Minuten später ziehen Sie mit ihren Gefangenen ab", fügte er hinzu und sah den Hauptmann Pardiñas verärgert an.
Befehle und Sporrengeklirr ertönten in den Korridoren und im Orangenhof. Der Tod der anderen ist ein Ritus, der eine absulute Präzision erfordert. Das Ansehen der Behörde beruht auf der Ordnung, und im Bestreben, diese zu wahren, entfaltet sie unnötige Kräfte. Sogar der letzte der Soldaten trug an diesem Tag eine feierliche und undurchdringliche Miene zur Schau. Unbewegt, mit geschulterten Gewehren und aufgepflanztem Bajonett, warteten sie auf die Übergabe der Gefangenen. Der General ritt mit einer kleinen Schar von Ordonnanzen aus der Militärkommandantur.
„Rosas reitet schon zum Friedhof!" lief es von Mund zu Mund und von Straße zu Straße. Man schrie es vor dem Balkon Isabels. Das Mädchen hörte die Schreie nicht. Sie durchschritt einen Raum, in dem die Tage und die Nächte illusorisch waren. Außerhalb der Zeit, mit dem Rücken zum Licht, löste sie sich in andere Isabellen auf, die unerwartete Formen annahmen. Das Zimmer des Hotels Jardin und die Gegenstände, die darin herumstanden, gehörten einer Zeit an, die sie, ohne die kleinste Bewegung zu machen, verlassen hatte. Es waren nur Zeugen einer abgeschafften Vergangenheit. Das einzig Existierende war eine Zukunft außerhalb der Zeit.
Die anderen Geliebten hörten die empörten Stimmen von der Straße. Antonia lief erschrocken auf den Korridor hinaus und traf dort auf Luisa, die ins Zimmer der Schwestern ging. Diese saßen auf dem Boden und sahen bestürzt ihre Freundinnen hereinkommen. Luisa ließ sich aufgelöst auf das Bett fallen und strich sich mit der Hand über ihr wirres Haar. Das Blau ihrer Augen erschien so schmutzig wie das Blau ihres zerknitterten Schlafrockes. Antonia warf sich neben sie und verbarg das Gesicht zwischen den Bettüchern.

„Er ist schon zum Friedhof geritten!" wiederholte Rosa ungläubig.
„Dann gibt es keine Wunder!" Ihre Gebete hatten nicht gewirkt.
„Vielleicht regnet es noch Feuer, bevor die Schüsse fallen!"
„Ich will zu meinem Vater", seufzte Antonia.
„Und die andere?"
„Ist eingesperrt!"
„Arme Isabel!" schrie Antonia auf.
„Arme Isabel? Sie soll verschwinden! Er liebt sie nicht!"
„Und warum hat er sie dann zu sich genommen?" fragten die Zwillingsschwestern naiv.
„Er ist schlecht! Schlecht!" schrie Antonia in einem plötzlichen Wutanfall.
„Sicherlich. Er ist schlecht!"
„Schlecht?! Das sind wir auch! Ab heute Nacht wird das Leben wieder so sein wie früher!" entschied Luisa.
„Du irrst! Es wird nie mehr so sein wie früher!" antwortete ihr Rafaela.

XIV

Die Verurteilten wurden in den Hof der Militärkommandantur geführt. Das erste Erschießungskommando trat an. Der Padre Beltran, noch immer mit dem Gehrock und der gestreiften Hose von Juan Cariño bekleidet, und der Doktor Arrieta, schmutzig und abgemagert, mußten zwischen den Soldaten Aufstellung nehmen. Ein Sergeant fesselte ihnen die Hände auf dem Rücken. Der Doktor blickte auf die Hände des Padre, die sich dunkelrot färbten.
Justo Corona schrie einige unverständliche Befehle, die im Hof ein vielfaches Echo auslösten, und der erste Trupp marschierte an den Orangenbäumen vorbei durch das Tor ab. Ein weiches Dämmerlicht ruhte noch auf dem Platz. Wir empfingen sie schweigend. „Sie führen sie schon ab!" ... Die Augen, die sie nun weggehen sahen, würden sie

nie mehr zurückkommen sehen von diesem Gang ohne Wiederkehr. Betreten senkten wir die Blicke; der stampfende Takt der Militärstiefel auf dem Pflaster des Platzes drang monoton an unser Ohr.
Sie schwenkten links ab und marschierten die Poststraße hinunter, den kürzesten Weg zum Friedhof. Die Bäume mit ihren ruhigen Zweigen wirkten feierlich. Allmählich wurden Stimmen laut:
„Sie haben schon den Padre und den Doktor abgeführt!"
Luisa liebkoste die Medaille, die sie um den Hals gehängt trug. Es war eine nutzlose Geste; sie konnte damit die bevorstehende Nacht nicht abwehren, die im Hotel schon ihre Schatten warf.
„Putz mir die Stiefel; das Blut des Pfarrers klebt daran!"
Und Luisa würde ohne Zögern dem Befehl ihres Liebhabers gehorchen und seine Stiefel spiegelblank putzen. Wie tief war sie gesunken! Aber sie redete sich ein: „Niemand verkommt; diese Gegenwart ist meine Vergangenheit und meine Zukunft; das bin ich selbst: immer derselbe Augenblick!"
Sie streichelte noch einmal ihre Medaille mit dem Göttlichen Antlitz; die hing an ihrer Brust seit dem Tag der Ersten Kommunion, der dem heutigen Tag haargenau glich.
Als der erste Trupp die Poststraße hinuntermarschierte, ritt der Oberst Justo Corona mit einigen anderen Offizieren aus dem Tor des Pfarramtes.
Der Oberst versuchte gleichgültig zu erscheinen, aber seine verkrampfte Miene und seine steif aufgerichteten Schultern verrieten seine Erregung. Es war schon zu spät für einen Versuch, die Verurteilten zu befreien; trotzdem beobachtete Justo Corona verstohlen die halboffenen Balkone und die zurückgeschobenen Vorhänge, die den Opfern ein stummes Lebewohl sagten. Einige Minuten später marschierte der zweite Trupp mit Don Joaquin und Nicolas in den noch kaum sich abzeichnenden Morgen von Ixtepec

hinaus. Eine kleine Eskorte folgte ihnen. Don Joaquin gab sich Mühe, mit den Soldaten Schritt zu halten, wie wenn er bei seinem letzten Gang durch Ixtepec nicht hinten bleiben wollte. Er trug ein müdes Gesicht zur Schau, aber man hätte meinen können, der Kerker habe ihn verjüngt: seine Bewegungen hatten etwas Kindliches an sich. Als Nicolas, die Hände auf den Rücken gebunden, die Straße betrat, ließ er mit einem Ausdruck der Freude und des Staunens den Blick über uns schweifen; dann schritt er mit stolz erhobenem Haupt weiter.

„Leb wohl, Nicolas!" schrien ihm die Leute von den Fenstern und den Balkonen aus zu. Er schrak aus seiner Versunkenheit auf, wandte sich um und verschenkte ein dankbares Lächeln. Als sie beim Haus seiner Tante Matilde vorbeikamen, schlug er die Augen nieder. Dort hatten er und seine Geschwister in „England" gespielt. Er erinnerte sich an die Jäger mit den roten Jacken und an die grünen Wälder. „Sie bleiben grün an diesem trockenen Morgen!" Er hörte die Stimmen Felipe Hurtados und Isabels diese Worte aus dem Theaterstück sagen. Er wollte sich an Isabel nicht erinnern. „Man kann nicht in Ixtepec bleiben!" Dort unten saßen seine Mutter und seine Tante in zwei gleichen Stühlen und schauten ihrem Spiel zu. Sein Vater, in weiter Ferne, hielt die Uhren an, aber trotz seiner Geste rückten die Minuten auf dem Weg, der zum Friedhof führte, schnell vor. „Wir werden Ixtepec verlassen!"

Don Joaquin wandte seinen Blick von den Fenstern seines Hauses ab. „Dort habe ich gelebt", dachte er, „alles war ein Traum gewesen, ein schöner geordneter Traum, in dem jede Flasche und jede Gebärde innerhalb einer bestimmten Zeit ihren Platz hatte. Die Unordnung dieses Morgens verwirrte ihn; er drehte sich um und begegnete dem Blick seines Neffen. Wie seltsam, daß sie beide, deren Zeiten so verschieden waren, zur selben Stunde sterben sollten!

Kaum merklich wurde es heller. Eine Herde Kühe, die zu dieser Stunde auf das Land hinausgetrieben wurde, kreuzte den Weg der Verurteilten. Hunde sprangen ihnen entgegen und bellten eine ganze Weile erzürnt die Stiefel der Soldaten an. Don Joaquin warf ihnen einen dankbaren Blick zu. „Wenn nur jemand sich ihrer annähme!" Er sah die abgemagerten Tiere gierig unter den Abfällen nach etwas Freßbarem suchen. In den Häusern hatte noch niemand Feuer gemacht. Die Leute schauten stumm auf den Zug der Verurteilten. Einige Frauen folgten dem Trupp, in dem Nicolas ging; andere, weit vorn, begleiteten den Padre und den Doktor. Im Hause der Moncadas war es so still, wie jetzt, da ich es von dieser Anhöhe aus vor mir liegen sehe. Die Fenster waren geschlossen und behielten seit diesem Morgen, an dem die Hinrichtungen stattfanden, ihr seltsames Aussehen bei.

Nicolas und sein Onkel erreichten den Stadtrand von Ixtepec; der Hauptmann Pardiñas zerstreute die Frauen, die dem Zug folgten. Nur die Soldaten und die Verurteilten schritten den Weg zum Friedhof weiter.

Auf diesem Stück des Weges mußte Julio Pardiño die Flucht von Nicolas Moncada begünstigen; der Hauptmann wandte sich von Zeit zu Zeit nach dem Jüngling um, der von seiner bevorstehenden Freiheit keine Ahnung hatte und, von seinem nahen Tod überzeugt, gefaßt einherschritt. Sie sahen von weitem den Adjutanten von Cruz und den Häftling aus dem Stadtgefängnis unter einem Birnbaum stehen und rauchen. Auf der anderen Seite des Flusses, in einigen hundert Metern Entfernung, zeichneten sich die weißen Umfassungsmauern des Friedhofes ab, dessen winzige blaue Kreuze über der gelben Erde glänzten.

„Dort geht Nicolas!"

Dieser Schrei gab den Schatten, in die sich Isabel auflöste, ihre Form wieder. Das Mädchen stand auf und ging zum Fenster, um besser hören zu können. Derselbe Schrei wiederholte sich immer wieder und traf sie wie ein Hagel von Steinen. Sie verstand nichts.

Eine sonderbare Stimme gellte durch die Spalten der Jalousie an ihr Gehör: „Sie haben Nicolas schon auf den Friedhof geführt!“ Isabel ging vom Fenster weg, erkannte abermals ihr Zimmer nicht und glaubte sich in einer reglosen Landschaft, deren Erde und Himmel aus Stein waren. Die Tür wurde aufgestoßen.
„Geh und bitte um das Leben deines Bruders!“ befahl Rafaela.
Einige Frauen blickten sie mit maskenhaft erstarrten Gesichtern an. Isabel gab keine Antwort. Sie hatte sie nie kennengelernt und erinnerte sich nur an einige Platzkonzerte und an einige Mädchen, die sich zum Takte der Musik wie Kometenschweife drehten. Ihr prächtiger Schmuck hatte sie nicht beeindruckt. Die Unbekannte näherte sich, knöpfte ihr das Kleid zu und suchte Isabels Schuhe, die unter den auf dem Fußboden verstreuten Kleiderstücken umherlagen.
„Rosa, geh Gregoria holen!“
Rosa verließ das Zimmer, um die Alte zu holen. Die Augen der Frauen waren starr, außerhalb der Zeit, wie die durch Felix angehaltenen Zeiger der Uhr auf Isabel gerichtet. Die Bediente trat ein.
„Begleite Isabel zum Friedhof, damit sie für das Leben ihres Bruders bittet!“
„Er hat es mir versprochen!“ rief Isabel.
„Er betrügt dich!“
Sie nahmen sie beim Arm und führten sie zum verschlossenen Haustor. Don Pepe wollte ihnen das Öffnen des Tores verwehren, man stritt und schimpfte; aber die Frauen konnten ihren Willen durchsetzen und stießen Isabel zum Tor hinaus. Sie sah sich auf dem Platz von einer dunklen Menschenmenge umgeben, die sich wie ein unförmiges Tier bewegte. Gregoria nahm sie beim Arm. „Sie haben deinen Bruder schon auf den Friedhof gebracht!“ riefen die Münder, die sich ihrem Gesicht so weit näherten, daß ihr Speichel es bespritzte. „Undankbare Tochter, deine Eltern wei-

nen über ihr Unglück!“ Dunkle Augen blitzten neben den ihren, aus denen das Licht der Träume leuchtete. Sie konnte nicht weitergehen. Vor ihr drehte sich alles wie in jener Nacht in der Kirche, in der sie Francisco Rosas suchte und sich von den Ihren trennte.
„Macht Platz!“
Durch den Haß der Menge geschaukelt, kamen Isabel und die Alte von der Richtung ihres Weges ab; die Minuten schwanden im Wirrwarr der Schritte und Stimmen.
„Macht Platz!“ flehte Gregoria.
Als sie die Poststraße erreichten, waren die Zöpfe der Bedienten aufgelöst, und über Isabels Wangen rannen Tränen.
„Schneller, damit wir rechtzeitig hinkommen, Señorita!“
Vor ihnen senkte sich die Straße jäh bis zum Stadtausgang. Das Licht der Morgendämmerung ließ sie dünn wie ein schmales Schwert erscheinen. Sie fingen zu laufen an, und das Echo ihrer Schritte hallte von den Steinen und den Strebebögen zurück, als würden sie von tausend Läufern verfolgt. Die Leute hinter den Vorhängen lächelten spöttisch. „Es ist die Señorita Isabel, die Arme!“ seufzte Castulo, der sie vom Dach des Hauses der Doña Matilde aus beobachtete. Nur Castulo wünschte, daß es ihr gelänge, das Leben ihres Bruders zu retten. Ganz Ixtepec wollte sie für ihre Sünden büßen sehen.
Sie erreichten den Fluß. Im Oktober war sein Wasserstand niedrig. Sie wateten hindurch. Ihre Kleider wurden triefend naß. Gregoria sah ihrem Umhängetuch nach, das im Wasser davontrieb.
„Weinen Sie nicht, Señorita, Gott wird uns rechtzeitig eintreffen lassen!“

Auf dem Friedhof wurde füsiliert. Der General wohnte den standrechtlichen Erschießungen bei.
Hauptmann Flores trat zum Padre Beltran und gab ihm den Gnadenschuß. Das Blut floß dünn über den steifen

Kragen des Hemdes von Juan Cariño. Das erste Licht des Morgens beleuchtete das seltsam starre Gesicht des Priesters. „Junge Leute, ihr seid im Unrecht, deshalb begeht ihr Verbrechen!“ Der blutbefleckte Gehrock rief die Erinnerung an diese Worte des Herrn Präsidenten wach. Flores vermied es, ihn anzusehen. „Wie verkehrt alles war! Warum mußte dieser sonderbare Mensch im Gewand seines Freundes sterben?“

Don Joaquin blickte auf seine Schuhe, die in der ausgehobenen Erde einsanken – bald würde sie auch seinen Leib bedecken! „Wie seltsam es da unten ist! Ich bin immer ahnungslos darüber hinweggeschritten!“ Warum sollten sie ihn zu unpassender Zeit und mit angezogenen Schuhen da drin verschwinden lassen? Die Sonne ging pünktlich auf, und anstatt den weißen Kalk seiner Zimmerwände unter ihren Strahlen aufleuchten zu sehen, stand er hier und hatte noch die schwarzen Schuhe vom Fest an. „Ich ziehe mich noch nicht aus!“ sagte er erstaunt zu sich selbst. An diesem Tag stimmten die Geschehnisse nicht mit den Stunden überein. „Dieser Brief ist für meine Frau ...!“ sagte die bekannte Stimme des Doktor Arrieta. Die Worte klangen von Grab zu Grab weiter. Eine Salve, die lauter hallte als die vorhergehende, ließ sie erlöschen. Don Joaquin sah seine Schuhe ein wenig tiefer in die Erde einsinken. Das Licht der Sonne breitete sich weich aus, um das Finale des prächtigsten Festes von Ixtepec hell zu beleuchten.

„Herr General, ich war nicht zum Fest geladen; ich bin nur ein Viehdieb!“

Die flehentlichen Worte des Unbekannten, der neben der für Nicolas Moncada ausgehobenen Grube stand, wurden durch eine Salve und einen Gnadenschuß zum Verstummen gebracht. Die Ordnung des Festes war wiederhergestellt, und Don Joaquin wußte, daß die Reihe nun an ihm war und daß das Tor des Hauses seiner Freundin sich für immer für ihn schließen würde.

„Wenn nur der Himmel sich der Tiere erbarmte!" Das traurige Geschick der Straßenhunde von Ixtepec kam ihm zu Bewußtsein. Wer würde sie nun einsammeln? Und er dachte eindringlich an den Himmel und versuchte sich die Gesichter der Engel vorzustellen, die er einige Sekunden später sehen würde. Aber es blieb ihm keine Zeit. Blutüberströmt lag er auf der Erde, und seine Augen suchten noch immer das Gesicht der Engel, die die Hunde beschützen – doch da kam schon Hauptmann Pardiñas, um ihm den Gnadenschuß zu geben.

Dann stellte sich eine grauenvolle Stille ein. Der Friedhof roch nach Pulverdampf. Die Soldaten schwiegen angesichts der Toten, aus deren Körpern reichlich Blut quoll, das die Harmonie der blauen Kreuze über den weißen Steinfliesen störte. Die Köpfe und die zerfetzten Brüste hatten ein intensives Eigenleben. Der blauweiße Friedhof schien sie ausgespien zu haben. Die Soldaten blickten sich unbehaglich an. Warum hatten sie diese Leute getötet? Sie hatten eine sinnlose Tat begangen. Francisco Rosas biß sich auf die Lippen.

„Sind alle tot?" fragte er laut, wie um sich Mut einzuflößen, bevor er das Begräbnis der Opfer befahl.

„Ich bin nicht darunter!" schrie ihm jemand von einem kleinen Seitenweg des Friedhofs aus zu.

Rosas drehte sich verärgert um. Er hatte die Stimme wiedererkannt. Nicolas Moncada ging geradewegs auf ihn zu. Bestürzt über sein Erscheinen, blickte der General hilfesuchend auf seine Offiziere, deren Mienen Ekel vor dem Blutvergießen ausdrückten. „Er hat meinen Pardon nicht angenommen!" Rosas wurde bleich und schlug sich mit der flachen Hand auf die Schenkel.

„Ah, der Hauptmann Pardiñas hat mir gemeldet, daß Sie entflohen sind!" schrie er nach einigen Sekunden der Verblüffung.

Nicolas sagte kein Wort mehr; Rosas machte eine vage Geste, woraufhin Pardiñas sich Nicolas näherte. Hinter seinem Rücken hörte der General die Salve.
Gebannt starrten die Soldaten auf das weiße Hemd von Nicolas, wie es sich mit Blut färbte. Man hörte Laufen, und hinter einem Grab tauchte der Adjutant des Oberstleutnant Cruz schwitzend und außer Atem auf.
„Er ließ sich nicht führen, General ... Er ist mir entkommen und hierhergerannt", sagte der Mann und blickte erschrocken auf den Toten.
Francisco Rosas schlug mit der Faust auf eines der Steinkreuze.
„Ich glaube, er wollte nicht mehr leben!" fügte der durch den Zorn des Generals eingeschüchterte Mann hinzu.
„Du willst wohl nicht mehr leben, Hurensohn!" schrie ihn Rosas zornig an. Er schaute überrascht auf seine Hand, die ein stechender Schmerz durchzuckte, der durch den Schlag auf das Steinkreuz verursacht worden war. Am liebsten hätte er aufgeschrien, aber er schlug mit noch größerer Gewalt auf das Kreuz. Seine Männer sahen wütend auf den Soldaten, der Nicolas hatte entkommen lassen. Francisco Rosas schaute einige Augenblicke lang unentschlossen auf den auf der Erde ausgestreckten Jüngling und wandte sich dann jäh ab. Warum mußte er immer das töten, was er liebte? Sein Leben war ein ständiger Betrug. Er war dazu verdammt, allein und vom Glück verlassen, umherzuirren! Er fühlte sich unglücklich und war wütend auf Nicolas, der mit toten gläsernen Augen Zeuge seiner Niederlage war. Er wollte sich schon den anderen Menschen nähern, aber die Moncadas hatten ihn wieder in die Nichtigkeit seiner Tage zurückgestoßen. „Nie mehr werde ich jemanden begnadigen!" schwor er sich schmerzerfüllt und erinnerte sich an die trügerischen Worte Isabels und an das stolze Gesicht ihres Bruders. Aber etwas war in ihm zerbrochen, und er fühlte, daß ihn von nun an nur Alkohol trunken machen würde.

Seine Karriere eines mexikanischen Generals war soeben am Tod eines Jünglings von noch nicht zwanzig Jahren gescheitert. Woran hatte Nicolas geglaubt? An etwas, das er diesen Morgen erahnt hatte?

Die schweigenden Gräber von Ixtepec und eine jähe Aufeinanderfolge von Schreien und Gewehrsalven lähmten ihn. Isabel und Julia zerbrachen im Getöse der Erschießungen; seine Nächte im Gebirge und seine Tage in der Garnison sprangen in Stücke. Er stand wieder unentschlossen da; es roch noch stark nach Pulver; auf einem der Gräber sang ein Vogel. Zu seinen Füßen lagen fünf Tote. „Und was nun, Francisco Rosas?" fragte er sich und hatte Angst, vor seinen Untergebenen in Weinen auszubrechen. Alle schwiegen und sahen betreten zu Boden. Aber Francisco Rosas wollte kein Mitleid; er drehte sich um und ging auf dem schmalen Weg zwischen den Gräbern dem Ausgang des Friedhofs zu. Niemals hätte er gedacht, daß der Tod dieses Grünschnabels ihm so nahe gehen würde.

„Er hätte zu mehr getaugt! Wie schade!" Rosas wollte dem Friedhof entfliehen, in dem auch er eben gestorben war. Er mußte sich zwingen, nicht zu laufen. „Das Schlimmste ist der Viehdieb!" sagte er immer wieder vor sich hin, um Nicolas zu vergessen.

Niemals würde er Isabel wieder vor die Augen treten. „Ich war nicht zum Fest eingeladen, General!" Und wer hatte ihn, Francisco Rosas, nach Ixtepec eingeladen? Auch er war ein vom Schicksal zum Tode Verurteilter. Er erreichte sein Pferd und sprengte im Galopp aufs offene Land hinaus. Er wollte weg aus Ixtepec; nie wieder von den Moncadas hören! Ohne Ziel ritt er in den strahlenden Morgen hinein, der sich über der von Licht und Duft erfüllten Erde, die nichts von seinem Kummer wußte, ausbreitete. Der Oberst Justo Corona folgte ihm im gestreckten Galopp.

Isabel und Gregoria sahen sie von weitem vorüberreiten. Das Mädchen verfolgte das Pferd ihres Liebhabers, das

im goldenen Licht des Oktobers dahinflog, mit weit aufgerissenen Augen.
„Er entflieht!“ Und sie sank auf einen Stein nieder.
Die Unbekannte aus dem Hotel Jardin, die ihr das Kleid zuknöpfte, hatte wahr gesprochen: „Rosas hat sie betrogen!“
„Ja, Señorita, er entflieht!“
Gregoria setzte sich neben Isabel und weinte, weich wie eine Frau, die das Leid kennt und es hinnimmt. Isabel schien in eine tränenlose Einsamkeit versunken. Gregoria beklagte nicht nur die Moncadas. „Ein Unglück zieht ein anderes nach!“ Selten nur hatte sie Zeit, sich daran zu erinnern und darüber zu weinen.

XV

Die Sonne stieg am Himmel auf und machte die Luft glühen. Im Gras zirpten die Grillen und zischten Schlangen. Nachdem die Soldaten die Erschossenen begraben hatten, kehrten sie in die Stadt zurück. Sie kamen an den beiden am Wege sitzenden Frauen vorbei und entfernten sich schnell, als sie Isabel erkannten. Gregoria ging ihnen nach. Sie wollte erfahren, was sich auf dem Friedhof zugetragen hatte. Dann eilte sie zu Isabel zurück. Das Mädchen jagte ihr Angst ein. Sie sah ganz sonderbar aus, wie sie in ihrem roten Ballkleid mitten in der Landschaft saß. Gregoria wagte nicht, ihr zu sagen, was ihr die Soldaten mitgeteilt hatten. Sie sah sie lange Zeit an. Woran dachte diese letzte mit roter Seide bekleidete Eingeladene des Festes von Ixtepec? Von der bengalisch erleuchteten Nacht war nur das rosa Kleid, das auf den Steinen in der Sonne trocknete, übriggeblieben.
„Lieben Sie ihn sehr, Señorita?“ fragte sie bestürzt.
Isabel antwortete nicht. Gregoria berührte beunruhigt ihr Knie. Sie wollte die Verzauberung dieses Morgens, der sich von anderen Morgen nicht zu unterscheiden schien, brechen.

„Es ist eine Sünde, mein Kind!" Gregoria blickte zum Friedhof, in dem Juan und Nicolas lagen.
„Kind, Sie haben kein Zuhause mehr!"
Kein Wort konnte Isabel bewegen. Sie war verhext.
„Sie können auch nicht ins Hotel zurück!" Die Alte hatte den Eindruck, daß Isabel sie nicht hörte und wollte aufstehen und diesen Ort verlassen, dessen Stille sie ertauben ließ.
„Gehen wir zur Kapelle, Señorita! Dort befreit Sie die Heilige Jungfrau von Francisco Rosas."
Ihre Worte kreisten in der geräuschlosen Welt Isabels. Die Zukunft existierte nicht, und die Vergangenheit schwand nach und nach. Sie sah in den regungslosen Himmel und auf das unveränderliche, sich selbst gleichende Land, das durch Berge eingesäumt war, so dauerhaft, wie dieser runde von zwei Nächten begrenzte Tag. Isabel befand sich in der Mitte dieses Tages wie ein Fels in der Mitte dieses Feldes. Aus ihrem Herzen quollen Steine, die durch ihren Körper rollten und ihn unzerstörbar machten.
„Wir sind jetzt Elfenbeinstatuen: Eins, zwei, drei!" Sie hörte diesen Ruf wie beim kindlichen Spiel in ihrem Garten. Wenn eines der Kinder das rief, blieben sie und ihre Brüder in ihren momentanen Gebärden erstarrt stehen, bis dann jemand, auf den sie sich insgeheim geeinigt hatten, vorüberging, sie berührte und die Verzauberung brach. Nun aber kam niemand, um sie zu entzaubern. Auch ihre Brüder waren für immer erstarrt. „Wir sind jetzt Elfenbeinstatuen! Eins! Zwei! Drei!" Diese Zauberworte klangen immer wieder in ihr Ohr. Auch der Tag war erstarrt wie eine Statue aus Licht. Gregoria sprach aus einer leichten und beweglichen Welt zu ihr, die sie nicht mehr teilte. Sie blickte sie an, ohne auch nur mit der Wimper zu zucken.
„Gehen wir, Isabel!"
Die Alte stand auf und nahm sie beim Arm. Das Mädchen ließ sich den Weg zur Kapelle führen, wo ich mich nun befinde. Von hier aus sehe ich, wie sie die Stadt umgehen;

denn Gregoria wollte sie nicht durchqueren; sie hatte Angst, daß man Isabel sähe und daß Isabel die Leute sähe. Sie gingen am Fuß der Hügel dahin. Ungefähr um fünf Uhr nachmittags ließ sie die Hitze den Schatten eines Birnbaumes aufsuchen. Gregoria erinnerte sich daran, daß ganz nahe Enedino Montiel Barona, der weiseste und liebenswürdigste meiner Einwohner lebte. Seine Hütte ist heute nur noch ein Steinhaufen; es ist nun schon lange her, daß seine Tauben gestorben sind und Gregoria zu Enedino Hilfe erbitten ging; als gutmütiger Armer gab er alles, was er hatte: einige Tortillas, ein wenig Salz und einen Schöpflöffel frisches Wasser. Isabel trank das Wasser, und Gregoria streute Salz auf die Tortillas und aß sie nachdenklich.

Niemand fragte nach ihnen. In Ixtepec floß der Tag unter der Last des Unglücks träger dahin. Jeder ging mit sich selbst zu Rate und wartete auf das Ende jener Stunden, die nicht aus meinen Winkeln weichen wollten.

„Kann die Heilige Jungfrau die Greuel dieses Morgens ungeschehen machen?"

„Mit der Gnade Gottes! Aber Sie dürfen kein einziges Mal mehr an Rosas denken, Kind, sondern immer nur an die Heilige Jungfrau. Und wenn wir bei ihr ankommen, wird sie sich unser erbarmen und diesen Mann für immer aus Ihren Gedanken und aus Ihrem Herzen vertreiben."

Isabel hörte ihr aufmerksam zu und betrachtete sie, wie sie ihre Tortilla kaute. Mit dem Namen von Rosas konnte sie kaum noch etwas anfangen. Ihre Vergangenheit floh aus ihrer Erinnerung. Nur dieser Morgen, der sich aus erstaunlichen Zufällen zusammensetzte und ihr Blickfeld nun auf Gregoria einengte, blieb.

Sie erhoben sich und setzten ihren Weg fort. Als beide um sieben Uhr abends den Hügel zur Kapelle hinaufstiegen, betete Gregoria mit lauter Stimme, und plötzlich nahmen ihre Worte die Gestalt von blauen Kegeln, lächelnden

Eidechsen und riesigen Papierfetzen an, die vor den Augen Isabels tanzten.
„Er hat Nicolas getötet und mich betrogen! Rosas hat mich betrogen!"
Gregoria erzählte, daß Isabel sich plötzlich umdrehte und sie mit entsetzten Augen anstarrte. Ihre Knie waren blutig, das rosa Kleid zerfetzt und ihre Haare grau von Staub. Die Sonne ging unter; ihr letzter orangegelber Abglanz entlockte der roten Seide düstere Reflexe. Das Mädchen begann, den Abhang hinunterzulaufen.
„Wenn Gott mich auch verdammt! Ich will Francisco Rosas noch einmal sehen!"
Ihre Stimme erschütterte den Hügel und drang bis zu den Toren von Ixtepec. Aus ihren Augen zuckten Blitze, und ein Sturm von schwarzen Locken hüllte ihren Körper ein. Staub wirbelte auf und machte sie unsichtbar. Bei diesem Lauf zu ihrem Geliebten verirrte sich Isabel.
Nach langer Suche fand sie Gregoria. Sie lag weit unten, in einen Stein verwandelt. Die Alte bekreuzigte sich entsetzt. Etwas sagte ihr, daß Isabel nicht gerettet werden wollte. Sie war zu sehr an den General Francisco Rosas gekettet. Gregoria flehte Gott um Erbarmen an und schob den verwunschenen Stein die ganze Nacht hindurch den Hügel hinauf, damit er zu Füßen der Heiligen Jungfrau neben den anderen Sündern ruhe und Zeugnis davon ablege, daß der Mensch seine Sünden liebt. Dann stieg sie nach Ixtepec hinunter, um zu berichten, was vorgefallen war.
Spät nach Mitternacht verließ Juan Cariño den Kerker und durchquerte die Stadt. Er wollte von seiner Freiheit nicht eher Gebrauch machen, als bis niemand mehr auf den Straßen sich zeigte; denn er mußte in der Soutane des Padre Beltran nach Hause gehen und sah dies als eine Beleidigung seiner toten Freunde an. Die Huren wurden durch sein Pochen an die Tür aufgeschreckt. Sie dachten nicht mehr an Juan Cariño und fragten erschrocken, wer es wäre.

„Einer, der war!“ antwortete der Verrückte und nahm damit sein künftiges Gespensterdasein vorweg.

XVI

Wochen und Monate vergingen, und genau wie Juan Cariño wurden wir nie wieder wir selbst. Auch Francisco Rosas hörte auf, der zu sein, der er gewesen war. Meistens unrasiert und betrunken, wurde er menschenscheu. Eines Nachmittags fuhr er mit seinen Adjutanten und seinen Soldaten in einem Militärzug davon. Wir haben nie mehr von ihm gehört. Andere Soldaten trafen ein, die Rodolfito Land schenkten und an den Ästen derselben Bäume arme Teufel erhängten, aber niemals wieder kam jemand auf den Gedanken, ein Fest zu veranstalten, um zum Tode Verurteilte zu retten. Manchmal verstehen die Fremden meine Müdigkeit und meinen Staub nicht; vielleicht weil niemand mehr von den Moncadas spricht. Hier ruht noch der Stein, der an meine Schmerzen und an das Ende des Festes der Doña Carmen B. de Arrieta erinnert. Gregoria ließ eine Inschrift einmeißeln, die ich nun lese. Ihre Worte sind erloschene Raketen.

„Ich bin Isabel Moncada. Tochter des Martin Moncada und der Ana Cuetara de Moncada; geboren in Ixtepec am 1. Dezember 1907. Am 5. Oktober 1927 verwandelte ich mich vor den entsetzten Augen der Gregoria Juarez in Stein. Ich habe das Unglück meiner Eltern und den Tod meiner Brüder verursacht. Als ich zur Heiligen Jungfrau lief, um sie zu bitten, mich von der Liebe zu dem General Francisco Rosas, der meine Brüder töten ließ, zu heilen, ergriff mich plötzlich Reue, und ich habe mir meine Liebe aufbewahrt, als Erinnerung an die Zukunft von Ewigkeit zu Ewigkeit.“

Nachwort

Die Geschichte Mexikos kennt seit seiner Entdeckung durch die Spanier 1519 prägnante Daten. Hernán Cortés zog noch im gleichen Jahr erstmalig nach México-Tenochtitlán und bewunderte den unvorstellbaren Reichtum der Hauptstadt der Azteken. Cuauthémoc empfing ihn mit allen Ehren und machte ihm großzügigste Geschenke, womit er die Goldgier der Spanier nur steigerte. Zwei Jahre später zerstörte Cortés die blühende Metropole und wurde dafür von Carlos I. (Karl V.) zum Generalkapitän Neu-Spaniens ernannt. 1534 begann die Herrschaft spanischer Vizekönige, die Kolonialzeit, die bis zum Jahre 1813 währte. Nach der Unabhängigkeit fiel die mexikanische Republik schnell den Interessen ausländischer Großmächte (Frankreich, USA) anheim, die leichtes Spiel hatten. 1876 übernahm Porfírio Díaz die Macht und herrschte als Diktator, was dann 1910 zum Ausbruch der Revolution führte. Zehn Jahre dauerten die Unruhen und Gefechte dieses Volksaufstandes, der viele Tausende von Opfern forderte, und mit dem die zeitgenössische Geschichte, das moderne Mexiko seinen Anfang nehmen.

Verständlicherweise haben sich zahlreiche Mexikaner als Schriftsteller, Reporter, Chronisten oder Essayisten mit diesem wichtigsten Ereignis ihrer Geschichte im 20. Jahrhundert befaßt. Ich möchte hier drei Romanschriftsteller nennen, Verfasser von drei Meisterwerken: Mariano Azuela gab seine unmittelbaren Eindrücke der Kämpfe, in die er selbst verwickelt war, in *Los de abajo* (1916, Die *Rotte*) wieder, und Martín Luis Guzmán analysierte das Geschehen als Journalist und beschrieb es dann in drei Romanen, von denen *El aguila y la serpiente* (1928, Der Adler und die Schlange) als sein bester bezeichnet wird. Während diese beiden Werke auch als Augenzeugenberichte gelten können, läßt Agustín Yáñez in *Al filo del agua* (1947, zu übersetzen mit

‚Bei Anbruch der Katastrophe') die Verhältnisse in einem kleinen Dorf der Provinz Jalisco lebendig werden, die unvermeidlich zur Revolution führen mußten. Aber neben diesen ‚klassischen' Revolutionsromanen steht eine Vielzahl weiterer Texte, die sich mit dem Thema beschäftigt haben, so daß man sogar von einer „Schule" oder „Strömung" spricht.[1]

Viele spätere Romane und Erzählungen enthalten ebenfalls konkrete Hinweise auf die Revolution, thematisieren die Unruhen der nachrevolutionären Jahre, die Grausamkeiten der Christkönigskriege oder das allgemeine Durcheinander der wechselnden Fronten. Rulfos *Llano in Flammen* ist dafür ein herausragendes Beispiel. Aber auch Carlos Fuentes (*Nichts als das Leben*, 1962), Jorge Ibargüengotia (*Los relámpagos de agosto*, 1964, Augustblitze) oder Fernandos del Paso (*Palinuro de México*, 1977) schildern unterschiedliche Aspekte der mexikanischen Revolution, denn sie war und ist das dominierende Thema der mexikanischen Literatur dieses Jahrhunderts.

Alle bislang genannten Namen sind männlich, so daß sich die Frage stellt, ob die Autorinnen kein Interesse an diesem zentralen Thema zeigen. Nun ist die Zahl von Romanschriftstellerinnen in ganz Lateinamerika eher gering, leichter noch finden sich Namen von Dichterinnen oder Erzählerinnen von Kurzprosa. Vermutlich gibt es keine überzeugende Erklärung für diese Vorliebe der Frauen für die kurze literarische Form. Berücksichtigt man die außerliterarischen Umstände, könnte man diese Besonderheit mit der Stellung der Frau in der lateinamerikanischen Gesellschaft zu erhellen versuchen; ein komplexes Thema, das den Rahmen dieses Nachwortes sprengt. Verweisen möchte ich jedoch auf das erste feministische Manifest der Neuzeit, das die mexikanische Nonne Sor Juana Inés de la Cruz 1691 schrieb und dessen Aktualität überrascht. Noch immer

1 Cf. Adalbert Dessau: *Der mexikanische Revolutionsroman*, Rütten/Loening, Berlin 1967.

könnten die mexikanischen Frauen viele der von ihr genannten Punkte einklagen ...
Die Mexikanerinnen erwarben, trotz Revolution, erst 1946 das Bürgerrecht und sieben Jahre später dann das Wahlrecht. Zuvor unterstanden sie rechtlich ganz dem Vater oder Ehemann. Aus untergeordneter Position und mit gewaltigen Hindernissen kämpften sie für Erziehung, für das Recht auf Bildung (das auch schon Sor Juana verlangt hatte) als einzige Möglichkeit, sich langfristig von ihrem traditionell zementierten Schicksal, der lebenslangen Aufopferung für Mann und Kinder zu befreien: „Die einzige Zukunft für eine Frau liegt in der Ehe" (so die Protagonistin Isabel Moncada aus dem vorliegenden Roman von Elena Garro). Und der Volksmund wußte und weiß es seit Jahrhunderten: „Mujer que sabe latín, no tiene marido ni tiene buen fín" (Eine studierte Frau kat keinen Mann noch nimmt sie ein gutes Ende).
Die Schriftstellerinnen Lateinamerikas hatten es schwer, sich zu Wort zu melden, publiziert und in den Literaturbetrieb integriert zu werden. Isabel Allende hat diese Schwierigkeiten einmal so geschildert: „Bei diesen schöpferisch tätigen Frauen, mit denen ich sprach ... fand ich eine gewaltige Entschlossenheit, gegen die Vorurteile der Erziehung und des Milieus, in dem sie leben, zu rebellieren ... Sie verteidigen wie wilde Tiere ihr Werk und kämpfen unermüdlich, um nicht unterschätzt, nicht hintergangen, nicht erdrückt zu werden in einer Welt, die nach dem Maß der Männer gebaut wurde. Sie besitzen eine große innere Kraft, es liegt aber in ihnen eine extreme Zerbrechlichkeit, ein Gefühl, das uns Frauen alle in ein und demselben erbarmungslosen Schicksal vereint."[1]
An vier Beispielen aus der von Frauen verfaßten zeitge-

1 *Die Frau und die Kreativität in Lateinamerika*, München 1984; abgedruckt in *Frauen in Lateinamerika 2*, dtv 10522, München 1986, pp. 218-225.

nössischen Literatur Mexikos möchte ich erläutern, wie eng Zerbrechlichkeit und Kraft beieinander liegen und wie sich die Autorinnen zum zentralen Thema ihrer Literatur dieses Jahrhunderts äußern.

In den Romanen der vier Autorinnen – Elena Garro, Rosario Castellanos, Elena Poniatowska und Angeles Mastretta – sind die Protagonisten weiblich, meist starke Frauengestalten, die sich unter den schwierigsten Umständen behaupten müssen. Oft zeigt sich ihre Kraft jedoch nur durch ihre passive Resistenz dem Mann gegenüber, der die Befehle erteilt, die widerspruchslos befolgt werden müssen. Keine Entscheidung, die er trifft – auch für die Frau –, darf auch nur im geringsten diskutiert werden. Mittelalterliche Zustände, möchte man sagen, ganz im Sinne von Thomas von Aquin, für den das Weib bekanntlich nur ein verstümmelter Mann war. Das mexikanische Leben ist in der Tat (auch heute) durch einen ausgeprägten, ja übertriebenen *Machismo* charakterisiert, in dem ein Mann selbstverständlich einen höheren Stellenwert besitzt. Rosario Castellanos (1925-1974) berichtet in ihrem Roman *Die neun Wächter* (1957), der in den 30er Jahren, also in der Zeit der Landreform unter Präsident Cárdenas spielt, von dem Heranwachsen zweier Geschwister, eines Jungen und eines Mädchens. Der kleine Mann wird gehätschelt und verwöhnt, alle Aufmerksamkeit gilt ihm, während seine Schwester der Obhut der indianischen Amme anvertraut wird. Als der geliebte Sohn krank wird und stirbt, sind die Eltern verzweifelt: „Jetzt haben wir niemanden mehr, für den wir kämpfen können." Dieser Satz ist nicht nur Literatur, sondern Rosario Castellanos hörte ihn in ihrer Kindheit, als der einzige Bruder starb. *Die neun Wächter* enthält viele autobiographische, unvergeßliche Begebenheiten der Autorin und spiegelt das Verhältnis von weißer Oberschicht und indianischen Dienstboten einprägsam wider, die Unterwerfung der Frau gegenüber dem Ehemann oder Vater, vor allem aber die liebevolle

Fürsorge und bewundernswürdige Menschlichkeit der als minderwertig betrachteten Indios, die uralte Mythen und über Generationen überlieferte Geschichten erzählen. Sie sind in ihrer eigenen Kultur fest verwurzelt, und jeder Leser wird ihnen Respekt, ja Bewunderung zollen.

Elena Poniatowska (geb. 1933) zeichnet in ihrem Roman-Zeugnis *Allem zum Trotz ... Das Leben der Jesusa* (1969) die Lebens- oder besser die Leidensgeschichte der achtzigjährigen Jesusa Palancares auf, mit der sie sich mehrere Jahre lang einmal wöchentlich traf und alles aufzeichnete, was die alte Frau ihr berichtete: wie sie an der Seite ihres Vaters in die Kämpfe der mexikanischen Revolution hineingezogen wurde, wie sie dort ihren Mann kennenlernte und einfach die Funktion der Frau erfüllte: „Wenn Pedro im Felde war, dann, ja dann benutzte er mich. Ich zog mir nie die Hosen aus, er zog sie mir nur herunter, dann benutzte er mich und aus. Wir mußten immer fertig angezogen sein, damit wir, wenn zum Sammeln oder zum Aufbruch geblasen wurde, losmarschieren konnten, wohin auch immer. Mein Mann war nicht der Mann, der einem schmeichelte, nichts dergleichen. Er war ein seriöser Mann. Heutzutage sehe ich, wie sie sich in den Eingängen abküssen und liebkosen. Mir kommt das eigenartig vor, denn mein Mann hat niemals solche Verrenkungen gemacht. Er hatte sein *Womit*, tat es und fertig." Nach dem Tode ihres Ehemannes hat sie keine Lust mehr, nochmals zu heiraten, sondern zieht ihre kleine Freiheit vor. Wenn sie schon so hart ums tägliche Brot kämpfen muß, nicht nur während der Kriegszeiten, sondern auch in ihrem weiteren Leben, dann will sie auf keinen Fall noch obendrein einem Mann gehorchen müssen. „Es ist besser, Entbehrungen zu erleiden, als einen Ehemann zu ertragen. ... Alle schlagen sie gleichermaßen. Alle verprügeln sie einen ... Mir gehen die Männer weder ab, noch gefallen sie mir, es ist eher so, daß sie mir lästig sind, auch wenn sie nicht in meiner Nähe sind."

Eine radikale Einstellung, die vermutlich nur wenige Frauen teilen. Häufiger scheint das Gegenteil der Fall zu sein, eine Art von Verfallensein oder Hörigkeit an den Mann, dem das Mädchen blindlings folgt wie z. B. Isabel Moncada dem tyrannischen General Francisco Rosas in *Erinnerungen an die Zukunft*. Er seinerseits kann nur obsessiv an die verlorene Geliebte Julia Andrade denken, deren Liebe er, sonst so mächtig, nie erzwingen konnte. Ihren passiven Widerstand, ihr emotionales Entrücktsein machen ihn geradezu wahnsinnig, er muß sie ganz besitzen, ihren Körper und ihre Erinnerungen und ihr Herz. Die Aussicht, einmal etwas nicht erreichen zu können, treibt ihn zu extrem willkürlichen Handlungen, die die Bewohner des Städtchen Ixtepec ständig in Angst und Schrecken halten. Kein noch so willkürlicher Mord – in den Jahren der Christkönigskämpfe ohnehin üblich – scheint ihm zuviel. Und Isabel, die ihn blind liebt, verzeiht ihm alles: „Ich habe das Unglück meiner Eltern und den Tod meiner Brüder verursacht. Als ich zur heiligen Jungfrau lief, um sie zu bitten, mich von der Liebe zu dem General Francisco Rosas, der meine Brüder töten ließ, zu heilen, ergriff mich plötzlich Reue, und ich habe mir meine Liebe aufbewahrt, als Erinnerung an die Zukunft von Ewigkeit zu Ewigkeit."
Catalina, Ehefrau des Generals Andrés Ascencio in dem Roman *Mexikanischer Tango* von Angeles Mastretta (geb. 1949), die bereits als fünfzehnjährige mit dem doppelt so alten Mann verheiratet wird, bewundert ihn zunächst rückhaltlos, glaubt alles, was er erzählt und erfüllt darüber hinaus natürlich vorbildlich ihre Pflichten als seine Ehefrau. Erst viele Jahre später entwickelt sie langsam eigenes Bewußtsein von den Dingen, beobachtet sie mit ihren Augen. Da das Geschehen in den 30er und 40er Jahren spielt, ist weibliche Unabhängigkeit ohnehin unvorstellbar. Angeles Mastretta läßt ihre Protagonistin jedoch im Kleinen protestieren. Zunächst einmal hält Catalina

die Mutterschaft nicht für das höchste Glück auf Erden, wie die Gesellschaft suggeriert. Danach verliert sie langsam die Achtung vor dem inzwischen überaus mächtig gewordenen Ehemann, erkennt seine skrupellosen Machenschaften immer deutlicher. Jetzt nimmt sie auch keinen Anstoß mehr an seinen vielen Liebschaften, sondern erzieht die unehelichen Kinder sogar im eigenen Haus. Als sie sich jedoch auch einmal verliebt, in einen Dirigenten, weiß sie, daß das Leben beider von nun an gefährdet ist. Selbstverständlich wird der General es nie zulassen, daß seine legitime Ehefrau ihn womöglicherweise zum Hahnrei machen könnte, und so stirbt der geliebte Carlos überraschend schnell – schließlich war er ja in politische Machenschaften verstrickt, wie so viele Mexikaner. Catalina kann ihren Haß nicht herausschreien, sondern muß sich scheinbar fügen und das familiär-gesellschaftliche Spiel weiter mitmachen. Aber ihr Widerwille wächst, und schließlich verabreicht sie dem General, dessen Machtgier ein plötzliches, unerwartetes Ende gesetzt worden ist, einen Tee, der nicht nur das wilde Kopfweh heilen soll, sondern auch das Leben. Mit seinem Tod beginnt ihre Freiheit. „Ich versuchte mir noch einmal Andrés' Gesichtszüge vor Augen zu rufen. Es ging nicht. Ich versuchte Schmerz zu empfinden, daß ich ihn nun nie mehr wiedersehen würde. Es ging nicht. Da fühlte ich mich frei ... Ich dachte an Carlos und an meine auf seinem Begräbnis mit Gewalt zurückgehaltenen Tränen. Carlos hatte ich ganz deutlich vor Augen, sein Lächeln, seine jäh von mir gerissenen Hände. So konnte ich endlich noch bitterlicher als meine Kinder weinen, wie es sich für eine Witwe gehörte ... Dies war mein letzter Besuch hier. Ich dachte es noch unter Tränen, und meine Tränen versiegten, als ich daran dachte. Was ich alles nicht mehr würde tun müssen. Ich war allein, niemand hatte mir mehr zu befehlen. Was ich alles unternehmen würde ... Meine Zukunft stimmte mich heiter, ja beinahe glücklich."
Damit endet der 1986 erschienene Roman, dessen Handlung

bis in die jüngste mexikanische Gegenwart reicht. Und anhand dieser vier Werke wird deutlich, wie sich das Leben der mexikanischen Frauen in diesem Jahrhundert – seit und trotz der Revolution – nur ganz langsam verändert, wie sie sich nur aus einer realen oder scheinbaren Passivität heraus ihren kleinen Freiraum erobern können.
Die Biographien der Verfasserinnen geben auch etwas Aufschluß über den allmählichen Wandel der mexikanischen Männergesellschaft. Elena Garro, deren Geburtsdatum mal 1917, 1920 oder 1922 lautet, war lange Jahre mit Octavio Paz verheiratet. In den sechziger Jahren erschienen mehrere Einakter von ihr, die in Mexiko und in mehreren europäischen Ländern erfolgreich aufgeführt wurden. 1963 erschien der vorliegende Roman – im gleichen Jahr wie *Rayuela* von Cortázar; vier Jahre vor *Hundert Jahre Einsamkeit* von García Márquez, mit dem er viele Motive gemein hat: erinnert sei hier nur an das geheimnisvolle Verschwinden von Julia Andrade oder an die Versteinerung von Isabel Moncada. Danach versanken ihr Name und ihr Werk in Vergessenheit, und erst 1982 erschien in Mexiko wieder ein schmales Buch von ihr, *Reencuentro de personajes*, nahezu unauffindbar auch für den eifrigsten Sucher. Man weiß fast gar nichts über Elena Garro, und die wenigen bekannten Tatsachen sind so widersprüchlich wie die Angaben über ihr Geburtsdatum.
Rosario Castellanos, die zwei Romane, Erzählbände, Gedichte und Aufsätze publiziert hat, war zuletzt Botschafterin ihres Landes in Israel, wo sie 1974 „auf höchst absurde Weise starb, als sie versuchte, in ihrem Haus eine Lampe anzuschließen. Sie erhielt dabei einen elektrischen Schlag und starb mutterseelenallein im Krankenwagen auf dem Weg ins Hospital ... Im Grunde wußte Rosario immer, daß sie bald sterben würde. Sie wob den Faden des Todes in fast alle Handlungen ihres Lebens, in die alltäglichen und die literarischen. In ihr war etwas Ungreifbares, ein eiliges Gehen, ein Übergang." So sagt Elena Poniatowska,

die inzwischen berühmteste Schriftstellerin Mexikos, die dank ihrer aufrüttelnden Reportagen, ihres unerschrockenen Mutes und ihres in jedem Satz deutlich werdenden Engagements geliebt und bewundert wird. Sie möchte all jenen ihre Stimme leihen, die sich nicht selbst zu Wort melden können, wie sie im Vorwort ihrer Reportagen *Stark ist das Schweigen* betont.

Für Angeles Mastretta, die jüngste dieses Kleeblatts, war es vergleichsweise leicht, Anerkennung im In- und Ausland zu finden, auch dank der Nachwirkungen, die der Erfolg der Werke Isabel Allendes im lateinamerikanischen Literaturbetrieb gezeitigt hat. Ihr Roman *Mexikanischer Tango*, der leicht geschrieben wirkt und dennoch eine präzis-böse Analyse der mexikanischen Gesellschaft enthält, so daß das Buch auch als verkapptes Geschichtswerk gelesen wird, machte sie im Nu einem großen Publikum bekannt, und seitdem zieht sie die Aufmerksamkeit der Medien auf sich. So etwas wäre damals, 1963, als *Erinnerungen an die Zukunft* erschien, unvorstellbar gewesen.

Michi Strausfeld

Wilde Weiber, ernsthafte Damen

Frauen erzählen über Frauen

A. L. Kennedy
Hat nichts zu tun mit Liebe
Erzählungen
Neun Erzählungen von Frauen und ihren existentiellen Erfahrungen: Liebe, Sehnsucht, Einsamkeit, Leidenschaft und Tod, die Angst vor Nähe und die Angst vor Gewalt und Verletzungen.
»Gerade auf die kürzere Form versteht sich A. L. Kennedy meisterhaft: Ohne Sentimentalität beobachtet sie Liebende, die sie in der ganzen rührenden Absurdität ihres Daseins schildert.«
Felicitas von Lovenberg, FAZ
Deutsche Erstausgabe
Aus dem Englischen von Ingo Herzke
WAT 463. 144 Seiten

Elsa Triolet
Die Frau im Nerz. Die Betrogenen
Zwei Romane
Elsa Triolet, die Lebensgefährtin von Louis Aragon, erzählt von Frauen, die es sich auch unter widrigen Umständen nicht nehmen lassen, ihr Schicksal selbst in die Hand zu nehmen.
»Eine Perle psychologischer Charakterisierungskunst.«
Franziska Meier, Frankfurter Rundschau
Aus dem Französischen von Lydia Babilas
WAT 464. 96 Seiten

Guten Morgen, ihr Schönen!
Deutschsprachige Autorinnen erzählen
Frauen schreiben über Frauen: starke, durchtriebene, gelassene, selbstbewußte, scharfe, verwegene Frauen, die alle das eine wissen: Sie wollen ihr Leben selbst in die Hand nehmen. Mit Texten von Ingeborg Bachmann, Gisela Elsner, Marlen Haushofer, Felicitas Hoppe, Hanna Johanson, Sarah Kirsch, Katja Lange-Müller, Irmtraud Morgner, Marlin Schwerdtfeger, Maxie Wander, Christa Wolf, Unica Zürn und vielen anderen.
Originalausgabe
Gesammelt von Susanne Schüssler
WAT 468. 144 Seiten

Nina Berberova Der Lakai und die Hure
Roman
Die Geschichte einer trotzigen und wütenden jungen Frau, die nicht nur überzeugt ist von ihrem Recht auf Glück und Reichtum, sondern notfalls mit allen Mitteln dafür kämpfen will.
Deutsch von Anna Kamp
WAT 469. 96 Seiten

Natalia Ginzburg So ist es gewesen
Roman
Die lakonisch erzählte Geschichte einer klassischen Dreiecksbeziehung: Liebe, Leidenschaft, Verzweiflung, Eifersucht – und am Ende ein tödlicher Schuß.
»Intensiver, bedingungsloser und konsequenter hat Natalia Ginzburg ihr Lebensthema der seelischen Isolation des modernen Menschen nie mehr ausgeführt.«
Michael Köhler, Süddeutsche Zeitung
Aus dem Italienischen von Maja Pflug
WAT 470. 96 Seiten

Silvia Plath Die Glasglocke

Roman

Der einzige Roman der großen Lyrikerin:
Was macht eine hochbegabte Studentin aus ihrem Leben, wenn sie nach New York kommt, wo es auch noch andere Verlockungen gibt als gute Zensuren?

»Masken sind heutzutage an der Tagesordnung, und das mindeste, was ich tun kann, ist die Illusion zu pflegen, daß ich fröhlich, ausgeglichen und nicht ängstlich bin.«

Silvia Plath

Aus dem Englischen von Reinhard Kaiser
WAT 472. 192 Seiten

Jane Bowles Einfache Freuden

Erzählungen

Jane Bowles' Frauen sind deplatzierte Träumer, die nichts aufgegeben haben von ihren Wünschen. Halsstarrig riskieren sie Kopf und Kragen oder zumindest ihren guten Ruf.

»Jane Bowles, eine amüsiert genaue Beobachterin von Personen und Milieus, ist ganz ohne Zweifel eine Meisterin des Skurrilen.«

Kyra Stromberg, Süddeutsche Zeitung

Aus dem Amerikanischen von Adelheid Dormagen
WAT 431. 176 Seiten

Jane Bowles Zwei sehr ernsthafte Damen

Roman

Was zwei exzentrischen Damen passiert, wenn sie vom ordentlichen Weg abkommen und ihren verborgenen Wünschen und Begierden nachgehen.

»Mein Lieblingsbuch.«

Tennessee Williams

Aus dem Amerikanischen von Adelheid Dormagen
WAT 416. 264 Seiten

Marguerite Duras Die Pferdchen von Tarquinia

Roman

Marguerite Duras erzählt einen Sommerurlaub am Mittelmeer. Ein Roman über Liebe und Ehe, über Begehren und Langeweile und über das Meer.

»Was für die Wirkung der Literatur von Marguerite Duras bestimmend war, was das Wesen ihrer Prosa ausmachte, das war ihr Sound.«

Ursula März, Berliner Zeitung

Aus dem Französischen von Walter M. Guggenheimer

WAT 434. 208 Seiten

»Es fällt schwer, von sich selbst zu sprechen, aber es ist schön.«

Natalia Ginzburgs Leben in Selbstzeugnissen

Die Schriftstellerin Natalia Ginzburg gehörte zu den bedeutendsten ihrer Generation: Als Frau, die über das Leben der Frauen und über ihre Beziehungen schrieb. Als Chronistin der Zerstörung der jüdischen Intelligenz ebenso wie des Widerstands. Als Autorin, die mit ihrer kühlen, distanzierten Sprache einen Beitrag leistete zur Reinigung und Wiederbelebung einer der schönsten Sprachen nach dunkler Zeit. Als Lektorin und Beraterin des Einaudi-Verlags, die teilnahm am literarischen Leben Italiens.

Deutsche Erstausgabe

Zusammengestellt und aus dem Italienischen von Maja Pflug

WAT 414. 128 Seiten

Natalia Ginzburg Die kaputten Schuhe

Sechs Erzählungen

Sechs kostbare Betrachtungen und Erzählungen darüber, wie es zugeht unter Leuten, die sich gern haben, aber in schwierigen Zeiten leben. Wie man statt der kleinen Tugenden die großen wählen sollte.

»In schlichtem, aber eindringlichem Ton schrieb Natalia Ginzburg über das Leben in der Familie und meinte doch das ganze Leben.«

Elle

Aus dem Italienischen von Maja Pflug

WAT 321. 80 Seiten

Natalia Ginzburg
Die Familie Manzoni

Natalia Ginzburgs Dokumentarroman über den Autor von *Die Verlobten* (Das Brautpaar), den großen romantischen Dichter Alessandro Manzoni, und seine weitverzweigte Familie.

»Eine sehr anrührende authentische Familienchronik aus einer höchst interessanten Ecke Europas in bewegter Zeit.«

Klaus Weimann, Radio Darmstadt

Aus dem Italienischen von Maja Pflug
WAT413. 464 Seiten mit 20 Bildtafeln

Natalia Ginzburg
Ein Mann und eine Frau

Zwei Erzählungen

Zwei Geschichten von Frauen und Männern, die in einer Welt von Beziehungen leben, in der das Unterste zuoberst gekehrt wurde.

»Kühl unfruchtbar wasserähnlich: So ist die Sprache Natalia Ginzburgs, und sie hat es verstanden, daraus eine eigene herbe Poesie zu entwickeln.«

Gustav Seibt, Frankfurter Allgemeine Zeitung

Aus dem Italienischen von Arianna Giachi,
neu durchgesehen von Maja Pflug
WAT 369. 128 Seiten

Natalia Ginzburg
Valentino

Ein Roman und fünf Erzählungen

Der Roman Valentino und die fünf Erzählungen sind meisterhafte Beispiele für Natalia Ginzburgs charakteristischen Stil und ihre großen Themen: wie langweilig ist das klassische Rollenverhältnis – und wie spannend.

»In ihren Büchern spricht Ginzburg vom Schönsten und Schlimmsten stets wie beiläufig und verleiht ihnen dadurch erst recht Kraft.«

Peter Hamm, Focus

Aus dem Italienischen von Maja Pflug
WAT 286. 128 Seiten

Dacia Maraini Zeit des Unbehagens

Roman

Kühl und genau, in beinahe Ginzburgscher Trockenheit folgt Dacia Maraini dem Weg einer jungen Frau, die langsam beginnt, ihr Leben selbst in die Hand zu nehmen.

»Maraini ist weder milde noch gefügig. Sie bleibt bei der Suche mit ruhiger Beharrlichkeit.«

Sigrid Löffler

Aus dem Italienischen von Heinz Riedt

WAT 375. 192 Seiten

Elsa Morante Aracoeli

Roman

Ein reifer Mann fährt nach Andalusien, die Heimat seiner Mutter, wo er die Geschichte seiner Herkunft erfährt.

»Fabulierfreudig wie die großen russischen und italienischen Erzähler des neunzehnten Jahrhunderts.«

Ute Stempel, Frankfurter Rundschau

Aus dem Italienischen von Ragni Maria Gschwend

WAT 293. 432 Seiten

Elsa Morante Arturos Insel

Roman

Elsa Morante hat nicht nur, wie die *Neue Zürcher Zeitung* schrieb, »durch Arturo die Weltliteratur um eine der schönsten Knabengestalten bereichert«, sondern es gelang ihr auch, ein fast vergessenes Italien in farbenprächtigen Bildern festzuhalten.

Aus dem Italienischen von Susanne Hurni-Maehler

WAT 277. 424 Seiten

Esther Tusquets Aller Sommer Meer

In ungewöhnlich dichter und reicher Sprache beschreibt Esther Tusquets, wie in das wohlsortierte Upperclass-Leben ihrer Heldin wieder Luft, Licht und Geräusche einziehen.

»Ein sehr melancholischer Roman aus der sonst eher euphorischen Aufbruchsphase der Frauenbewegung in Spanien.«

Querelles

Aus dem Spanischen von Monika López
WAT 436. 192 Seiten

Anna Maria Ortese Iguana

Ein romantisches Märchen

Orteses Märchen vom jungen Grafen und der Echse in Frauenkleidern ist eine unerhört aktuelle Parabel: Die Trennung zwischen Mensch und – unterdrückter – Kreatur ist nicht mehr rückgängig zu machen, der Garten Eden auf immer verloren.

»Eine moderne Parabel von der Trennung zwischen Mensch und unterdrückter Kreatur.«

Maria Schorpp, Südkurier

Aus dem Italienischen von Sigrid Vagt
WAT 372. 208 Seiten

Edith Bruck Wer dich so liebt

Lebensbericht einer Jüdin

Der bewegende autobiographische Bericht einer jungen Ungarin über ihre Deportation nach Auschwitz, ihren Weg durch mehrere Lager bis zur Befreiung in Bergen-Belsen. Und schließlich ihre Frage: Wie lebt man danach weiter?

»In Italien ist das Buch Schullektüre. Das wünschte man ihm und den Schülern hier auch.«

Ulrike Gondorf, Westdeutscher Rundfunk

Aus dem Italienischen von Cajetan Freund
WAT 352. 112 Seiten

Wagenbachs andere Taschenbücher

Elio Vittorini Gespräch in Sizilien

Roman

Dieser Roman machte Vittorini berühmt, es ist sein schönstes Buch, eine Huldigung an die Menschen und die Landschaft seiner Geburt: Sizilien.

»Das schönste Buch aus Italien.« Ernest Hemingway

Aus dem Italienischen von Trude Fein
WAT 333. 184 Seiten

Alberto Moravia Agostino

Roman

Der kurze brillante Roman Agostino behandelt die großen Themen Moravias: Die Gewalt der die Macht des Geldes und die fragwürdige Moral des Bürgertums.

»Eine kurze Geschichte über ein schwieriges alter, selten ist sie so einfach und überzeugend erzählt worden.«
Rolf Strubbe, Norddeutscher Rundfunk

Aus dem Italienischen von Dorothea Berensbach
WAT 377. 128 Seiten

Alberto Moravia Ehe Liebe

Roman

Ein kenntnisreicher Roman über die ewigen Fallen der Liebe in der Ehe: die Eitelkeit und Bequemlichkeit der Männer und der Hang der Frauen, die Männer nach innen abhängig und nach außen zu Helden zu machen.

»Ein großartiger psychologischer Roman.« Der Tagesspiegel

Aus dem Italienischen von Dorothea Berensbach
WAT 401. 144 Seiten